邵家有女 下

薄慕颜 著

重庆出版集团 重庆出版社

目录

17	燕王世子	001
18	心心相印	018
19	揭穿阴谋	037
20	里应外合	054
21	人心各异	072
22	再起风浪	090
23	惊心动魄	108
24	峰回路转	127
25	情殇梦断	145
26	风云变幻	163
27	旧情难再	181
28	云开月明	199
29	浓情蜜意	216
30	夫妻恩爱	233
31	花好月圆	249
32	相守一生	260

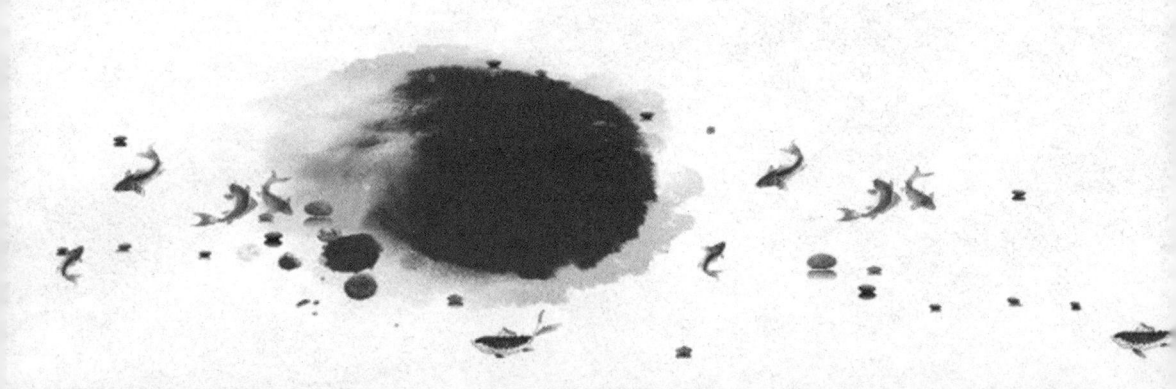

17 燕王世子

东院里,沈氏闻讯欢喜地迎了出来。

"娘。"仙蕙回到娘家还是高兴的,先压下那些烦恼,欢喜道:"四郡王特意陪我回来,说是补上三日回门。"

"好,快里面请。"沈氏笑着将女儿和女婿迎了进去。

悄悄打量女儿,原先还担心她在庆王府受了委屈和欺负,现在看来,四郡王把女儿照顾得很是妥帖,稍微放下心来。

"沈太太。"高宸没有多余的废话,直接问道:"我想问问,邵彤云死了以后,荣太太那边有什么反应?"

"倒也没怎样。"沈氏想了想,"起初……,王府让人送来邵彤云的死讯,荣太太哭闹了好几天,还和老爷吵了一架。再后来,荣太太给邵彤云做了一场法事,我一直让人盯着西院那边的,并没有其他异常。"

高宸面色微凝,"荣太太没有闹事?"

邵家的东院和西院堪称死敌,邵彤云死了,荣氏不哭不闹太过古怪,今儿茶楼的流言也是蹊跷,——不知里面有何关联?只怕水深得很。

沈氏问道:"外面出什么事了?"

仙蕙解释道:"刚才我和四郡王在茶楼听书,听得有人议论是非,不仅说起邵彤云的死,还说起我和她有仇。"指了指西院,"所以怀疑……"

沈氏闻言大惊,但却明白眼下不是生气的时候。

她正要问话,一个婆子急匆匆从外面赶来,立在门口,"沈太太,西院那边有点要紧事。"待到主子允许,进来回道:"我家小子一直盯着西院那边,就在早起,西院有人偷偷出了城。"

出城?仙蕙忙问:"去了哪儿?"

婆子回道:"那人是坐马车的,我家小子一直飞跑悄悄跟上,可是出了城,马车跑太快就撵不上了。"怕主子责备办事不力,尽量提供多的信息,"说是那人出了城后,往东北那条小官道走的。"

"东北小官道?"高宸皱了下眉,"往那边去,嗯……,好像只有静水庵有名一点儿,再走就是乡下了。"

"静水庵?!"仙蕙和沈氏异口同声。

高宸反应敏捷,又听说了邵彤云曾经去静水庵的事,当即目光一跳,——荣氏最近表现古怪,她的人又有可能去了静水庵,难道说,和邵彤云有什么关系?大胆一猜,莫非是邵彤云没有死!

他想到的,仙蕙也很快想到了。

001

两人都没有心情逗留，当即辞别沈氏，上了马车。

高宸的神色还算镇定，安抚仙蕙，"别急，等我把你送回王府，就亲自去静水庵一趟。"

仙蕙握了握他的手，"嗯，我等你的消息。"

高宸目光微寒，若是邵彤云真的还没有死，而且还在背后编派流言中伤仙蕙，那就把她揪出来，然后碎尸万段！正在雷霆震怒，马车忽然"砰"的一下，停了下来，外面响起争吵声音，"什么人？竟敢惊扰四郡王的车驾！"

仙蕙本能地往后缩了缩，回避麻烦。

高宸将她挡在身后，低声道："你在里面呆着别动。"掀起车帘，往外面看去，继而不由目光吃惊，"……燕王世子？"当即呵斥下人，"都退开。"

另一辆马车上，走下来一个华服锦袍的年轻公子，长得倒还不错，就是眉目显得有点阴狠，让人感觉很不舒服。"四郡王。"他慢悠悠地走了过来，笑道："你打了胜仗，哥哥替你高兴，特意过来给你道贺了。"

燕王的封地和庆王的封地，相距足有六七百里，他却说得好似邻居串门儿一样。

高宸笑道："世子怎么不早说？几时到的？我也好派人去迎接才是。"

"刚到。"燕王世子笑了笑，"这不……，我们家老二去辽州做刺史了，家里吵吵闹闹的让人心烦，我就出来散散心，躲个清净。"并不避讳燕王府的钩心斗角，干脆大大方方说了。

这个高宸倒是相信的。

燕王世子派人在半路伏击自己，陷害他的兄弟，自己将计就计没有揭穿，为的就是让他们兄弟内斗，燕王府肯定很不太平。只不过，燕王世子竟然跑来江都，是觉得自己完全没怀疑过他呢？还是胆大认为自己不敢杀了他？

不论哪种，都是太过张狂！

"既然赶巧在这儿遇上了。"燕王世子一脸欣喜之色，"相请不如偶遇，就去你们江都最好的酒楼，咱们哥儿俩喝几盅罢。"

高宸当然不想去，一则有事，二则厌恶此人。但是比起邵彤云那点后宅琐事，当然还是先应付燕王世子要紧，快速耳语吩咐了初七几句，让他先去静水庵处置。然后面上不做声色，大方笑道："好，今儿不醉不归。"

两人一起上了酒楼。

仙蕙作为小厮，也不得不低头跟着上去。

燕王世子入了座，头一侧，在那个清秀绝伦、雌雄莫辨的少年脸上扫过，目光露出一抹惊艳，"了不得！"那雪白的脸庞没有丝毫瑕疵，在阳光映照下，好似一汪含水的冰透美玉，让人目光留恋不已。

他收回目光，挤眉弄眼一笑，"四郡王也有魏晋风流的嗜好？这等人间绝色，到底是从哪里找来的？可真是难得啊。"

下

高宸手上的青筋跳了跳，却淡淡道："初九，我和燕王世子单独说话，你退下。"

仙蕙如蒙大赦，赶紧出去关上了门。

心下真是后悔不已。

早知道，就不该假扮什么小厮的。若是自己以四郡王妃的身份出现，自然不用上楼来，也就不用被那燕王世子，当做小倌一样地垂涎打量了。而且……，这这这，岂不是坐实了高宸好男风？啊，回头他肯定又要敲自己的头了。

只是眼下也顾不得这个，心下着急，不知道初七那边到底如何？有没有发现什么要紧的？而邵彤云，又会不会惊天动地的还没有死？当时那具烧焦了的尸体，很有可能不是她吧？心绪真是起伏不定。

如此在外面煎熬站了将近半个时辰，高宸和燕王世子才出来。

燕王世子笑道："我就住在驿站，明儿宴席定去道贺。"然后路过仙蕙，像是蛛丝一样扫了一眼，继而笑笑，然后领着人下了楼。

仙蕙像是要挥去那些目光一样，掸了掸衣服，眼里露出厌恶之色。

高宸侧首看她，叮嘱道："此人难缠，不要理会他。"

正要下楼，初七气喘吁吁赶了回来，"我带着人去了静水庵，一去，就让人把整个前门后门都堵住了。"低下头，"不过……，似乎还是晚了一步。"

高宸挑眉，"晚了一步？"

初七垂首回道："听说一个月前，有位女香客单独要了一间屋子，住在静水庵，一直都是荣家供奉的香油钱。今儿上午，那女香客忽然不住走掉了。"

一个月前？今儿上午？

仙蕙细细琢磨，一个月前不就是云蔚别院失火，邵彤云刚死那会儿吗？今儿上午，则是自己和高宸刚刚听闻了流言。也就是说，邵彤云很有可能还活着，而且在静水庵藏身了一个月。直到今儿上午，高宸在茶楼抓了那几个造谣的人，惊动了她，所以就马上让荣氏安排逃跑了。

有一种刚刚错失良机的郁闷和懊恼。

高宸亦是有一丝不悦，但他要比仙蕙冷静得多，能力和权势也要大得多，这点麻烦还谈不上焦躁。当即叫了心腹副将，解下自己的腰牌，吩咐道："赶紧去驿站传令，封锁江都所有出入口！"

邵彤云不过是一个弱女子，若是活着，肯定跑不远的。

仙蕙和高宸打道回府，已是晌午，两人闷声不语吃了饭。

高宸喝了一盏消食茶便起身，"我去书房，静水庵的事得安排一下。"然后又道："不管是邵彤云活着的安排，还是荣氏的报复，又或者别的。她们既然要中伤你，可能除了今儿的茶楼，别的茶楼也难讲有人在造谣，我去派人清查一番。"

仙蕙不怀疑他的分析和手段，点了点头，默默地送了他出去。

原本应该高高兴兴的一天，全给搅乱了。

邵彤云、荣氏，大郡王妃，还有孝和郡主，她们都在这一出大戏里面，各自扮演了什么角色？仙蕙微微心烦，却只能暂时等候消息。

而高宸刚刚出门，就有小厮过来传话，"王爷让四郡王去清风水榭一趟。"

等到一进门，便众人都已经到齐了。

高敦忙道："才刚得的消息，燕王世子一路化装成丝绸商人，来了江都。"

"已经见过了。"高宸声色平静，然后道："皇上让燕王的嫡次子去了辽州，燕王府里肯定不太平。但即便如此，燕王世子也没必要躲到江都，他这一次过来，多半还有别的事情。"

庆王颔首道："我们正在商议揣测这件事，还没个定论。"

"也不难猜。"高宸一想起燕王世子垂涎的神色，就想一剑砍了他，"他来江都，无非是有两种可能。要么是燕王府该出事了，他躲清静；要么是江都要出事了，他有意过来陷害。"语气一顿，"不论哪种，咱们都要早作应对之策。"

"是啊，是啊。"谋士们亦是纷纷赞许。

清风水榭里，一阵秘密的商议应对进行着。

而驿站内，燕王世子正懒洋洋地靠在椅子里，目光带出几分轻佻，打量着跪在地上的年轻女子，笑问："你是四郡王妃的妹妹？"

"是。"那女子应道。

"哦？"燕王世子却带出几分怀疑口气。

今日高宸身边的那个清秀小厮，自己一看，就知道对方是女子假扮的。高宸又那般珍爱看重，自己多瞧一眼他都生气，必定是很要紧的心爱女子，——他无妾，那女子想来就是四郡王妃了。

而眼前这位五官精致的女子，据她说，是四郡王妃的姐妹。

燕王世子俯下身来，伸手捏住她的下巴，"可是我瞧着，你们不太像啊？"他的手已经划到了对方衣襟里，轻轻拨弄，"你要是敢撒谎欺骗本王，那可就别怪本王不懂得怜香惜玉了。"

说着，手上用力一捏。

"啊！"那女子吃痛惊呼，紧紧地捂住自己的胸口，连声道："我是，我是……，我是她的异母妹妹邵彤云！"

"邵彤云？"燕王世子哦了一声，想了想，"没错，四郡王妃叫邵仙蕙，这么说你们还真的是姐妹了。"对于最有可能和他竞争皇储的高宸，所有信息，那自然都是了如指掌，在心中倒背如流。

"真的。"邵彤云已经没有任何退路，尽管被他羞辱，也不敢多说，反而急急解释自己，

下

"我和她不是一个娘生的,她娘是我爹的原配,我娘是后来娶的太太,所以我们在娘家就不合。后来她设计陷害我失了清白,做了大郡王的侍妾,还不放过我,又派人推我下湖想要杀了我……"

她嘴里谎话连篇,眼泪却是一直不停地掉,"我虽然捡了一条命回来,结果肚子里的孩子却没保住。便是这样,她……,还是不肯放过我,又放火,险些将我烧死。我逼不得已住在静水庵,今儿再次被她发觉,实在是天上地下都没有去处了。"

"求世子,可怜可怜收留我罢。"

燕王世子虽然不知道庆王府的女眷恩怨,但是也不可能相信她这一番哭诉。要是这些都是真的,那四郡王妃得和她有多大仇啊?至少是你死我活的血海深仇才行。

凭着四郡王妃的身份,发狠要弄死一个做小妾的妹妹,至于弄不死吗?那邵仙蕙可是皇帝御赐的,就算一包耗子药毒死邵彤云,庆王府也一样不会吭声儿的。

这个女人,满嘴的胡言乱语!

不过燕王世子不关心这个,瞅了瞅她,有几分水秀姿色,身段也行。没有用处就留着玩几天,有用处就多留一段日子,不是什么大不了的。因而翘起二郎腿,用脚尖勾起她的下巴,"收留?本王身边从来不留吃闲饭的,你……凭什么留下?"

邵彤云收起泪眼,一时怔住。

燕王世子勾起嘴角一笑,"虽然你有几分姿色,可也算不上顶尖儿,要是你姐姐那般天姿国色的,本王还有兴趣一点。"脚尖在她胸前踩了踩,"单凭这点,本王只能小留你几天,不能长久。"

邵彤云心中简直冰凉一片,冻得发抖,绝望铺天盖地地袭来。

虽然孝和郡主把自己救了出来,但她也没什么好心。不过是知道自己和仙蕙有仇,想让自己上蹿下跳污蔑仙蕙,免得脏了她的手罢了。她甚至威胁恐吓自己,"若是你没用,那我也不介意再送你一程,反正你都已经是个死人了。"

自己有家不能回,只能在静水庵住下。原本让母亲去散播一点谣言,也算满足了孝和郡主的愿望,同时还报复了仙蕙,一切都好好儿的。

可是今儿上午,在茶楼制造流言蜚语的几个人被抓了。

母亲让人送来银子盘缠,叫自己赶紧去乡下躲一躲。

在半路上,刚巧遇到燕王世子,——自己已经回不了邵家,也不能再回王府,一个弱女子,普天之大往后还能去哪里?不如留在燕王世子身边,他位高权重,不仅能够保自己一条性命,甚至还有可能替自己杀了邵仙蕙!

可是用处,自己到底有什么用处?

邵彤云飞快地转动脑子,慌乱中却想不出来。

"本王告诉你吧。"燕王世子一把将她扯入怀中,毫无顾忌地掀开她的裙子,一面胡乱动作,一面附耳说道:"你若是能够……传递……或许可以考虑……"声音断断续续的,

慢慢的,被夹杂的粗重呼吸声掩盖过去。

沧澜堂的寝阁里,高宸刚刚脱了外袍上床躺着。

他略有一些洁癖,内里的亵衣亵裤永远都是白色,纤尘不染,衬得他的眸光好似一汪冰冷泉水。不过看向小娇妻的时候,却带出柔和,"邵彤云的事你不用烦心,我已经吩咐下去,至于茶楼的事也找人处理了。"

仙蕙正在小日子期间,不方便,躺上床就没敢再动。听他说得妥帖周到,心下微微甜蜜,真好,只要他在自己身边,就好像有了护盾和利剑一样。什么危险都靠不近,什么凶险都有他去解决,忍不住眉眼弯弯,"好,我听你的。"

她有一管清澈动人的好嗓子,撒娇的时候,又甜又糯软绵绵的。

烛光下,纤细窈窕的身体曲线越发柔和,好似柔软无骨,特别是领口微开,露出一抹雪白的脖颈来,颇为诱人。衬得那娇软甜糯的声音,有了一丝妩媚。

高宸觉得有点口干舌燥,移开视线。

偏偏仙蕙还不自知,伸手拉他,"今天我扮成小厮,是不是让燕王世子误会你了?我挺后悔的。"软软地撒娇,"对不起啊。"

高宸听着那声音好似鹅毛一般,挠得心里痒痒,又不好直说叫她别出声,"早点睡罢,明天筵席要热闹辛苦一整天。"

仙蕙见他看都不看自己,摇了摇他的胳膊,"别生气嘛。"

高宸侧首看她,想把这个又软又甜的东西就地正法,可她又不方便。只能略微头疼烦恼地道:"我没生气,你快睡。"怕她再问,补了一句,"你放心,燕王世子那么眼尖的人,肯定知道你是女的。"

"啊?"仙蕙想了想,也对,这才乖乖地听话睡了。

高宸自己下床喝了一碗凉茶,消了消火。等到上床再看,发觉小娇妻已经睡得香甜恬静,不由在她脑袋上比划了一个爆栗,这个专门挑火的小东西。好在他的自制力一向很强,翻过身,扯了被子便睡过去了。

次日天明,窗外一片晴光大好。

依照庆王妃的意思,为高宸凯旋举办的筵席分为三天。

第一天,邀请的是江都有头有脸的人家,比如江都刺史,一众地方官员和王府的幕僚们,以及高宸手下的一些副将之类。第二天,邀请王府的各家亲戚。第三天,则是王府的下人为主子们庆贺。

第一天来做客的,主要是外头男宾客热闹,内眷女客不是很多,拢共只得两桌,加上比较拘束,吃了饭、看了戏,然后便各自散了。

最最热闹的,要数今儿第二天的盛大筵席。从上午开始,王府各房头的亲戚们都陆陆续续赶来,门前车如流水马如龙,宾客云集、络绎不绝,一片喧哗热闹。

下

这是仙蕙嫁进庆王府以后,赶上的第一场盛大筵席。

筵席上,庆王妃、万次妃和几位有年纪的太太们,比如沈氏,她们坐在一处说话。往些年,这种场合荣氏是必到的,如今不仅邵彤云做过妾,她和东院又闹得很僵,再有仙蕙这么一位四郡王妃在庆王府,自然是不能来了。

大郡王妃和两位妯娌,则陪着几位年纪相仿的奶奶们,凑了一桌。

而周峤和大县主、二县主,以及吕家的几位小姐,都是十来岁左右,年纪差不多聚在一起,说着小姑娘的幼稚话题。

至于仙蕙这一桌,都是十六七岁数的年轻姑娘,或出阁,或待嫁,一个个大都保持着姑娘家的娴静。偏偏万次妃的娘家侄女万宝儿,叽叽喳喳,说起话来就跟连珠炮似的,"哎……,可惜彤云不在了。以前她是最会招呼人,爱说笑话儿的,现如今少了她都少了许多话,不热闹了。"

一桌子人,没有一个人接这个话茬儿的。

之前参加过那次花宴的人家,稍微有点心机城府的,都能猜到邵彤云进王府另有蹊跷。至于邵彤云被火烧死,这里头的浑水只怕更深更难说。所以大部分的小姐,在家就被叮嘱过,断不可在王府议论邵彤云,一直保持沉默。

孝和郡主慢悠悠地拨着茶盏,好似没有听见。

仙蕙根本就不想提起邵彤云这三个字,明蕙充耳不闻,两姐妹正在说着亲近的体己话,"……我觉得还是葱绿配鹅黄好看,玫红压金线也不错。"

万宝儿顿时被众人冷场,撂在半空。

"四郡王妃。"她强忍了尴尬难堪,自己找话说道:"我刚才没说错吧?彤云性子爽利,爱说笑,没有她在可冷清多了。你和彤云是一个爹生的姐妹,她的为人,你肯定都是清楚的。"

仙蕙觉得她好烦,大喜的日子,非得提点晦气事儿做什么?不好发作,侧首朝着丫头笑道:"快端一碟子胭脂梅子过来,万小姐喜欢吃的。"

万宝儿被噎了一下。

不过她早有心理准备,原本就是她的姑母万次妃交待的,而且得了好处,戏再难唱都要唱下去。因而笑了笑,拈了一颗梅子又道:"对了,四郡王妃。我最近听到一些风言风语,说是彤云死得蹊跷,还说什么,是因为四郡王妃和她有仇……"

仙蕙闻言不由大怒。

"能不说这些吗?"但接话的不是仙蕙,而是林岫烟,她蹙眉道:"今儿是为四郡王庆功的大喜日子,你没完没了的,非得说一个死人做什么?不是专门找晦气吗?再说外头的那些流言,我们做姑娘家的,听都不该听,怎么还像长舌妇一样说个没完?万小姐还是歇一歇罢。"

"你说谁是长舌妇?!"万宝儿气得跳了起来,指着她,"这……,这人谁啊?哪里冒出来的?也不知道是哪个偏门旁门的亲戚,居然还敢教训我。"

仙蕙忍了怒气，看了林岫烟一眼，没有想到她会替自己说话。

眼下她为了自己被刁难，自然要替她说几句，"这位林姑娘才从福建来，她的父亲是殉了国的英烈之士，她是二嫂的侄女，不是什么偏门旁门的。"厌烦地看向万宝儿，"万小姐不要乱说了。"

万宝儿又是生气，又是委屈，看向孝和郡主，"表姐……"

孝和郡主淡淡道："菜快上来了，坐罢。"

万宝儿顿时给气得不行。

姑母说，四郡王妃一向和表姐过不去，又害死了邵彤云，特意让自己宣扬宣扬，好让宾客们都知道，那个邵仙蕙有多狠毒！可是就算自己收了姑母的好处，那也是为了表姐才强出头的。

她倒好，一点脸面都不给自己护着，不由气恼不已。

偏生不巧，林岫烟又正好坐在她的旁边，真是越看越讨厌，——四郡王妃、孝和郡主不能直接得罪，这个姓林的又算是哪根葱？一脸不屑地瞪了一眼。

林岫烟清声道："少说话，少论人是非，这才是姑娘家应有的本分。"

万宝儿恼道："你有完没完？！"

林岫烟浅浅一笑，"我不说了，不跟你一般计较。"

"你……！"万宝儿气得差点背过气去。

庆王妃那一桌听得这边吵闹，看了过来，问道："怎么了？"

孝和郡主笑道："没事，就是宝儿说话声音有点大。"轻轻戳了一下她的额头，"你这丫头啊，都大了，性子还是这般冒失。"云淡风轻，把事情给遮掩过去。

庆王妃不过是见这边争吵，想打断一下，大喜的日子当然不会刨根究底。因见她们都不说了，便没再多问，反而笑着吩咐丫头，"给她们小姑娘多上一点新鲜果子。"

仙蕙淡淡瞅了林岫烟一眼，觉得有点怪异。

按理说，自己和林岫烟没有任何交情，就算她感激高宸救了她，帮着自己说话，也不用专门和万宝儿杠上吧？看她性子像是冷静淡然的人，不该这么冲动才对啊。

难不成是看上高宸了？打算讨好自己这个主母？继而摇摇头，高宸都说没有想过纳妾的事，自己再这么多心，反而不好。

很快，流水般地热菜冷菜都端了上来。

仙蕙心里有事，倒不是为着林岫烟的那点小小怪异，而是惦记邵彤云。虽说高宸已经派了人去查，可是茫茫人海，那还不是跟大海捞针一样？只怕难了。

正在恍惚，忽地听见万宝儿一声尖叫，"你踩着我的裙子了！"

仙蕙赶忙抬头看去。

万宝儿已经低着头站了起来，提着裙子左看右看。

林岫烟手里端了一碗银鱼豆腐羹，脸色有点难看，分辩道："我没有踩你的裙子，你不要污蔑我。"

"我污蔑你？"万宝儿忍了半晌的气，忍不住发作，"你自己看看，我裙子上的印记不是你踩的，还能是谁？你自己看……"

林岫烟往前一看，结果手滑，把半碗银鱼羹打翻在裙子上，"啊呀！"她轻呼，脸色尴尬无比，"这、这是怎么说……"

万宝儿顿时高兴了，嘲笑道："活该！谁让你踩我的裙子。"

"我没有……"林岫烟红了眼圈儿，泪盈于睫，一裙子的汤羹狼狈不已。

庆王妃不免又皱眉看了过来，"大喜的日子，你们怎么总是拌嘴啊？"

仙蕙实在是看不下去了，起身道："母亲，我带林姑娘回去换一身裙子。"省得万宝儿和她纠缠不休，吵吵闹闹的，大好的宴席都给她们搅和了。

庆王妃见小儿媳反应机敏，又懂事，颔首道："行，你们去罢。"

仙蕙躲清静，领着姐姐和林岫烟一起回了沧澜堂，然后让丫头给林岫烟找衣裳，自己正好单独和姐姐说话，"等下咱们不出去了，懒得看那些烦心的人。"

明蕙问道："万宝儿怎么忽然说起邵彤云？"

"这里头水深了。"仙蕙叹了口气，把茶楼的流言蜚语，以及邵彤云可能没死的消息，一一跟姐姐说了，"现如今，四郡王正吩咐下去让人搜查呢。"

"还有这样的事？"明蕙脸色大为震惊。

仙蕙蹙眉道："昨儿偶然去茶楼，才知道外面她们在背后捣鬼，想来已经说了好些天了。不过四郡王已经让人封口，不让茶楼说了。"然后又道："至于背后传流言的人到底是谁？大郡王妃、荣氏、孝和郡主、万次妃等人，甚至是活着的邵彤云，现在暂时琢磨不清。"

"我怎么觉得阴谋越扯越大了？有件事……"明蕙犹豫了下，迟疑道："原本是不想告诉你的，怕你分心，可是现在觉得还是说一下的好。"

"有事？"

"陆涧不是有一天找不到了吗？"明蕙微微蹙眉，叹气道："后来他才告诉你姐夫，说不是他自己赌气走了，而是有人劫持他。对方不要银子，也不要东西，过了那一天就放他回去。所以，他思来想去，觉得有人故意破坏他跟孝和郡主的婚礼。"

仙蕙吃惊，"劫持？！"继而又点点头，也对，陆涧不是那种任性的人。

"是。"明蕙蹙眉，"本来你姐夫叮嘱我，说别告诉你，免得你再为陆涧担心惹出事儿。可我现在觉得，不说也会有事儿找你的，不如说了。只是这件事，你也别瞒着四郡王，记得告诉他，两人有商有量的啊。"

仙蕙的脑子有点乱，想不出背后是谁会对陆涧下手。专门破坏他跟孝和郡主的婚礼的人，会是谁呢？又能落着什么好处？一时间难以想清楚。

到了夜里，倒是把这件事跟高宸说了。

高宸的反应比她小得多，"被人劫持？行，我知道了。"

009

仙蕙不好再多说，有关陆涧的事向他坦白是对的，说多了，把握不好那个度就麻烦了。至于白天林岫烟、万宝儿的后宅琐碎，小姑娘拌嘴，他自然是没兴趣知道的，说了反倒显得自己斤斤计较，因而也没再说。

一宿无话安睡。

次日，是下人们向主子庆贺的筵席。

王府的主子们只是早起换了新衣，恭贺了庆王妃一番，晌午和晚上添了些菜，然后打赏下人，便就草草了事。

邵彤云暂时还没有任何消息，——大海捞针，这事儿急也急不得。

而燕王世子逗留江都，这才是让高宸和庆王等人最头疼的，偏生不能撵人走，只能谨慎防备周旋，各自都是提起心弦。

高宸即便面上淡淡的，心中亦有一抹烦躁，只是不露罢了。

这天下午，从清风水榭议事完毕回去。

快到沧澜堂的时候，看见一抹年轻女子的影子在前面晃过，钻进了假山里面。那女子绿衣白裙，梳着双螺髻，隐约有点眼熟像是仙蕙，不由跟了上去。

高宸在自家门口熟络得很，三步两步，就找到了假山的入口处。

往里喊了一声，"仙蕙？"

"我、我……"里面声音细细的，听得出是女子，但是听不出究竟是不是仙蕙，好似在嘤嘤哭泣，"……我脚崴了。"

高宸觉得有点古怪，提了剑，猫腰钻了进去，"仙蕙，是不是你？"

"四郡王。"抬起头来，却是一张细眉细目的清秀脸庞，"是我。"林岫烟一脸梨花带雨的样子，娇怯怯解释，"刚才我走在路上，下台阶，一不小心把脚崴了。"

高宸打量着她，"你怎么穿着仙蕙的裙子？"

"哦。"林岫烟忙道："前天宴席上，万小姐打翻了一碗银鱼羹在我身上，当时裙子都脏了，是四郡王妃借了我裙子穿。我觉得好看……"有些羞赧，"就想多穿两天再还给四郡王妃。"

高宸哪有兴趣听她说这些？摆手道："你穿罢，我回去跟仙蕙说送你，不用还了。"

"四郡王！"林岫烟赶忙喊住他，"裙子我不敢要的，今儿回去就洗好晒干，再还给四郡王妃。"一脸为难之色，赔笑道："我脚崴了，你能不能扶我起来，让我在旁边的石凳上坐一下。"

高宸没有伸手去扶她，反而问道："你的丫头呢？"

林岫烟心头一跳，没想到对方如此犀利，一点都不为美色所惑。心急之下，赶忙找借口，"哦，我和她在半路不小心走散了。"

"那你等着，我去给你找个丫头过来。"高宸不是兄长高敦，三言两语就能被女人给哄骗的，甚至不用去想林岫烟有何念头，出于本能对麻烦的谨慎戒备，便不会去搀扶女人。

下

要搀扶,那也只能搀扶光明正大的那一位,——小娇妻仙蕙。

林岫烟没有想到,都到这光景了事情都不成,不由着急,"四郡王……"

"林姑娘?林姑娘你在哪儿?"外面有丫头的声音传来。

林岫烟面色一喜,就是现在,只要丫头撞破自己和高宸在假山洞里,事情差不多就成了。正在这时,外面又传来一个婆子的声音,"快找,找不到林姑娘,回头二郡王妃揭了你的皮!"

"林姑娘!"丫头的声音带出哭腔,"……你在哪儿啊?"

林岫烟更是喜不自禁,人越多越好。

高宸虽然看不清阴暗里她的表情,但也知道,这种事最容易传出流言蜚语。正在飞快思量要怎么应对,那婆子和丫头的声音,已经越来越近了。

而林岫烟已经想好了说辞,先喊人,然后准备再解释几句,"我和四郡王没有什么的,只是偶遇。"越描越黑,哪里说得清楚?她直了直身子,回转头,想要冲着丫头和婆子的方向应一声,"我……"

结果一个字都没说完,后脑勺便猛地一痛,晕了过去。

"快来,假山里面好像有人。"外头的丫头喊道。

"哪里?"婆子接了话,脚步声越逼越近。

两人从侧面绕道入口,刚要进去察看,就看见一个高大英挺的年轻男子,正从里面出来,不由都是吃惊。

丫头指了指里面,疑惑道:"四郡王?刚才……"

高宸掸了掸锦缎长袍,长身玉立站稳,然后扫了二人一眼,淡淡道:"怎么了?刚才我在假山里面小解。"

丫头忙道:"我们在找林姑娘。"

"是吗?"高宸剑眉微蹙,想了想,往另外一个方向指了指,"之前好像看见那边有个人影过去,不知道是丫头,还是林姑娘,你们过去瞧瞧吧。"

丫头心里疑惑,四郡王小解,还要自言自语的吗?方才似乎听到假山里有声音啊。

高宸可是领过千军万马的沙场将军,目光微凌问道:"你们不是找人吗?还愣在这里做什么?"他脸色微沉,身上散发出一阵杀伐之气。

那丫头吓得打了一个寒噤,婆子机灵,赶忙扯人走了。

高宸冷冷回看了假山里面一眼,心下上火,——自从出了一个邵彤云做侍妾,这后面的人就都学会了!简直无聊无耻之极。

他回了沧澜堂,找到厉嬷嬷吩咐道:"林姑娘晕倒在院门口西边的假山里,你带丫头过去,把她送回二嫂那边。"

林姑娘晕倒在假山里面?被四郡王撞见?他还很生气?厉嬷嬷在皇宫里,见多了想要各种偶遇皇帝,以求临幸的女子,电光石火之间,便明白过来是怎么回事了。

当即没有多话,喊了玉籽,领了两个五大三粗的婆子出去。

寝阁里的仙蕙还不知情，笑吟吟地迎了出来，"四郡王，你回来啦。"然后跟着他一起进去，服侍他宽衣，"等下穿哪一件？雨过天晴色的那件清爽，莲紫色带银线的那件也不错……"

因为燕王世子，高宸的心情一直都不太好，回来还在路上遇到另一桩心烦事。

听她清脆如铃地说个没完，低斥道："啰唆！"他现在什么衣服都不想换，只想消消气、降降火，顺便收点帮她解决麻烦的利息。

仙蕙的手被他用力握住，抬眸望向他，迷惑道："哎，你干吗？放开……"话没说话，声音全都淹没在了热烈的亲吻里，变得含混不清。

高宸今儿的火气特别大，决定在她身上多出出火，将人打横一抱，然后放在美人榻上压下去，"今儿我在后面撞见林岫烟……"他咬着她的耳朵，含在嘴里，一面亲吻一面说，"我见她穿着和你一样的裙子，就进了假山……"

仙蕙瞪圆了眼睛，什么？难道他们在假山里面，那啥……？不要！

"我把她敲晕了，让厉嬷嬷带人送她回去。"高宸心里的火气，被她的娇俏模样取悦了不少，眼里透出一抹笑意，故意吓唬她，"不过，你要是不听话，我就……，来者不拒了。"

"呜呜……"仙蕙像小猫一样哀哀叫唤，任他为所欲为，"我听话。"

仙蕙的鬓角松乱了，金钗也歪了，"啊……"她刚喘息，又被温热湿滑的东西堵住了嘴，十指相扣、极尽缠绵，整个人已经彻底酥了半边。

高宸看着"听话"的小娇妻，兴趣更甚，心中好似一团熊熊火苗在燃烧！

两人正在情浓意浓之际，外面响起了脚步声。厉嬷嬷一向是最机敏的人，今儿却很不识趣，咳了咳，"四郡王、四郡王妃，有要紧事回禀。"

高宸被人打断，很是不悦，"什么事？！"

仙蕙红了脸，羞窘尴尬地脱身出去。

厉嬷嬷道："容奴婢进来回禀。"

高宸强压了心中欲念，很快冷静下来。厉嬷嬷是吴皇后身边的人，如此不识趣，必定是要事了。不由心下一沉，难道是那林岫烟又出了岔子？转头看向仙蕙，等她慌里慌张弄好头发和衣服，才道："进来罢。"

厉嬷嬷进门以后目不斜视，里面等这么久，用脚趾头也猜得到是什么。她神色肃然回话道："才刚我们过去接林姑娘，她人已经醒了，不过衣衫不整，而且身上还有一些痕迹……"

高宸既吃惊，又倒尽了胃口，怒斥道："她要做什么？！自个儿脱了衣服，弄出一些痕迹，就能赖在我的头上了不成？真是放肆！"

仙蕙瞪大了眼睛，这……，这是怎么回事？林岫烟这是疯了吗？不由一头雾水地看向他，"四郡王，到底是怎么一回事啊？她怎么可以这样？"

"我不知道！"高宸脸色难看，继而道："是她自己下作！"

仙蕙见他怒气难掩，不知该怎么劝，也不知道该说什么好了。

高宸是何等骄傲的人啊？上次自己和他亲热的时候，被丫头打断，都没有说追出来继续，何至于看见林岫烟就急不可耐了。况且，他若是真的看上了林岫烟，光明正大地收为侍妾，自己也不能拦着，根本没必要在假山洞里惹事啊。

林岫烟到底想做什么？

厉嬷嬷又道："可是林姑娘哭泣不休，非要说已经是四郡王的人了。"

高宸是庆王夫妇最出挑的儿子，因为本身俊美出众，加上身份金贵，从小到大见过不少想勾引他的女子。但也就是暗送个秋波，表露一下才艺，或者像是以前的邵彤云那样，故意偷换玉佩，制造一点流言蜚语之类。

他长这么大，像林岫烟这般不要脸的还是头一次见到！

仙蕙也是瞠目结舌："她说，她是四郡王的人？"

本来自己一开始就讨厌林岫烟的，可是高宸说没有那种想法，自己不想多心，就没把林岫烟往那种方向想。可她倒好，在宴席上故意和万宝儿争执，弄脏裙子，然后借了自己的衣裙，好把高宸给骗去假山洞里！

邵彤云恶毒，但也没她这么下流无耻。

亏得还长了一副清清白白的好姑娘模样，一副人模狗样的书卷气，好歹也是将门虎女出身，纵使父母双亡，也不用惦记着给别人做妾吧？当然了，高宸的条件是吸引人了一点，但……，那也不行！

更何况，高宸本人都不愿意，林岫烟这到底是唱哪一出啊？难道为了做庆王府的侍妾，就连名节和宠爱都不顾，只要一个名分就行了？这、这是失心疯吗？死皮赖脸都要攀上高宸，真无耻啊。

厉嬷嬷又道："我怕外头人来人往，有人路过，听着林姑娘哭哭啼啼不好。让人塞了她的嘴，给送到偏房那边看起来了。"又道："等下二郡王妃来接人，还请四郡王替我解释几句。"

毕竟厉嬷嬷是仙蕙的奴婢，主子护着奴才，显得偏袒。

高宸沉色道："二嫂那边我来解释。"

仙蕙不免好气又好笑，林岫烟不要脸，厉嬷嬷比她更加厉害，居然直接塞了嘴关了起来，让她没有机会胡言乱语。不然要是像上次荣氏那样，无法无天的，闹得满王府的人都以为自己害了邵彤云。

不过这也是厉嬷嬷仗着吴皇后撑腰，才有这个胆子，换个嬷嬷可就不敢了。

厉嬷嬷又道："这事儿拖不了很久。林岫烟一直找不到，二郡王妃那边肯定会找人的，到底要怎么处置，还得赶紧商议好对策才行。"

高宸的周身都好似冒着寒气，阴沉不语。

仙蕙心下也是烦恼。

013

"二郡王妃来了。"外面丫头喊道。

仙蕙和高宸对视了一眼，迎了出去。

二郡王妃因为年少孀居守寡，发愿做了在家居士，每日吃斋念佛，一直都很少出来见人应酬。仙蕙进门好几个月，拢共就见了她两次，一次是刚做新媳妇认亲的时候，一次是前几天的庆功宴席，因而十分陌生。

高宸微微欠身，"二嫂。"看得出来，对这位孀居的嫂嫂很是敬重。

仙蕙跟着道了一声，"二嫂好。"

"好。"二郡王妃微笑点头，说道："不久前，岫烟出门说去掐花，结果后来和丫头走散，就在沧澜堂附近不远找不到的。刚才我过来找人，问了门口丫头，说是岫烟在你们这儿。"环顾了屋子一圈儿，"人呢？"

按照常理，客人应该和主人在一起才对。

"是这样。"事情仙蕙不好说，只得高宸出面，"方才我从清风水榭那边回来，在院子门口，瞅着一个很像仙蕙的人，进了假山洞，结果过去一看是林姑娘。刚巧她穿了仙蕙的裙子，让我误会了。"

二郡王妃的眼里，闪过一丝猜疑和担心之色。

高宸又道："正巧有人过来找，我怕说不清，一时冲动就敲晕了她，然后回来让厉嬷嬷和玉籽接人。现如今，林姑娘在旁边厢房歇着的，二嫂带她回去吧。"

不提林岫烟衣衫不整的话，免得给套了进去。

二郡王妃吩咐道："去把岫烟叫过来，道个谢。"实则是觉得事情有点古怪，想叫了侄女过来，好当面问个清楚。

厉嬷嬷看了看高宸的脸色，知道不能拒绝，转身去了。

"姑母。"林岫烟一脸梨花带雨的模样，娇怯怯的，哽咽着含泪进来，然后便是捂面大哭，"姑母……，侄女没脸见人了。"

"怎么了？这是。"二郡王妃吃惊道。

林岫烟看了高宸一眼，又似害怕，赶紧低了头，泣道："姑母不要问了，侄女是已经失了清白的人，只求……，再见姑母最后一面，便心愿已了。"

"失了清白？！"二郡王妃目光震惊，上前拉她，"到底怎么了？"可是方才侄女那一瞥，高宸和仙蕙的脸色难看，还有什么猜不到的？见侄女嘤嘤哭泣不肯说，抬头看向小叔子，"老四，你和岫烟……"

高宸强忍了上前扇那贱人一耳光的冲动，冷声道："我不知道你在演什么戏，我连你一根手指头，一根头发丝都没有碰过！"

"四郡王……"林岫烟伏在地上大哭，"你都已经做了，还不认，我……，我怎么那么命苦啊。"一阵嚎啕大哭，"姑母，侄女对不起你的关照之恩，如今没了清白，让我去死……"

高宸怒声呵斥，"你要死去外面死，别脏我的地！"

林岫烟吓得一哆嗦，不敢动了。

二郡王妃脸色难看无比，"老四，你这算什么？是想要逼死岫烟吗？"

仙蕙不甘心丈夫被泼污水，帮腔道："林姑娘，想来你是害羞了些，单独和男子见一面，就有些想不开了。"

"四郡王妃。"林岫烟不敢抬头，又哭，"我不知道四郡王跟你说了什么，可是我真的没有撒谎，我是真的……"她扯了扯身后的裙摆，上面鲜血点点，"你看，你们自己看看，我真的已经是四郡王的人了。"

这是什么？元红？不仅仙蕙吓了一跳，屋里其他人也吓了一跳。

高宸怔了怔，继而着恼反驳，"谁知道是什么血！"

二郡王妃一来，就见侄女哭得梨花带雨，然后又见她头发衣衫微乱，身上还有斑斑痕迹，心里已经凉了半截。再听侄女说被高宸毁了清白，高宸又不认，不由多添七分怒气。眼下看见侄女裙子上鲜血点点，小叔子还是不肯承认，话里话外，都是侄女故意做出这副样子陷害他，不由气怒交加！

当即呵斥身边的妈妈，"带岫烟下去，检查一下，她还是不是处子之身！"

若是侄女撒谎，自己给高宸赔罪；但若是侄女真的清白被毁，林家的人也不能由得高家随意欺负。

一个上了年纪的妈妈和两个丫头，带着林岫烟去了侧屋，厉嬷嬷也跟了上去。

片刻后，是厉嬷嬷回来回话的，"林姑娘的确不是处子了。"

此言一出，顿时好像惊雷般炸得震天价响！

不仅仙蕙怔住，就连高宸都怔了一下，"不是处子之身？"他心下觉得十分荒唐，"这怎么可能？我根本就没有靠近过她。"

二郡王妃尖声道："老四，都这样了，你还是不认吗？！"

厉嬷嬷沉吟了下，"二郡王妃，容奴婢说一句放肆的话。四郡王若是对林姑娘有纳妾的心思，纳了便是，也不算辱没了她，根本就用不着弄成这样。现在那林姑娘身上的痕迹，难说是怎么弄出来的，便是失了处子之身，也不一定是今天失身啊。"

二郡王妃气得快要背过气去。

自己和高曦订亲不久，还没进门，高曦就意外地落水死了。

因为父母害怕庆王府的权势，怕得罪，不敢取消这门亲事，最终让自己捧着高曦的牌位，嫁进了庆王府。十几年了，自己膝下没有一儿一女，没有任何和丈夫的回忆，守着最最难熬的望门寡。

平日里只当自己是个死人，念念佛，读读经，希望修一修下辈子的福气。可是白日黑夜漫漫无边，心里何尝不苦？何尝不痛？

好不容易来了一个远房侄女，有点慰藉，结果却出了这样的事。

高家！只会仗势欺人！

"二嫂。"高宸开口道："这件事，可能其中有什么误会。"

"误会？！"二郡王妃压抑了多年的怨气，在这一刻发作，"岫烟在福建的时候，也是将门之女，千金万贵的大家小姐，岂能不是清清白白的姑娘？厉嬷嬷居然说是岫烟早就不清白，简直荒唐可笑！"

厉嬷嬷不敢和她对吵，低了头。

二郡王妃原本清瘦的身形，微微摇晃，"一个女儿家，名节多重要啊？就算你们想说岫烟贪慕富贵，可是她自毁清白又有什么好处？失了清白，又不得宠爱，在王府混个妾室难道会比嫁人更好？岂不是自找死路？！"

仙蕙见她盛怒，不敢劝，同时心里也是想不明白。

高宸肯定不至于为这个撒谎，而林岫烟自毁清白，到底是图什么啊？闹到现在这种地步，她也赚不到什么啊。要是她清清白白的，凭着二郡王妃和庆王府的势力，给她找一个门当户对的亲事，并不难啊。

高宸冷声道："我没做过的事，绝不认。"

"好，很好。"二郡王妃忍不住气得红了眼，"你不认。"

侄女林岫烟失了清白，落了元红，小叔子却始乱终弃，吃干抹净翻脸不认人，——简直比大伯还要无耻可恨！假山洞里，只有他和岫烟两个人，岫烟又失了清白，不是他是谁啊？

高宸欲要劝解，"二嫂……"

"行了！"二郡王妃连连点头，"你们非要说是林家姑娘不好，是林家的姑娘自己毁了清白，来陷害你们的，我也拿你们没有办法。"凄凉转身，"我一个寡妇，你们谁都可以来欺负我，我……，我只能认了。"

"二嫂！"高宸追了上去，对于这个守了多年望门寡的嫂嫂，还是很敬重的，特别是想起二哥高曦，气势又缓和了几分，"你别生气。"耐起性子解释，"我真的没有碰过林岫烟，我也不知道怎么回事……"

二郡王妃打断问道："你纳岫烟为妾吗？"

这一点，高宸不能妥协，"不行。"

纳妾可以，但绝不能认了一笔糊涂账纳妾！

"那我们没什么好说的。"二郡王妃转身就走，恨恨撂话，"我领她走，不会赖在你们沧澜堂的！"说着，狠狠甩开珠帘出去，"叫上岫烟，我们走！"

二房的人怒气冲冲地走了，留下珠帘微晃，好似一场风波过后的余韵不息。

这一整天，仙蕙觉得特别难熬。

高宸的事情说不清楚，他又不去书房，只在屋里阴沉着一张脸，那寒气吓得丫头们都不敢进来。但是自己却不能躲着他，否则的话，便成了怀疑他了。虽然自己也想不明白，林

016

岫烟到底是怎么一回事？怎么会失身了？但仍然不会相信眼睛看到的，而选择相信高宸。

厉嬷嬷进来请示，"该用晚饭了，摆吗？"

"厉嬷嬷。"仙蕙想替高宸洗清嫌疑，同时也是想让自己心里好受一些，"你在宫里见多识广，有没有见过，自己毁了清白赖上皇上的女子？"

"四郡王妃。"厉嬷嬷劝道："皇宫里，可没有让皇上为难不敢得罪的嫂嫂，便是太后，也不能让皇上强认丑事，天子的颜面多要紧啊。所以，根本就不可能有这种找死的宫妃。"

仙蕙想了想，也对，皇帝的情形和高宸不同。

厉嬷嬷又道："不过，往常里倒是有听说，有的女子自己不小心落了元红，比如跌了一跤，结果闹得不慎失了清白之身，最终只能自尽了事。所以奴婢在想，既然能有人不小心失了元红，也有可能是故意的啊。"

"对啊。"仙蕙顿时眼前一亮，"谁知道她是什么时候失身的？就算林岫烟是今天落的元红，也有可能，是她自己找东西折腾的呢。"她一个还没圆房的少女，只能想到这儿，再往下，就不知道林岫烟是怎么弄的，"反正很有可能是她在捣鬼。"

"肯定是她！"高宸接话，眼里的怒气更盛，"学了邵彤云，有样拣样。"

谁知道林岫烟用什么龌龊的手段，落了自己的元红，然后非要赖到自己身上。自己可不是大哥，稀里糊涂就认了这种账，是绝对不会纳她为妾的。要不然，往后是个女子都能赖在我的身上了。

仙蕙想到邵彤云的过往，点了点头，深以为然。

那么多的女人都想往高宸身上扑，要是自毁清白，就能顺利做妾，那沧澜堂还不得给塞满了啊？才不要呢。

厉嬷嬷又道："这是咱们猜测，无凭无据，而且很难叫人信服的。"指了指二郡王妃那边，"林姑娘回去以后，必定要说奴婢塞了她的嘴，二郡王妃听了，自然更加觉得是我们在遮掩，更相信她的话了。"

"你下去罢。"高宸有点心烦，忍气道："至于二嫂，不要说她的是非。"

外头丫头传道："四郡王，王妃娘娘让你过去一趟。"

高宸起身掸了掸衣袍，闷声不语出去了。

没去太久，他便脸色难看地回了沧澜堂。然后不说话，大口大口地吃起饭菜来，吃得颇有几分凶相。然后喝消食茶的时候，丫头上茶，他喝了一口，"怎么这么烫？！"一抬手，把个茶盅砸得粉碎！

仙蕙赶紧让丫头退了出去。

心下紧张不安，他好像比之前更加生气，难道说……，二郡王妃去庆王妃跟前哭诉了一番，庆王妃信了，要让他纳林岫烟为侍妾不成？不然的话，怎么会气得比之前还要凶了。

可是又不敢问，只得轻手轻脚收拾了茶盏，然后静默不语。

高宸坐在贵妃榻上闭目养神，但是看起来，更像是被气得说不出话。周围博山炉里青

烟袅袅,散发着淡淡香气,四周又是静谧如水的宁静,稍微缓和了下紧张的气氛,但仍然很是凝重。

过了一个多时辰,他才睁开眼睛,"睡罢。"

仙蕙赶紧上前给他铺床,让他先上,然后躺在旁边不吱声儿。

夜色里,轻纱织成的挑金线罗帐半明半暗,他的面容,在月光下显得格外清冷,线条分明,声音也透着淡淡寒气,"母亲说,既然林岫烟出了事,我又不愿意纳妾,就依了二嫂的意思,让林岫烟和二嫂一起做在家居士。"

仙蕙顿时心头一松,还好,还好,不是非得把林岫烟塞了过来。

高宸却没有任何轻松的感觉,而是憋屈,"这件事说不清楚,也难怪二嫂不信。"他轻叹,"罢了,二嫂也是可怜,这件事就依了她罢。"

仙蕙听得微微怪异。

庆王妃作为整个王府的主母,要平衡各房关系,妥协也还罢了。高宸,高宸他居然也妥协了?!他似乎很难受的样子,语气冤屈,可是到最后……,竟然反倒说二郡王妃可怜,没有任何责备她的意思。

二郡王妃如此向着林家的人,庆王妃和高宸没有指责,反倒让着,都是看在高曦早逝的缘故上吧?心思忽然一动,林岫烟是不是因为吃准了这一点,所以才敢和高宸叫板呢?可是她现在也没有做成高宸的妾,反倒做了在家居士。

于她而言,计谋算是成功了呢?还是失败了?

特别想不明白的是,既然这一切都是林岫烟捣鼓出来的,折腾这么一圈儿,落了这么一个结果?她到底是图什么啊?可惜自己和她接触太少,根本看不穿。

"四郡王……"仙蕙想要劝解几句。

"睡罢。"高宸打断,然后已经翻转过身去了。

仙蕙知道他心烦,没敢劝,自己在床上胡思乱想也没有结果。躺了许久,才迷迷糊糊睡着过去,只是睡得仍旧不安生。

18 心心相印

半夜里,身边忽然一阵猛烈的震动。

仙蕙在混沌中醒来,然后一看,顿时被双手乱舞的高宸吓了一跳,脸上表情十分痛苦,好像是被什么噩梦魇住了。不由惊慌起来,忙喊,"四郡王,四郡王……,你快点醒过来。"

片刻后,高宸终于睁开了眼睛。

仙蕙松了一口气,"哎……,你可算醒了,刚才做什么噩梦了?吓得我……"说话间

下

发觉他不对劲,眼睛是睁开了,手上的动作仍然没有停,而且表情恐慌痛苦,分明还是在噩梦里面,没有脱出来。

天哪?!他该不是被什么缠上身了吧?

"高宸!"仙蕙是真的吓得不轻,直呼其名,"高宸!你快醒醒啊。"可是不管她怎么喊,怎么叫,都还是不能让他清醒过来。

"高宸,高宸……"

无边的黑暗之中,高宸听到有人在呼唤自己,他赶紧大喊,"二哥!二哥!我在这里……,二哥……"不对,那声音好像不是二哥,像是细细的、软软的女子声音,是谁呼喊自己?自己现在又是在哪里?可是眼前却只有一片无尽的黑暗。

黑暗中,像是有乌云化作凶猛之兽愤怒咆哮,要将自己一口吞噬!

高宸低头,看着幼小无助的自己蹲在桥墩上面,努力地往黑暗水里寻找哥哥,"二哥,二哥……"可是却找不到,惊骇中,那细细的声音又响了起来,"高宸、高宸!是我啊,是我……"

女子?她是谁?!

下一瞬,有温热潮湿的触感在嘴里生出,有柔软的拥抱搂住了自己,看不清楚,却可以感受得到。亲吻……,吻……,女子,一个清丽明媚的少女影子,一晃而过,耳畔响起她清脆如铃的声音,种种过往片段。

仙蕙?是仙蕙!想起来了。

自己已经长大了,已经成亲,已经有了一个小娇妻叫仙蕙!自己不再是那个险些送命的小郡王,哥哥没了,自己还活得好好的。

转瞬间,眼前乌云散开黑暗消失!

高宸从梦魇中苏醒,一点点看清眼前的周遭景象,远离噩梦,视线慢慢变得清晰起来。在自己眼前,是一张泪盈于睫的清丽脸庞,明眸似水,她不停地哽咽哭泣,"高宸、高宸你醒过来……"她紧紧拥抱,努力地亲吻自己,"是我啊,我是仙蕙……"

"仙蕙……"高宸低眸,凝视着哭得哽咽难言的小娇妻,——像是黑暗中,有一抹清浅阳光投映进来,拨开乌云迷雾,带来犹如春风一般的和煦温暖。

自己从小时候做噩梦,把丫头吓得惊慌失措之后,睡觉时身边就再也没留过人。

——别人都害怕自己,远离自己。

只有眼前这个傻乎乎的小东西,为自己担心,为自己哭泣,她不顾一切紧紧地抱住自己,亲吻自己,让自己从噩梦中醒来。

仙蕙擦了擦眼泪,颤声道:"高宸,你认得我了?"

"认得。"高宸有笑容在眼里缓缓绽放,低头吻她,"没事,我做了一个噩梦。"一个做了十年的噩梦,因为无人靠近,每次都是深陷其中不能自拔。而今,却因为她而有了不同,"别怕,我现在已经醒了。"

019

次日清晨，仙蕙捂着头在被子里一直嘟哝，"你这个骗子！你撒谎，你嘴里答应得好好儿的，可是后来……"后来他根本就没有轻轻的，那么……，粗鲁和剧烈，让自己还没有反应过来，就成了他的人了。

"骗子。"她捶打着那结实的胸膛，没捶痛他，反倒自己手酸了。而且，身上也到处都是酸疼，这人……，真是太坏了。

高宸生平第一次如此好脾气，任凭小娇妻又打又闹，嘴角始终挂着暖暖笑容，还耐起性子哄她，"好了，以后就不会痛了。"

"你现在就想着以后？！"仙蕙钻出被子，瞪圆了一双漂亮的大眼睛。

高宸乐不可支，一扫昨天被林岫烟污蔑的阴霾，"我怎么能不想以后？不想，你怎么能怀上我的孩子？不是说好了，咱们要生三男两女……"

"我不听，我不听。"仙蕙捂住了耳朵，想起他昨夜说什么先生三个儿子，然后就要了自己三次，不由啐道："你这个没羞没臊的！"她起身要走，身上衣衫没有穿好，滑落半边，露出昨夜留下来的殷红点点，又羞得钻回了被子，"你先起来，你快出去！"

她像个公主一般颐指气使起来，理直气壮。

高宸"听话"地先下去了。

小夫妻两个因为起床时笑闹了一阵，匆匆吃了早点，赶去给庆王妃请安，便比别人到得晚一些。庆王妃打量着小儿子和小儿媳，前者眼里是掩不住的笑意，后者则是满面羞臊，空气里有着火花在触碰闪烁。

看来昨儿林岫烟的事，并没有让小夫妻两个隔阂生分，反而更和睦了。

——夫妻同心就好。

等请安的人都散了，厉嬷嬷捧了一个盒子给庆王妃看，庆王妃瞧着元帕上面的殷殷落红，笑着点头，"可算了了我一桩心事。"然后让人拿了早准备好的滋补药材，赏给仙蕙，"回去炖点汤喝。"还叮嘱，"药味儿重，让老四陪着你一起喝。"

简直就是在说，你们俩都需要滋补滋补。

"是。"仙蕙又羞又臊，上前接了婆婆的特别赏赐。

高宸笑了笑，倒是不至于为这个尴尬。

庆王妃跟他们说了一会儿话，欢喜的气氛过得差不多，然后才说起林岫烟，"她的事我想了一夜，大抵便是存了贪慕富贵的心思。打量着，若是能傍上老四呢，就做一个姨娘，后来见老四不动心没了办法，便闹了一出做在家居士，横竖就是赖在庆王府不想走了。"

高宸眼中笑容散去，微沉不语。

仙蕙从羞涩中缓了过来，听了婆婆的话，觉得还真有那么几分道理。

庆王妃又道："反正你二嫂都不出门的，林岫烟要做出家人，也没道理在王府里面闲逛，以后你们遇不上。往后大家都别管她了，只当你二嫂寂寞多年，给她添了一个丫头做伴吧。"

下

仙蕙叹了口气，看来，也只能这样了。

二郡王妃本来多年守寡，就有些性子偏激。且她和高曦根本没有真正的婚姻，身边没有儿女，可以说对庆王府都没有任何感情，自然是向着娘家人的。林岫烟一哭二闹三上吊，又失了清白，二郡王妃肯定同情可怜她的。

若是庆王府再威逼着撵走林岫烟，把她逼急了，再要死要活的，不仅二郡王妃肯定不依，指不定还会传出"四郡王逼奸嫂嫂娘家的侄女，威逼使人致死"之类的流言。

高宸的名声可就全坏了。

小夫妻两个，心情微沉地回了沧澜堂。

而云蔚别院里，孝和郡主正在看着丫头蘅芷冷笑，"怎地？你瞅着陆涧长得模样俊俏，动心了？看上他了？"

"没有。"蘅芷慌忙解释，"郡主，就是刚才郡马爷回来，屋里没人，我顺手给他倒了一盏茶。往后……，往后奴婢再也不敢了。"

"你记住。"孝和郡主凉凉道："我们这儿可不是寻常人家，讨好了男人，主母就拿妾室没有办法。这里……"她指了指云蔚别院，"是我说了算！"

蘅芷连连磕头，"奴婢记住了，记住了。"

"下去。"孝和郡主一脸厌烦之色，"别惹我心烦，反正现如今你也没用处了。"

蘅芷退到下人呆的耳房，伏在床上，蒙着被子一阵无声大哭。

孝和郡主对郡马爷很是不满意，竟然不肯和他圆房，又怕别人非议，新婚夜里逼着自己代替了她，然后得了染血元帕交差。那之后，自己怕她多心，根本就不敢对郡马爷多说一句话，尽量躲得远远儿的。

偏巧今儿郡马爷回来得早，屋里的丫头又跟着孝和郡主出去了。因见无人，自己才给郡马爷倒了一盏茶，就为这个……，就被郡主骂得狗血淋头的。还威胁自己，若是逆了她的意思就没有好下场！

自己不能嫁人，甚至连一个真正的妾室都做不成，真是命苦啊。

书房内，陆涧正在面无表情地看着书。

方才蘅芷给自己倒了一杯茶，孝和郡主便留下她单独说话，能有什么好话？她孝和郡主看不起自己，嫉恨自己，总觉得自己和仙蕙有什么，竟然连圆房都不肯。往浅了说她是使气撒性子，往深了想，难讲她没打算将来换个郡马爷。

自己受辱和担惊受怕不要紧，可是她，还让万宝儿故意中伤仙蕙！

陆涧原本清澈如泉的眼里，闪过一丝阴霾。

不能任凭她这么一天天地嚣张下去了。她不停中伤仙蕙，不停算计仙蕙，不仅让仙蕙今后麻烦不断，——等她害了仙蕙，腾出手来，必定会翻脸无情。除了自己！既然她不仁，那就休怪自己无义！

吃晚饭的时候，陆涧目光闪烁不定，"郡主，我有几句话想跟你单独说。"看了看周围丫头，

021

面色迟疑，"能不能让她们先回避一下？"

当着下人，孝和郡主还是要给丈夫几分脸面，挥手道："你们都先下去。"

陆涧一脸歉意，"今儿蘅芷给我端茶的事，你千万别生气，不过是个丫头罢了。你不喜欢，撵了便是，只要遂了你的心意便好。"笑了笑，"反正马上就要秋闱大考，我也想清静一点。"

孝和郡主语气轻嘲道："你让我把下人们都撵了，就为了跟我说这个？"

"郡主，我有几句体己话要说。"陆涧赔笑，"我想着，陆家实在是太过寒素。郡主下嫁，那是我陆涧几辈子修来的福气，只是福气还不太够。若是此次秋闱我能够考个举人，明天春闱再顺利一点，中个进士，就能步入翰林院求得一职。"

他腼腆一笑，"到那时，还请郡主给我一个机会。"

孝和郡主挑眉看向他。

平心而论，陆涧长得还是很清秀俊逸的，又温柔，又大方得体，——若不是他和仙蕙有瓜葛，自己或许将就认了。可是既然他对仙蕙有情意，这只苍蝇，自己无论如何也吞不下去！

不过眼见他像一条狗似的巴结自己，倒也有趣。

陆涧亲手盛了一碗汤，然后端起，故意绕着桌子走了一圈儿。走到孝和郡主背后的时候，借着视线遮挡，飞快地放了点东西。"郡主，你看……"他的声音更谦卑，更温柔了，"若是我能求得一官半职，能不能给我一个机会？"

孝和郡主侧首看了一眼，笑而不语。

陆涧将汤轻轻放下，然后蹲下，试探地握住了她的手，"我对郡主一片赤诚之心、苍天可鉴，天长日久，你总会看到我这一颗真心。"

孝和郡主虽然有些心计，到底是少女，在男女情感上面一片空白。被男人这么低姿态地捧着，还是头一回，难免有些被讨好取悦的虚荣心。因而没有抽手，反倒懒洋洋笑道："行吧，到时候我考虑考虑。"

在她看来，不过跟哄狗一样逗着玩儿。

陆涧一脸感激之色，"多谢郡主。"然后坐了回去，"你放心，这次秋闱我肯定会好好准备。就算头悬梁、锥刺股，也要为郡主挣一个功名回来。"他像是兴奋过度，一面说话，一面喝汤，大口大口地把一整碗都喝完了。

孝和郡主勾起嘴角，漫不经心地搅拌着眼前的酸笋鸡皮汤。因为心情愉悦，见对方也吃得很有胃口，便低头尝了一口，唔……，味儿还不错，又喝了小半碗。

心下冷笑，仙蕙，从前痴情你的男人在我面前，也不过是一条狗！

吃完饭，陆涧仍在极力地奉承讨好孝和郡主，因而少见地比平日多留了一会儿。丫头们见孝和郡主没开口，一脸含笑开心的模样，自然也不敢撵陆涧，反倒都识趣地退了出去。

没多会儿，里面渐渐传出了男女呻吟之声。

这种时候就更不会有人进去打扰了。

半夜醒来，孝和郡主惊恐万分地发现自己衣不蔽体，下身酸痛，原本打算留给下一任丈夫的处子之身，已经彻彻底底没有了。她怒不可遏，抬手就要给陆润一耳光，"你这个不知廉耻的……"

"郡主！"陆润一把抓住了她，男子的力气要大得多，稳稳不放，"怎么了？夫妻敦伦难道不是天经地义？郡主若是不怕被人笑话，要吵，那就大声地吵吧。"说着，毫无怜惜地下床离去。

反正自新婚以来，两人就没有在同一张床上睡过。

孝和郡主气得浑身乱抖，脸色惨白。

因为她根本就不敢吵，毕竟吵开了，陆润也没有多大的错，反倒是她一直不肯和丈夫同房没有道理。再者被人知道，她竟然被自己的丈夫下了催情药，破了处，——除了落一辈子的笑话把柄，还能有什么？！

她心里一口浊气憋得喘不过来，又气又急，加上药劲儿还没有散完，再次晕了过去。

清晨，沧澜堂内一派温馨旖旎的气氛。

虽然之前闹出了林岫烟的事，可是高宸不理睬她，仙蕙又不相信她，最终不过是看在二郡王妃的面子上，勉强让她做了在家居士而已。如同庆王妃所说，二郡王妃平日都不出门的，林岫烟成了出家人，也没有道理在王府里四处乱逛，平时眼不见心不烦。

对于高宸和仙蕙来说，不过是王府里多了一个讨厌的人，多一张嘴吃饭罢了。

小夫妻俩前天第一次云翻雨覆，尝到滋味儿，昨儿不免又折腾了一夜。眼下正是浓情蜜意、如胶似漆的时候，黏黏乎乎的，——高宸像是刚融化了的冰，仙蕙就是那糖，满屋子都是甜蜜芬芳的气息。

"我上次给你做的荷包，为何不戴？"

"行，在哪儿。"

仙蕙找了荷包出来，给他挂在腰间，嘟哝道："上次你还说我做得一般。"

高宸打量着自己的小娇妻，她原本就极为貌美，半嗔半怨的样子，反倒带出一种说不尽的妩媚之意。特别是那一双横波流盼的眼睛，水波潋滟、灵动如珠，让人一看，就忍不住心情愉悦。

再想起她夜里在床上的娇软，又添几分柔情。

因而连声笑道："不一般，不一般。"修长白皙的手指，落在她低头的青丝上面，忍不住又往下滑，捏住了她的耳珠，低语道："……你特别喜欢这儿。"

仙蕙怔了怔，才明白他说的"喜欢"是什么意思，不由羞臊啐道："呸！不许说！我才不喜欢呢。"

"那你喜欢哪里？"

"不要问了。"仙蕙羞得跺脚，催他，"走走，快点去给母亲请安。"不由分说，拉着丈夫出了门，等见了下人，又害羞地赶紧松了手。

高宸眼里的笑意越发深了。

所谓夫妻，大概这样就是琴瑟和鸣了吧？原来姻缘自有意趣。

松月犀照堂内，气氛微凝，像是又出了什么事儿。

庆王妃穿了一身深紫色的葫芦纹褙子，头戴珠钗，显得端庄雍容，手上闲闲地拨着一盏茶。等人到齐了，方才与众人说道："昨儿孝和想穿桂花玩儿，一时淘气，自己爬了梯子去捋桂花，结果摔了下来。"放下手中茶盏，起身道："既然大家都到齐了，那就一起过去看看她。"

大郡王妃接话道："难怪啊，我说今儿万次妃和吕夫人不来，那是日子不逢十，怎地三弟妹也没来，原来是孝和摔倒了。"招呼两个女儿，"走，去看望你们的小姑姑。"

两个郡主都还小，母亲说什么就是什么，听话地站了起来。

庆王妃招了招手，"都走。"

舞阳郡主可有可无的，叫了周峤，"走罢。"

周峤打了个哈欠，"好。"

而二郡王妃除了重要日子，一向都是不出来见人的，加上才出了林岫烟的事，自然看不到她的身影了。

剩下的主子，就是四房的仙蕙和高宸。

仙蕙心里不想去，今儿这种场合肯定会看到陆涧，但是却不能不去，甚至连一丝不情愿都不能流露。她低垂眼眸，与颀长挺拔的高宸走在一起，随了人群，跟在庆王妃的后面，去了云蔚别院。

三郡王妃和高齐迎了出来，与众人见礼。

"孝和怎么样了？"庆王妃问道。

"没事。"高齐长得像万次妃，但是却有着高家人颀长的身材，高高瘦瘦，一袭锦缎长袍穿着空荡荡的。他朝着嫡母欠了欠身，"大夫说孝和只是脚踝崴了，有点肿，不过没有摔着骨头，养一养就好了。"

三郡王妃接话道："辛苦母亲和大伙儿亲自过来。"

"嗯，瞧瞧罢。"庆王妃领着众人进了门，到了里屋，见孝和郡主躺在床上，旁边坐着万次妃，站着陆涧，似乎屋里的气氛不是太好。

"母亲。"孝和郡主挣扎着要起身，"你们来了。"

庆王妃上前摁住孝和郡主，面子情还是要做的，微笑道："快躺下，你是摔着腿受伤的人，不用多礼。"旁边有丫头搬了椅子过来，给她坐下。

孝和郡主忽地转头看向高宸，泪光盈盈的，"四哥。"她声调哽咽，目光里闪过一丝悲戚怨念，"我……我有话要跟你说。"

不知怎地，仙蕙忽然有一种不好的预感。

下

万次妃劝女儿道："你躺着吧，有什么话非得这会儿跟老四说？好好歇着。"她并不知道女儿的心思，还把位置让给了高宸，"四郡王，你坐。"

高宸欠了欠身表示道谢，然后坐下，"怎么了？"

孝和郡主的眼里露出一抹怨恨，看向仙蕙，然后看向陆涧，——他们不仅合起伙来恶心自己，而且陆涧还毁了自己！呵呵，看四哥跟仙蕙亲密的样子，想来是相处出一些感情了，那正好啊。

没有爱，哪里来的恨呢？

"孝和。"高宸觉得庶妹眼神古怪，特别是她看向仙蕙和陆涧的表情，让人觉得很不舒服，因而不耐道："你不是有话要说吗？说罢。"

舞阳郡主早就等得不耐烦了，扭了脸，吩咐丫头，"给我拿一碟胭脂梅子，清早起来，嘴里没味儿难受得慌。"

难受？孝和郡主心下冷笑，等下马上就有让你们更难受的！

"孝和……"万次妃迷惑道："你怎么了？叫了你四哥，又发什么呆啊。"

孝和郡主转眸看向陆涧，看着那个一表人才，却卑鄙下流的无耻之徒，"陆涧，你以为我拿你没有办法，是吗？你以为，你可以护着你的心上人，是吗？"

陆涧本来就提着心弦，一听她说什么心上人，顿时变了脸色，"郡主。"上前摸了摸她的头，"你是不是烧糊涂了？我的心上人，自然是郡主你了。"转头朝众人道："不如让郡主休息休息，大伙儿先回去吧。"

孝和郡主尖叫道："谁都别走！"然后一把甩开陆涧的手，"拿开！别用你的脏手碰我。"她恶狠狠地看向仙蕙，眼里带出笑容，有种马上就要毁了对方的快意，"四嫂你知道吗？昨儿夜里，陆涧在梦里喊着你的名字。"

此言一出，满座皆惊！

仙蕙发觉孝和郡主有点古怪，但是再想不到，她会说出如此惊骇之语。当即变了脸色，蹙眉问道："孝和，你在胡说什么？是病糊涂了吗？"转头看向高宸，"四郡王，你不要信她。"

高宸没言语，只是起身走到小娇妻的身边，牵起她的手，——以他一向喜怒不形于色的自持性格，如此举动，已然说明了他的态度。

仙蕙感觉心头一暖，不再慌乱。

孝和郡主看在眼里不仅没有失望，反而笑了。

恩爱是吧？恩爱好啊，等下自己揭穿他们，倒是要看看四哥还会不会为了面子，再护着他的心肝宝贝！她深吸了一口气，"我没有胡说。"声调哽咽，垂泪道："昨儿就是听见了，陆涧在梦里喊着仙蕙的名字，我伤心难受，才赌气去爬梯子的，结果气得没有站稳摔了下来。"

陆涧一脸吃惊，"郡主，你为何要编造这种谎言？昨天夜里，我们根本就没有在一张床上睡觉，我更没有说过梦话。"

"你撒谎！"孝和郡主一口咬定，"你我夫妻，不在一张床上睡，你去哪里睡？满嘴胡言乱语！"

陆涧一脸被冤枉的表情，难过道："郡主，不就是因为我和蘅芷的事吗？她给我端了一碗茶，你生气了，打我、骂我，再不然撵了蘅芷也使得。怎么能为了使性子，就把四郡王妃拉扯进来？她是你的嫂嫂，旁边还站着你的哥哥，说这样的话，实在是万万不应该啊。"

"你……"孝和郡主不防他如此能言善辩，气得不行，愤怒道："蘅芷只是给你端了一碗茶吗？你、你都已经把她睡了！"

事情一波三折，屋里的人都是听得咋舌。

万次妃更是惊讶问道："陆涧，这可是真的？！"

"是。"陆涧老老实实地承认了，"因为郡主和我拌嘴，一赌气，我就一时糊涂和蘅芷……，总之，是我错了。"他反倒拿这件事来做借口，"郡主，我睡了蘅芷，那也是因为和你吵架闹的，我有错，我改，你别再胡言乱语拉扯别人了。"

孝和郡主气得发抖。

她并不知道，陆涧为人看起来斯文尔雅，其实在圈子里是有名的辩才。原本她认为可以污蔑陆涧的事，到陆涧嘴里，反而成了搬起石头砸自己的脚。听他这么一说，越发像是她因为蘅芷生气，所以才胡说八道了。

偏偏又不能说陆涧撒谎，说他撒谎，就得扯出新婚之夜没有圆房的事。

孝和郡主生平从来没有吃过这么大的瘪，如何咽得下这口气？况且，她被陆涧破了身子，失去再嫁以后的优势，心下怨恨，更是不肯善罢甘休！加上见陆涧护着仙蕙，气得牙齿打架，反而冷笑，"你为什么要睡蘅芷？哦，你瞧着她长得有几分像仙蕙，所以就爱上她了。"

"郡主，不要胡闹。"陆涧叹了口气，当即找了蘅芷进来，看向众人，一脸冤枉的表情，"你们看看，这丫头哪里长得像四郡王妃了？完全是没有的事啊。"

众人一看，的确长得和仙蕙完全不像嘛。

别说旁人，就连高齐都看不下去了，觉得妹妹太任性，劝道："孝和，你说话也要有个影子，这么没边没际地胡说八道，实在是太不像话了。"

三郡王妃没敢吱声儿，免得惹火上身。

万次妃却是有点下不来台。

起先还有点相信女儿的，现在听陆涧那么一说，不免也觉得是女儿在发脾气，全都是因为陆涧睡了蘅芷恼火。这事儿陆涧是不对，吵他可以，但是不能随便拉扯别人。毕竟仙蕙好惹，但是高宸不好惹啊，况且除了他，就是庆王妃和舞阳郡主两尊大佛呢。

因而也是劝道："孝和啊，回头把蘅芷叫人牙子领走，再让陆涧赔个罪，也就是了。"

孝和郡主眼下见自己被陆涧给绕进去，让哥哥和母亲都信了他，不由更是气恨，一口咬定哭道："我没有撒谎，陆润夜里喊着仙蕙的名字，他们、他们早就已经相识，互相爱慕……"

"你给我闭嘴！"高宸冷声呵斥，他鬓角上的青筋直跳，寒气直冒，周身隐隐透出杀伐之气，"再胡说八道，别怪我不认你这个妹妹。"

孝和郡主被哥哥吓得缩了缩，扯了万次妃挡在自己身上，一阵嘤嘤哭泣。

仙蕙握紧了拳头，沉默不语。

这种时候，自己是不适合去开口争吵的，免得一不小心，就被孝和郡主的话给套进去了。还不如做出委屈冤枉的样子，不分辩，正所谓千言不如一默，——有陆润为自己分辩，有高宸支持自己，更为妥当。

"来人。"舞阳郡主皱着眉头，吩咐下人，"赶紧把小峤送回去，别让她在这儿听些污言秽语，脏了耳朵！"

周峤瞠目结舌的，被丫头和婆子们拉走了。

大郡王妃一看这架势、这话题，也赶紧让人领了两位县主出去。吕夫人一向是事不关己，高高挂起，趁机跟着一起出门。

庆王妃脸色难看无比，再没想到，庶女会发疯到如此地步。等几个小辈一走，便沉下脸道："孝和，你无凭无据编出这样的谎言，毁坏仙蕙的清白名声，是何居心？实在是太放肆了。"

"无凭无据？胡言乱语？"孝和郡主对陆润、仙蕙恨之入骨，咬牙切齿道："你们问问陆润，当初在邵家看台观看龙舟的时候，他怎么会在附近？我和他素不相识，他为何又会跳下水来救我？那还不都是因为仙蕙！"

寝阁里，所有的声音都忽然消失了。

庆王妃和舞阳郡主露出思量的神色，万次妃脸色大变，大郡王妃乐得看好戏一脸快意，高齐和三郡王妃互相对视一眼，脸上表情各异。

孝和郡主讥讽道："你爱慕她，以为掉下去的人是她，所以才会救人！"

陆润目光一跳，眼底闪过一丝阴霾之色。

高宸闻言沉默不语。

仙蕙则是被这番话震惊到了。

原本以为，孝和郡主最多提差点订亲之事，但是那事儿自己已经跟高宸坦白，他也表示不介意，所以并不是太担心。再没想到，她会从陆润救人的事上下手，故意歪曲事实，不……，其实她说的就是事实。

心里清楚，陆润当时要救的人就是自己。

这事儿要怎么解释？陆润根本就不认识孝和郡主，为何要去救她？若是陆润为了自己不顾性命，那岂不是早有情意？高宸知道实情，焉能不恨陆润惦记他的妻子？

陆润……，陆润危险了。

仙蕙心下着急，又慌乱，偷偷看了高宸一眼。

他长身玉立地站在旁边，不言语。

"怎么？大家都不说话了？"孝和郡主擦了擦眼泪，讥讽道："你们现在不说我撒谎了？因为我根本就没有撒谎，陆涧你……"指了丈夫，"就是爱慕仙蕙。"

陆涧毁了自己，自己也要毁了仙蕙。

依照四哥那样高傲的性子，陆涧和仙蕙的奸情，必定成为他一辈子心里的刺，他只会和仙蕙离心离德，夫妻越走越远。就算看在御赐的分上不休了她，也会纳几房美妾生儿育女，过几年，自然慢慢淡忘她了。

高宸目光微闪，心情亦是起伏不定。

孝和之前说陆涧梦话，可能是在撒谎，但是看台的事却不像是谎言。没错，陆涧为何会在邵家看台附近？又为何会去救孝和？自己能想到原因，就是为了仙蕙。

这个答案，让他的心狠狠揪了一下。

"郡主。"陆涧静默了一瞬，便叹气，"你就是因为这个猜疑我吗？怀疑四郡王妃的吗？"他忽地跪下，"既然如此，那我也只能实话实说了。"

实话实说？陆涧疯了吗？仙蕙心头猛地一跳。

想阻止，又全身发软不知道如何阻止，只能呆呆地看着他，因怕高宸多心，复又低垂眼帘，——心口越跳越快，怎么办？怎么办？陆涧要是坦诚对自己的爱慕，等下自己要说点什么？他、他到底是疯了，还是傻了啊。

难道说，他不是死于时疫天灾，反倒要因为自己而死？不，不可以。

仙蕙想不明白，心下焦急万分。

高宸的脸上笼了一层寒霜。

屋里其他的人也是一头雾水，甚至就连愤怒的孝和郡主，都看糊涂了。

难道说，陆涧要承认他和仙蕙的奸情？哼，他这是自寻死路。

屋里气氛诡异，各自都是表情丰富，各有各的心思，没有人开口阻止陆涧，都在等着他说下去，——暗流涌动，一场狂风骤雨即将来临！

陆涧沉声道："这件事，郡主你是误会我了。"

"误会？"孝和郡主眉头一挑，冷笑道："这种时候你还想撒谎？还想狡辩？行啊，我看你能编出什么花样来。"

"郡主，你是知道的。"陆涧叹气道："陆家太过寒微，我虽然有几分才学，但是却一直苦于没有门路赏金，即便将来能够考中功名，只怕也难以走远。而在之前，我因为结识四郡王来过几次庆王府，见识了王府的荣华富贵和滔天权势，便想着，若是能够跟郡主结亲，成为王府的女婿便好了。"

"所以，端午节那天我就一直在看台旁边徘徊，想要接近郡主。只可惜，王府的侍卫实在太多，始终都没有机会。后来郡主你去了邵家看台那边，人少了许多，我正想借着和邵家认识的机会,上去打个招呼,就赶上郡主你从上面掉了下来。"

"天赐良机,便是舍了性命我也要救了郡主!"

"最后老天有眼,果然让我得偿所愿,不仅让我娶到了郡主,成为郡马爷,而且还顺顺利利住进了王府。"陆涧语气激动,一脸小人得志的表情,"真是我的福气啊。"

众人听得都是一番瞠目结舌。

孝和郡主也是怔住。

陆涧抬眼看向她,"郡主,我是因为王府的滔天权势和富贵,才会想着求娶你,才会在王府和邵家的看台附近转悠,然后救了你啊。"

仙蕙的心口好似被人敲了一记,微微作痛。

陆涧,你怎么可以这么傻啊?你把自己说成贪慕富贵、不择手段的小人,你的名声不就全毁了吗?你为了保全我,不惜自毁将来的大好前途。

"你胡说!"孝和郡主又气又恨,怒道:"你、你完全是胡说!你就是喜欢仙蕙,以为我是她,所以才会下水救我的。"

"郡主啊。"陆涧一副苦口婆心的样子,"四郡王妃不过区区一介商户之女,而且在邵家又不得势,我惦记她做什么?她能给我什么啊?"跪在床前,抓住了她的手,"我虽然起初是贪慕庆王府的权势,才娶了郡主。可是郡主你温柔大方、美貌贤淑,是极好的姑娘,我也慢慢心仪上你,盼着和你琴瑟和鸣啊。"

"滚!"孝和郡主愤怒地甩开他,"你这个卑鄙下流的无耻之徒,满嘴谎言!"

"郡主。"陆涧急急道:"我现在的确是爱慕你的,你可以不相信我对你的真心,但是却不能不信我的话啊。"转头看向众人,"你们想想,不说四郡王妃身份卑微,不值得我苦心求娶。单说她当时已经是御赐的四郡王妃,我又怎么可能去救她?那样岂不是让四郡王恨我,自找死路吗?我就是疯了,也不可能那样做啊。"

他说得合情合理、有理有据,竟然生生把黑的说成了白的!

对啊,陆涧怎么可能自找死路呢?他救仙蕙没道理啊。

万次妃听得点了点头,三郡王妃和高齐也露出相信的神色,大郡王妃虽然不甘心放过仙蕙,却不敢在这种时候插嘴多言。

庆王妃当即道:"陆涧言之有理。"

不关乎她信不信,就算不信,也要顺着陆涧这番话掩护小儿子的脸面。

庆王妃冷冷扫了庶女一眼,"依我看,孝和都是因为蘅芷的事情迁怒,所以才会如此胡说八道。"故作苦口婆心的样子,劝道:"孝和啊,小夫妻拌嘴是常有的事儿,床头吵架床尾和,怎么能拿出来闹事呢?至于污蔑丈夫和哥哥嫂嫂,那就更不应该了。"

舞阳郡主赶忙帮腔,"是啊,是啊。"继而又故意呵斥陆涧,"没想到,你这人看起来斯斯文文的,竟然是为了荣华富贵才救了孝和,真是斯文败类!"

陆涧低垂了头,不反驳。

仙蕙心情复杂难受得说不出话，也不敢看他，心里面是无尽的煎熬。

原本已经说服自己，再也不要管陆涧的事。

他已经为自己牺牲了一切，自己却一句话都不能说，一个安慰的眼神也不可以，只能装作和他素不相识，看着他一点点被毁坏。

否则的话，就连他把自己摘出来的情意都要被辜负。

陆涧……，我对不起你。

仙蕙心中五味杂陈，自责、懊悔、怨恨，更对此刻无法帮忙而难过。

庆王妃又道："既然是一场误会，说开就行了。"她目光凌厉地看向庶女，"陆涧虽然求娶你的心思不对，但你们已经成了夫妻，他人本身还是不差的，既然已经心仪于你，往后就好好过日子罢。"

"好了，孝和。"万次妃亦是点头，"回头好好地责罚陆涧，让他认错。"

都已经这样了，难道闹开了就让女儿脸上更光辉？陆涧为富贵求娶女儿，虽然说出来难听，但也不是无法接受，男人想要依附裙带关系的多了。女儿有这个本事让他依附，他才会像条狗一样地听话呢。

高齐皱眉道："孝和，你要是生气，回头我替你揍陆涧一顿。"

孝和郡主眼见陆涧巧言令舌，嫡母搅和稀泥，生母和哥哥也跟着附和，不由气怒交加地尖叫，"他撒谎！他在撒谎！"此刻已经完全无计可施，只能拼命污蔑，"昨儿我听见了，他在梦里喊着仙蕙的名字，他就是爱慕仙蕙……"

万次妃看向陆涧，"是不是你说的？"

"次妃，这是绝对没有的事。"陆涧分辩道："昨儿我是睡的外面梢间，真的，千真万确，更没有说过奇怪的梦话。"

孝和郡主嘶声道："你撒谎，你就是说了。"

一个说有，一个说没有，这件事顿时成了僵局。

"行了！"高宸实在是忍无可忍，一声断喝，"把丫头们都叫进来。"然后看着跪了一地的丫头，"昨儿陆涧是在哪里睡的？说实话，不说实话就全都廷杖打死。"

丫头们面面相觑，不敢吭声儿。

蘅芷却是心思一动，若是不趁此扳倒孝和郡主的嚣张气焰，等她缓过气，又不能杀了陆涧和四郡王妃，一定会把气撒在自己头上的！不如拼死一搏。

"四郡王。"她抢先第一个跪了下去，"昨儿夜里，郡马爷睡在外面梢间。"

"哦。"高宸环顾了其他人一眼，冷冷道："你们怎么说？"他声音冷峻，带着强烈的凛冽杀气，那种强势，能让人不寒而栗。

丫头们都是胆战心惊，加上又有蘅芷开头，再撒谎，就要面临廷杖的危险，纷纷说了实话，"是的，昨天夜里，郡马爷是在外面梢间睡的。"

孝和郡主瞪大了眼睛，再想不到，居然会出现眼前的一幕！原本以为，只要说出陆涧

下

梦里喊了仙蕙，再说出看台的事，就可以让四哥震怒怀疑仙蕙，恨上陆涧，让他们两个一死一伤。怎么、怎么……，怎么事情会变成这个样子？她气得快要吐血，手都是抖的，"你们、你们合起伙来撒谎，欺负我……"

"这就可笑了。"舞阳郡主接了话，嘲讽道："丫头是你的丫头，怎么能合起伙来撒谎欺负你？大家不过是实话实说罢了。"

孝和郡主不甘心，明明应该轻易毁了仙蕙的，而陆涧不死也得脱一层皮的，怎么能让他们轻易逃脱？怎么变成全是自己在撒谎？陆涧花言巧语迷惑大家，四哥完完全全护着仙蕙，就连蘅芷那个贱蹄子也敢背叛自己！她气极了，抓起床头的一个茶盅就砸了过去，"贱人！"

蘅芷没躲闪，居然硬生生受了一击，顿时头破血流触目惊心。

陆涧故意上前搀扶她，焦急道："蘅芷。"做出一副情不自禁的关心模样，"你有没有事？伤得重不重？"还从怀里掏出帕子，去给她擦拭，"哎呀，流了这么多血。"

"陆涧！"高齐呵斥道："你像什么样子？！"

"我、我……"陆涧慌慌张张把帕子塞给蘅芷，又折身回来，跪在孝和郡主的跟前解释，"郡主，我错了，我再也不管蘅芷的死活。"一副贪恋丫头美色，却又舍不得嫡妻尊贵身份的小人嘴脸，"以后……，我全都听你的。"

仙蕙看眼里，只有一种珠玉琳琅碎裂的痛心。

不！陆涧不是这种人。

那个朗朗犹如玉山上行的翩翩佳公子，清风明月一般，粗布寒衣都不能掩盖他的清高气华，又怎么会是如此卑劣之徒？犹记得他的那双眼睛，好似一泓烟波浩渺的万里江河，丝毫不沾尘俗气息。

——毁了，毁了，现在全都毁了。

孝和郡主则是愤怒不已。

陆涧在撒谎！他为了仙蕙，情愿毁了他自己！好啊，这对狗男女果然有奸情，再想起被丈夫骗走的清白之身，越发怨恨滔天！因而哭了起来，"陆涧，你和蘅芷勾勾搭搭有了奸情，她恋上你了，所以才会给你做假证。"

她哭着指责别人，又没证据，完完全全成了无理撒泼。

高宸看向万次妃呵斥道："孝和这样疯疯癫癫的，成何体统？仔细看看她，往后别让她胡言乱语地撒泼！"

万次妃脸上也是尴尬难堪，招呼女儿，"孝和，你别闹了。"

高宸转身，冷着一张脸沉声道："母亲，我们走。"

孝和郡主急了，事情都已经闹到这个地步，自己竟然一无所获！不仅让陆涧和仙蕙逃脱，还得罪了嫡母、嫡姐，以及最最难缠的四哥，这个亏，吃大了啊！不行，决不能就这么了事。

她并不是看起来的那样没脑子，仓促中，飞快地琢磨挽回办法。

庆王妃等人都已经站起身来，准备离开。

"陆润、仙蕙！你们这对奸夫淫妇！"孝和郡主好像疯了，竟然开始口不择言地乱骂起来，"你们等着！只要我一天不死，就要所有的人都知道，你们两人勾勾搭搭不要脸，败坏王府风气……"

简直疯妇！陆润真是想撕她的心都有了。

"郡主，郡主。"他赶紧上前，试图打断她的疯话，"你要相信，如今我对你是一片真心的啊。你可千万别气坏了身子，消消气，往后……，我们一起好好过日子。"

"你滚！"孝和郡主拼命甩开他，她的目光扫过仙蕙，看着那个长着一张漂亮脸蛋的可恨女人，丈夫护着她，哥哥护着她，故意叫道："仙蕙，你不得好死！你这个水性杨花的……"

高宸心中本来就有万千火气，一直隐忍不发，现在听她满嘴污言秽语，实在忍无可忍！他上前一步，推开陆润，一把将孝和郡主提了起来，"你失心疯了。"抬手一掌，将其狠狠击晕，然后一把扔回床上，"找个大夫，好生治治她的疯病！"

万次妃心疼女儿，又不敢逆了高宸，只得忍气吞声应下。她有气没处撒，转头呵斥儿子儿媳，"还愣着做什么？赶紧叫大夫过来。"

高齐和三郡王妃脸色难看，当即出去了。

舞阳郡主怒道："好好的一个姑娘家，怎地什么市井泼妇的话都说得出口？简直有辱王府门风！"上前扶着庆王妃，"母亲，我们赶紧走。"

庆王妃也是气得发抖，"走，我们走！真是太不像话了。"心下有气，扫了呆呆的大郡王妃一眼，"还不走？你还没看够不成？！"

大郡王妃赶忙低了头，跟了上去。

仙蕙心下一片茫然，跟着高宸，也一起出门。

至此……，孝和郡主的一番惊人阴谋，最终成了闹剧。

仙蕙却是无法高兴，而是满心难过。

自己算是彻底给摘出来了，可是陆润，往后一辈子都难逃贪慕富贵之名。不仅孝和郡主和万次妃、高齐夫妇会讨厌他，庆王也会厌恶这个女婿，将来就算有了功名，也难说会不会帮他一把。

很有可能，陆润一辈子被圈养在王府里面。

——夫妻之间还是怨偶。

陆润的一辈子，差不多算是彻底毁了。

仙蕙难过，还不敢流露出一丝难过，憋得心口抽抽地疼。

走到门口，正好遇到身量发福的高敦赶过来，朝众人问道："早起父王叫我过去说话，耽搁了。刚才听说，孝和从梯子上摔下来，有没有事？我也好回父王一句。"

舞阳郡主阴阳怪气道："孝和从梯子上摔下来，人没事，把脑子摔坏了。"

高敦闻言一愕。

下

庆王妃脸色沉沉，接话道："孝和没事，走罢。"

一行人到了分岔的路口。

高宸看了看仙蕙，目光复杂，"你先回去，我陪大哥去跟父王说几句，免得担心。"

"好。"仙蕙心头一跳，他这是在回避自己吗？可是不敢多问，更不敢停留，免得越描越黑，只能言不由衷道："好，你早点回来。"

庆王妃领着女眷们，从紫藤小径那边曲曲折折过去了。

高宸回头看了云蔚别院一眼，陆涧……，他在撒谎！

母亲她们对陆涧不了解，自己却是早就认识他和宋文庭的，对二人了解颇深。若说宋文庭性子耿直、仗义，好似那峭壁上的苍劲青松，那陆涧就是皑皑白雪中的一杆碧竹，二人都有风骨，所以才能成为多年挚交好友。

自己也是看中了他们这点，才会结识，准备当做今后的幕僚培养。

陆涧不是那种为了富贵就厚颜无耻、媚颜屈膝的人，而且他素有辩才和心思，若是真的为了求娶孝和，又怎么会自己揭露出来？只会三言两语就把他给摘出去，保证洗得干干净净，还叫旁人深信不疑。

他在撒谎，他这么做全都是为了仙蕙！

——窈窕淑女，君子好逑。

若仅仅只是陆涧仰慕仙蕙，自己纵然心里不舒服，也还不是不能理解和接受。然而反过来想一想，仙蕙呢，她心里又是如何看待陆涧的？抬眼看向已经走远的女眷们，那一抹袅娜纤细的身影，此时此刻，她又在想些什么？

她在为陆涧心疼吗？难过吗？她……，一直不敢说话，一直不敢看自己的眼睛。

往深了想，若陆涧只是偶然见过仙蕙，一点仰慕，如何值得自毁前程？是不是可以说明，他们原本就是互相爱慕的。

高宸忆起一桩旧事。

那一次，仙蕙来王府做客结果迷了路。自己无奈只得亲自送她回去，却发现她神色紧张地往凉亭里看，当时自己还问她，是不是认得凉亭里面的人？她说不是，只是怕被人流言蜚语地议论。

现在回想，或许……，她早就认识陆涧吧。

高宸心中像是被针扎了一下。

自己对仙蕙，虽然还谈不上如何情深义重，可是却把她认真当做妻子对待，尊重她、呵护她、疼惜她，甚至腾出空白一片的心房，准备接纳她。心里已经有了她的影子，却发现她身上带着刺，如何能够不痛？

原本自己有千万个办法，可以诈出她心中的真实想法，但是……，最终却选择了回避，借口去看父亲，让她先回去平静情绪。

是不敢面对吗？可笑啊，竟然蠢到如此田地。

033

沧澜堂内，仙蕙的心口亦是疼痛难抑。

"四郡王妃。"厉嬷嬷在旁边问道："陆涧已经自毁把你摘了出来，你若是言行不谨慎引得四郡王多心，再跌进去，是不是辜负他的一番心意？"

仙蕙揉着心口看向她，难过道："是。"

厉嬷嬷又问："你再想想，四郡王是一个能轻易被糊弄的人吗？他难道没有办法和你对质？他却选择回避了，又是为什么？"

仙蕙想到高宸，不免另外一种难言的心疼。

厉嬷嬷最后问道："辜负两个护着你的男人，便宜别人，值不值得？"

不值得！一千一万个不值得！

仙蕙很清楚厉嬷嬷的意思，强忍了心痛，告诉自己，——绝对不能先辜负陆涧的情意，再辜负高宸，不能让亲者痛仇者快！可是，还是忍不住地难过啊。

厉嬷嬷接着道："眼下的局面，已经对四郡王妃是最有利的了。"

仙蕙自嘲，这有利的局面是毁了陆涧得来的。

"四郡王妃，现在不是生气和难过的时候。"厉嬷嬷是旁观者清，更为冷静，"此时此刻，你应该愤怒孝和郡主的污蔑，鄙夷陆涧的贪慕富贵，担心四郡王是不是在其中受伤，这些……，才是你现在应有的情绪。"

仙蕙仰起脸，这样才能忍住喷薄而出的泪意。

"你要记住。"厉嬷嬷继续道："今儿的祸事都是因陆涧而起，孝和郡主也太过分了，让四郡王妃你受委屈了。可是做嫂嫂的要大度一些，别跟小姑子和姑爷一般计较，气坏了自己，也不值得。"

"好，我不生气。"仙蕙努力说服自己，好似那些话都是真的，艰涩重复道："我是做嫂嫂的，要大度，不和他们一般计较。"

"不过呢，好在四郡王心里看重你。"厉嬷嬷说起谎话就好像真的一样，不仅流利无比，还尽量让主母融入这种氛围，"四郡王不信旁人挑唆，经过今儿一事，四郡王妃反倒看到四郡王的真心，也算是因祸得福。"

因祸得福？仙蕙轻嘲，——祸是陆涧的，福是自己的。

她反反复复在脑子对自己重复，重复厉嬷嬷的那些话，说服自己，用最应该有的态度呈现在众人面前。过了许久，又大口大口地喝了一碗凉茶，方才感觉呼吸通畅，说话也不打颤儿了。

"看着我的眼睛。"厉嬷嬷目光精亮，"等下四郡王回来，和他说话，你一定不能躲着他的眼神。那样……，只会显得你心虚有鬼。"

"是。"仙蕙咬牙道。

"厉嬷嬷，有个叫胡三娘的妇人找你。"外面丫头道。

厉嬷嬷赶紧出去了。

仙蕙深吸了一口气，命令自己冷静下来，不要再去想陆涧了，不要想了。努力地跳到眼前的事上，——胡三娘是吴皇后安排在江都的人，平时有事，都是通过她，传达到厉嬷嬷的耳朵里。

不知是福是祸？眼下王府局面已经够乱的，希望不要再添乱了。

片刻后，厉嬷嬷折身回来，"四郡王妃……"她上前附耳低语了一阵。

仙蕙猛地抬头，吃惊道："当真？"见对方点头，又催促，"赶紧让人去找四郡王回来，有了这个，便彻底扑灭孝和郡主的气焰。"

厉嬷嬷回道："已经让玉籽去了。"

片刻后，玉籽还没有回来，又跑来了一个丫头传话，声音焦急道："四郡王妃，刚才云蔚别院传来消息，说是孝和郡主要去找王爷了。"

"找王爷？她还想继续闹腾？"仙蕙满腔的难过和愧疚，全都化作了熊熊燃烧的复仇怒火，一声冷笑，"走，我这就去见王爷！"

孝和郡主中伤自己，毁了陆涧，自己绝对不会放过她的！

庆王府，清风水榭厅堂。

"父王。"孝和郡主一瘸一拐进来，一进门，就跪在地上大哭，"父王，女儿受了天大的委屈，你要给女儿做主啊。"

高敦诧异道："你受什么委屈了？"

他这人有点稀里糊涂，但是对兄弟姐妹还是不错的，哪怕孝和郡主是庶出，也还是把她当做妹妹，只是不像对舞阳郡主那般敬重罢了。

庆王因为偏爱万次妃，所以对高齐、孝和郡主兄妹，亦是偏爱。除了嫡庶上面的原则问题，一向对小女儿都很不错。眼下见她哭得梨花带雨，委委屈屈的，又说什么受了天大的委屈，不由道："怎么了？你说，父王给你做主。"

孝和郡主哭得伤心无比，哽咽难言，"陆涧……，那个没良心的，他……，他心里爱慕四嫂……"

"你到底有完没完？！"高宸斥道："完全子虚乌有的事，翻来覆去地说！"

"老四。"庆王皱眉，他抬手止住儿子，"是与不是，我自会分辨的。"

孝和郡主这次学聪明了，闭口不提蘅芷的事，也不提邵家看台的事，免得又被陆涧的那番话反驳。她转头看向高敦，"大哥，你知道吗？彤云现在是死了，可是以前她曾经亲口跟我说过，陆涧差点和四嫂订亲！"

如果自己说是听了丫头的流言，没有人证物证，反而显得不够真实。

干脆就说邵彤云告诉的，反正没有对证。

高敦闻言脸色一变，继而怒道："这个长舌妇！"脸色难看地看了看父亲，又愧疚地

看了看兄弟,"早知道,我就该一把掐死她的。"

"大哥。"孝和郡主一脸委屈之色,哭道:"彤云固然是不安好心,告诉我这些,可这些都是事实啊。"然后朝着父亲哭诉,"原本我也不信的,没放在心上。可是我和陆涧成亲以后,他就一直经常躲在外面书院,早出晚归。可是即便这样,我也没有怀疑过陆涧和四嫂,以为他是为了准备秋闱发奋读书……"

"却没想到,呜呜……"她双手捧住了脸,泪水从指尖滑落,"原来是陆涧心里有了四嫂,不愿意理我,所以才千方百计躲着我的。"

庆王皱着眉头,不悦道:"孝和,邵彤云那种毒妇心怀鬼胎,她的话并不足信。无凭无据的,你不要胡乱猜疑,免得坏了一家人的情分。"

孝和郡主哭道:"是真的。"拿着染了葱汁的帕子擦了擦泪,泪水更多了,"陆涧他和四嫂都是仙芝镇的人,指不定早就认识了。而且四嫂的姐夫,还和陆涧是好友,以前在邵家见过面也是极平常的。"

庆王仍然不肯相信,"就算这样,也不能说陆涧和老四媳妇有瓜葛啊。"

孝和郡主泣不成声,"不是的,我有证据!陆涧他在做梦的时候,喊了四嫂的名字,口口声声,仙蕙、仙蕙……,我听得一清二楚。为了这个,我就和他吵了起来,却不料,他居然赌气把蘅芷给睡了。"

女婿说梦话,喊着儿媳妇的名字?真的假的?庆王的脸色有点难看了。

孝和郡主呜呜咽咽的,又道:"陆涧睡了蘅芷以后,哄得蘅芷一心向着他,给他做假证,最后反过来污蔑我。就连四哥,都被陆涧的花言巧语蒙蔽,竟然……"越说越是可怜,越说越是凄惨无比,"竟然……,一掌将我拍晕,不让我说话。"

高宸额头上青筋直跳,"孝和!今儿作证揭穿你谎言的,可不止蘅芷一人,还有满屋子的丫头,由不得你混淆是非黑白。"

"四哥……"孝和郡主却故意颠倒时间顺序,哭道:"你那么凶,就连我都一掌拍晕了,丫头们岂有不害怕的?你还说要廷杖打死她们,她们自然吓坏了,就招了伪供,都是被你逼的……"

高宸简直气结,怒道:"她们是先招了供,然后才……"

"父王,父王。"孝和郡主跪着上前,急急道:"你看我的脖子,这里……,就是被四哥打的。"扑在父亲膝前大哭,"四哥护着四嫂,不让我说话,还打我……,父王你要给我做主啊。"

高宸愤怒地扫过去,庶妹的脖子上面居然有一道红痕?自己没有对她下死手,根本不可能留一道痕迹这么久,分明就是她在故意捣鬼。不仅夸大其词,还故意搅乱事情的真相,意图迷惑父亲。

"老四。"庆王吃惊道:"你真的打孝和了?!就算她不对,你也不能打妹妹啊。"

高敦看向兄弟,见他脸色黑得好似快要下雨的乌云,目露杀人光芒,怕被父亲看见更生事端，赶紧扯了他，"你啊，性子还是这么莽撞。"假意责备，"有话好好说，怎么能动手……"

高宸长这么大，从未有过像眼下这般激怒的时候。

他恨庶妹，更恨自己，——竟然为了陆涧和仙蕙乱了心绪，中了激将之计！一时气极难言，反倒落实他殴打妹妹的不是。

高敦见状急了，催促道："老四，你快给父王解释解释。"

孝和郡主见状更是快意，因而一面含泪大哭，一面不遗余力地泼污水，"陆涧居然爱慕我的嫂嫂，哥哥也糊涂，还打我。"她嚎啕起来，"父王，救我……"

19 揭穿阴谋

"孝和，你这是在做什么？"门外，一记清丽的女子声音响起。

不是别人，正是处在风浪中心的仙蕙。

她的身量比一般女子高挑些许，窈窕玲珑，貌美出挑，脸色凝重的模样颇有几分郡王妃的气度。她大步跨进门来，一袭明紫色的冰蚕丝秋衫如雾，月白湘水裙，皆是随着气流盈盈而动。

"见过父王。"她敛衽下拜，平静的面容中透出一抹朗然正气。

庆王出于本心，当然希望小儿媳和女婿没有瓜葛。此刻见她没有丝毫羞愧和闪躲之意，反而来了，而且来得大大方方。

原本有了几分相信女儿的哭诉，反倒迟疑了。

或许，其中有什么误会？因而忍了不悦没有发作，颔首道："你说。"

仙蕙看向孝和郡主，"你一而再、再而三地污蔑我，我做嫂嫂的，不跟你计较，那是我心怀大度。而你……"她原本就生得发色如黛、明眸皓齿，肌肤白皙如玉，此刻眸光清冷染霜一般地看着对方，颇有几分凌厉杀气，"居然没有半分收敛，还敢在父王面前胡说八道！"

孝和郡主一声冷笑，"我胡说？！我说的都是实话！"

"实话？"仙蕙轻嘲，指了指身后的仆妇，"你且看看，这人是谁？"

孝和郡主顺着方向看了过去，顿时目光一跳。

门外面，五花大绑着一个穿着暗红布衣的婆子，嘴里塞着破布，眼里流露出一抹绝望等死之色，整个人都在瑟瑟发抖。

"你不说了？那我来说罢。"仙蕙声音清脆，"这是咱们王府里的刘婆子，原先在云蔚别院做点杂活，后来抱病离开了王府。就是她，私下受了孝和郡主的指使，然后去交接荣太太，安排人在江都各大茶楼胡言乱语。"说到此，不由冷笑连连，"说什么我和邵彤云在

娘家就有仇，是我害了邵彤云。"

孝和郡主尖叫道："你胡说！不是我。"可是声音发虚，明显没有任何底气。

心下一片慌乱，怎么可能？刘婆子早就被生母送走，给了大笔银子，说好一辈子躲在乡下不出现的，怎么会被仙蕙找到？！这不可能。

孝和郡主的表情，明显有些不对劲儿。

庆王看在眼里，震怒道："孝和，老四媳妇说的可是真的？！"

孝和郡主心下慌乱，只能无力反驳，"不，这是他们在陷害我！"指了仙蕙，"你真是居心叵测！我根本不知道什么茶楼，什么流言，更不知道眼前这人是谁。"

"是吗？"仙蕙一声冷笑，"那就等等，等荣太太过来一起说罢。"

孝和郡主知道事情不好了。

她身子发软，强撑着没让自己坐在地上。

仙蕙则是心下冷笑。

刘婆子的确收了孝和郡主的银子，领着儿子跑了。但是她的儿媳怀着孕，还在江都的娘家住着，暂时没走。前些天日子，高宸一路查到刘婆子的时候，也曾让人审讯刘婆子的儿媳。可惜对方是个孕妇，嘴又紧，一时之间没有问出东西，又不好用刑，只得暂且放了人回去。

厉嬷嬷想了一个损招。

她接手高宸，安排吴皇后暗线里的人，往那媳妇娘家的井里投放药粉，弄得他们全家上吐下泻的，然后再收买了看病的郎中，吓唬他们，说那媳妇胎气不稳，只怕这一胎的孩子保不住。

刘婆子的儿媳吓坏了，就搬回婆家，天天坐在大门口哭泣不休。

而刘婆子虽然领着儿子跑了，藏在乡下，但还是惦记孙子的。她花银子托了一个卖豆腐的邻居，让对方每天进城卖豆腐的时候，顺路看看刘家有没有事。那邻居一五一十回去说了，吓得刘婆子，当即领着儿子赶了回来。

他们预备接了媳妇一起去乡下，然后另找大夫治病，结果正好落网。

接下来的事情就简单了，宫里的人审讯的阴招一套套的，特别是对付妇人，刘婆子一样刑法没挨过，就全都招认了。

仙蕙冷冷看了孝和一眼，——她毁了陆涧，自己也要毁了她！

很快，荣氏被人带来了。

荣氏已经不是当年的荣氏，不复轻狂张扬，人瘦了一大圈儿，模样看起来有几分干瘦单薄。即便穿了玫红色的妆花褶子，又戴了金钗，依旧掩饰不住眼角的憔悴，甚至添了几丝细纹，再也没有从前水灵劲儿了。

她本来心里就有鬼，进门一看，孝和跪在地上眼圈儿红红的，更是吓得不轻。但是不敢流露，上前福了福，"见过王爷，见过……"

"行了！"庆王不耐烦地打断，"等下问话，你给本王老老实实地交待。"

荣氏吓得一哆嗦，当即低头。

"刘婆子，你来说吧。"仙蕙冷冷道。

刘婆子已经被宫里的人吓得屁滚尿流，况且在乡下的住所也被搜了，几百两银子的来历解释不清，如何还能抵赖？一五一十，把她在孝和郡主、荣氏之间的交涉，以及收受赃银之事，全都倒竹筒豆子一样说了出来。

孝和郡主脸色惨白，不肯认，"我不知道，都是你们在诬陷我。"

荣氏张了张嘴，想分辩又不敢说话。

仙蕙又喊厉嬷嬷，"那边问好了没有？"

厉嬷嬷回道："问好了。"然后让人领了一个穿着体面的丫头上来，不知道是受了什么折磨，人跟稀泥一样，一扔就软在了地上。

荣氏看着丫头，吃惊道："珊瑚！怎么是你？！"

仙蕙淡淡接话道："是我让厉嬷嬷去拿了珊瑚的。"然后看向珊瑚，"说吧，上月初的时候，荣太太让你做了什么。"

"我说，我说……"珊瑚浑身哆嗦，实在被宫里的那套手段吓怕了，说得飞快，"上月初三那天，荣太太让我拿了八百两银子，交给一个婆子……"转头看向刘婆子，"就是她！不过做什么，奴婢就不知道了。"

其实珊瑚知不知道，还有何关系？人证、物证、时间事件，全部都严丝合缝的对得上，用脚趾头都可以清楚内幕了。

"先带她去旁边。"仙蕙挥挥手，让玉籽带着荣氏等人去了偏厅等候。毕竟有关王府的私密之事，不宜张扬，等人走了才问："孝和，你还有什么话说？"

孝和郡主不能回答。

"那我来说吧。"仙蕙想起她的胡乱污蔑就恼，想起她毁了陆涧就恨，用尽全力狠狠报复回去，"你故意让荣氏在外面制造流言，污蔑于我，又在四郡王的庆功宴上，挑唆万宝儿多嘴多舌，提起外面的流言，好让在座的宾客都怀疑我。"

"而今天，你居然又无凭无据坏我的清白！"

"如此一而再、再而三，是可忍孰不可忍！"仙蕙高高地俯视她，明眸里，是难以消散的怒气，"孝和，你休想抵赖！"

孝和郡主情知自己无可抵赖，不仅如此，原本差点说得父亲心动，也全都因为之前对仙蕙的陷害，变成了连环谎言！她怨恨地看向仙蕙，不敢开口，干脆眼一翻，便朝后晕了过去。

仙蕙冷笑，无可抵赖就会装死这一招！孝和郡主不是丫头，不能让厉嬷嬷上前掐她人中，更不能扇她耳光、泼冷水，她以为这样就躲得过了？想着她都晕死了，自己就不能奈何她了？可笑！

上前福了福，清声道："父王，儿媳有三个请求。"

厉嬷嬷伸手搀扶她起来，叹气道："四郡王妃，王爷英明睿智、公道正义，就算不看

在皇后娘娘的面子上，也肯定会给你做主的。"

庆王听得出对方的弦外之意。

这是在提醒自己，老四媳妇是皇上御赐的儿媳，皇后娘娘的娘家侄女，镇国夫人的义女！所以，这次必须给小儿媳一个说法。

他冷眼看向假装晕倒的女儿，竟然因为邵彤云挑拨，几次三番地陷害嫡亲嫂嫂，实在是太放肆了！自己更偏向万次妃不假，可是王府将来还是要传给嫡支的啊。

庆王看了看两个嫡出的儿子，大儿子一脸震怒，显见得实在为同胞兄弟抱不平，小儿子倒是没有表情。可是自己心里再清楚不过，这是小儿子气极了，已经不想发作任何情绪，只想毁了那个人！

孝和污蔑仙蕙，何尝又不是让小儿子脸上无光？竟然胡说仙蕙和陆涧有瓜葛，如此大的一顶绿帽子，小儿子那种脾气，怎么可能咽得下去？若不是孝和是他庶出的妹妹，只怕……，都不能活着回去。

庆王很快在心里做出抉择，略作沉吟，看向小儿媳仙蕙，不像是那种胡搅蛮缠的妇人，且听听她的要求，"你说。"

"第一，出嫁女本来就应该住在婆家，这是规矩，是大礼。孝和郡主的公婆和丈夫都还健在，并非舞阳郡主那样守了寡、公婆双亡，所以……"仙蕙语气一顿，冷冷看向那个躺在地上装死的，"孝和郡主应该搬回陆家！"

"不！我不去陆家。"孝和郡主忽然爬了起来，惊呼道："父王！父王……"她跪在父亲面前苦苦哀求，"我错了，是我错了。"拼命认错，试图让父亲生出一丝怜悯，"父王，我也是一时被邵彤云蒙蔽，做事偏激，以后、以后我再也不敢了。"

高宸过了那一瞬间的激怒之后，已经完全冷静下来。

此时此刻，他没有纠结于仙蕙和陆涧的事。而是出于本身冷静，第一反应要如何取得最有利的局面，当即开口，"孝和，又没有人责罚你，哭闹什么？你是出嫁女，让你搬回陆家孝敬公婆，难道不对？"

这还不叫责罚？！孝和郡主气怒交加，且不说陆家寒碜，单说自己和陆涧闹到这种地步，去了陆家，陆涧和公婆能给自己好脸色吗？到时候自己远离王府，叫天天不应，叫地地不灵，受了委屈找谁诉？陆家只会留自己一条命罢了。

"父王……"她仍然苦苦哀求，"我错了，求你让我留在王府。"

仙蕙冷笑道："孝和，如果污蔑别人的名节，说一句我错了就行。那……，回头我是不是也可以污蔑你呢？天底下，有这样的道理吗？"

孝和郡主不能分辩，只是抱着庆王的大腿一再央求，"父王，不要送我走，我不去陆家……"她哭得哽咽难言，简直就是在说陆家是一个火坑。

仙蕙继续道："第二，孝和郡主去陆家不准带丫头；第三，蘅芷留在云蔚别院只怕难有善终，还有那几个指证了孝和郡主的丫头，也是一样，请父王都赏赐予我。"

下

"邵仙蕙！"孝和郡主恶狠狠地瞪着她，怨毒喊道："你想害我！你居心叵测，想要把我送到陆家，然后害死我！"

仙蕙听得笑了，"若是去婆家孝敬公婆就是害人致死，那天底下的媳妇，不都是活不成了吗？难道说，我在庆王府过得水深火热，活不下去了？也是被害了？"没兴趣看她继续疯下去，不再啰唆，转头看向庆王，"请父王为儿媳做主。"

庆王看着小儿媳，她的要求条条在理不过分，说起来，算是很轻的责罚了。

可实际上，小女儿去了陆家肯定没有好日子过。

——偏偏道理上又没有错。

罢了，只当是为了庆王府的大局着想，再者也该给女儿一个警告处罚，因而叹了口气，说道："行，三个请求都依你。"转身呵斥，"来人！带孝和走。"

孝和郡主拼命挣扎，"父王！父王……"她是为了目的不择一切手段的人，见父亲冷起了心肠，一狠心，一咬牙，竟然转身朝着仙蕙磕头，"四嫂，四嫂！你原谅我年幼无知，我改……，以后我都改，一定把你当做好嫂嫂。"

她哭道："求你……，放我一马吧。"

仙蕙往旁边闪了闪，淡声道："孝和，说什么让我放你一马？"这种时候，居然还想陷害自己容不下她，故意反问："难道你觉得父王的决定不公吗？你有委屈，就说出来吧。"

孝和郡主分辩道："我、我不是说父王，我是……"

"王爷！"万次妃从外面赶了过来，慌慌张张的，"孝和，你怎么了？"原本早就知道女儿告状，没有跟过来，是故意纵容女儿在丈夫面前闹事的，后来听说仙蕙带着人过去了，怕出事，这才飞快过来救场。

刚才还没进门，便看见女儿在给仙蕙磕头，情知女儿败了。

当即不顾一切冲了上来。

庆王妃看了万次妃一眼，"你来得正好，赶紧带孝和走！"

"不！"孝和郡主知道去了陆家的下场，拼命躲在生母背后，哭道："次妃，求你救我……，仙蕙，仙蕙要害了我……"

万次妃悄悄地用力捏了女儿一把，"孝和，孝和！你胡说什么？疯了吗？"她再三暗示女儿，"你怎么能又这样胡言乱语的？污蔑自己的嫂嫂，你这丫头，到底是在发什么疯啊？！"

孝和郡主本来就是一个机敏的人，慌乱中，听得生母的话，以及反反复复在耳边的暗示，顿时了悟过来。"啊……，你是谁？"她赶紧装疯，指着生母连连大叫，"你走开！赶紧给我走开……"

万次妃紧紧抱着女儿，哭道："孝和，你怎么疯了啊？"

孝和郡主两眼无光，环顾四周，好似真的神志不清了，"啊，啊……，你们都走开，走开！我不认识你们……"

万次妃放声哭道:"我的儿啊……"

仙蕙看在眼里,嘲讽一笑,"这是怎么说?污蔑完了人,装疯就可以了吗?装疯就可以留在王府治疯病,不用去陆家了,是吧?"

"四郡王妃!"万次妃很是愤怒的样子,尖声道:"孝和都被你逼疯了,你还想怎样啊?难道非要逼死她才甘心吗?"

"哈哈!"仙蕙气极反笑,"孝和给我扣了那么大的一个屎盆子,还没清算,你还要再给我扣一顶是吗?我逼疯她?行啊,装疯谁不会啊?"上前抓住万次妃的头发狠狠一扯,脚下一绊,将其撂在地上,然后狠狠掐着她的脖子,"现在我也疯了,今儿就要亲手掐死你!"

万次妃虽然也是平民女出身,可是养尊处优多年,年纪也大,哪里是仙蕙的对手?顿时被她摁得起不来,嗷嗷乱叫,"你放手,咳咳……"脖子被紧紧掐住,几乎快要喘不过气来,"救、救命……"

庆王是做公公的,怎么好拉扯儿媳?高敦是做大伯的,又如何敢去拉扯弟妹?剩下高宸冷冷看着,不言语,而且纹丝不动。

万次妃憋得脸红脖子粗,拼命挣扎,"咳咳,救……"已经呛咳得说不出话来。

孝和郡主原本在旁边装疯的,愣了一下,见状急忙冲了过来,"你放手!"她学了仙蕙的手段,也要去扯头发,"赶紧放手!"

"啪!"仙蕙抬手就给了她一耳光,"啪啪!",又是两耳光,"滚开!"

"你敢打我!"孝和郡主长这么大,根本就没有人弹过她一指甲,一根头发丝儿,气急败坏道:"邵仙蕙!你找死是不是?"

"呵呵。"仙蕙笑着松开万次妃,站了起来,然后拍了拍手看向孝和郡主,"你认得我是邵仙蕙了?不疯了?忘了装?真是有趣啊。"又补道:"可别再晕倒装死啊。"

孝和郡主这才反应过来。

糟了!自己中了对方的奸计了。

可是现在还想再装疯,已经不可能,她怔住……,茫然地看向鬓发蓬乱的生母,再看看自己,——装疯装死都不行,要怎么办?连连后退,"砰"的一下,靠在门框上,然后软绵绵地滑了下去。

庆王看着眼前荒唐的一幕。

万次妃、孝和一起装疯试图逃避,偏偏遇到小儿媳泼辣,上前几下,就把她们给揭穿了,而且把她们逼到死角,退无可退。转头看向小儿子,——小儿媳这性子,倒是和他雷厉风行配套,难怪刚才一直护着他的小媳妇,根本就不上前劝阻。

罢了,今儿的事的确是孝和跟万次妃的错,再闹下去,连带自己也要落一个偏袒糊涂的名声,有什么意思?儿媳虽然不要紧,但是御赐的儿媳又不一样,况且孝和实在太过放肆胡闹,竟然连老四的名声也不顾,是该受点教训了。

庆王看得累了,朝外喊了人进来,"来人,先送万次妃回会芳园。"

万次妃惊慌无比，自己被送回了会芳园，那女儿呢？她慌了，"王爷，你要把孝和怎么样？她年幼无知，不懂事，错了可以改。"淌眼抹泪的，哭道："不论如何，孝和总归是你的亲生女儿啊。"

庆王脸色一沉，"你这是什么话？难道我还能杀了自己的女儿？"转头看向仙蕙，"老四媳妇性子大度宽和，不打算跟孝和计较了。"

反正决定都做了，不如索性把面子做足一点，也算对皇后娘娘那边有个交待。不管过继皇子的事成不成，不管老四今后前途如何，皇后娘娘都是不能得罪的。

不计较？什么意思？万次妃听得一阵茫然。

孝和郡主现在是真的没有力气了，软坐在地上，哭道："他们……，要送我去陆家，呜呜呜……，我不去，我不要去陆家……"

送去陆家？万次妃心里一怔，就这样？不对，不对，去了陆家，女儿的日子肯定不好过啊！女儿和陆涧闹僵了，陆涧不生气，陆涧的父母也要生气啊。婆婆拿捏媳妇的手段多的是，叫儿媳立规矩，站在跟前端茶倒水算是简单的，装个病，让儿媳白天黑夜地伺候，那也是应该的。

邵仙蕙这个阴险歹毒的女人，绵里藏针，偏偏叫人挑不出错！

她不仅四两拨千斤地算计了女儿，而且还支走了陆涧，——女儿都去陆家了，陆涧能不回去吗？陆涧不住在王府，也就杜绝了以后和仙蕙有瓜葛的可能，不知道给她省了多少烦心事儿。

呸！便宜都给她占了，她还要落一个宽厚大度的贤名！

厉嬷嬷在旁边看着，也是赞叹，没想到四郡王妃反应如此机敏。从她为陆涧伤心难过，自己劝解，然后得了刘婆子的消息，匆匆赶来跟孝和郡主对质争辩，——不过短短半个时辰，她就已经冷静下来，而且还做出了最明智的应对！

不得不说，皇后娘娘没有看走眼，自己也没有跟错主子。

现在只剩下一件事，就是小夫妻俩的关系该怎么缓解？这个可就有些难了。

孝和郡主还在旁边嘤嘤哭泣，"我不去陆家，不去……"

万次妃心疼女儿，可是又想不出法子来解决，只能安慰自己，也是安慰女儿，"孝和你是郡主，去了陆家，他们也肯定不敢亏待你的。"

孝和郡主抬头哭道："胡说！他们肯定不会放过我的。"

庆王实在是不想再看闹剧了，朝着万次妃道："赶紧走，不然连你一块儿罚。"让人强行把万次妃给拖了出去，然后看向高敦，"今儿辛苦你一趟，亲自送孝和去陆家好生安置她。"既然都已经决定了，那就干脆点，免得拖拖拉拉起事端，"去吧。"

高敦应了，当即去找人安排车马。

高宸看在眼里没做声，父亲不放心自己，自己也没打算去送庶妹孝和。若不是她闹出这些糟心事，自己和仙蕙，又怎么会弄得现在这样彼此猜疑？在这之前，沧澜堂里是多么宁

静温馨啊。

可是，一辈子蒙在鼓里真的好吗？或许，还不如把脓包捅破了。

高宸望了小娇妻一眼。

心情复杂，一时之间不知道该作何念想。

"孝和。"高敦折身回来，"走吧，车马都已经准备好了。"又道："我已经让人通知了陆涧，让他在门口等着，等下你们一起搬回陆家去，东西回头再送。"

仙蕙没想到，大伯会安排得这么快速周到。

平心而论，高敦这个大伯还是很不错。对周围的人都很温和，对嫡系这一支更是祖护无比。虽说有些稀里糊涂，可是该办事儿的时候也有脑子，知道夜长梦多，赶紧先把陆涧跟孝和郡主送走。

因而上前福了福，"多谢大伯，辛苦你了。"

高敦眼下看着这个美貌的小弟妹，只觉得小丫头一进王府就总是被人欺负，可怜兮兮的。加上以前大郡王妃和邵彤云闹的破事儿，心里一直有愧疚，更不用说今天孝和这一出了，所以只想帮忙弥补一下。

见她道谢，反倒摆了摆手，"不用，这不算什么。"

孝和郡主看在眼里，恨得锥心，——邵仙蕙这个毒妇，不就是凭着一张美貌的脸蛋儿吗？陆涧护着她，高宸护着她，就连高敦这个做大伯的，都想着她！不要脸，这个招蜂引蝶的贱人！

她心里恨透了仙蕙，眼下又奈何不了对方，焦急之中，把所有的怒气都迁怒到陆涧身上，大声道："父王！就算我错了，可那陆涧更是有错。"自己不去陆家，说什么也不要去陆家，"陆涧他贪慕庆王府的荣华富贵，故意在邵家看台接近我，然后娶我，这些都是他亲口承认的！"

仙蕙则是顿时揪起心来，孝和郡主这个……，疯子！她没有退路了，却要拉着陆涧一起下水，给她垫脚，简直丧心病狂！

孝和郡主声嘶力竭大哭，"父王！女儿不能和陆涧那种狼心狗肺的人在一起，更不能住进陆家那种火坑，女儿会被他们害死的……"

庆王闻言眉头皱起。

仙蕙紧紧掐住了掌心，不敢出声，也不敢有丝毫表情变化。

高宸冷眼看向她，没反应，——是不担心陆涧？还是不敢担心陆涧？只不过，这些都不必在人前撕扯。

庆王皱眉问道："陆涧又是怎么回事？"

女儿要责罚，但是也不能不明不白地责罚。

"回父王的话。"高宸回道："这世上的人谁不贪慕富贵？不说远了，就说我们家养的幕僚们，难道不是冲着王府的权势来的？陆涧有那样的心不奇怪。"

仙蕙听得心情复杂，高宸……，居然会为陆涧求情？有种说不出来的滋味儿。

他是因为相信自己心中清白？还是不愿意让陆涧死了，然后在彼此中间横亘下一根刺儿？不论哪种，高宸都是一个冷静理智的男人，沉稳、有担当，比起那种小肚鸡肠的男人，甚至为难妻子的男人，真是要强一千倍一万倍。

他这么好，自己就更不能辜负了他。

心里原先的一些打算，不知不觉，有了变化。

"依我看，这样也好。"高宸的口才，并不比陆涧差，"陆涧既然是为了王府权势求娶，那么只要有庆王府一天，他就不敢亏待孝和一天，不算是坏事。"

庆王脸色阴沉，但是也没有说出反驳的话。

"父王。"高敦接话劝道："依我看，还是老四的话有道理。不管怎么说，孝和都已经跟陆涧成亲，闹开了，王府的脸上不好看啊。"

这是孝和手里最后的一张牌了。

她没想到，不仅两个哥哥一致向着仙蕙，父亲也被说动了。那种陷入深渊无力自拔的绝望，今后烈火焚身的痛苦，铺天盖地地朝着她袭来！她的眼里闪过惊恐，现在是真的几近疯癫，拔下金簪就狠狠扎了过去，"邵仙蕙，你不得好死！"

不等仙蕙躲闪，高宸便一个箭步走上前，一把抓住她的手，接着狠狠一掌将其再次击晕，淡淡道："反正我都已经打过你了，也不多这一次。"

仙蕙吃惊地看着他。

第一时间，他还是和从前一样为自己出手了。

高宸对着父亲欠身，"父王，刚才儿子莽撞了。"

"行了，一个个的都不消停！"庆王今天看了半晌的儿女儿媳大戏，也是够了，只觉得心头乱糟糟一片，不耐烦地拂袖出去了。

高敦当即出去找了丫头，喝道："赶紧的，找个常春藤椅过来抬人出去！"

丫头们赶紧找了椅子，七手八脚，抬着孝和郡主出了门。

屋子里，只剩下仙蕙和高宸两个人。

仙蕙凝望着丈夫，尽管自己和陆涧的事让他不舒服，但是刚才有危险，他还是毫不犹豫地护着自己。"四郡王。"顾不上羞赧和没规矩，上前抓住了他的手，"多谢，刚才多谢你了。"

高宸皱眉道："放手，成何体统？！"

仙蕙今天真是豁出去了，反正泼妇都做了，再做一回无赖也没啥大不了的，干脆双手抱住他的手臂，"四郡王，我们一起回去好不好？"因为想劝又不敢多说，只能像无赖一样缠着他，"我们一起回去。"

只要他不甩开自己，开始妥协，等下的话就好说多了。

因而嬉皮笑脸的，"四郡王，我想跟你一起回去。"

"你放开！"要说高宸是自由习武的利落男子，仙蕙那点小鸡力气，对付万次妃还勉

强凑合，拉扯高宸根本就不够看的。可是那细细柔柔的力气，却好似有千钧重一般，甩了几次都没甩开，——想奋力一甩，又怕把她给扔了出去。

最后只能让她耍了一次无赖，就这么缠着，两人一起回了沧澜堂。

厉嬷嬷在后面看着，不由好笑，看来四郡王妃是十八般武艺样样精通，自己倒是白担心了。也不多说，只领了丫头们都退了下去。

"四郡王，喝茶，润润嗓子。"仙蕙狗腿得很，进了屋子就忙活不休，转身去拿松子、桂花糕等物，笑嘻嘻道："你饿不饿，吃点东西？"然后伸手去给他解腰带，"换身衣裳，我来服侍你宽衣……"

高宸一把抓住了她的手，皱眉道："别闹，一边儿坐着。"

仙蕙干脆爬上他的大腿，紧紧抱住他，"我不！"像牛皮糖一样，干脆黏上了，"反正我就是不下来，哪儿也不去。"

高宸气得笑了，"你的脸皮，是比城墙拐弯儿还要厚吗？"

仙蕙有点不好意思，咳了咳，"也没那么厚。"

高宸原本有一腔火气和猜疑的，给她缠磨得，反而生不起气来。再也没法保持平日的冷静，少年情真，冲动难抑，忍不住把话问了出来，"你和陆润，是不是早就已经认识了？"

仙蕙低头，慢吞吞回道："……是。"

高宸顿时脸色一黑，"原来你一直在哄我？！"继而又觉得心头被揪住，像是被细线缠绕勒紧般生疼，又气又恨推开她，"你走！"

自己怎么那么蠢？！被她骗了，还不敢面对让她平静情绪；被她骗了，还为了不让彼此留下芥蒂，而保全了陆润；被她骗了，还是和以前一样护她周全；被她骗了，现在还在这儿丢尽脸面，听她亲口承认！

"不是那样的。"仙蕙知道眼下是关键时刻，一个说不清，高宸的雷霆震怒可承受不起啊。因而死死搂着他，急道："高宸，你听我说！"

这一声高宸，让他的怒火稍微抑制了些许。

黑暗中，只有那个小傻瓜对自己不离不弃，努力呼喊自己，让自己从噩梦之中苏醒过来。她的眼泪，她的担心，她的焦急，这些都是不能作伪的。她心里有自己，这个自己是清楚的，是毋庸置疑的。

可是，却不可以有别人！

一个影子也不行。

仙蕙见他情绪稍缓，又喊了一声，"高宸……"然后说道："我是认识陆润，不过认真说起来，也就是在邵家当着母亲和姐姐的面，和他说过几句话而已。我没告诉你，是怕这种事情说不清，我和他，真的真的没有什么。"

高宸却不是那么好糊弄的。

他不多问，直接一句开门见山，"你心仪过他吗？"

下

仙蕙望着高宸，和他相距不过几寸的距离。

阳光下，他俊美冷毅的面庞染上金芒。那修长有如远山的双眉下，是深邃不见底的眼睛，目光清亮透彻，照得人心根本就无处躲藏。更不要提，他周身笼罩的那一层隐隐杀气，说错一句话，只怕就是万劫不复的下场！

这样的男人，好似骄阳一般，骄傲、强大，不容别人对他有任何欺瞒。

他可以保护自己周全妥当，也可以伤了自己。

"不必说了。"高宸推开她。

仙蕙的片刻迟疑，让高宸以为沉默就是她的答案，——他自尊心极强，根本就没有半分耐心等待，当即起身，要把小娇妻给放下去。

"我说，我说。"仙蕙赶紧环住他，不顾姿势难看挂在他的身上，发誓道："我保证说的全都是真的，若有一个字假话，叫我天打五雷轰……"

高宸打断道："不必发那些恶誓！你是皇上御赐的郡王妃，清清白白嫁给我，不论如何，我都会给你嫡妻的体面。"他的自我保护，不容许自己受到感情伤害，"既然你心里已经有了别人，那往后我们就假作夫妻，各不相干！"

仙蕙不免有点上火，这人……，自尊心也太强了吧？冷静呢？理智呢？不等人说完，就讲出这种绝情绝意的话来，真是太伤人心了。

她心口闪过一丝疼痛，"好，很好！"三分真难过，七分演戏，在榻上哭了起来，指着他道："你走，你走好了。"

"我走？"高宸只觉得热血往脑门子上冲，冷静理智全无，讥讽道："你不仅没有半分羞愧，居然还敢撵我？！这里是庆王府，不是邵家，我为什么要走？"

他赌气又坐了下来。

心下闪过一丝懊恼，这个举动实在太幼稚了。

"那我走。"仙蕙故作气哼哼的，跳脚道："我回娘家去！"

高宸一把抓住了她，"你闹什么闹？我为了大家的体面，处处把事态给压下去，你还有脸跟我闹？！"语气是自己都没察觉到的憋屈，"我有哪点对不起你？你居然心里装着别人瞒着我，你对得起我吗？"

"我有什么对不起你的？你少放屁！"仙蕙骂完了他，又蹲下来哭，"你冤枉人，不让人说话，说话尽戳人心，也不管人心不心疼……"

"你还知道心疼？还有脸撒泼？"高宸简直没有见过比她更胡搅蛮缠的，心里恨自己怎么还不动手，把这疯子给扔出去？只会嘴上针尖对麦芒，"哦，我倒是忘了，你本来就是一个泼妇！"

"对，我就是泼妇。"仙蕙故意气他，"泼妇配混蛋，谁也别嫌弃谁！"

"你说谁混蛋？"

仙蕙冷哼，"谁问谁就是！"

047

高宸一口气噎在胸口上不来，顿了一下，才缓过来劲儿。

——继而觉得自己蠢透了。

她都心里有别人了，还在这儿跟她吵什么架？无聊不无聊？看不顺眼，赶紧走了便是了，蠢货！还留在这里生气，一定是脑子给她气坏了。

"砰！"一只茶盅遭了殃，粉身碎骨。

"哐当！"一桌子的茶具前仆后继，全都追随茶盅前辈摔了下去，七零八落，躺了一地白花花的碎瓷片，弄得人都没地方下脚。

"噗……"仙蕙没绷住，一声笑了出来。

高宸觉得她脑子不正常了，还敢笑？恶声道："你笑什么？"

"我笑你啊。"仙蕙笑嘻嘻道："你吃醋了，不仅吃陆涧的醋，还气得理智全无，留在这儿跟我拌嘴。所以……"她拖长了声调，"说明你心里有我，喜欢我。"

"邵仙蕙！"高宸看着她得意的眼睛，气极反笑，"呵，你还要脸吗？"

"我不要了。"仙蕙上前扑住他，死皮赖脸的，"我知道你憋了一天的气，不把这口恶气给散出来，我都不敢跟你说话。"她语速飞快，生怕真的被高宸给甩下去，躺在瓷片上可不是玩儿的，"我从头到尾地说，好不好？你给我一炷香的时间。"

"行，一炷香的时间。"

"两炷香？"仙蕙又眨了眨眼。

高宸黑着脸，起身就要出门，偏偏又甩不开身上的小东西，"你给我下来！"

仙蕙忙道："在进王府前，我一共见了陆涧五次！"

高宸闻言一怔，"五次？"刚刚压下去的火气又浮了起来，冷笑道："好啊，果然早就是郎情妾意了。"

"你别胡说。"仙蕙又把他扯了回来，故意卖关子，"先说第一次，其实你是知道的。"

"我知道？"高宸果然被吸引了注意力。

"就那次啊。"仙蕙嘟哝道："在仙芝镇的时候，我不是踩了你脚吗？后来给你做了靴子送过去，然后刚要走，就撞见宋文庭和陆涧上楼。喏，这就是我第一次见他，见是见了，可是一句话都没有说过哦。"

高宸记性很好，况且那件事也不可能忘记。

听她这么一说，火气倒是消了不少。如果那时候他们才认识，想来……，应该不会有多深厚的感情吧？不对，自己的妻子怎么能跟别的男人有感情！他不想再忍受这种煎熬了，问道："第二次呢？"

"第二次，就是在庆王府的凉亭里面，我迷路那次啊。"

高宸听她没有丝毫隐瞒，又消了消气。

仙蕙继续道："当时我不是往凉亭里看了一眼吗？你还问我，是不是认识他们，我怎么好意思说在仙芝镇见过他们？所以就撒了一个小小的谎。你看，这就是第二次见到陆涧，我也没跟他说过话。"

"第三次呢？"

仙蕙看似莽撞胡闹，其实是用了心计和法子的。

先故意和他吵架，让他发脾气，把最大的那口气给散出来。然后再一点点，一步步抽丝剥茧，给他解释，让他慢慢相信自己的话。

"第三次没啥好说的，是宋文庭和陆涧来我们家，给我姐姐相看。我和姐姐躲在屏风后面，看了一眼，也是一句话也没有说。"

"还有……，第五次。"仙蕙瞅着他道："就是在邵家看台那次，远远看见陆涧在看台下面晃荡，如果这也算一次的话，那就是第五次。"手指在他胸上乱戳，"还是一样，我没有跟他说话的。"

高宸的怒气，一而再、再而三，一点点消退下来。

这几次的见面，都是偶遇和很正常的因故相遇，见了，也不可能有任何感情。刚才是被她说五次气住了，还以为她和陆涧早就熟稔，原来都是一些无聊的见面。

等等，怎么少了第四次？

高宸挑眉，看向低下头去的小娇妻，忽然意识到，可就那四次都没有任何瓜葛，就是这一次有点说不清罢。

"第四次……"仙蕙没有隐瞒，以为高宸这种男人自信又自负，与其隐瞒，不如坦白交给他来判断，那么自己至少可以问心无愧，"那时候，娘已经告诉我，说是准备订下陆涧。"

"哦，接着说。"高宸的声音，有着一丝不易察觉的紧张。

"我之前见过他，觉得他长得不错，人也好，听说做学问也很好。所以想着，能和这样的人订亲也不错。"仙蕙全都一五一十说了，"那天因为邵彤云和陆涧订亲的事，他来我们家商议对策。他走的时候外面还飘着雪，挺冷的，他穿得少……"

"然后呢？"

仙蕙知道，要说的是最关键的一句话，因而抬起眼睛，"我就让丫头拿了哥哥的披风，给陆涧披了回去，就这些了。"

高宸看着那双黑白分明的翦水秋瞳，水汪汪的，里面好似没有一丝杂质，也没有任何波纹。她说这话的时候很平静，依她的年纪，对男女情事的谎言，肯定做不到心如止水，所以应该不假。

他静默了一瞬。

男大当婚，女大当嫁。她让人给准未婚夫拿一个披风，当着家人和丫头们，算不上私下幽会传递。再者说了，她性子本来就有些活泼，又淘气，脸皮也厚，这些自己不是不知道。

虽然叫自己有点不痛快，可也并非不可理喻之事。

——但却不能这么饶了她。

刚才还敢戏弄自己，得意洋洋，小丫头胆子不小！

仙蕙扯着他的手，摇了摇，"我全都老老实实交待了，绝无半句虚言！高宸，你别生气了，好不好？你生气的样子好吓人。"她伸出纤细的手指，弯弯的，模样俏皮又可爱，"拉钩、上吊，一百年……"

高宸却依旧冷着脸，"你说了半天，还是没有回答我的问题。"他冷哼，"刚才我问了，你心仪陆涧吗？回答我。"

"啊？这要怎么回答啊？"仙蕙叫屈，"要我说，肯定是没有。可是，我就这么说你又不会相信。"嘟哝道："没有，没有！行了吧？"

"不行！"高宸断然道："你看着我的眼睛说，不许撒谎。"

仙蕙没想到他这么难缠，都使尽一切手段了，还是不放过自己。又不敢不看他，让他生疑，努力让自己直视他，小声道："你……，你这样好吓人。"

那双眼睛深黑幽邃，又冷、又看不到底，好似一道没有尽头的万仞深渊，多看一会儿，整个人都要跌进去，然后再也出不来。

高宸没有半分退让，执着问道："你心仪陆涧吗？"

"我……"仙蕙觉得自己那点小聪明，在他面前根本不够使，和他对视，就什么心思都转动不起来，吓得说了实话，"有……，有一点点。"

"好。"高宸像是气极了，反而笑道："好个一点点！"

"不是的，你听我说。"仙蕙急得要哭，恨不得咬了自己的舌头，慌张道："不是你想的那样的，我、我就跟他说了一次话……"又急、又委屈，语无伦次地解释，"陆涧他……，他就好比小时候我爱吃的糖葫芦，以前爱吃的，现在已经不爱吃了。"

"糖葫芦？"高宸的声音更冷了。

"我已经不喜欢他了。"仙蕙觉得自己要给他逼死了，掉眼泪道："高宸，我现在只喜欢你的，真的，真的！只喜欢你这种大鱼大肉……"

高宸故意沉声，"哦……，我是大鱼大肉？"

她和陆涧就那么一次递披风的交集，能有多深的感情？喜欢？小丫头不懂事，听说是自己的未婚夫，见人长得俊俏，就以为是可以托付终身，值得一辈子喜欢的人了。

糖葫芦？大鱼大肉？还真是什么都敢说啊。

她不是胆子大吗？虎里虎气的，刚才还敢跟自己厚着脸皮耍赖，这会儿算是吓破了吧？不治治她，都不知道天高地厚了。

"我……"仙蕙软坐在美人榻上哭，抽泣道："我说错话了，你割了我的舌头吧。"

高宸仍旧板着脸，冷声道："既然如此，我们也没有什么好说的了。"

这个笨丫头！若是她冷静无比，回答得严丝合缝没有一丝可疑，自己是不信的。若是她胆敢有丝毫隐瞒，那自己更不会放过她！可现在，忍不住想问她一句，"就你这笨样儿，还敢在我面前耍小心眼儿？胆儿肥了啊。"

仙蕙是真的给吓着了，也乱了。

下

高宸瞧着她可怜兮兮的样子，也知道自己冷脸有多吓人，就是那些幕僚们，都得吓得浑身一哆嗦。只是想吓唬吓唬她，以后老实点儿，可没想真的把她吓出毛病，于是清了清嗓子，"真的不喜欢你那糖葫芦了？"

仙蕙原本是垂头丧气默默掉泪的，一听这个，赶忙泪汪汪地抬眼，"不喜欢了，不喜欢了！"她连连摇头，泪水都甩了下来，"真的，我发誓！"

高宸强行忍住了笑意，板着脸道："那我暂且信你，不过呢，还要再看看你以后的表现，才能确信。"

啊？自己还有机会改正？仙蕙喜不自禁，忙道："可以，可以！以后我一定好好地表现。"然后举手要发誓，"我邵仙蕙……"

"行了。"高宸不想她说那些恶毒誓言，打断道："我不信这个。"然后冷哼，"你赶紧去洗把脸，哭哭啼啼的，像什么样子？！"还敢说自己是大鱼大肉，呵呵，小丫头胃口倒是不错啊。

"好，我去！"仙蕙赶忙跳下床去。

"不稳重。"

"啊……"仙蕙又端正身姿，像个大家闺秀一样走了过去，轻手轻脚的，就连拧帕子都没敢弄出太大声响，斯斯文文地洗了个脸。

她没看见，背后的高宸眼里是掩不住的笑意。

"四郡王？"门外，是厉嬷嬷试探的声音，"该摆午饭了。"

仙蕙急忙跑了过来，指了指自己的眼睛，连连摆手。

高宸扫了一眼，心下好气又好笑。然后掸了掸身上袍子，刚才被那小东西揉得皱巴巴的，出了门，在椅子里坐了下来，"摆吧。"

厉嬷嬷瞅了一眼，吃不准这到底是个什么状况？刚才明明听见里面砸东西，眼下四郡王妃又没出来，难道是两人吵翻了，所以气得出不来了？只是不敢多问，更不敢这会儿触霉头，赶紧让丫头摆饭。

等到饭菜上桌，高宸又道："都下去。"

他没说为啥，也没人敢问他为啥，全都退出去了。

小半个时辰过后，厉嬷嬷领着人进来收拾碗筷，发现饭桌上是两人用饭的痕迹，方才松了口气。还好，还好，看来还在一个桌子上吃饭。这么看来，估计是四郡王妃在里面哭了，刚才不好意思出来。

四郡王既然肯为她掩饰，那么就算有点问题也不会太大。

厉嬷嬷想了想，不能让两人一直沉浸在吵架的气氛，得找事儿打岔。正琢磨找点什么事，能让小两口一致对外、齐心合力，外面就来了丫头，传话道："邵老爷来了。"

邵元亨？厉嬷嬷一琢磨，哦，荣氏还扣留在沧澜堂呢。

正好，因而当即进去回禀。然后等里面传话让进，便去领了邵元亨，让他停在珠帘前面，

051

回道:"邵老爷到了。"

邵元亨神色紧张无比。

他能不紧张吗?一大早的,先是荣氏被庆王府的人叫走,然后是珊瑚也被叫走,自个儿在家等了大半天,都不见人回来。眼下来了,女儿女婿又不让见面,那不用猜,肯定就没什么好事儿!

珠帘后,传出高宸清冷的声音,"进来说话。"

邵元亨如蒙大赦,赶忙低着头进去,作揖道:"见过四郡王、四郡王妃。"然后抬头看了一眼,高宸一身煞气,女儿的脸色也很不好看。至于客套过后,给自己赐坐的体面更是没有,不由更紧张了。

"爹……"仙蕙不情不愿喊了一声,禾眉微蹙。

高宸喊了厉嬷嬷进来,"荣氏的事,你来说。"

邵元亨脸色不安地等候。

厉嬷嬷口齿清晰、条理清晰,不过三言两语,便把荣氏从珊瑚手里支出银两,然后收买了人,在各大茶楼造谣仙蕙害了邵彤云,前因后果全都说明白了。

邵元亨吓得张大了嘴,再没想到,荣氏会发疯到如此地步?!眼下邵家可是全靠二女儿,得罪了她,再得罪了高宸,能有好果子吃吗?忍不住跳脚,"这个疯妇,我绝对饶不了她!"

"行了。"仙蕙神色厌烦无比,"爹,每次荣氏做了恶事,你都这么骂几句,有什么用?你不烦,我还听烦了呢。"

高宸摆摆手,示意她先不要说话,然后道:"荣太太你可以带走,但是……,得去官府给她过一趟明路。"

仙蕙闻言一怔。

去官府过一趟明路?那岂不是?!是啊,自己怎么没有想到这个呢?一直想着不能杀了荣氏,怕让母亲背上恶名,怎么就没有想到这个?还是高宸他心思敏捷啊。

不过……,他不是还在生自己的气吗?又帮自己。

高宸没有小娇妻那么多心思,眼下当着外人,不是两人怄闲气的时候。朝着邵元亨看了一眼,双目微眯,"怎么?你不同意?还是我的要求过分了?"

"不,不不!"邵元亨哪敢得罪这位冷面女婿,就是大郡王,都没女婿吓人,再想起荣氏的所作所为,也的确不能再护着她了。心思飞快,当即连连点头,"我这就带荣氏去一趟官府,这就去!"

"走罢。"厉嬷嬷招呼,领着邵元亨出去了。

到了偏厅,荣氏被丫头领了出来。

她一大早被王府的人传来,又被揭穿阴谋,加上等了一上午的惊慌恐惧,早就已经吓得魂飞魄散。正在心悸之际,忽地见丈夫过来领自己回去,不由喜出望外。看来丈夫还是心疼自己的,肯定求情了。

哼，邵仙蕙还是不敢把自己怎样。

这么想着，瞅着丈夫难看的脸色也不那么怕了。自己陷害仙蕙的事情揭穿，他肯定是要生气的，回去好好地哄一哄他，做做小伏低也就是了。

然而马车走着走着，荣氏听着动静却不太对劲，怎么听见王三娘豆腐的叫卖声？她掀开一条缝儿，看了看路，回头道："老爷，我们这是去哪儿啊？不是回家吗？怎么越绕越远了。"

邵元亨黑着一张脸，不说话，然后马车到了官府门口，当即跳下车。不管荣氏叫唤和询问，径直进去，半晌以后才捏着一张纸出来。

荣氏觉得一头雾水，莫名其妙，又不好在大街上大吵大闹。

等着回了西院，进了屋，方才问道："老爷，你刚才跑去衙门里做什么？"

"做什么？！"邵元亨将一纸文书摔在她面前，"纳你为妾！"

"妾？什么妾？"荣氏隐隐有了猜疑，但是不信，赶紧捡起地上的文书细看。上面写得清清楚楚，——商户邵元亨，因为战乱，先娶原配嫡妻沈氏，后以为沈氏亡故又娶荣氏。今两房妻室都仍健在，按照礼法，沈氏为妻，荣氏只能为妾，特请官府出示文书以正妻妾之名。

空气里，是一触即发的火药气氛。

荣氏看了一遍，又一遍，确认不是自己眼花看错了。然后怔了怔，忽地爆炸似的跳了起来，尖叫道："邵元亨！你让我做妾，做妾？！我跟了你十几年，现在居然让我做一个妾室？！我、我……"

她大口大口地艰难喘气，喘不过来，然后一头栽倒在地上。

消息传到东院，沈氏先是吃惊，顾不上听说荣氏做了妾室应有的欢喜，而是当即叫了一个妈妈，"去王府，打听打听，仙蕙是不是又出什么事了？"早起王府传西院的人就知道，肯定是出事了。

而今邵元亨又让荣氏做妾，不消说，必定是荣氏做了对不起仙蕙的事！

沈氏催促道："快去，快去啊。"

江都，某一处幽静别致的庭院里。

燕王世子正在听下人回禀，"今儿出了两件大事。头一件，庆王府的孝和郡主和陆涧搬回陆家住了；第二件，邵家原先的荣太太，重新去官府用文书定了名分，居于沈氏之下，为妾，下人都唤她荣姨娘了。"

"哐当！"旁边一个倒茶的年轻美妾，面色惊骇，竟然失手落了茶杯。

"下去。"燕王世子撵了下人，然后用脚尖勾起那个侍妾的下巴，"呵呵，刚才吓着你了？乖乖，你的亲娘现在是姨娘了。"

邵彤云浑身发抖，咬牙切齿道："仙蕙！一定都是仙蕙在捣鬼！"

"哦。"燕王世子慵懒地躺在椅子上，"这么说来，你那个姐姐不仅长得貌美，还很

是有些手段啊。"要知道，高宸可不是一个好相与的人。邵仙蕙能够借着高宸的势，压制娘家人，自然是有几分本事的了。

"世子。"邵彤云赶紧跪下，急道："求世子，替妾身做主。"

"你又胡说了。"燕王世子伸出一根手指，摆摆手，"我是来江都做客的，等着参加完了庆王的寿诞，怎么能去跟庆王府过不去呢？"他笑了笑，"你发什么愁啊？好好地跟在我身边，吃香的、喝辣的，日子也挺美不是。"

邵彤云的身上仍然在抖，咬了唇，眼中恨意四下迸射。

"你就那么恨你姐姐？"燕王世子勾起嘴角，扯着她的领口，看着那一片白皙细腻的春光，然后把手放了进去，"只要服侍好了我，心情一好，没准儿就会替你出了那口恶气。"

现如今，自己还有用得上庆王府的地方，根本就不可能翻脸。不过空头许诺，哄哄女人玩儿，也不费劲，不过是费一点口水而已。

邵彤云却是眼睛一亮，看到了希望，连连点头，"只要世子能为妾身除掉仙蕙，除掉东院的人！彤云什么都愿意为世子做。"

燕王世子将她用力一扯，跪在自己面前，"来吧。"

邵彤云怔怔地看着他，片刻后，才领悟对方是什么意思。她恶心得想要吐，但最后还是忍住了，飘飘忽忽道："……好。"

20 里应外合

次日，八月十五中秋佳节。

这是阖家团圆的日子，孝和郡主已经搬去了陆家，作为儿媳，自然是要跟婆家的人团圆，而不是庆王府了。按照仙蕙的要求，她身边一个丫头、婆子也不准带，虽然万次妃找庆王求了情，但是没有任何改变。

这是庆王给高宸和仙蕙一个面子，同时也是给他面子。

作为上位者，岂能朝令夕改？颜面何存？因而孝和郡主就光杆去了陆家，然后陆涧给她买了两个丫头，一个妈妈。这配置比起她在王府差得远，不过陆家就这条件，她又是犯错受罚的，也只能认了。

陆涧还有一对哥嫂，两个侄儿，一个妹妹，加上陆父、陆母，一家人团团圆圆地围了一桌子。对于陆家的人来说，当然希望陆涧在家，因而都是欢欢喜喜的。可是对于孝和郡主来说，陌生的环境和婆家人，冷漠的丈夫，以及被仙蕙算计的惨败，就算是吃神仙肉也高兴不起来。

好在她还算沉得住气，虽然没有笑脸，但是也不会在陆家自找没趣儿。

下

门外月色朗朗、圆月如轮，屋里气氛热闹。

陆母给两个孙子各拿一块月饼，"虽然好吃，但也不许多吃，免得积食了。"又欢喜地招呼儿女们，"都多吃点，多吃点。"看向孝和郡主赔笑，"粗茶淡饭，只怕郡主吃着不习惯了。"

孝和郡主"嗯"了一声，算是回答。

陆润看得心头火起，这是儿媳回答婆婆的态度吗？都到这步田地了，还当她是高高在上的江都娘娘？可惜今儿不是发作的时候，暂且忍了忍，转头和母亲说起闲篇，"如今家里买了丫头，以后爹娘也可以享享清福了。"

陆母笑呵呵道："是啊，都是沾了你们的光。"

陆父招呼道："吃菜，别等凉了。"

陆润的哥嫂都瞧出气氛不对，一面孝敬父母，一面招呼孩子，没敢和那冷冰冰的郡主搭腔，而陆润的妹妹则低了头。

一顿团圆饭，陆家的人吃得颇为不自在。

等到筵席散了，陆母单独留下儿子问道："好好儿的，怎么想着搬出来了？"

陆润怎么敢提仙蕙的事？只淡淡道："哪有媳妇一直住在娘家的道理？郡主刚刚嫁人那会儿舍不得娘家，和我相处了一段日子，现今想开了。"

陆母侧首，看了看陆父，明显不能相信儿子的说辞。

"那我就说实话吧。"陆润先头的话是故意的，后面这个谎言才更逼真，"王妃和万次妃拌了几句嘴，所以孝和……"咳了咳，"你们心里有数就行，别打听了。"

陆母不免信以为真，以为是王府的争斗引起的，连忙道："好好，我们不问了。"

陆父也道："放心，我和你娘知道轻重的。"

"嗯，那我先回去了。"陆润对着父母撒谎很不自在，起身告辞，回去以后根本没去卧房找孝和郡主，而是去了隔壁屋。他翻了翻书，又看不进去，——高宸那么聪明的人，自己的话，肯定瞒不住他的。

那么，她会不会受到牵连？不由一阵心烦意乱。

仙蕙现在成了小跟班儿，每天高宸回来，就端茶倒水忙前忙后，积极地在夫君面前挣表现，以求将功赎过。又忙着给他量尺寸，做衣服，要不是今儿中秋耽搁，都已经赶出半件衣裳了。

然后记得高宸说她不稳重，尽量淑女一些，说话细声细气的，"四郡王，这会儿安寝吗？还是再歇一会儿？"

"嗯。"高宸板着脸，忍着笑，由得她围着自己打转儿。

仙蕙低着头，给他解腰带，露出一大片雪白细腻的脖颈，有着优美的曲线。

高宸心下有点好笑。

说她笨吧，那天对付万次妃跟孝和的时候，换做一般的姑娘肯定无计可施，无法揭穿孝和的那点狡猾心思。可她有勇有谋、干脆利落，撒泼耍赖的事样样做得出，逼得孝和无路可退！

可是说她聪明吧，在自己面前又是一个小迷糊。

她就不想想，自己要是真的怀疑她和陆涧，真的生气上火，哪里会有耐心看她什么表现？早就扔到一旁不管，搬书房去了。

高宸伸手，拔了她头上的九转玲珑金簪，青丝如云倾泻，摸在手里是绸缎一般的光滑，又好似行云流水。手再往下滑，落在那片光滑细腻的肌肤上，柔柔的、软软的，不由想起她在床上的娇软呻吟，血流速度似乎都变快了。

仙蕙正在脑子没转过弯儿，自认为的改造期间，忽然发觉丈夫有那方面的意思。不仅没有拒绝，反而一把紧紧抱住了他，把头埋在他的怀里，一副"不要因为我是娇花就怜惜我"的英勇态度。

高宸反而不急了，而是逗她，沉脸道："你抱着我做什么？还不赶紧睡觉。"

啊？自己误解了？仙蕙抬头，一脸茫然无辜的表情。

继而不免羞愤交加，咬了咬唇，红着脸，飞快地爬上床钻进被窝，然后就像毛毛虫一样裹了起来。太……，太丢脸了啊！他只是摸了摸自己的脖子，也不见得就想要那个啥啊？这种事，怎么能女方主动呢？羞死人了。

可是，片刻后，却有一只男人的手摸了进来……

第二天早起，仙蕙在床上恨恨咬牙，乱捶道："骗子！混蛋！"这两天他故意板着脸吓唬自己，害得自己战战兢兢的，原来他是在逗自己玩！要不是他事后心满意足了，说漏嘴，撑不住笑了，自己还一直提心吊胆呢。

他还说什么，"你不是喜欢大鱼大肉吗？管饱。"

呸！自己只是和陆涧说了一次话，而且还是当着人的，又不是私会，干吗要对他愧疚无比啊？都是被他吓着了。

"还生气？"高宸好笑地走过来，"再不起来，给母亲请安可就要迟了。"

仙蕙翻身爬起来，气鼓鼓的，"你少威胁我！"

"当心冻着。"高宸把她摁了回去，小娇妻现在的样子，就好像一只被人踩到尾巴的炸毛猫，可笑又可爱。要不是怕耽误了请安时间，真想再逗逗她，转身喊了玉籽进来，"服侍四郡王妃梳洗。"

仙蕙闹归闹，到底不敢耽搁，只得乖乖梳洗跟着一起出去。

到了松月犀照堂，孝和郡主不在了，今儿不是逢十的日子，万次妃和吕夫人也不在，二郡王妃平时基本不出来，所以人并不多。三郡王妃是硬着头皮过来的，浑身别扭，一直低着脑袋。小姑子闹了那么大的一出风波，嫡系这边，肯定是恨都恨死了，能给自己好脸色看吗？估计唯一不讨厌自己的，就剩下大嫂了。

下

　　大郡王妃穿了大红如意金线纹的妆花褙子，头上珠翠环绕，颇为喜庆，眉目间还有几分容光焕发。倒不是为了故意刺激仙蕙，而是有事，说了几句家常闲篇，便问到正事上头，"母亲，今年父王的寿诞还是按去年的办吗？"

　　庆王妃颔首，"就按去年办，等明年五十大寿再热闹操办一场。"

　　"是。"大郡王妃应了，一面说着闲篇，一面打量着高宸和仙蕙。

　　老四穿着雨过天晴色的直裰，长身玉立、俊朗挺拔，这倒是没什么可看，小叔子是江都出了名的美男子。只不过，他的视线一直都在仙蕙身上，而且眼底含着笑意，并没有丝毫不悦。

　　怎么回事？孝和闹得那么厉害，竟然一丝一毫都影响不了他？陆涧的事，他就一丁点儿都不吃醋？忍不住多看了仙蕙几眼。

　　她嫁进王府不久，倒是颇有几分郡王妃的气度了。

　　今儿打扮特别，上面是赭石色的小袄儿，这么深，一般就是庆王妃都不会穿的，以免显得老气。偏她别出心裁，在上面稀稀疏疏绣了好些粉色梅花，再搭配一袭粉盈盈的双层细绢烟笼裙。

　　不仅不老气，还说不出的相得益彰。

　　加上她年轻稚嫩，面如莹月、明眸皓齿，再配上一双水波潋滟的明眸，衬得她好似一枝带了露珠的粉色梅花，娇嫩柔媚动人。

　　呸！肯定是用美色迷惑了小叔子。

　　"好了，都散了罢。"庆王妃说得差不多了，最近事多，心情也不好，实在没有耐心闲磕牙，只想清静清静。等儿子儿媳们都散去，回了屋，与周嬷嬷说道："昨儿老四还板着脸，今儿好像又好了。"

　　周嬷嬷笑道："小夫妻嘛，便是有点别扭，转眼就一样好得蜜里调油了。"

　　"哎，这样才好。"庆王妃叹气道："孝和简直……"难听话咽了下去，"我就怕老四性子要强，受不了，回头就跟小媳妇怄气上了。今儿瞧着，老四眼里的笑容掩都掩不住，仙蕙又羞又恼的。"忍不住哧了一笑，"到底是年轻人，床头吵架床尾和。"

　　周嬷嬷见气氛好，又奉承，"王妃别担心，我看四郡王妃是个聪明伶俐的。就说孝和郡主装疯那事儿，换个人，谁敢上去扇耳光诈她啊？若是让孝和借着疯病留在王府，只怕十年八年都养不好，最后只能吃个闷亏了。"

　　"是啊。"庆王妃对庶女厌恶到了极点，冷声道："她不就是仗着王爷偏心，所以才如此大胆妄为吗？好在仙蕙也不是吃素的，闹完以后，不说打，也不说骂，把规矩搬出来压得孝和死死的，叫人挑不出错。"

　　当时那种情况，就算自己在场也做不到更好了。

　　庆王妃私下唠叨了一番，再想着庶女搬走，万次妃气得病倒，小儿子和小儿媳又已经和好如初，心里舒服痛快多了。

057

之后是一段平静如水的日子，直到庆王寿诞。

庆王不仅是一方诸侯，在江都，更像是一方君王。说得夸张点，江都的官员可以不听皇帝的，但却不能不听庆王的。毕竟这是庆王一支的天下，传到这一代庆王，都已经历经百年第三代了。

加上又是寿诞，比起给高宸办庆功宴时还要热闹。

今儿这种特殊的日子，孝和郡主跟陆涧都回来拜寿。毕竟孝和跟仙蕙闹得凶，仅仅局限少数人知道，至于王府的下人和外人，都不清楚内情。在外人看来，孝和郡主在娘家赖了一段时间，按照规矩，所以才回了婆家。

而不知情的人中，万宝儿就是一个，她跟孝和郡主是表姐妹自然亲近，凑在一起说体己话。因问道："好好儿的，你怎么忽然想着又回陆家去了？住在王府多好啊。"

孝和郡主淡声道："嫁了人，自然是要住在婆家的。"

万宝儿被噎了一下。

心道，鬼才信你呢？你要这么通情达理，早干什么去了？谁知道是不是得罪了庆王妃，所以才被撵出去的？只是不敢多问罢了。

孝和郡主早就冷静下来，还是从前那样，端庄金贵的郡主娘娘模样。

心下后悔无比，都怪自己，当初太小看丈夫了。原本十拿九稳的事，居然让他像泥鳅一样逃掉。还有也太小看仙蕙，那就是一个市井泼妇，什么都做得出！只要一想到她扇自己那三个耳光，就恨得咬牙，恨不得把她给撕碎了。

孝和郡主抬眼看了看，仇人近在咫尺！

仙蕙当然感受到了她的目光，根本就不躲闪，而是抬眸看了回去，还对着孝和郡主微微一笑，——你做了亏心事，难道我还怕你啊？看就看，谁没长眼睛呢。

她们俩人暗地里交锋，别人说话或许没留意，万宝儿却是看在眼里的，顿时心下了悟。哦……，原来表姐是被四郡王妃逼出去的啊。

四郡王妃这么厉害？根本不像一般的嫂嫂，都让着小姑子，居然还把小姑子给撵出了娘家！自己倒是看走了眼，以为她一个商户人家的姑娘，就算狗屎运，被皇上赐婚进了王府，也是没见识没底气的。

却不想，竟然能把一向绵里藏针的表姐给逼走。

天哪！自己上次还为表姐得罪了她，那她……该不会也恨上自己了吧？万宝儿琢磨了一圈儿，仙蕙不好惹，背后肯定少不了高宸撑腰，这说明什么？说明她受宠，在王府站稳了脚跟啊。

越想越是担心，因为正好坐在仙蕙旁边，便琢磨着，等下是不是找个机会，说几句好听的话？不说解了冤仇，至少不要闹得太僵啊。

很快，丫头们上菜来了。

万宝儿抓住了一个机会，笑着朝仙蕙问道："四郡王妃，这道菜是什么呀？看着像是鸭子，又像是乳鸽，倒是有些瞅不准。"

　　仙蕙看了她一眼，上次胡说八道自己害了邵彤云，当着人没扇她一耳光，就已经是自己涵养好了。现在她还来找自己说话？以为她说的话是金子做的，说几句，自己就能消气了？无聊不无聊啊。

　　正想着要怎么打发她，忽地匆匆忙忙跑来一个婆子，到庆王妃身边低语了几句，然后就见庆王妃脸色一变，显然出了不小的事儿。不过庆王妃好歹做了多年王府主母，沉得住气，很快又缓和神色，招呼众人，"来，今儿大家热闹热闹。"

　　宴席上，大家都是惶惶不安，还得强颜欢笑跟着一起热闹。

　　——庆王的寿诞不能不欢而散。

　　被这么一打岔，万宝儿的那点小心思早忘了，没再纠缠仙蕙。

　　仙蕙也提起心弦，耐着性子吃饭、看戏，好容易熬到席散回去，等高宸，却半天都等不回来。玉籽去打听了消息，进屋低声道："筵席一结束，几位郡王和幕僚都去了清风水榭，王爷正和他们说话，怕是有大事。"

　　厉嬷嬷沉稳一点，说道："等等，四郡王忙完就回来了。"

　　结果这一等就等到天黑，高宸才回来，脸色沉沉的很不好看，眼里没了前些天调侃仙蕙的笑容，而是宝剑待出鞘的凌厉杀气。

　　仙蕙陪着他吃了晚饭，想问，又犹豫还是决定等等再问，免得打乱他的思绪。

　　高宸却撑了人，开口道："燕王过世了。"

　　"啊？！"仙蕙轻呼，震惊过后，继而想到还在江都的燕王世子，"那……，燕王世子岂不是就……？要成为下一任燕王了。"

　　"砰！"高宸一拳砸在桌子上，目光恨恨。

　　这是生什么气？仙蕙飞快地琢磨了下，忽地灵窍一通，顿时骇然变了脸色！

　　燕王世子借着给庆王贺寿的名义，来了江都，然后燕王死了，他是名正言顺的第一继承人，也就是下一任燕王。那么庆王就得保护好这个继承人，而且都是王，还得以平等级客气对待。

　　也就是说，燕王世子不仅逃脱了在燕王封底继位的各种麻烦，还变相地胁迫庆王不得不保护他，——否则燕王世子在江都出了事，麻烦可就都是庆王的了。

　　这么一想，只怕他来江都拜寿就是早有图谋。

　　仙蕙小小声问道："你们……，商议得怎么样了？燕王世子又是如何打算？"

　　高宸挑眉看她，怒气中，看到小娇妻的聪慧明敏，自己还没有开口，她就很快都想清楚了。想到这儿，不知不觉消散了一丝怒火。外人难缠不可怕，只要庆王府本身无懈可击就行，自己娶妻，算是娶对了人。

　　他静了静，说道："燕王世子借口江都离京城更近，决定在江都等候朝廷圣旨。"然后一声冷笑，"晋封圣旨一到，他就可以用燕王的身份回到封地。到时候，他那些兄弟再闹

059

么蛾子，就是反抗燕王，反抗朝廷，直接格杀勿论！"

仙蕙不由感叹，"真是好一招借力使力啊。"

高宸脸色黑成了一块锅底，"他在封地混得艰难，担心继位不顺利，就把江都庆王府当做保护，便宜都让他占了，得罪人的却是我们庆王府！"

燕王世子顺利继位，又受庆王府保护，他的另外几个兄弟焉能不怨恨？只怕庆王府脱不了手，往后少不了一些麻烦，还是自找的。

"这事儿太巧了。"仙蕙不由疑惑，"燕王世子一来，燕王就死了。"

高宸当然知道这点可疑，但却无奈，"纵然怀疑，在没有任何实质证据之前，他都是名正言顺的燕王继承人，就算朝廷也得按照规矩行事。等到燕王世子继承了王位，他手上有了实权，今后再想查老燕王去世的事，只怕就更难了。"

仙蕙不解问道："那皇上就不管吗？"

"你不懂。"高宸摇摇头，"藩王一直是朝廷的心头大患，皇上……"逾越的话没有说出来，委婉道："对于朝廷来说，不管燕王的哪个儿子继位，都一样。"

仙蕙明白了。

意思是，皇上根本就不在乎藩王的哪个儿子继位，还正盼着藩王们内斗不休呢。

——原来如此。

这样的话，的确是很棘手，叫庆王府头疼了。

高宸眉头紧皱散不开，转头看了看还不知情的小娇妻，等后面的事出来，只怕彼此又要分开一段时间了。

"世子妙计……"邵彤云娇媚地恭维，忽地察觉不对，"妾身高兴得糊涂了。"又忙改口，"是王爷，王爷妙计啊。"

燕王世子心情好得很，摆摆手，"不急，等皇上的圣旨下来。"

"反正屋里也没别人。"邵彤云撒娇道："王爷，妾身这次要跟着你一起回封地，你可不能丢下妾身啊。"

只有离开江都，自己才有一条活路。

谁知道燕王世子却道："不急，跟着本王先去一趟京城再说。"手不安分地在邵彤云身上乱摸，又捏她下巴，把手指放进去轻搅，勾出银丝，"去了京城，正好找皇上要点兵马送我回去，两全其美。"

不然就算有庆王府的保护离开江都，到了封地，只怕也难逃兄弟们的追杀。

"去京城？"邵彤云诧异不解，"总得有个缘由吧。"

燕王世子笑了笑，"每隔三年，皇上都有两件大事。一是春天挑选秀女，二是秋天藩王觐见。等圣旨下来，本王就好好地去看看庆王，向他道个谢。"到时候彼此都是王，自己不用行礼，看见高敦、高宸那几个郡王，还能受一礼，何等痛快？越发笑得嘴都合不拢，"然后一起顺路结伴进京觐见，正好做个伴儿。"

不仅如此，京城有关皇储的事也该趁机亲自去活动了。

他打得一手好算盘。

不过，最后的事态却有所出入。

庆王忽然生病了，大郡王留下来照顾生病的父亲，这次庆王府进京觐见的任务，最后落在高宸身上。得知这个消息，仙蕙不免又吃惊又难舍难分，怎么闹来闹去，竟然闹得是高宸去京城一趟啊。

"别担心，我很快就回来的。"高宸尽力安抚小娇妻的情绪，然后解释，"如今的燕王太过嚣张轻狂，再让父王跟他一路进京，免不了要受闲气，若是把他老人家气出病来就罪过了。所以，我们商议了下，还是让我进京比较合适。"

其实还有一点没说，怕她担心。

新燕王继位的过程里面水太深，他的兄弟们怀恨在心，只怕路上会有危险，总不能让老父以身犯险。而大哥不仅是庆王府的继承人，本身也不会功夫，让他上路同样是要担风险的，所以只能是自己进京。

但是这些话却不能告诉仙蕙，不然她该更不安心了。

仙蕙暂时没有想到那么深，还在满腔别离愁绪里，拉着高宸的衣袖，"那……，那你也可以带我一起去啊。"

"胡说。"高宸沉色道："你当是玩儿啊？好好呆在王府里，别让我操心。"

仙蕙也知道自己只能说说而已，无可奈何，接下来的日子都是闷闷不乐。

哪知道，事情竟然一波三折！

到了藩王觐见临出发的头一天，镇国公府派人来了，说是，"我们夫人很是想念四郡王妃，听闻此次进京觐见的人是四郡王，便特意让我们过来帮衬，接了四郡王妃一起上路进京。"

高宸顿时就变了脸色，目光一寒，但是很快低眸遮掩过去。

"四郡王妃。"来人笑眯眯的，说道："皇后娘娘和镇国夫人还带了一些礼物，要赏给你，让人放在哪儿？"见两人愣住，干脆看向厉嬷嬷，"你带我们去。"

竟然不等高宸和仙蕙答复，就这么大摇大摆地带着东西走了。

仙蕙立在旁边，一时回不了神。

虽说自己很想跟高宸在一起，时刻不分开。但是皇后娘娘的人突然到来，又让自己进京，只怕京城里的局势颇为紧张，——吴皇后明显是怕燕王占了便宜，不仅要高宸进京，也要自己这个义女的纽带进京，然后有所挟制！

这可不是自己希望的进京方式。

难道皇帝病重了？

不过也难说，就算皇帝还能活几年，也保不齐之前会生几场大病之类。况且就算皇帝不生病，燕王进京了，又是现成的藩王，吴皇后也同样会紧张的。万一皇帝被燕王哄得高兴，

立个太子，那吴皇后一派的期望可就全泡汤了。

所以不论如何，吴皇后都是希望高宸进京的，就算庆王府不是这么决定，只怕也会逼得他们改了决定。让高宸进京，和新任燕王一较高低。

——山雨欲来风满楼。

"四郡王。"仙蕙追了进去，小声问道："我们现在要怎么办？"

高宸过了那一瞬愤怒，很快冷静，在小娇妻出神的片刻，已经有了决定。他端起茶喝了一口，平复心绪，然后淡淡道："不能辜负了皇后娘娘的好意。"

情势既然已经到了这步田地，仙蕙不去，也不能改变什么，反而会得罪吴皇后。

自己和燕王的争斗，根本不是说一句，"我不和你争皇储之位。"就能平息的，两个人都处在风口浪尖，不得不争！况且以燕王的那种阴毒性子，若是他成了太子，然后继位，是绝对不会对庆王府报恩的，只怕还要找麻烦。

——成王败寇，殊死一搏！

藩王觐见，三年一度的盛大之事。

今年江都算是热闹了，不仅有高宸代表庆王前往京城，还有刚刚晋封的新燕王。这种阵仗，不管放在哪个藩王的封地，都是史无前例的。

眼下九月里，天气已经微微寒冷。

豪华宽大的马车里，锦绣铺就，软垫堆叠，熏着火盆暖融融的。

仙蕙穿了一身鹅黄色的碎花小袄，斜斜躺在一旁，有几分小儿女的娇憨之态，柳眉微蹙道："咱们这一路都要跟燕王同食同住，真是讨厌。"想起那次假扮小厮时，燕王那种不怀好意的目光，就觉得不舒服。

高宸脸色淡淡，"不用管他。"

"嗯，我知道。"仙蕙一向性格乐观，继而又笑了，"不过能跟你一起出来，也是蛮不错的。"不免说起春天选秀的事，"那会儿你冷冰冰的，我好怕你，可没想到还有机会，和你坐在同一辆马车里呢。"

"现在你就不怕了？"高宸失笑，伸手在头上轻轻敲了一下。

仙蕙捂头，"别敲了，再敲就敲傻了。"

"本来就不聪明。"

"……"

一路上两人说话打发时间，也是缓解心情。

到了第一处驿站的时候，燕王的马车先停下，他现在身份比高宸要尊贵，所以队伍走在前面。后面是庆王府的队伍，仙蕙戴了淡紫色的绡纱帷帽，搭着高宸的手，也跟着一起下了马车。路过燕王世子马车的时候，忽然闻见一抹淡淡的熟悉香气，很淡，像是某个女子在车里留下的。

这个味道？怎地，好像有点过往记忆一样。

下

等进了准备好的客房，关上门，仙蕙忍不住问道："燕王这次上京，马车里还带了女眷吗？刚才我闻到有脂粉味道。"

"他？"高宸一脸鄙夷，"到江都只在驿站住了一天，然后便买了宅子，听说整天都是眠花卧柳的，哪里闲得住？有女子也不奇怪，想是侍妾。"

"这样啊。"仙蕙点了点头，一看那燕王就不是个好东西。

在洁身自好这一点上，高宸真是不错。他这个人不好亲近，也不受外因诱惑，所以不仅屋里没有通房丫头，像林岫烟那种捣鬼的也不成事。

至于好男风，呸！都是外面的人胡说八道，就他……，哼哼，那坏劲儿，自己可没看出哪里好男风，以前都是被他的冰山脸给骗了。

算了，反正都是自己赚到。

"又发呆？"高宸已经习惯小娇妻，在无人时的迷糊状态，"你在屋里呆着，我去应酬燕王几句就回来。"

"好。"仙蕙一个人发呆，努力想，那脂粉味道在哪里闻过？可惜没有想出来。

接下来的日子，她每次路过燕王的马车，都会闻到那股特殊的香气，淡淡的、颇为特别，好像是……，脑海中隐隐有什么片段晃过，却不清晰。

这个迷惑，一路存在她的心底。

"有事？"高宸自己端了热茶在喝，越往北上，空气越干燥，喝了大半碗才放下，"看你最近心事重重的。"以为她是担心燕王，"不用理会那人。到了京城，你去镇国公府住下，等我忙完，就接你一起回江都。"

仙蕙蹙眉道："我总觉得，燕王马车上的香气在哪儿闻过。"

高宸对女人的琐碎不太在意，漫不经心道："脂粉还不都是差不多的？许是和你用的脂粉重了。"他心里装着的，是这次进京觐见的大事，需要随时保持精神，因而早早地上了床。

仙蕙也爬上去睡。

片刻后，似梦非梦，不知道自己身在何处。

往前一走，却又是邵家后花园的景致。看到一个身穿烟霞色的春衫少女，正坐在花树下，朝自己招手，"仙蕙你过来瞧瞧，这粉是桂香坊新出的，说是添了极珍贵的天叶葵，味道特别吧。"

邵彤云？仙蕙顿时大怒，"你怎么在这儿？！"继而又是心头一惊，邵彤云不是已经被火烧死了吗？不，不对，她去了静水庵，后来跑了。

好哇，可算是抓住她了。

"你跑不掉的！"仙蕙上前一把抓住她的衣襟，狠狠扇了她一耳光，"你三番五次地陷害我，今儿抓住你，我绝对饶不了你！"

邵彤云尖叫，"救命！"

刹那间，梦境中的画面旋转崩塌掉了。

063

仙蕙猛地醒来，大口喘气，自己怎么梦见邵彤云了？天大地大，也不知道她跑去了哪儿，只怕再也找不到了。

高宸睡觉很轻，也醒了，翻身问道："怎么起来了？"

"做了一个噩梦。"仙蕙嘟哝着，不自禁地往他身边靠了靠，顿时感觉安心踏实，然后抱怨，"真讨厌，居然梦见邵彤云了！"等等，那香气是邵彤云喜欢用的。

因为贵，除了邵家这种有钱的，或者庆王府，一般的姑娘都用不起。邵彤云是那种看似淡泊，实则爱显摆的性子，所以经常用，好在人前显示她的与众不同。

高宸见她瞪大眼睛，发呆了好久，"仙蕙，怎么还在发愣？"仔细打量了下，那双明眸里面仍有惊恐之色，安抚道："别怕，不过是一个梦罢了。"

"不是梦！"仙蕙一双眼睛瞪得大大的，急忙说道："我想起来了，那是以前在家的一件小事。那香气，是邵彤云喜欢用的！"

高宸本来准备哄她几句就睡的，闻言眉头一挑，"当真？！"他皱眉道："你的意思，那马车里面的女子可能是邵彤云？"

之前得知邵彤云从静水庵逃走以后，曾经四下派人搜查，但是一直都没有音讯。毕竟大海捞针不容易，断断没有想到，竟然有可能藏在燕王那里！虽然荒唐离奇，但仔细想想，反而显得合情合理了。

因为整个江都，只有燕王身边没有派人搜查。

高宸沉了脸，"我知道了，这事我会想法子去查证的。"

"嗯。"仙蕙心头一暖，抱住了他。

比起觐见皇帝和燕王争斗的大事，这不过是小事一桩，但是因为关系到自己，他还是腾出精力和时间去安排，可谓无微不至。

到了京城，高宸把仙蕙送到了镇国公府。这是最安全妥当的地方，也是吴皇后和吴家所需要的。虽然是变相人质，还是要客套的，"这段时间，仙蕙给府上添麻烦了。"

镇国夫人笑道："不麻烦，我这一见到仙蕙高兴还来不及呢。"

高宸也没多说客套话，寒暄了几句，便道："先去给皇上请安，得空，再过来看望仙蕙。"然后吩咐下人把礼物送上，告辞而去。

仙蕙跟着镇国夫人在国公府，不消多说，好吃好喝有人陪着。

而高宸，第一件事就是去面见皇帝。

虽然他去镇国公府送仙蕙耽搁了一会儿，但是皇帝接见人是得等的，不是你想见就见，需要内宫里面安排时间。况且燕王是由江都的人送来的，面子情肯定要做，因而等着高宸，到了时间一起给皇帝请安。

这次算是小小拜见，等各地藩王们都到齐了，才一起觐见。

下

高宸来过一次京城也见过皇帝，这一点，倒是比燕王要更占优势。别看燕王做世子的时候，过继皇储的呼声很高，但是之前被兄弟们看得紧，根本就没有进京的机会。所以大殿上，高宸显得有礼有节颇为从容，燕王则略显紧张。

两人一起上前行礼，"给皇上请安。"

和春天相比，皇帝的精神起色明显差了不少，虚抬了下手，"都起来罢。"然后问了一下藩地的情况，简略几句，便道："你们都先回去，等剩下几位藩王到齐了，朕再细问你们。"那神态，明显就是精力不济的样子。

"是，皇上保重龙体。"高宸和燕王关心了几句，都不敢太啰唆。

一个太监上来，领着他们俩告退而去。

出了宫门，燕王像是忽然活泛过来，笑道："老四啊，我在江都的时候，没少给庆王府添麻烦。这一路，又多亏了老四你辛苦护送。如今到了京城，无论如何，我都得好生谢一谢才是。"抬了抬手，"走，咱们哥俩去喝几盅。"

高宸对此人厌烦之极。

他借着拜寿之名留在江都，然后继位，不知道给庆王府添了多少麻烦，哪里还有跟他喝酒的心情？可是燕王是王，自己只是郡王，他的客套不好拒绝，在京城更不能轻易惹事，再者，还有邵彤云的事挂在心头。

因而也就爽朗一笑，"如此，那我可就多谢燕王殿下了。"

"哎，什么殿下不殿下的。"燕王招呼他上了同一辆宽大的马车，两边的侍卫都在后面跟着，朝着京城最大的第一楼而去。一路上，燕王还不忘说客套话，"你我辈分一样，我虚长你几岁，把我当兄长看待就行了。"

高宸淡笑，"不敢，礼法不能废。"

"这就见外啦。"燕王今天似乎格外热情，一路说话不停，"对了，我在京城认识几位知心好友，喝酒就是要热闹，等下叫他们过来一起凑个酒局。"

高宸根本不信，燕王会闲得无聊约朋友陪自己喝酒，只怕宴无好宴，再说他在京城的好友能是什么人？那还不都是梅贵妃一党的人。

到了第一楼，果然看见几个穿着光鲜的公子哥儿，已经入了座。

见他们俩进来，都起身行礼，"见过燕王殿下。"

燕王笑道："都坐，都坐。"虽说他是这一圈儿里的身份最高的，不过面对梅家的几个嫡系子弟，还是很客气的。毕竟他要想成功坐上皇储之位，就得靠梅贵妃和梅家周旋，不得不谦逊客套。况且就算做了皇储，还有最后那一步，也得仰仗梅贵妃一党，才能平安顺利。

不登上帝位，身下的位置始终都是悬的啊。

"诸位……"燕王笑着介绍，"这位就是庆王的爱子四郡王高宸，这次我在江都多亏庆王府的照顾，今儿是特意道谢的，你等可不能怠慢了啊。"

"见过四郡王。"梅家的几位公子看似客气，实则都是目光闪烁。本来他们就看不大

起一个小小郡王，再者高宸算是吴皇后一派的人，那是天生的死敌，自然不会有半分喜欢了。

高宸心下明镜儿似的，只做不知，微笑着打了一个招呼。

"世昭。"燕王看向一个穿宝蓝色长袍的公子，那是梅贵妃大侄子梅世昭，今天梅家子弟的领头人，酒席也是他安排的，"赶紧开始罢。"

梅世昭含笑不语，拍了拍手，便有流水般的美酒佳肴端了上来。

梅贵妃既然以美色盛宠多年，梅家的几位公子还是长得不错的，特别是梅世昭，面如冠玉、身量挺拔，加上华衣美服的衬托，颇有几分翩翩佳公子的味道。他眼里闪过一丝不明光芒，难以捉摸，笑道："来者是客，今儿我先敬两位贵客一杯。"

然后仰脖一口气喝光，亮了杯底。

燕王笑道："本王自饮一杯。"

高宸也端起了酒杯，"酒是好酒。"看了看，复又放了下去，"只是这来的一路上车马劳顿，胃就有些不舒服，火烧火燎的，实在是对不住各位了。"

此言一出，对面的梅家子弟就有些脸色难看。

高宸又道："不过诸位的盛情难得，我心领了。"

梅世昭脸色不悦，"怎地？怕这酒里有毒啊。"

高宸倒不怕对方下毒，——除非燕王不想做皇储了，否则是不会那么做的。但是不下毒，不代表他不会放点别的什么。

要是闹一出大哥那样的丑闻，可就难缠了。

得罪？反正自己不管怎样，都和梅家是死敌，无非就是看看他们的脸色罢了。

"世昭！"燕王赶紧呵斥对方，"不得无礼。"

另外几个梅家子弟，也是不满，"四郡王这就没意思了。咱们兄弟几个一早来预订位置，还要安排酒菜，忙前忙后的且不说。单说燕王殿下在此，怎么着，四郡王也得给一个面子罢。"

"话不是这么说的。"燕王看了看高宸，一副为好兄弟着想的体贴模样，"老四一向都是个实在人，不打诳语，他说胃不舒服那就是真不舒服。不过，大家的一番盛情也不能不领，这样吧。"起身端了高宸的酒，豪气干云，"我替老四喝了。"

他这般纡尊降贵的姿态，梅家的子弟也不好说什么了。

梅世昭笑道："还是燕王殿下爽快。"

燕王一脸和气的笑容，"好说，好说，不能辜负大家的心意啊。"

高宸歉意道："多谢燕王殿下体谅，多谢大家的体谅。"心下越发地沉了起来，对方根本就不是那种烂好人，眼下却如此做作，——无事献殷勤，非奸即盗！

"来来，大家今儿喝个痛快。"燕王说话声音很大，话也多，似乎极力想把刚才的尴尬化解过去，酒是一杯接一杯地喝，"今儿不醉不休。"他的眼里，闪过一抹不易察觉的得意之色。

几位梅家子弟也很捧场，觥筹交错，席面上顿时热闹起来。

下

酒过三巡，这一圈儿人都有些醉醺醺的。

甚至就连风度翩翩的梅世昭，也喝红了脸，说话大着舌头，"唱、唱小曲儿的，赶紧上，让大伙儿好好乐和乐和。"哼哼唧唧道："喝酒，没有佳人不行，不行……，赶紧的！"

燕王也是醉眼惺忪，"好啊，正好见识京城的佳音。"

高宸心下冷笑，除非那酒里被他们自己下了药，否则绝不至于醉成这样。但他们自己安排的酒席，又怎么会有人下药？既然酒没有问题，那就是人有问题了。

很快，一个清秀白净的姑娘领了进来。

"过来。"梅世昭冲着那个唱曲儿的招手，目光暧昧无比，"到爷身边来唱。"另外几个子弟也起哄，"过来，过来，先给大爷们暖暖手。"

燕王世子含笑饮酒，并不制止。

"哐当！"高宸把手上的酒杯砸了个稀烂，眼睛寒光四射，恶狠狠地在屋子里扫了一圈儿，看向那群梅家子弟，——这群王八蛋！竟然找了一个长得像仙蕙的，他们还要亵玩，明摆着就是要羞辱自己！

"怎么了？"燕王一脸醉醺醺不解的样子，含混说道："谁……，谁惹老四你生气了？"朝那小姑娘招手，"快点过来，唱个曲儿，让大伙儿高兴高兴。"

高宸的手放在了佩剑上，忍了又忍，才没有拔剑出来。

自己不能跟这群无耻之徒动手，因为没喝酒，就连醉酒的借口都找不出来。一旦动手，就是把现成的罪名往他们手上送了。但也无法看着他们把那姑娘当做仙蕙，然后一群人亵玩，——要那样，他妈的就不是男人了！

原来他们早就知道自己不会喝酒，准备好了。

一步步，真是好算计啊。

梅世昭大声呵斥，"还不赶紧过来？！"

那唱曲儿的姑娘吓得一抖，像是又怯又怕，又无奈，一点点挪步过来。虽然没有十分仙蕙的美貌，也有六七分，特别是那股子清秀劲儿，娇怯怯的，很有那么几分相似神韵，楚楚可怜的。

燕王世子一直低头扶额，好似醉了。

高宸看在眼里，还有什么不明白的？这件事不管是燕王安排的，还是梅贵妃和梅家安排的，燕王都是参与其中，不可饶恕！

"叫什么名字？"梅世昭笑得带出几分猥琐，之前的翩翩佳公子模样全不见，端着酒杯，勾起嘴角道："来，先让大伙儿看看身段儿。"

另外几位梅家子弟，嘴角已经微微翘起，露出忍不住的看好戏笑容。

燕王仍旧装醉，好似迷糊得不省人事。

"来啊。"梅世昭伸手，要去一把拉那姑娘入怀，"让爷瞧瞧，你那小胸脯是不是真材实料，

到底有几两肉。"

　　这群混蛋！高宸一把抓住那个姑娘，拖到身边，"唱罢。"

　　"哟。"梅世昭抓空了，"四郡王，你这是什么意思？"

　　"世昭。"燕王放下酒杯，不悦道："怎么跟四郡王说话呢？不过是个丫头，既然合了他的眼缘，就送给他好了。"朝外看了人，"再另外叫个唱曲儿的来！"

　　他这么一说，梅世昭等人才愤愤不平坐罢。

　　高宸看在眼里，明知道燕王不会帮着自己说话，如此举动，必定还有后招，但是却不能不留下那姑娘。不留下，就得眼睁睁看着他们亵玩，那是自己无论如何，也不能忍受的！行啊，那就见招拆招吧。

　　很快，又有一个唱曲儿的姑娘进来。

　　高宸实在没心情看他们，等下的场面也必定难以入目，起身道："这个姑娘我先带走，告辞了。"说着，不等众人开口，便扯着唱曲儿的姑娘匆匆下楼。

　　燕王在他背后一声冷笑。

　　梅世昭的酒也醒了，搂了新进来的唱曲儿姑娘，哼道："看他今天接不接招？不接招，那么大伙儿就玩一圈儿。"

　　另一个梅家子弟笑道："回头再宣扬宣扬，第一楼新来了个唱曲儿姑娘，长得像四郡王妃。哈哈，让大家天天都来寻个乐子，乐和乐和，保证叫高宸吐一口血！"

　　燕王含笑不语，摆手道："今儿辛苦大伙儿了。"

　　高宸倒是有点小聪明，当机立断，把那姑娘给拉着带走了。

　　可是这个烫手的山芋，带走可以，接在手里却是不好安置的！堂堂郡王，竟然在进京觐见的时候，带了一个唱曲儿姑娘回去，可见人品之差。再者回去以后，四郡王妃和皇后娘娘、吴家会怎么想？这个姑娘又要如何安置？

　　这里可是京城，不是江都，由不得他随便杀人灭口！

　　哼！难道还能告御状啊？这种沾了风月的事儿，给他一百个胆子，也不敢在皇上面前主动提起。总不能说，有个唱曲儿的姑娘，长得很像我的郡王妃，所以我就带回来做了侍妾吧？况且，说起一个唱曲儿的像四郡王妃，那也丢脸丢到家了。

　　哈哈，今儿这个局，他无论如何都破不了。

　　——只能认栽！

　　日暮时分，这个消息在京城传开了。

　　庆王第四子高宸刚来京城不到半天，就纳了美妾。

　　"简直荒唐！"天黑时分，吴皇后得到了这个消息，不由大怒，朝着回禀消息的宫人问道："到底怎么一回事？！"

　　高宸的性子和人品，自己不光打听，也亲眼见过他，断不可能是这么蠢的人！

下

宫人回道:"上午是燕王请四郡王去喝酒的,还有梅家子弟,只怕这其中有些别的蹊跷。至于究竟是何缘故,还得见了四郡王才知道。"

可惜偏偏消息传进来时间不对。

眼下这会儿已经日暮西斜,刚好赶上宫门落锁的时间,高宸一个外男,就算是皇室宗亲,吴皇后也不可能在这会儿传他进宫。

没有办法,最快只能等到明天早上了。

吴皇后心中郁闷难消,恨得咬牙。

这分明就是有人故意的!故意栽赃高宸,然后故意把消息拖到现在,好让高宸没有办法进来分辩,但是却有足够时间,让梅贵妃把消息传到皇上的耳朵里了。

等等,若说燕王和梅家子弟故意拖延,倒是没错。

但高宸呢?难道他就不知道事情轻重缓急?怎地不早点给自己送消息?难道因为丢了面子,就一直躲在王府自怨自艾?要那样,也未免太不像话了!

京城庆王府,高宸正在月下小杯独酌。

他并不在乎吴皇后会怎么想,也不管燕王和梅家子弟此刻如何得意,事情自有安排筹谋,且让这些人群魔乱舞一阵子。唯一担心的,他朝镇国公府的方向看了一眼,不知道仙蕙怎样了?小丫头,希望这次沉得住气罢。

镇国公府,仙蕙的心情久久难以平静。

怎么回事?高宸出去喝一回酒,就带了一个唱曲儿的女子回王府。怎么总有女人往他身上扑?这个主动,那个送的,简直没完没了。

镇国夫人瞅着她脸色难看,怕她想不开,劝道:"仙蕙啊,四郡王是和燕王一起出去的,梅家那帮子弟又是惯会混在风月场所,事情多半有些误会。"

仙蕙勉强笑道:"应该是罢。"

可到底能有什么误会呢?不管是燕王让人找来的姑娘,还是梅家子弟找来的,高宸逢场作戏便是,何必带回去?而且就算其中有误会,高宸带人回去了一整天,也应该派人过来跟自己说一声,解释一下啊。

结果呢,他一直瞒着自己和镇国公府。

——不由得让人多心。

镇国夫人也是猜疑不定,又不好说,只能在心里叹气不已,干巴巴劝道:"仙蕙你别急,等明儿四郡王过来,见面问清楚就知道了。"

仙蕙自然是信得过高宸的为人,他性子冷僻、洁身自好,事情一定另有原因。再说眼下是在京城,又是觐见时期,他肯定不会犯糊涂的。可是理智是这么说的,一想到现在庆王府里,还住着另外一个女子,心里就好像猫抓一样难受不已。

高宸洁身自好,不代表那个女子也洁身自好啊。万一,那女子非得扑上去,孤男寡女的,谁知道会不会出点什么事儿?不不不,肯定不会的。

仙蕙心绪不宁，夜里自然睡不好。

次日天不亮就醒了，然后梳洗打扮，吃了早饭，就等着高宸过来找自己。不管如何，好歹得把事情弄清楚啊。结果等来等去，等到吃晌午饭都没等来人。

仙蕙实在有点坐不住了。

镇国夫人也看出来义女的心烦，想了想，"别慌，许是他那边有什么为难的，暂时走不开。你先好好吃饭，吃完了，我亲自陪你过去一趟庆王府。"语气一顿，"若是四郡王真的胡来，义母给你撑腰。"

仙蕙感激道："多谢义母。"

这个时候，倒是感觉出多半个娘家的好处了。

否则自己在京城举目无亲，不仅安全没有保障。若是高宸真的和别的女人有染，自己也说不上话，只能忍气吞声，然后再张罗着帮他纳妾了。

午饭后，镇国夫人陪着仙蕙去了京城庆王府。

很快见到高宸，他在内屋，穿了一身翡翠色的刻丝直裰，腰坠白玉佩，少见的清爽怡人打扮，倒是比平日更多几分风流倜傥。

仙蕙瞅在眼里，不免心里含了一腔酸酸的醋。

什么意思？他这是正心里美着吗？暗暗腹诽了几句，还是不肯猜疑，直接开门见山问道："四郡王，昨儿唱曲儿的姑娘，到底是怎么一回事？"

镇国夫人见他们小两口要对嘴，便识趣地回避。

哪知道刚走到门口，就听见高宸冷声道："你这是什么话？还像是一个做嫡妻的贤惠态度吗？一个唱曲儿的姑娘，也值得让镇国夫人陪你回来询问？赶紧走，我这里不得空，还在忙着觐见皇上的事。"

镇国夫人一听，天哪，这是要坏菜啊！赶紧折身回去。

果不其然，仙蕙已经被他气得噎住，张着嘴，喘了一阵气儿才缓过来。她脸色难看问道："四郡王，你这话是什么意思？我就问问，不管什么，你直接告诉我不就行了吗？你……，你太欺负人了。"

高宸看着小娇妻可怜的样子，也有点不忍心。

但他却没有解释，反而冷声，"有什么好问的？不就是带了一个姑娘回来吗？难道还要向你交待不成？我要是带十个姑娘回来，岂不是要交待十次？你见过谁家是这样的规矩！"挥挥手，"走走，别打扰我。"

仙蕙瞪大了眼睛看着他，忍不住眼眶酸酸的，潮潮的，要不是紧紧咬着嘴唇，眼泪就要掉下来。这、这……，还是自己认识的高宸吗？！不，这根本就不是自己认识的高宸，是别人假扮的吧。

"我说你。"高宸上来抓她，用了劲儿，"别在这儿哭哭啼啼的，赶紧走！"

仙蕙身体单薄，被他推得一个趔趄。

下

"四郡王，你这是做什么？"镇国夫人看不下去了，怒道："就算你领了一个姑娘回来，仙蕙也没说不让，问问总可以吧？你这种态度，实在是太不像话了。"看着他打扮得光鲜体面，分明是闲得很，"忙？我可没有看出来哪里忙的。"

仙蕙目光闪烁不定。

他刚才，在自己手上捏了一把，什么意思？做戏？这里没有外人，做戏给谁看？心里实在想不明白，可高宸的表现十分反常。

猜疑中，心里反倒不那么难受了。

镇国夫人却不知道内情，仍在指责高宸，"你也太不像话了，不看僧面看佛面，仙蕙好歹是我们吴家的姑娘，由不得你随意欺负！"

高宸仍旧冷着脸，"镇国夫人，虽说你是仙蕙的义母，但是也没有丈母娘管女婿屋里事的道理，便是沈太太亲自来了，也一样！"

"你……"镇国夫人不由气坏了，浑身发抖，"你是说我不是仙蕙的亲娘，不够资格管了？"一把扯了仙蕙，"我们走，去找皇后娘娘说理去！"

仙蕙不明所以，但是最终选择相信高宸。

他要闹，自己就陪他大闹一场。

因而努力挣脱义母的手，再次冲到高宸面前，哭道："四郡王，外头来的女子不清不楚的，怎么可以留在庆王府？你若是真想纳妾，我给你挑几个绝色的丫头，也比这个强啊。"

高宸冷声道："我的事，用不着你来管。"

"仙蕙，我们走！"

"送客。"高宸转身就走，"砰"的一声，把内门都给关上了。

"你等着！"镇国夫人连连跺脚，强行拉走仙蕙，"走走走！别在这儿受气，马上跟我进宫面见皇后娘娘，好好说道说道。"

仙蕙呜呜咽咽地哭着，伤心不已，最终无奈跟着走了。

到了大门口，还故意嚎了一嗓子，"……我要回江都。"

很快，庆王府的四郡王妃上门大哭大闹，然后被四郡王撵走的消息，就在京城里面传开，顿时风言风语议论不休。

燕王和梅家几个子弟得知消息，一是忙着派人散播消息，一是饮酒庆祝。

梅世昭得意笑道："哈哈，就知道高宸那小子性格孤傲，认死理，一根筋不知道回头。他认定了那个唱曲儿的像他媳妇，不敢说，怕丢了面子，就连正主儿都被他给气跑了。"

周围的人也都哈哈大笑。

笑了一阵，有人却担心道："万一高宸过了气头，把人放了怎么办？"

"他不会的。"燕王一声冷笑，"他要是敢放人走，行啊，那咱们就把人给卖到窑子里去，千人骑、万人枕，叫他高宸吐血而亡。"

"哈哈，燕王殿下高明。"

燕王摆摆手，目光看向梅世昭多了一丝殷切，"咱们这边的火候够了。现在万事俱备、只欠东风，就等着……"指了指宫中方向，暗指梅贵妃，"只要皇上对高宸的所作所为大怒，嘿嘿，那就成了。"

　　梅世昭勾起嘴角，一脸信心满满之色，"放心，这事儿准成。"

　　自己的姑姑宠冠后宫多年，别的本事可能没有，揣摩圣意和吹枕头风的本事，那绝对不在话下！高宸，你小子这回死定了。

21 人心各异

　　和吴皇后预料有所不同，昨儿夜里，梅贵妃并没有把高宸的丑闻告诉皇帝，而是装作不知，卖弄风情服侍了皇帝一夜。皇帝现在的身体，虽然谈不上龙马精神，也不见得夜夜都有兴致御女，但偶尔还是可以勉强为之。

　　今天一大早，梅贵妃又打扮得千伶百俐的，不停哄皇帝开心。

　　皇帝面色愉悦去了金銮殿，上早朝，结果好心情还没持续一炷香的工夫，就有人捅出了高宸的事儿，顿时龙颜大怒！只是当着朝廷文武百官，没有发作，而是忍着怒气回到玉粹宫，——身为皇帝，也不是想发脾气就能随便发的。

　　明儿是藩王们集体觐见的大好日子，热热闹闹的一件大喜事，要是闹出什么郡王留恋风月女子，皇帝的脸上也不好看。

　　只不过，皇帝憋气的后果很是严重。

　　"哐当！"玉粹宫的摆件遭了殃，这已经是第三个了。

　　皇帝连摔了三个瓶子，才把那口恶气吐出来，"简直太不像话了！高宸怎地就那般眼皮子浅，这种节骨眼上，居然还敢给朕的脸上抹黑！庆王是怎么教导子弟的？"一个茶碗又遭了殃，"放肆！太放肆了。"

　　"皇上。"梅贵妃扶了扶鬓角，柔柔劝道："千万保重龙体啊。"

　　皇帝怒道："朕不被他们气死就不错了。"

　　"皇上千秋万岁。"梅贵妃先奉承了一句，然后又道："纵使高宸荒唐糊涂，年少不知事，也不值得皇上如此大动肝火，外头那些闲杂琐碎，让臣子们去处置便是了。"

　　皇帝本来是盛怒无比的，听得宠妃说话，反倒火气忽然消了几分。

　　高宸和燕王的那些明争暗斗，心里很是清楚。刚才在金銮殿听得高宸带了一个唱曲儿的回去，盛怒之下，当着臣子们没有多问就走了。

　　现在细想想，对高宸的性子还是了解几分的，不像是这么莽撞糊涂的人。

　　他和燕王一起出去喝酒。

这里头，只怕还另外藏有玄机。

梅贵妃见皇帝眉头紧皱，以为是因为对高宸的事生气，当然就更要添几把火了。不余遗力地在旁边吹风，"皇上，这事儿也别太上火了。高宸毕竟年轻，还不到二十岁的少年郎，难免有把持不住的时候，训诫训诫也就好了。"

皇帝"嗯"了一声，没有表态。

梅贵妃假意道："要说呢，这件事燕王也有一些不是。"叹了口气，"既然把高宸领出去喝酒，又知道他年轻莽撞，怎么不看好他呢？想必是喝醉了，没拦住。"心下冷笑，高宸一个有手有脚的大活人，谁看得住啊？他带不清白的女子回庆王府，那是他人品不好！

皇帝揉了揉发胀的眉头，仍旧不言语。

梅贵妃又道："依臣妾看……"

"皇上！"吴皇后的声音，在外面仓促响起，然后竟然不顾礼仪跑了进来，神色慌张道："不好了，皇上……，四郡王高宸遇刺了！"

"遇刺？！"皇帝脸色变了，"怎么回事？"

梅贵妃在旁边心下冷笑，切，高宸的屁股还没有抹干净，就想找个遇刺的借口推脱啊？想得美，不等皇后回答便道："皇后娘娘，高宸昨儿带了一个风月女子回王府，这件事让皇上很是震怒，还没有查清楚呢。"不屑地哼了一声，"什么遇刺？该不会是找个借口，好回避吧。"

呸！就是要把你们揭穿。

"梅贵妃！"吴皇后不仅没有被揭穿的慌张，反而怒声质问，"你知道高宸是怎么遇刺的吗？刺客又是何人吗？"

梅贵妃不满嘟哝，"嫔妾怎么知道？"

心道，难不成你们还能编派是燕王行刺的？梅家的人行刺的？无凭无据，休想血口喷人！要是敢乱说，自己绝对要你们好看！

吴皇后"扑通"一声，在皇帝面前跪下。

"皇上……"她声音尖锐，"刺杀高宸的不是别人，正是……，正是他昨天带回去的那个唱曲姑娘，竟然是一个女刺客。"

"你胡说！"梅贵妃顿时气得跳脚，连尊称都忘了，"一个唱曲儿的，怎么可能是什么女刺客？分明就是造谣！"

"哦？"吴皇后愤怒地站了起来，一声冷哼，"梅贵妃如何知道那女子不是刺客？又如何证明高宸是在造谣？"然后含沙射影问道："本宫不明白，梅贵妃为何担心一个唱曲女子？哦，因为那唱曲女子是梅家子弟找来的吧。"

"你！你……"梅贵妃没有想到，对方还真的血口喷人。她想分辩，又不知道该如何分辩，昨儿那个唱曲儿的姑娘，的确是梅家子弟找的，只能转头向皇帝哭道："皇上圣明！给臣妾做主啊。"

吴皇后冷冷看着梅贵妃，故意道："现在还没有证据，梅家子弟知不知道那唱曲姑娘是刺客，梅贵妃怎么就着急了？难道说，梅贵妃早就知道此事，知道那个唱曲女子的底细，所以才觉得被冤枉了。"

"皇后娘娘！"梅贵妃满目通红，一副看仇人的目光狠狠瞪向她，想分辩，偏生又不如对方言辞犀利，只能尖声道："你不要欺人太甚！"

吴皇后已经说完了想要说的话，自然不会和她吵，而是哽咽起来，"皇上，高宸现在还生死不明，万……，万一有个好歹。"眼圈儿红红的，伤心道："可怜我那娘家侄女，年纪轻轻地就要守寡，还没孩子，这可要怎么办呐。"

因为仙蕙的这层关系，她算是"姑母"，所以关心焦急也是人之常情。

梅贵妃简直肺都快要气炸了。

太狠毒了！燕王和梅家送一个唱曲儿的，败坏高宸名声，他们就想出一个毒辣的釜底抽薪之计，居然说那唱曲女子是刺客！照这么说，岂不是成了梅家一早存心不良，故意安排女刺客，行刺高宸？！

吴皇后收起眼泪，义正词严道："皇上，请派人彻查此事！"

皇帝一直都是静默没有说话，看着吴皇后哭，看着梅贵妃吵，——实则两边的话都是不信。真相如何，还是要查清楚之后再做定夺。

很快，皇宫里派人去了庆王府。

被派下去查证高宸遇刺事件的，一个是皇上身边的大太监李德群，一个是皇后身边的王保，这样做是为了公平起见。皇后娘娘关心娘家侄女婿可以，但是皇帝也不能偏听偏信，当然要派御前的人下去查证了。

结果这一查，可就查出大问题了。

高宸的确受了一记剑伤，而且伤在腰上，很是凶险。据太医说，伤口足足有六七寸长，若是再深几分，那可就要伤到内脏了。当着两个大太监的面，还顺道给重新敷了一次药，让众人亲眼看了，的确不假，那破开的皮肉是真真切切的。

"万幸，万幸。"李德群安抚了几句，"四郡王大难不死，必有后福。"

王保则是更关心一些，"哎呀，四郡王这次可真是凶险啊。"他代表的是吴皇后和吴家，一脸关切之色，"啧啧，还好没事，皇后娘娘都快担心坏了。"

高宸脸色有点惨白，"有劳二位公公亲自过来……"

"四郡王，别客气。"李德群顿了顿，又问："听说刺客已经伏诛？"

"是。"高宸虚弱回道："正好李公公来了，可以去看看那女刺客的尸体，回头也好给我做一个见证。"

"啊？去看尸体。"李德群一阵恶心，但是又怕办坏了差事，最终忍了忍，干脆把王保也拖下水，"走走，我们一起去看看。到底是何等胆大妄为的刺客，竟然敢行刺四郡王？！回头也好向皇上和皇后娘娘交待。"

王保假意皱眉，然后表情难看地跟着一起去了。

这一看，可就看出大问题来了。

"天哪！"王保指着地上的女尸，连连后退，惊呼道："这女子……，怎么会和四郡王妃长得一模一样？"

李德群闻言大惊，"此言当真？"

王保正色道："上次选秀的时候，四郡王妃来过皇后娘娘的宫里说话，咱家亲眼见过，断然不会记错的。"

——这下可捅出大娄子了。

两人回宫，你一言、我一语，把事情全都如实上奏。

皇帝听得震怒不已，"刺客长得像四郡王妃？！"盛怒之下，竟然让人抬了高宸进宫回话，还传了仙蕙，以及让人把女刺客的尸体搬进宫来。

一对比，果然两者很是相像。

"这是怎么回事？"皇帝又是不解，又是震惊。

高宸一脸倔强的模样，不肯开口。

"皇上……"仙蕙跪了下去，哭道："昨儿妾身误会了四郡王，跟他吵架，今儿才得知实情啊。"一面哭，一面说，"都怪燕王和梅家那些公子哥儿，故意找了一个长得像妾身的女子，他们、他们……，然后……，实在太不堪了。"

好像是太过猥琐说不出口，让人浮想联翩。

皇帝已经气得脸色铁青。

燕王真是太放肆了！古人云"朋友妻、不可欺"，他倒好，专门找一个和四郡王妃长得像的，又是一群人做那些不堪事，换哪个男人也忍受不了！高宸难不成看着他们羞辱那女子？没有办法，自然只能把人带走了。

断断没有想到，里面竟然还有这么一番曲折！

仙蕙淌眼抹泪的，"四郡王性子刚直，受不了那个气，所以才把那个女子带回王府的，却不料，竟然是一个女刺客……"抬头看向皇帝，"求皇上做主。"

这些话，依照高宸的身份来说不合适。

而仙蕙这种闺阁弱质，又不是名门大家闺秀，不过一介平民女，加之关心丈夫，言语直白不顾忌在所难免。所以，这个任务落在了她的身上。

仙蕙眼泪汪汪，小模样真是楚楚可怜。

高宸一脸憋屈愤怒的表情，冷着脸，不言不语。

皇帝不由怒斥，"这么多事，你怎么不早点进宫向朕回禀？！"

"皇上……"高宸憋了半晌，才道："臣……，臣实在说不出口。"

吴皇后插嘴道："皇上，四郡王这个人就是年轻好面子，别人羞辱他，偏生那唱曲儿的又长得像仙蕙，叫他如何说得出口？哼，那些奸诈小人，就是算准了这一点儿！想让四郡

王吃个大亏！"

奸诈小人？说谁呢？梅贵妃一阵气堵不已。

她正要分辩，就听外面太监唱道："启禀皇上，燕王求见。"

皇帝怒道："让他滚进来！"

燕王才刚得到梅贵妃派人送去的消息，事情陡然变化，高宸居然见鬼地遇刺，还胡说八道，说那唱曲儿的姑娘是刺客！他妈的，这小子太歹毒险恶了。

一进殿，就赶紧跪下去请安，"见过皇上、皇后娘娘……"

"行了！不必啰唆这些。"皇帝打断道："倒是你做的那些好事儿，要怎么解释？你自己看看地上的女子，跟朕说清楚！"

燕王吓得一哆嗦。

高宸愤怒地看了他一眼，没有说话。

这个时候，仙蕙说话也不合适。

吴皇后当仁不让地站了出来，她不仅是国母，还是长辈，当即指着燕王骂道："你这个黑心烂种子！居然找了一个女刺客行刺！亏得你在江都的时候，庆王府还好生款待招呼你，一路上，又是四郡王护送你进京，你这个恩将仇报的混账东西！"

燕王赶忙分辩，"不是，不是那样的。"

"那地上的女子如何解释？！"吴皇后一脸盛怒，斥道："你故意找了一个长得像四郡王妃的女子，然后一群人举止不堪调戏，不就是想气得四郡王把人带走吗？然后就好行刺了！"

燕王额头上尽是冷汗，牙齿打架。

断断没有想到，高宸做出一副忍气吞声的模样，四郡王妃大闹庆王府，都是故意混淆视线，好让自己和梅家子弟放松警惕的！他的确不跟皇上开口，但却想出这么一个歹毒之计，然后主动让皇上问起，——反而倒打一钉耙，说是女刺客，变成自己蓄意要行刺他，真是阴险毒辣！

"燕王。"吴皇后盛怒不已，"没想到，你竟然是这种丧尽天良之人！枉费皇上用心栽培你，让你承爵，结果呢？今天你敢杀高宸，难保明天不会对其他兄弟下手……"

"皇后娘娘！"梅贵妃不得不打断了，"无凭无据的，这些话燕王承受不起。"对方含沙射影的，不仅污蔑燕王行刺高宸，还暗指燕王将来要迫害兄弟，甚至要扯到父亲的死上头去，——如此失德之人，有何脸面再做皇储？！

这一招，真是太狠毒了。

燕王也知道利害关系，分辩道："昨儿一群人喝酒，我喝醉了，并没注意到这个女子长得像四郡王妃。"语气一顿，"再说了，我如何得知四郡王妃长什么样儿？高宸又没有说……"

"你不知道？！"仙蕙原本低头跪在地上的，忽地抬眸，愤怒指着他，"之前你来江都的时候，正好赶上四郡王带我出去游玩，不是遇到过吗？因为当时我扮作小厮，你还污蔑四郡王说他好男风，这件事你休想否认！"

燕王脸色一变，刚要解释，"我……"

"皇上！"仙蕙泪汪汪的，朝上发誓道："若是妾身的话有半句虚言，就叫妾身天打五雷轰，死在当场！妾身所言，全都是事实啊。"

皇帝的脸色顿时更加难看了。

梅贵妃又急又怒，偏生江都的事情不好插口，急中生智，指着女尸转移话题，"我看着女子娇娇弱弱的，怎么都不像是刺客。"一声冷哼，"总不能你们说是刺客，那就是刺客了吧。"

仙蕙当即哭道："公道自在人心。"

"你放肆……"

"行了，都别吵。"皇帝挥了挥手，吩咐李德群，让人把禁卫军统领梁大将军找了过来，"你看看地上那具尸体，能不能看出她生前是否会功夫。"

若女子真是刺客，总会有蛛丝马迹可以寻找。

"是。"梁大将军抱拳领命，然后上前仔细检查了一遍，然后回话道："此女手指和掌心有薄茧，手臂粗壮，但是皮肤却不粗糙，应该不是做农活所致。"顿了顿，"所以，多半是因为自幼习武。"

此言一出，顿时在金銮殿上炸开一个惊雷。

皇帝眼中更是雷霆万钧！

老燕王的死本来就很可疑，指不定就是被燕王这个不孝子害的，否则的话，怎么会刚好他不在，老燕王就暴病死了。这个畜生，还躲在江都逼得庆王府保护他，然后大摇大摆进京觐见！

如今又想出如此无耻下流之计，侮辱高宸妻室，阴谋暗派刺客，他以为高宸死了就能做皇储？难道大好的锦绣江山，就要交给这样一个卑鄙小人？若如此，自己将来百年之后，以何面对地下的列祖列宗？！

况且他既然敢弑父，又不顾兄弟之情，如此不仁不义之徒，若是登基称帝，那所有的皇室宗亲不都遭了殃？至于臣子百姓，那更是不会有好下场的。

不论如何，都不能留下这个祸害了。

"来人！"皇帝龙颜震怒，呵斥道："把燕王给朕抓起来，送交宗人府！"

燕王顿时脸色一片惨白。

梅贵妃急了，"皇上，不行……"

"为何不行！"仙蕙心下冷笑，故意跳出来指责道："贵妃娘娘，皇上要处置燕王你急什么？你又是他的什么人？！"

"我……"梅贵妃被噎住，是啊，自己站在什么立场为燕王求情呢？自己起先是为梅

家子弟分辩，还说得过去，但是在这儿绕来绕去，被他们绕晕了，竟然失口替燕王分辩起来。

甚至还阻拦带燕王走，这无论如何都说不过去。

仙蕙一脸愤怒不已的模样，指向燕王，"呸！别看你长得人模人样，可实际上，内里就是一个衣冠禽兽，不除掉只会祸害百年！"故意焦急劝道："贵妃娘娘，你不要被他的外表迷惑了。"

梅贵妃差点一口老血吐出来。

她的意思，分明是在说自己看着燕王俊俏，看上他了！简直放屁！气得三步两步冲了上去，咬牙切齿道："反了你了！竟然敢如此胡言乱语，找死是不是？"

"救命！"仙蕙一声尖叫，吓得躲在了吴皇后后面，惊慌无比哭道："妾身只是骂燕王，贵妃娘娘如何这般着急？贵妃娘娘，妾身到底是哪里错了？你指出来，妾身马上就改……"

"你、你……"梅贵妃气得浑身发抖，说不出话。

吴皇后心里快要笑开了花，却板着脸，呵斥道："仙蕙，不得对贵妃无礼！"

梅贵妃恨不得当场撕了仙蕙，偏偏她藏在皇后的后面，就算怒火攻心也知道，皇后肯定会护着她的。不能让她再这么胡说八道下去，否则越说越难听！当即转身，朝着皇帝哭诉道："皇上，为臣妾做主啊。"

"做什么主？"皇帝的脸色，已经难看到不能再难看，朝着梅贵妃呵斥道："燕王的事与你何干？给朕闭嘴！"

梅贵妃便知糟了！心下暗恨，都怪四郡王妃那个贱人挑拨。

吴皇后悄悄捏了捏仙蕙，示意她别说话，这个时候皇帝正在盛怒之际，千万别惹火上身，不要再多嘴了。此刻的皇帝，已经成了一头愤怒的狮子，不管谁惹着他，只怕都是一个死！

仙蕙哪里会不明白？当即低头，一副温顺乖巧的样子。

皇帝呵斥梁大将军，"还不赶紧把人带走？想气死朕是不是？滚！"

梁大将军赶紧上前，揪起燕王，"起来！走。"

燕王的心顿时好似沉到了深渊里！

一旦自己被送到宗人府，不管结局如何，不管梅家如何周旋，那都是在名声上记下大大的一笔。纵使自己能把事情都推给梅家，能够活命，甚至勉强全身而退，但肯定也与皇储无缘了。

若是自己落败，不说高宸，就是那几个兄弟也不会饶了自己！

——绝对不能坐以待毙！

没办法，只有最后一着险棋了。

"皇上，你听臣解释。"他拼命挣扎，装出委屈无限的样子，"刺客的事，臣真的什么都不知道，当时臣喝醉了。"他从小养尊处优身娇体贵，又不会武功，根本就不是禁卫军大统领的对手，很快就被拖到门口。

眼看就要消失之际，燕王忽然喊了一句，"贵妃娘娘！救我。"

梅贵妃顿时眼皮一跳。

这句话，是此次算计高宸之前的约定，最最危险的讯号。

"真是放肆！"皇帝狠狠瞪向梅贵妃，"朕倒要看看，你有多大的本事救他！"

虽然不信仙蕙的挑拨，认为梅贵妃看上燕王。但刚才那一刻，梅贵妃和燕王过从甚密的事实，已经是昭然若揭。燕王居然还敢当着自己的面，让梅贵妃救他！这两人狼狈为奸，简直无法无天！

如今没有皇储，嫔妃们为将来打算也可以理解。

可是不管要支持哪个皇室宗亲，总得挑一个像样的吧？人品不能错吧？看看燕王和梅家用的那些下三滥手段，以为弄坏高宸的名声，杀了他，天下就是他们的吗？如此不择手段之人，何以为皇储？绝无可能！

"皇上消消气，保重身体要紧。"吴皇后一脸担心，劝道："既然事情水落石出，燕王的事就交给宗人府处置，自会有一个结果的。"

眼下立储之事还不明朗，皇帝身体不好，可千万别气出什么毛病来。要是皇帝骤然驾崩，那可就是山呼海啸、天崩地裂，局面一团糟了。

皇帝不能知道皇后的内心所想，见她关心自己，心中自是受用，脸上的怒气也消散不少，因而道："都退下罢。"

"是，我们先告退了。"吴皇后拉扯仙蕙，一起行礼。

"臣……"高宸躺在担架上，挣扎了下。

"你别动。"皇帝摆摆手，示意大太监李德群摁住他，然后说道："以后不管有什么事，都跟朕说，别跟闷嘴葫芦似的憋在心里，反倒吃了亏。"

"皇上隆恩。"高宸挣扎着伏低身子，"臣，感激不尽。"

梅贵妃心思转动不停。

真的……，要走那条路吗？太凶险了。

——她决定试一试皇帝的心。

"皇上！"梅贵妃状若大怒，"四郡王妃满嘴不干不净，污蔑完了臣妾就想走，绝不能轻饶了她！还请皇上给臣妾做主啊。"

吴皇后皱眉道："梅贵妃，燕王都已经交给宗人府处置了，是非自有圣裁，你怎地还在这儿闹事？本宫劝你，还是赶紧陪着皇上歇歇。"

梅贵妃恼道："我说的是四郡王妃！"

"行了。"皇帝看也看累了，挥挥手，"都退下。"

"皇上！"梅贵妃自有一腔心思，不能对人言，加之这是她第二次栽在仙蕙手里，恨得不行，焉能就这么轻易放仙蕙走？当即恼火怒道："刚才四郡王妃污蔑臣妾的声誉，藐视皇上……"

"啪！"皇帝抬手就是一巴掌，又重又狠，"污蔑你什么了？藐视你什么了？"怒声

079

咆哮道:"朕要处置燕王,你拦着不让,那才是藐视圣意!"

不怪皇帝上火。

吴皇后虽然帮着高宸,至少识大体,面子上还是顾及皇帝,担心皇帝身体的。而梅贵妃只顾一味地除掉对手,只顾争吵,根本就不管皇帝有没有气到。皇帝盛宠梅贵妃多年,眼见她如此自私,自然是心都凉了半截,加上她和燕王搞出来的那些事,想不发作都难!

梅贵妃被打得一愣一愣的,"皇上,你打我?"进宫这么些年,一指甲都没有被人弹过,更别说被扇耳光了。平日里从来都是顺风顺水,打别人的,今儿这么惨还是头一遭,忍不住委屈交加,更是怨恨!

看来这样下去不仅燕王要败了,自己也要倒霉了。

"皇上,你为何打臣妾啊?"梅贵妃一而再、再而三,步步紧逼皇帝的底线,"像四郡王妃那种胡言乱语的泼妇,根本就不配做郡王妃……"

"她不配做郡王妃?你怎么不照照镜子,看看自己配不配做贵妃?!"皇帝的怒气在眼中青光闪烁,好似闪电,也没有心情再跟她争辩,喊了李德群下旨道:"贵妃梅氏言行无状,几次三番藐视圣意,今褫夺其贵妃封号,贬为贵人!"

"不!"梅贵人先是本能地惨叫,继而心凉,完了,完了,——这次梅家掺和陷害高宸的事,彻底把自己和梅家拖下水了。照眼下的情形来看,不仅燕王要完蛋,自己和梅家也要完蛋,不能再这么放任自流下去了。

"皇上……"她只做气极了身子一软,晕了过去。

吴皇后领着仙蕙和高宸告退,回了凤仪宫,心情真是说不尽的愉悦。

多亏仙蕙聪明,挑得梅氏沉不住气惹恼了皇帝,现在好了,生生褫夺了她的贵妃位分!虽说贵妃和贵人只是一字之差,但是相差何止十万八千里?

在这之前,梅氏是宫里唯一的正一品四妃,除了自己以外,那可是一人之下万人之上。如今成了梅贵人,后宫可是有好些老资历的妃嫔,位分都比她高了。梅贵人以前处处盛气凌人、骄狂跋扈,不消自己出手,嫔妃们也不会放过她的。

更何况,皇帝那样子是难再有子嗣的,梅贵人被贬以后,想再爬起来可就难了。而这一次的阴谋,梅家参与其中,少不得同样要受到牵连的。

此消彼长,他们势弱吴家可就势强了。

吴皇后吩咐心腹嬷嬷,笑道:"把本宫上年得的南海珍珠拿出来,记得有一盒,让仙蕙带回去。大的呢,穿珠花戴,小的磨成粉用也使得。"

仙蕙知道皇后这会儿心情好,拒绝反而不美,赶忙笑着道谢,"今儿来凤仪宫,我可是占了大便宜了。"

"自家人嘛。"吴皇后说得客气,掸了掸明紫色的妆花大袄袖子,端正身姿,然后对高宸叮嘱道:"皇上是一个心肠柔软的人,加上年纪大了,难免要为身后事着想。所以你切记，还有你……"又看向仙蕙，"燕王和梅贵人已经处于弱势，断不可在这个时候再去踩他们，以免弄巧成拙。"

皇帝的脾气，高宸大概也知晓一二，幕僚们和京城的人也打探过消息，情知吴皇后所言不假，因而回道："皇后娘娘放心，不管宗人府最后作何处置，都是圣意，臣是不会有任何异议的。"

吴皇后笑着点点头，"那就好。"当初选择高宸，和他沉稳冷静的性子分不开，对他的话还是很放心的。只是心下不解，问道："那个女子不会真是女刺客吧？"

有关这点，仙蕙也是疑惑担心。

当时高宸遇刺的消息让人送来，只是说了不要惊慌，没事的，然后嘱咐自己到时候怎么哭闹等等。按理说，刺客应该是假的才对啊。

高宸委婉道："那女刺客，稍微修整了一下。"

那唱曲儿的姑娘本来不是太像仙蕙，但人死了，可以稍作化装。至于手掌心里的薄茧，以及略粗壮的手臂，都是找人处理过的。反正已经是一具尸体，要动手脚，实在是太容易了。

但，这并不是关键。

吴皇后是浸淫后宫几十年的人，心思微转，"哦，那这修整的人可厉害了。"

高宸思量了下，依照皇后的性子肯定是要猜疑的，与其躲躲闪闪，不如让她知道也好。吴皇后知道庆王府的实力，才会有所顾忌，免得拿着仙蕙当软柿子捏，因而淡淡一笑，"许是梁大将军看得不仔细吧。"

吴皇后顿时面色一变，梁大将军看得不仔细？绝无可能！也就是说，禁卫军的大统领从中放了水，他是庆王府的人！倒是小看了庆王府啊。

仙蕙看着他们俩言语交锋，眼神闪烁，也慢慢地领悟过来了。

吴皇后很快缓了过来，没再问，而是说起家常闲篇，留仙蕙和高宸吃了饭，然后让人送出凤仪宫。临走前，脸上的笑容和气了几分，"仙蕙，这些天你就先去庆王府照顾老四，不用陪你义母了。"

仙蕙笑盈盈道："是，得空再去看望义母。"

等到回了京城里的庆王府，自然有人迎接高宸夫妇，这里是自家地盘，而且没有长辈和妯娌之类，对于仙蕙而言别提多自在了。不过因为担心高宸身上的伤，也高兴不起来，一腔心疼不已。

"你还真下得去手啊，那么深的一道口子，我看着都疼。"

高宸淡淡道："皇上那边糊弄不得。"

仙蕙点了点头，"倒也是。"但是仍旧心疼啊，看了看他的腰，"这样子，你少说也得在京城躺一个多月了。"

高宸微微勾起嘴角，"那不正好。"

仙蕙怔了怔，继而才明白过来他的深意。

对啊，既然受了这么严重的伤，那肯定不能马上回江都，就得滞留京城。再有吴皇后的一力周旋，就比别的藩王多了大把时间，可以接近皇帝了。

等等，高宸这是下定决心要争皇储？要是他真的做了皇储，成了太子，那自己岂不是太子妃？他要是做了皇帝，自己岂不是……？虽然吴皇后和吴家有这个打算，但是自己以前并没有认真想过。

这么一想，真挺吓人的。

仙蕙知道这些话不好深谈，转移话题道："燕王那边，最后会怎么样？"

高宸淡声道："雷霆雨露皆是君恩。"

他和吴皇后的想法一样，燕王的事全部交给宗人府来处理，不去活动，免得上蹿下跳的让皇帝厌烦。毕竟不是弄死了燕王，自己就能做太子，——何苦自找麻烦？但是他不找麻烦，麻烦却主动找他。

到了下午，皇帝居然微服来到庆王府探病。

——这面子可就大了。

一番礼数过后，皇帝问道："这次你受了大委屈，燕王和梅家那边的处置，你有没有什么想法？说说看，朕会替你斟酌斟酌的。"

高宸心中一惊，自己绝不能说错一句话，却道："臣可以说实话吗？"

皇帝目光深刻地看着他，"当然可以。"

高宸故意叹了口气，"要就臣自己来说，只要一想起当初庆王府对燕王的保护，再想起他后来的恩将仇报，羞辱臣、刺杀臣，心里自然希望重重处罚他。"

"哦？"皇帝问道："那还有别的想法了？"

"是。"高宸正色回道："请皇上恕臣说实话，眼下因为没有皇储，不管是朝中还是地方上，都是人心不稳。这种时候，若是朝廷严厉处置一方藩王，其实并不合适，所以依臣微见，燕王的事还是回封地解决罢。"

皇帝眼中顿时闪过一道精光。

他大大方方坦陈恨燕王，这是不撒谎；然后又说如今局势不稳，朝廷不适合严厉处置燕王，这是有眼光；最后说到，燕王的事回封地再解决，这就是出谋划策了。

燕王的王位是怎么得来的？大家心里有数，他的兄弟们心里更有数，还有恨。

只要燕王稍微情势落败，不……，甚至只要朝廷不保护燕王，那么他回封地就会麻烦多多、是非不断，恐怕前路凶险难测。

高宸玩了一手漂亮的阳谋，既不虚伪，也袒露了他的实力。

皇帝想了想，换做自己站在对方的位置上，也想不出更好的回答了。这样的人，才是适合做皇储的人，而不是只知道阴谋诡计的燕王之流。心下有了些许抉择，但还不至于因为这点欣赏，就决定立高宸为皇储。

眼下局面复杂得很，要考虑的事很多，转而笑道："你那个伶牙俐齿的漂亮小媳妇呢？"

叫出来瞧瞧。"

高宸当即吩咐人去找仙蕙，其实就在隔壁，转瞬便过来了。

"见过皇上。"仙蕙规矩地行了大礼。

皇帝此刻并没有上火，对待女眷，还挺和颜悦色的，"起来说话。"然后状若漫不经心地问道："昨儿梅贵人火气大了一些，你别放在心上。"

仙蕙吓了一跳，自己何德何能让皇上来赔不是？忙道："梅贵人娘娘一向沐浴圣恩，没有受过委屈，昨天为了梅家的事有些着急，也是难免的。就好比妾身，因为担心四郡王的安危，也会情急一些。"

皇帝不由笑了，这也是一个有意思的人啊。

先说梅贵人在自己的宠爱之下，有脾气，是人之常情，看似好像很理解对方。然后又解释她昨天的过激言辞，和梅贵人一样，那自然也是人之常情了。

皇帝笑道："那依你看，燕王和梅家的人要如何处置？"

仙蕙低眸垂眼，"这个……"一面在脑子里飞快琢磨，一面推托，"妾身不过是一介妇孺之流，如何有资格议论朝堂大事？皇上不要取笑妾身了。"

看来，皇帝自己心里也有一番盘算。

不过也不难理解，权力嘛，当然是捏在自己手里的好。

——太子是会分权的。

照这么看，庆王府至少还得夹起尾巴做人好几年，免得惹了忌讳。

皇帝像是为了缓和气氛，还开了个玩笑，"你不过是一个小丫头，说说，朕听着解解闷，说错了也不怪你。"

"是。"仙蕙不敢再推诿，可不信皇帝真有那么好脾气，斟酌说辞道："依照妾身的意思，燕王和梅家那几个人实在太坏了。"她一副小姑娘说话的口吻，"应该狠狠地打一顿板子，然后皇上再给他们一个教训，让他们都老实点儿！"

高宸顿时目光紧张，担心仙蕙会不知轻重说得过了头，可是又不好提醒。

谁知道，仙蕙接着又道："可是对于皇上来说，四郡王是子侄，燕王也是，看见后辈们良莠不齐，心中自然是忧喜参半。"

皇帝听着更有兴趣了，笑道："嗯，你接着说。"

"我觉得……"仙蕙回道："虽然燕王和梅家的那几个公子该罚，可这也不是最最要紧的，交给宗人府按章处置就好了。皇上公平英明，自然是不会让四郡王受委屈，妾身也不会有多话的。"顿了顿，"但不管怎么处置，都不能让皇上生气伤心，当以皇上的意思为前提，毕竟还是皇上的龙体要紧。"

不管皇上过继谁做皇储，那都是继子，肯定想找一个纯孝恭顺的。况且眼下皇上龙体安康，只怕未必想立皇储，所以有些事还是不要太急，千万不能让皇上不高兴了。

高宸嘴角微翘，听妻子这么说顿时就放心了。

没想到，她的心思竟然如此敏锐，连外头的朝堂大事都看得透彻。说起来，自己一直都拿她当小丫头看待，只是觉得有点小聪明，言谈有趣，但看来实际上并非如此。不论是这两天她在皇帝面前的表现，还是刚才的话，都看得出她比一般妇人要强得多，自己倒是白担心了。

仙蕙继续道："只要皇上身体安康，便是天下百姓们的福祉，就算四郡王受点委屈也不要紧。妾身想，四郡王的心肯定是和妾身一样，以皇上为重的，所以妾身实在没有什么见解，只等皇上的圣裁便是了。"

不仅表明了自己的孝心，就连高宸，也一块儿捎带上去了。

皇帝眼里露出惊讶之色。

不管小丫头说得有几分真心，能够做到以圣躬为重，宁愿自己受委屈，就已经很是让人欣慰了。不像燕王和梅家的人，只知道追逐自个儿的利益，哪里为朝廷和君主考虑过半分？眼下心中觉得十分受用，颔首道："你很不错，朕心甚慰。"

若是真有那一步打算，这样温良有胸襟的姑娘，才像是做皇后的品格。

正要嘉奖一点恩赏，李德群在门口喊了一声，"皇上，有事回禀。"

皇帝知道心腹大太监说有事，就是有要事，当即让人进来。

李德群看了看高宸和仙蕙，又瞅了瞅皇帝，见他没有要回避说话的意思，不由心里吓了一跳，天哪！皇帝这是内定高宸夫妇了吗？只是眼下不敢多问，忙道："才得消息，说是梅三公子自尽了。"

皇帝脸色阴沉，不消说，这自然是燕王和梅家推出来的替罪羊。

唱曲儿的姑娘肯定是梅三公子安排的，燕王和其他人一概不知，燕王喝醉了，别的人不认识四郡王妃，——他们这是拿自己当傻子看吗？！当下也不再停留，返回皇宫，正在怒气未消，梅贵人就过来了。

一番哭诉，和皇帝的推测一模一样。

皇帝烦不胜烦，挥手道："朕知道了，退下。"

梅贵人虽然恼火，但怕顶撞了皇帝反倒惹麻烦，只得强行忍住。因想起皇帝半个上午都不知所踪，不由问道："今儿上午，皇上去哪儿了？臣妾好是担心呢。"

"朕去哪儿？难道还要和你交待？！"皇帝雷霆大怒，呵斥道："滚出去！"

梅贵人羞恼交加，咬了咬唇，最终迫于皇权退了出去。

她一回宫，就气得恨恨地砸了一地东西！

原本凉得只剩一丝温度的心，又凉了一截，如今全无温度，看来自己真的已经失宠了。就算牺牲了梅家的人，也无法挽回皇帝的心，——若是燕王败，自己也败，不能成为下一任皇帝的养母，等待自己的就是殉葬！

不！自己不要死。

到了下午，又传来一份小道消息。

下

"昨儿皇后娘娘赏了四郡王妃一些南海珍珠,皇上听说了,想起去年上贡的一斛东珠,还放着没有赏人,吩咐赏赐给了四郡王妃。"

"哐当!"梅贵人将手中的镜子给扔了出去,砸碎一地!

邵仙蕙算一个什么东西?!不过是个郡王妃,皇帝居然单独赏赐她?她又不是后宫妃子,凭什么啊?那么,是不是可以说明,皇帝已经把高宸当做皇储人选,把邵仙蕙当做未来的太子妃了?自己真的没有任何退路了。

梅贵人想起了和燕王的那个约定,目光一沉,最终决定拼死一搏!

第二天,是藩王们齐齐觐见的日子。

高宸虽然腰上有伤,但也不能因此缺席,哪怕就是只剩下最后一口气,都得去金銮殿拜见了皇帝,再咽气,否则就是大不敬之罪。好在皇帝宽容,特旨让高宸可以用担架抬进来,然后还赐了座。

这种情景,不免让诸位藩王们猜测不已。

——只是谁也不敢开口。

而另一头,仙蕙和镇国夫人一起去了凤仪宫。

高宸不在王府,对她放心不下,镇国夫人和吴皇后又想和她培养感情,因而势必要凑在一块儿。说些家常闲篇,然后再赏赐一些金银珠宝,以及珍贵香料、绸缎,还有送给高宸的药材,总之亲亲热热得不得了。

然后还势必要留一留享用午饭,才送出宫去。

临走前,仙蕙再三拜谢,"让皇后娘娘破费了,还叨扰了这么久,妾身又没有什么可以回报的,得了空,给皇后娘娘做点小东西罢。"

吴皇后笑道:"那自然是极好的,听说你针线很是不错呢。"

仙蕙自谦,"不敢,那都是义母对我的抬爱罢了。"

镇国夫人笑道:"我可都是实话实说。"摘下自己腰间的一个香囊,递给皇后,"皇后娘娘你看看,这针线是不是很好?百里挑一啊。"

即便仙蕙的针线不好,吴皇后肯定也要夸几句的,更不用说本来就很好,自然更要夸奖,"不错,回头就照这个样子给本宫做一个罢。"

——这便是最好的褒奖了。

仙蕙笑着应下,"是,妾身给皇后娘娘绣一个更细致的。"

吴皇后低声叮嘱,"你们现在这样按兵不动就很好,千万不要浮躁。最近梅贵人那边安静得不像话,只怕会有风浪,咱们静观其变以做应对。"

仙蕙点头,"是,妾身会转告四郡王的。"又道:"等四郡王身上的伤好一些,得了空,妾身再进宫探望皇后娘娘。"意思是,回头再找机会商议。

吴皇后见她是一个明白人,不再多说,笑道:"好生回去罢。"

085

"先告退了。"仙蕙和镇国夫人一起行了礼，告退而去。

吴皇后陪了半天也有点累，不过却是心情愉悦。

看来高宸和仙蕙很是会讨皇帝喜欢，甚至可以说，皇帝已经倾向让高宸做皇储，仙蕙做太子妃了。这个结果，自然是满意得不能再满意了。

可惜没有高兴多久，正要歇息，就有宫人慌慌张张来报，"启禀皇后娘娘！四郡王妃和镇国夫人刚到祥和街，就遇上了酒楼失火，街上百姓骚乱，结果冲散了马车队伍……"

吴皇后一拍桌子，怒道："别那么多废话，拣要紧的说！"

那宫人吓得浑身一哆嗦，结巴道："四……、四郡王妃，不，不见了。"

今天的藩王觐见，高宸受伤，燕王被送去了宗人府，气氛有点怪怪的。

皇帝正是因为藩王觐见的事，才没有急着处置燕王，不然闹开了只会更难看。但是即便如此，大家也都窃窃私语不停，看着十分闹心。因而过场走完，勉强和藩王们一起用了午膳，便让人散了。

照旧例，过几天还得安排一场皇家狩猎，增进皇室和藩王的感情。

不过这件事，高宸暂时都参与不了。其他藩王们走了以后，单独跟皇帝回禀，"过几天皇室狩猎的事，臣就不参加了。"然后说了几句讨喜的话，"先恭祝皇上旗开得胜，拔得头筹，回头赏臣一张狐皮就行。"

皇帝听了笑道："你这小子，偷懒不去就算了，还找朕要东西。"不过说归说，看着年轻俊朗又识大体的高宸，想起他一贯的不错表现，还是满意的，"放心，回头肯定少不了你一张狐狸皮，回去罢。"

高宸在担架上行礼告退。

第一件事，便是去凤仪宫坐坐陪皇后说话，顺便接走仙蕙。

然而到了凤仪宫，却发现吴皇后的脸色有点凝重，而且更奇怪的是，仙蕙居然没有在旁边陪着，不由纳闷道："皇后娘娘，仙蕙人呢？"

吴皇后不知道该怎么说了。

本来，仙蕙是应该在凤仪宫等着高宸的。可是因为自己和吴家的私心，便说让她先去镇国公府，然后通知高宸一声，再去镇国公府接人。到时候，小两口正好在镇国公府坐坐，顺便吃个晚饭回去。

这原是一番好意，但……，好心办了坏事儿！错事儿！

不说仙蕙在吴家和庆王府中间的纽带关系，也不说高宸眼里对仙蕙的关心，单说眼下仙蕙失踪，是生是死不明，清白难保，——天知道会惹出什么大娄子来？光是这就够让人头疼欲裂的了。

"皇后娘娘……"高宸皱眉，对方一直不说话，又不好责备，只能委婉问道："是不是仙蕙惹你生气了？还是仙蕙去哪儿闲逛了？"忽地想起镇国夫人也不在场，"哦，是不是仙蕙和镇国夫人先走了？"

下

"四郡王，你听本宫说。"吴皇后实在是难以启齿啊，但此事耽搁不得，咬牙道："刚才仙蕙和镇国夫人一起出宫，原说去镇国公府坐坐……"语速飞快，把仙蕙和镇国夫人出宫，在路上遇到火灾，以及马车冲散，人失踪，全都一五一十说了。

仙蕙失踪了！

高宸顿时觉得被人当头泼了一盆冰水，又冷又寒，浸透到每一个毛孔里面，凭着他一贯机敏的反应，竟然怔了一瞬，才反应过来怒道："仙蕙好好的一个大活人，怎么会失踪？"

吴皇后如何看不懂他眼中的怒火？虽然被一个小小郡王怒目以对，让她这个皇后很是不舒服，但是理亏，不得不急忙补道："老四你别着急，本宫得到消息的那一刻，就已经让人暗地寻找了。"

"那人呢？"高宸愤怒地站了起来，牵扯到身上的伤口，又痛得坐了回去，然后冷声道："今早出门的时候，我本来是用庆王府的人马护送仙蕙。镇国夫人过来接人，口口声声，安全事宜由镇国公府来负责，现在就是这么负责的？！"他再次起身，根本不想多说，打算自己忍痛出去。

"老四！"吴皇后闻言急了，上前拦住他，"本宫就是怕你这么着急上火的，你听我说，仙蕙失踪这件事，可千万不能闹开啊。"飞快劝道："若是闹开了，她的清白和名节要怎么办？那不全都毁了吗？所以，这件事只能暗地里查访。"

高宸脚步一顿。

吴皇后知道他这是关心则乱，气极了，又飞快叮嘱道："你要记住，若是仙蕙的名节毁了，你的名声也是毁了啊。"

高宸眼里闪过一丝冷冷寒芒。

对方的意思，仙蕙这个四郡王妃的清白不能毁，否则自己名声也有损，然后就会影响到过继皇储的事。在他们眼里，仙蕙就是一颗可以利用的棋子，到了危险关头，就连面纱都懒得遮掩了。

吴皇后实在是着急万分，又道："好在仙蕙是和镇国夫人一起出去的。现在镇国公府已经接了马车，对外只说镇国夫人和仙蕙受了惊吓，暂时留在府里养伤。咱们不显山不露水地打听，这样才能防止传出流言。"

"皇后娘娘不必劝说，我心里清楚。"高宸毫不相让，"在你们的眼里，仙蕙其实什么都不是。"甚至就连自己，也不过是他们选定的傀儡而已，"可是对于我高宸来说，仙蕙是我的妻子，是和我相伴风雨一生的人！"

即便没有山盟海誓的情爱，她也无错，是自己明媒正娶的嫡妻！

"本宫知道，知道。"吴皇后不敢在这个时候触怒他，缓和声调，底下的话确实不得不说，"老四啊，你千万别冲动。仙蕙失踪很蹊跷，多半是有人在算计，只怕最终针对的人是你啊。"

"那又如何？！"高宸怒声质问。

"你还不明白吗？"吴皇后叹气道："即便仙蕙活着，若是被有心人闹得满城风雨的

话,那她也是失节了啊。"咬了咬牙,"这种时候,咱们千万不能因为心疼她,就牺牲了大局……"

"够了!"高宸心中从未有过此刻愤怒,像是烈焰,烧坏了他的冷静,"所以你们的意思,仙蕙只能偷偷地找,找得到就找,找不到,就说她死了,对吧?到时候,就算有人把仙蕙给推出来,只要我不认,说她是别人假扮的就完事大吉了。"

到时候仙蕙即便不死,也得给逼死了。

若是那样,自己这个做丈夫的还算是男人吗?还算是人吗?简直混账!

吴皇后不妨对方如此犀利,不由喃喃,"你知道就好。"

"我不知道!"高宸怒火难抑,更是没工夫在这儿磨嘴皮子,竟然不让人抬担架,自己忍痛出了门,大步流星地拂袖出殿而去。

高宸用最快的速度回来庆王府,脸色乌沉一片。

此次藩王觐见,庆王府派了几个得力幕僚随行。当然这只是未雨绸缪预备着,谁也不希望真出事,但是没有想到,竟然连出了两件惊天大事!先是高宸受辱遇刺,再是四郡王妃失踪,京城庆王府的天都快要翻了。

幕僚们闻讯,都飞快地聚集赶了过来。

"这件事,你们怎么看?"高宸沉色问道。

幕僚能怎么看?只能聚在一起分析,到底是何人会对四郡王妃下手?又会拿着四郡王妃做些什么?为何镇国夫人受伤了人还在,单单四郡王妃消失不见?说来说去,无非就是梅家的人下手了。

毕竟,四郡王妃在京城没有别的仇人。

高宸一张脸好似寒冰一样,说道:"皇后娘娘的意思,这件事不宜声张,免得传开弄得满城风雨,那样反而不好。再者,也怕逼得对方狗急跳墙,对四郡王妃不利,所以只能私下悄悄地查。"

虽然恼火吴皇后过河拆桥的行径,但为了仙蕙的名声着想,的确不能声张。

几个幕僚都是战战兢兢的,生怕被四郡王的怒火烧到,连声道:"是,我们这就下去安排人。"这种事儿,根本就不是出谋划策就行的。

好在高宸并没有迁怒旁人,闭上眼睛,像是累极了,"你们下去吧。"

幕僚们顿时如蒙大赦,仓促离开。

但是却有一个年轻幕僚,出门又折了回来。此人刚进庆王府做幕僚不久,因为年轻没有条理,平时基本没有说话的机会。此次进京,还是高宸看好他,破格点了他的名字才得以同行,惹得那些老幕僚们一阵不满。

"宁玉熙。"高宸看向对方,"你还有事?"

宁玉熙的年纪看起来和高宸差不多,仪容俊秀,气华不俗,但是却有着截然相反的暖融融气息。那双眼睛天生有点弯弯的，便是不笑的时候，看起来也是面含笑容，给人一种如沐春风的感觉。

"是。"他欠了欠身，回道："我觉得四郡王妃的事只怕不简单。"

"哦？你说。"

宁玉熙分析道："四郡王你想，敢劫持镇国公府马车的人，必定不是劫财劫色，寻常人没有那么大的胆子。不消多说，自然是针对四郡王妃和四郡王，但是，为何过了这么久都没有消息？只怕……，有更大的阴谋正在酝酿。"

这个想法，和高宸的一些模糊念头不谋而合。

"四郡王！"院子外，初七飞快跑了过来，气喘吁吁的，"有要事回禀。"等到主子允许以后，进来关了门，然后附耳低声飞快说了几句。

高宸目光一跳，继而眼中的怒火渐渐消散下去，心也不那么慌乱了。挥手让小厮退了下去，然后看向宁玉熙，"事情有变，来，我们坐下细说。"

两人撵了下人，关了门，大半天时间都没有开门。

——没人知道密议了什么。

然而在这之后，寻找仙蕙的事并不顺利，一天、两天……，整整十天过去，还是没有任何消息，好似人间蒸发了。

因为最近京城里面妖风大，那些藩王们虽然不知道仙蕙失踪，但是燕王还在宗人府里等着判决，高宸的伤也没有好，所以在参加完皇家狩猎后，便都向皇帝告辞，早早离开了京城。

不是他们全都不想争夺皇储，而是大都抱观望之态，打着坐山观虎斗的念头，期望高宸和燕王分出胜负，最好两败俱伤，然后再从中捡渔翁之利。到那时，肯定比现在局势不明蹚浑水要好得多，更不会被梅家和吴家误伤，所以都是溜之大吉。

"四郡王。"庆王府的幕僚们有点沉不住气了，"这是怎么回事？活不见人、死不见尸，也不见有任何动作，既然那些人劫持四郡王妃，总得有阴谋才对啊。"

"别急。"高宸摆摆手，目光里好似淬了毒一样，"先前藩王们都在京城，整个京城内内外外都被戒严，那幕后黑手必定有所顾忌，不便行事。眼下藩王们一走，朝廷的戒备自然放松，只怕……，妖风就要开始了。"

宁玉熙亦道："是啊，大风大浪要开始了。"

他的话，其他幕僚们并不相信服气。特别是一个上了年纪的老幕僚，不好意思说高宸过于紧张，便朝他鄙夷道："四郡王妃失踪，咱们派人好好寻找便是。即便其中有什么阴谋，那也和藩王们的去留扯不上干系啊。"

宁玉熙一向都是温和有礼的，欠了欠身，微笑没有反驳。

那个老幕僚愤愤一甩袖子，"四郡王，这么多天都过去了，四郡王妃还是没有半点消息，估计难以善终。你可要早做好心理准备，断不可乱了阵脚。"指了指宗人府，"毕竟还是燕王的事要紧，听人说，最近几天就要出判决结果了。"

什么叫燕王的事更要紧？高宸心头闪过一丝恼怒，不耐烦听下去，挥手道："你们的意思我知道了，都下去罢。"
　　几个老幕僚不满告辞，宁玉熙赖着不走，被人瞪了两眼也装作没有看见。
　　先头那个老幕僚愤愤甩袖，丢下一句，"没见过如此脸皮厚的！"其他的人也是脸上露出不满，都跟了上去，一起指责渐渐走远了。
　　"再过六天，就是十六了。"高宸忽地道。
　　宁玉熙笑了笑，"是啊，那是皇后娘娘的生辰大喜。"

22 再起风浪

　　十月十六，是吴皇后的四十五岁生辰，算是小整寿。
　　嫔妃们都早早地赶来道贺，梅贵人也来了。
　　她一身盛装丽服的打扮，除了按照位分，头上的凤钗少了几尾以外，别的根本看不出有任何颓败气象，反倒颇有几分明艳之态。众人不解，只当她是强撑出来给人看的，死要面子罢了。
　　吴皇后瞧在眼里却是不安，仙蕙已经失踪了半个月，一直没有找到。
　　心下有种不好的预感，只怕今儿会出事。
　　正在想着，就见梅贵人婀娜袅袅地走了过来，笑靥如花，"哎呀，今儿是皇后娘娘的生辰大喜，怎么不见四郡王妃过来？枉费皇后娘娘平日里那么疼她，拿她当亲侄女一样看待，这样……，也太说不过去了罢。"
　　吴皇后顿时心底一沉。
　　镇国夫人忙道："仙蕙前段受了惊吓，身子不适，还在府中静养调理之中。"
　　"是吗？"梅贵人掩面笑道："那四郡王妃就更应该进宫啊，等宴席散了，正好叫太医们瞧瞧，指不定就好了。"朝着宫人递了一个眼色，"快去镇国公府，把四郡王妃给请进来，好好热闹一下。"
　　"梅贵人！"吴皇后还没来得及阻止，那玉粹宫的宫人便已经跑了出去，不由怒道："你这是什么意思？！"
　　梅贵人勾起嘴角，"嫔妾这是关心四郡王妃的意思啊。"
　　吴皇后心下大怒，可是现在要阻拦也是来不及了。只盼吴家的人会找个借口，不让接人，把事情给遮掩搪塞过去，——梅贵人的人总不敢强闯镇国公府吧。
　　大殿里的气氛有点怪，众嫔妃都是面面相觑，各自谨言慎行，谁也不愿意搅和这一趟浑水。开玩笑！一个是皇后，一个是贬了位分仍旧得宠的宠妃，刮起来的妖风，足够灭了半屋子的人了。

梅贵人慢悠悠地喝着茶，说着闲篇，"说起来，虽然我和四郡王妃有点误会，但也是蛮喜欢她的。"喜欢得恨不得让她去死，"等下见面，把以前的误会说清楚就好了。"

吴皇后一直提着心弦，不言语。

"来。"梅贵人又招呼道："姐妹们，大家先吃着说说话儿。"她一脸等下看好戏的表情，颇为得意，时不时地瞟皇后一眼，笑容更是轻狂。

没多久，就有宫人惊慌失色地跑来传话。

梅贵人眼里笑意更浓，找不到邵仙蕙了吧？找不到就对了。

"启禀诸位娘娘。"那宫人远远立在门口，就不敢进来，"四郡王妃到了。"

"什么？！"梅贵人豁然变色，"这不可能！"

吴皇后则是又惊又喜，天哪，不会这么巧就找到仙蕙了吧？不不，人都来了，肯定是真的啊！真是太好了。

"见过皇后娘娘、诸位贵人。"一个年轻貌美的女子进了大殿，盈盈下拜，声音好似黄鹂出谷一般清脆，婉转动听，"妾身有礼了。"

梅贵人瞪大了眼睛不敢相信，上前仔仔细细地看，"你……，真的是你？！"

殿内众人都看了过去。

那个年轻女子梳了一个简单的堕马髻，标准的美人鹅蛋脸儿，长眉入鬓，肌肤光丽如雪，一进门，便好似春回人间一般映亮整个大殿。那份殊色照人，那清澈得好似一汪清泉水的明眸，美得令人心惊，足以让人自惭形秽不已。

众位嫔妃都是在心里默默庆幸，亏得这位只是郡王妃，不是皇妃啊。

"这不可能！"梅贵人忍不住倒退了一步，"怎么会是你？你不是……"忽地发觉自己失口，赶紧打住。

仙蕙心下冷笑，故意问道："怎么了？贵人好像很不愿意见到我似的。"

梅贵人犹自不甘心，恶狠狠地吩咐宫人，"那人呢？赶紧带上来！"

不，不可能！眼前这个女子一定不是邵仙蕙！是高宸找来的，只是长得像，再就是戴了人皮面具之类。没错，燕王都可以找到一个像她的，高宸肯定也会找，等下把真的邵仙蕙带来，一切就都揭穿了！

很快，一个年轻女子被带了进来。

"这人是谁？！"梅贵人瞪大了眼睛，不可置信地看着眼前一切。

仙蕙惊讶道："啊呀，金叶你怎么在这儿？"又问梅贵人，"贵人，我这丫头出门好些天没回来，找不到她，我还以为她自己跑了呢。怎么回事？怎么会在玉粹宫里啊。"

梅贵人也很想问问怎么回事？！家里人说好了，已经抓到了邵仙蕙，一直藏在庄子上的，怎么会变成她的丫头？不好！肯定是在马车出事的时候，这个贱人，就和丫头互相掉了包！

糟了，糟了！之前那个唱曲儿的女子是燕王找的，这一次的事又做得机密，并没有派

见过邵仙蕙的人过去，竟然没有发觉是个假货。

"仙蕙。"吴皇后满心欢喜不已，只是当着人不好多说，拉着她，"之前你和镇国夫人的马车受了惊吓，养了这么些天的病，总算是养好了。刚才本宫还担心着你，怕你身子弱，今儿不能来呢。"

——故意向众嫔妃解释了一番。

"我没事，多谢皇后娘娘关心。"仙蕙情知皇后是在撒谎，但还是要顺着她的话说的，"这些天，义母把我照顾得很好。"然后看向梅贵人，"贵人，你还没说，我的丫头怎么会在你那儿呢？"

梅贵人恨得掐紧了掌心，眼里好似毒蛇吐舌一般闪着光，却咬牙笑道："哦，今儿早上我大哥在路上遇到一个丫头，说是你的侍婢，就给送到皇宫里来了。所以我才想着让你进宫赴宴，然后正好带你的丫头回去啊。"

在场的人，只要不是傻子都听得出来这是谎话。

且不说，梅家的人是怎么遇到丫头的？又为何这么巧？单说梅家和吴皇后、四郡王等人冤仇，就不可能把四郡王妃的丫头送回来。再说了，要送丫头，也该直接送到庆王府才对，送到宫里来倒一趟手，是何用意？这里面的水深着呢。

仙蕙笑了笑，"是吗？"她声调悠长地一问，"那好啊，多谢梅贵人了。"

心里明白，眼下这种情况，便是自己质问梅贵人，也不能把她怎么样的。若是故意在皇后的生辰筵席上闹事，只会显得不知轻重。但也不打算就这么放过梅贵人，又故意朝着金叶问了一句，"怎么回事？你可是真的被梅家人遇到的？"

金叶便露出欲言又止的神色，然后神色惶恐，摇摇头，"四郡王妃，你别问了。"她怯怯地看了梅贵人一眼，像是吓怕了，"奴婢、奴婢什么都不知道。"

梅贵人一声冷哼，威胁道："做下人的，还是少知道一点的好！"

"是吗？"仙蕙接话悠悠道："看来有些事，金叶是吓怕了不敢说啊。也罢，今儿是皇后娘娘的寿诞，我就算受点委屈，也只得忍了，只有等回头再查证这件事情，弄个水落石出罢。"

梅贵人心下冷笑，回头？今儿都活不过去，哪里还有回头？嘴角微翘不言语。

吴皇后接了仙蕙的话，笑道："你是个懂事的好丫头。"

她们两人这一唱一和，加之金叶的吞吞吐吐，在座嫔妃都是心里有数，今儿梅贵人只怕早有阴谋，只不过没有成功罢了。说起来，梅贵人每次遇到四郡王妃，最后都是吃亏的，真是活该！

眼下筵席快要开始了，仙蕙没再多说，跟着在镇国夫人的旁边坐下。

心下担忧，依照梅贵人的性子不应该如此啊？她今儿吃了瘪，居然变得这般安安静静的不反驳。俗话说，江山易改本性难移。她的性子是改不了的，只怕……，别是还有什么阴谋在后面等着吧。

下

梅贵人沉着脸，面色难看无比。

原本想着，皇后那边没有办法交人出来，自己就假装梅家找到了邵仙蕙，然后当着众人败坏她的名节，羞辱高宸的，——结果竟然是一个大乌龙！心下恨得牙根痒痒，怎么遇到那个贱人，都这么倒霉？！

不，这并不是今天的重头戏！重头戏还在后面。

想到此，梅贵人的脸色渐渐缓和。

成王败寇！过了今朝，自己再慢慢地跟她们算总账！

仙蕙心绪不宁，勉强打起精神，陪着吴皇后说着讨喜的话。

高宸担心最近事情太多、太乱，并没有跟她说起之前吴皇后的伤人计划，免得她对吴皇后有了情绪，反而在宫里容易出事。

因而说些不痛不痒的，气氛还算融洽。

吴皇后虽然猜不准她是不知情，还是城府深，但这种时候，肯定都是要捡好听的话来说的。今儿显得格外关切担心，笑吟吟道："仙蕙，这次你大病初愈，等下吃完筵席去凤仪宫坐坐。"

仙蕙笑道："是，等下和义母一起过去。"

"好啊。"镇国夫人笑着应了，心下却是久久不能平静。

那天义女和自己一起坐马车出宫，一起去镇国公府，断断没有想到，中间会出那么大的一档子事儿！刚才被梅贵人逼问的时候，真是要疯了！没想到，仙蕙居然平平安安地活着，还从镇国公府出了门，直接来了宫里。

这里面不知道有多少蹊跷，只是现在问不得。

但不管怎么说，上次出事都是镇国公府护卫不当，因而心虚得很，生怕义女翻脸了。还好，还好，这个邵仙蕙总算顾全大局，并没有给自己脸子瞧，想到此处，方才松了一口气。

镇国夫人赔笑问道："仙蕙啊，你身子还难受么？这些天，受了不少折腾啊。"

仙蕙知道对方的用意，想赔个不是。虽说镇国公府的确护卫不力，但是自己目前还是一颗有用的棋子，他们是不希望自己出事的，暂时算是盟友。当然要给盟友几分面子才行，因而回道："不要紧，多谢义母关心了。"

"应该的，应该的。"镇国夫人见她真不生气，才放下心来。

仙蕙端起茶喝了一口，嘴角微翘。

说起来，这次自己能够成功脱身，多亏高宸提前为自己准备了金叶。甚至，要感谢大郡王妃、邵彤云跟孝和郡主，若非她们处处陷害自己，高宸未必会准备一个会功夫的丫头，用以保护自己。

出事那天，自己虽然是跟着镇国夫人一起走的，但是高宸早就担心京城局势，安排了暗卫跟在周围，另外还有金叶贴身保护。当时马车一停，金叶听说是前面失火便警觉起来，快速跟自己换了衣衫，又做了简单的易容。

后来人群一乱，金叶便跳了出去，然后瞬间就被劫持得没影儿了。

自己装作丫头模样，混乱中，和厉嬷嬷去了高宸在京城买下的一所宅院。当时那种情况，是不敢贸然回庆王府的，怕在半路被人截杀，所幸一直平安无事。

此刻对于吴皇后和镇国夫人的虚假关心，不过是敷衍罢了。倒是看到金叶，忍不住感激地望了一眼，"等下跟我回去。"多余的话此刻不方便说，但是她的救命之恩自己记得，将来肯定会回报她的。

金叶回道："是，奴婢知道了。"

她本来就是高宸找来的忠心死士，并无多话。

另一头，梅贵人的眼光冷冷瞟了过来，脸色难看无比。心下暗暗骂道：一群贱人，暂且让你们得意一会儿，等下大事一出，就要你们连怎么死的都不知道！本来抓走邵仙蕙毁她名节就是次要的，目的在于祸乱高宸的心，让他心绪不宁，并且转移所有人的视线，真正的阴谋还在后头呢！

"皇上驾到。"宫门外，大太监李德群一声尖细宣唱。

梅贵人的心便猛地一跳，神经紧绷，就连头皮都一阵阵发紧。

——今天是一个重大日子。

是生？是死？马上就要见真章了。

皇帝穿了一身明黄色的五爪龙袍，身量微福，头发花白，在众人的簇拥下缓缓走了进来，自有说不尽的九五之尊威仪。但是若仔细看的话，他的眼神已经存了老态，且又隐隐病气，好似落日余晖一般光芒不会太久了。

他在正中坐下，扫了一眼，看到仙蕙和镇国夫人不免又皱眉。

皇后这是怎么回事？还嫌最近宫里不够热闹吗？把这两位叫进宫里来做什么？真是没事儿找事儿。

吴皇后一看皇帝变了脸色，便猜着几分，忙笑着解释，"皇上，刚才梅贵人惦记着四郡王妃和镇国夫人，请了她们进宫赴宴。"又指了指金叶，"这是四郡王妃的丫头，出门走丢了好几天，刚巧被梅贵人的兄长撞见，特意送进宫来，好让四郡王妃顺路等下带回去。"

皇帝的脸色便有点不好看了。

万万没想到，居然是梅贵人把四郡王妃给找进宫来的！还有什么，她大哥遇到了四郡王妃的丫头，给送进宫，好让四郡王妃等下顺路带回去，简直一派胡言！

这个唯恐天下不乱的蠢妇，又在捣什么鬼？犯什么蠢？真是蠢得没救了。

皇帝扭头，冷冰冰地扫了梅贵人一眼，表情很是不悦。

"皇上……"梅贵人一脸怯怯之色，心中却闪过对皇后等人的怨毒恨意，但是为了大计，又强行忍了下去。装做又蠢又笨只会撒娇的样子，娇声道："臣妾也是想着皇后娘娘的生辰，人多才热闹啊。再说了，皇后娘娘平时对四郡王妃那么好，怎么能让四郡王妃缺席……"

皇帝打断道："行了！不必再说了。"因见她知情识趣做了小伏低，今儿又是皇后的生辰大喜,不便搅了筵,只得忍了忍肝火道:"开席。"

话音一落,便响起了丝竹之音,美酒佳肴陆陆续续呈了上来。

仙蕙知道宴无好宴,心不在焉,不时陪着皇后和镇国夫人说几句。一直记着临走前高宸的那番叮嘱,——要自己小心,今日很可能会有大事发生!问他会是什么大事,他也说不好,只告诉自己到时候要怎样应对,如何保护自己。

想到此,不由看了梅贵人一眼。

梅贵人感受到了她的注视,也回看了一眼,眼里有着不屑和轻蔑之色,还有一点点张狂得意。这让仙蕙更加警惕了,看起来,对方自信满满啊。因而金叶帮着倒酒的时候,趁着接酒杯,便在她耳畔飞快地说了几句。

此时大殿内的奏乐正热闹得很,刚好作为遮掩,旁人根本不知道说了什么。况且便是知道,谁还敢大声询问不成?就连梅贵人看见了这边,也只是淡淡一瞥,没有不识趣地张狂打断。

金叶听完以后目光一敛,点了点头,示意自己知道了。

皇帝端坐在正中座上,笑道:"今儿是皇后大喜的日子,皇后平日治理后宫勤勤勉勉,多有操劳,今日朕陪你满饮一杯。"

吴皇后自然是喜不自禁,赶紧站了起来,"多谢皇上。"

"坐,坐下。"皇帝摆摆手,"今儿你是寿星,你最大,不要拘束那些礼节。"

"是。"吴皇后笑着应了,不过还是打算先敬了皇帝的酒,然后再坐下,不然若真的拿自己当最大,那也太不识趣了。

一个小太监捧着托盘上来,上面放着一壶酒和两个酒杯。大约是头一次如此近距离地靠近皇帝和皇后,显得颇为紧张,低着头,整个人都是紧绷绷的。快到跟前,手上还轻微地抖了一下。

好在大太监李德群机灵,赶紧笑道:"让老奴沾沾皇后娘娘的喜气。"说着,轻轻巧巧地接了托盘,稳当得很,然后弯腰捧到吴皇后跟前,奉承道:"老奴恭祝皇后娘娘千秋大喜,福泽绵长。"

仙蕙看在眼里觉得有点古怪。

按说这么重要的场合,选上来的人肯定是很稳妥的人,怎么如此沉不住气?难不成那小太监是李德群的小徒弟,走了后门,专门送上来,在皇上和皇后娘娘跟前露一下脸的?可是,这个太不成器了。

吴皇后已经让宫女赏了李德群,然后端起酒壶,亲自斟了两杯酒。先捧了一杯给皇帝,然后自己端了一杯,笑吟吟道:"多谢皇上今儿赏脸。"又带了一点炫耀,朝着嫔妃们环顾了一圈儿,"多谢诸位妹妹捧场了。"

众位嫔妃心里都是含酸不已,可是嫉妒不了,只能强行压下醋意,纷纷笑道:"恭贺皇后娘娘生辰大喜。"

吴皇后转身，对着皇帝笑道："臣妾敬皇上一杯。"

仙蕙一直盯着梅贵人看，隐隐发觉，她的表情很是紧张，视线总是时不时地往皇帝和皇后那边瞟，——她嫉妒皇后这个可以理解，但是看起来好像很是不安和心虚啊。

这是为什么呢？

皇帝举杯，大声笑道："祝皇后年年有今朝，岁岁有今日。"

吴皇后也同时举杯，"多谢皇上。"

仙蕙惊骇地发现，梅贵人的视线更加紧张了，简直是目不转睛地盯着帝后二人，还有、还有……，李德群好像也是一样盯着不放。

脑子里，隐约有什么蛛丝马迹滑过。

——难道那两杯酒不妥？！

"好了。"皇帝放下酒杯，然后笑道："你们大家都敬皇后一杯，然后开宴。"

吴皇后也放下了酒杯，含笑坐下，一副母仪天下的端庄雍容模样。她今儿穿了一身正红色的刻丝金百蝶穿花云锦袄，头上珠翠环绕，金钗闪烁，眼角眉梢都透出掩不住的欢喜之色，看起来容光焕发年轻了不少，颇有几分华丽气韵。

仙蕙见帝后二人都是平安无事，松了口气，觉得自己刚才真是想太多了。

如今梅贵人位分低，不再是贵妃了，领头的是一个徐娘半老的妃子，率先起身，然后一群莺莺燕燕都站起来。各自手里拿着酒杯，双手举过额头，齐声道："恭祝皇后娘娘千秋大喜。"

不管会不会喝酒的，爱不爱喝酒的，都是满饮此杯。

仙蕙也跟着喝了一杯酒。

"都坐罢。"吴皇后笑着招呼，然后宴席一开顿时热闹非凡，不时有嫔妃上来向她敬酒，说些讨喜的话。皇帝坐在旁边含笑吃着酒菜，也顺道喝了几杯几个比较得宠的小嫔妃的酒，气氛祥和喜悦。

仙蕙的心情放松了些，但是也不敢很是放松。

——高宸的叮嘱还历历在耳。

只要不出了这皇宫，都难讲会有什么幺蛾子发生。皇帝皇后自然扛得住，但自己这种小虾小蟹经不起啊。好在金叶一直在自己身边，放心不少，再者今儿这种场合，加上之前出了事，皇后肯定也会紧着保护自己的。

镇国夫人靠了过来，低声笑道："宴席上都是大菜和热菜，等下去了凤仪宫，再让皇后娘娘拿些好点心出来，你们小姑娘爱吃的。"

这种宴席上的菜式，基本上都是好看漂亮但不好吃。

"行啊。"仙蕙微笑点头，"等下我和义母一起去凤仪宫，叨扰皇后娘娘……"话音还没有落，就听大殿内一声惊呼，"皇上……"

仙蕙和镇国夫人都是赶忙抬头，闻声看去。

下

传出那声惊呼的人不是别人，正是吴皇后，只见她面色惨白难看，对面的皇帝鼻子下面流出一抹黑血，五官紧紧地扭曲在了一起！皇帝痛苦万状、瞪目欲裂，不可置信地瞪着皇后，又目光怀疑地看向殿内的人，仿佛在寻找谁是凶手。

紧接着，一口黑血喷出，然后便轰然倒了下去！

"啊！天哪……"大殿内，嫔妃和宫人们的惊呼声此起彼伏，众人都本能地要洗脱谋害皇帝的嫌疑，纷纷下意识地往墙角缩去，顿时乱作一团。

梅贵人一脸震惊地站了起来，指着皇后，"你、你……，你这个毒妇！你竟然敢下毒谋害皇上……"

"我没有！"吴皇后连连后退，跌跌撞撞摔下椅子，"不是我，不是我！"她已经完完全全地慌了、乱了，出于对恐惧的本能，提着裙子就往下跑。

梅贵人趁机尖声道："毒妇！快抓住这个毒妇！别让她跑了。"

"皇后娘娘！"仙蕙看得分明，遇到这种大事，众人都吓得惊慌失措，只有梅贵人和李德群却很镇定，分明凶手就是他们！赶紧抓住吴皇后，低声急道："皇后娘娘，你可千万别乱啊。"

厉嬷嬷更是上前一步，盯着梅贵人，大声呵斥，"谁也没有看见皇后娘娘下毒，谁也不能随意污蔑！"

吴皇后目光惊恐，顿住脚步，勉强让自己不再后退。

"放肆！"梅贵人就等着这一刻了，面目狰狞道："今儿的酒是皇后娘娘亲自递到皇上手里的，不是她，是谁？"就连罪名都已经编派好了，"她这个毒妇，眼见燕王被送去了宗人府，不得善终，就以为四郡王必定是皇储了。所以，她就想出这毒计，亲手毒死皇上，然后好扶植四郡王登基！"

而旁边，李德群正在大喊，"快快！快去请太医过来。"

梅贵人自觉胜券在握，就连皇帝那边都顾不上，恶狠狠道："邵仙蕙、厉嬷嬷，你们这两个毒妇的同谋，居然还敢在此张狂，等下叫你死无葬身之地！"

"可笑！"仙蕙强自镇定，"刚才那酒是小太监端上来的，又经过了李公公的手，焉知不是他们两个下的毒？梅贵人怎么就认定是皇后娘娘呢？难道说，梅贵人是早就知道内情吗？"

李德群正在装模作样忙着抢救皇帝，闻言怒道："四郡王妃，休得胡言乱语！"

梅贵人早就看仙蕙不顺眼了，不知道幻想过多少次，要把她撕成碎片。眼下见她还敢不知死活地替皇后辩解，指责自己，更是怒不可遏。当即就怒气冲冲走了过来，抬手就要扇耳光，"小贱婢，看我今儿不先撕烂了你！"

"住手！"厉嬷嬷抓住了她，"皇后娘娘在此，休得放肆！"

吴皇后刚才太过恐惧，后来被仙蕙的一番犀利言辞点醒，稍稍镇定了些，也道："梅贵人，这里容不得你乱来。"

"哈，哈哈哈……"梅贵人笑得花枝招展，身体乱摇，愤愤地甩开皇后的手，还故作姿态扶了扶鬓角，然后拔了一根金钗下来。朝着自己身后的宫女招了招手，张狂跋扈道："赶紧的，把那个小贱婢给我摁好，我要在她脸上画朵花儿。"

吴皇后怒道："你敢？！"她身后的宫女表情紧张，也围了过来。

梅贵人看了看那几个宫人，轻蔑笑道："你们可要想清楚，要不要帮杀害皇上的凶手？若是想错了，回头可是没有好下场的哦。"

那几个宫人都是眼神闪烁，各自低下了头。

让他们拼死护着皇后那是职责所在，但却没有义务护着四郡王妃，而且眼下皇后有可能成为谋害皇帝的凶手，再胡乱帮忙，肯定是不明智的了。

吴皇后也发觉了不对劲，不由紧张起来。

难不成要自己为了保护仙蕙，和一群宫女打斗受伤？心烦意乱又恐慌，皇帝不明不白就这么死了，自己难脱干系！眼下梅贵人咄咄逼人，一脸胜券在握的表情，只怕是早就筹划了这一场惊天阴谋！

她既然敢毒死皇帝，肯定早有准备，完了，完了，自己的命保不住了。

吴皇后原本是挡在仙蕙身前的，想到此处，不由身体一软，哪里还有心情护着仙蕙？要不是后面的镇国夫人给扶住了，只怕都摔在地上了。

"贱人！"梅贵人美丽的五官狰狞扭曲，那表情，那神态，就好像已经确认她是未来太后，盛气凌人不可一世。"给我抓住她！"她指着仙蕙一声大喝，举起金簪，"我要让这个贱人生不如死！"

仙蕙连连后退，然后朝着金叶悄悄捏了一把。

两个宫女顿时冲了上来，先是推倒厉嬷嬷，然后抓住了她。

梅贵人一步一步走了过来，"你……，也有今天，以前可曾想到？哈哈……"她高高抬起手，就要狠狠落下扎出一个血窟窿！

"嗤！嗤……"

众人只见眼前两道银光一闪，然后便是血红一片。

那两个奉命去抓仙蕙的宫女被人划了脖子，还没明白过来是怎么回事，就鲜血四下喷溅不已，然后像是断线的木偶一般倒了下去！

"啊……"梅贵人这一声不是吓得惊呼，而是惨叫，那只拿着金簪的手，被划出一道又长又深的鲜血口子！"啊！！"她再次痛呼嚎叫，握着伤残的手滚在了地上，"贱婢！啊，太医快来……，啊……"

仙蕙快速道："金叶，赶紧拿住另外一个！这里交给我。"

金叶点了点头，以迅雷不及掩耳之势，用软剑上的刀柄敲晕了李德群，然后拖了过来，扯下裙子当做布条，把对方的双手捆了个严严实实。

仙蕙没有她那么麻利，一面撕扯裙子，和厉嬷嬷帮着捆梅贵人，一面抬头朝吴皇后和

下

　　镇国夫人喊道："你们还愣着做什么？赶紧捆了她，没有这两个人质，等下我们拿什么自保？！"

　　镇国夫人哪里见过眼前这个阵仗，早吓呆了。

　　吴皇后到底在后宫浸淫多年，心下更通透一些。她明白仙蕙的意思，眼下除了拿着梅贵人和李德群做人质，再没有别的盾牌了。

　　她想帮忙，可是手软脚软的动弹不得。

　　"不想死的！"吴皇后愤怒地朝宫人们呵斥，"赶紧上去帮忙！"心里清楚，今儿是绝对不能善终的。扭头看见众位嫔妃哆哆嗦嗦，更是心烦，呵斥道："都给本宫滚到偏殿去！都赶紧滚！"

　　众位嫔妃早就吓得没魂儿，一眨眼，全都蜂拥去了偏殿。

　　"饶命，饶命啊！"李德群不防四郡王妃身边还有这等高人，心下恐慌不已，别没等到讨新皇帝的好，就枉送了性命在此啊。

　　仙蕙哪里管他？和厉嬷嬷、小宫女们一起，把梅贵人双手背后紧紧捆在一起。

　　"啊……"梅贵人还在惨叫，手上的剧痛，让她痛得在地上滚来滚去，根本就不能停止下来，惨叫不断，"救、救我……，啊……"

　　厉嬷嬷撕了一张桌布，紧紧地塞住了她的嘴。

　　"老实点儿！"仙蕙朝她脸上狠狠踢了一脚，然后对金叶道："这两个人都看好，这可是咱们手上的护盾棋子，千万别跑了。"

　　金叶飞快应道："是，奴婢明白。"

　　吴皇后眼中还有惊慌之色，不过看着局面得以控制，稍稍镇静了些，转头喝道："赶紧锁上偏殿的门，大门也关上！"

　　幸亏今儿是自己的生辰之喜，这里是凤仪宫，整个宫里都是自己的人。

　　宫人们慌慌张张去关大门，外面闻讯赶来几名太医，不明所以，也被一起关在了外面。有个大胆的喊道："开门，开门！不是说，皇上身子不适吗？"

　　吴皇后厉声道："滚远一点！"

　　"可是皇上……"那太医还在纠缠，然而话没有说完又戛然止住，不知道外面发生了什么状况，紧接着，便听见一阵巨大的喧哗之声。

　　仙蕙仔细一听，顿时吓得心惊肉跳！

　　"哗！哗哗……"那不是什么嘈杂之音，越来越近，越听越仔细，分明就是穿着精铁盔甲的将士们，众人走路弄出来的整齐步伐声！

　　天哪！这是什么？有将士要造反吗？

　　事情完全偏离了自己的想象，太可怕了！

　　虽然知道，梅贵人污蔑吴皇后害死皇帝，多半有准备，但也以为是她收买了宫中的一些侍卫，策动一场宫变！到时候，高宸自然会派人进来营救自己，但……，眼下这是什么状况？

099

将士？这……，可就不仅仅只是宫变了啊。

仙蕙满脑子都是血流成河、浮尸遍地的景象，有点喘不过气来。

自己……，还能够活得过今天吗？

吴皇后平时很是冷静厉害，那只限于钩心斗角，哪里见过将士谋反这种事啊！她彻底地慌了，反倒转头去看仙蕙，"你、你说……，我们现在要怎么办？啊……"看了看金叶，一个人再厉害也不够使啊。

仙蕙根本没听见她们两个说话。

她转头看向宫门之外，高宸……，我们还会再见面吗？救我！

仙蕙努力让自己镇定冷静下来，理清纷乱思绪。

临走之前高宸告诉过自己，今日宫中可能会有大事发生，叮嘱自己，一定要把金叶留在身边。情况万急之时，可以让金叶抓住梅贵人，用以自保，同时免得梅贵人发疯伤了自己。

照这么说，高宸对宫中情形早有预料。

他是不是早就猜到皇帝会出事？早就猜到梅家会谋反？那么，高宸肯定会做出相应的谋划才对。所以，不要慌……，高宸一定不会丢下自己不管的！说不定，外面的叛乱已经解决，领兵冲进来的人就是他啊。

是了，是了，一定是这样的。

只有这样，高宸才会放心地让自己进宫啊。

仙蕙的心跳平缓了几分，为了镇定自己，也为了镇定身边的人，赶紧跟厉嬷嬷和金叶低声说了，"别怕，外面来的人可能是四郡王。"

"四郡王妃。"厉嬷嬷却是脸色惨白，声线紧绷，"万一不是呢？就算四郡王有那种非常打算，但……，未必就能一定获胜啊。"

仙蕙被她这一说，心又提了起来，"那……、那还会是谁？"其实心里能够猜到可能会是谁，只是出于趋利避害的本能，不愿意那么想罢了。

厉嬷嬷摇头道："不行！万一来的人不是四郡王，就算我们把大门关上，也没有任何用处的，根本就不能阻止他们的步伐。"

仙蕙的心又凉了下去，额头上，一层层的冷汗不住下滑。

厉嬷嬷脸色难看道："虽然我们手上有梅贵人和李德群，可是未必有用。谁知道外面的将士是何人所派？万一不是梅家的人呢？"

仙蕙觉得浑身冰凉一片。

是啊，如果是梅家的人领兵，或许会对梅贵人有所顾忌。可若不是呢？梅家只有几个做闲散官员的老爷，还是因为梅贵人而恩封的，并无可以领兵打仗的将军，天知道外面的人是谁？幕后正主又是谁？

厉嬷嬷说得不错，她比自己更冷静，手上的两个人质分量还不够啊。

大门外，那整齐划一的将士脚步声，像是踏在心弦之上，一步一步朝着凤仪宫大门逼近，

——死神的利斧,很有可能就在眼前!

"不!"吴皇后再也忍受不了,尖叫起来,"我不要死!我不要死……"

"砰——!"凤仪宫的大门被人狠狠撞开。

一大群身穿黑铁盔甲的将士迅速涌入,每个人的手上,不是长枪,就是利剑,将整个大殿团团围住,一副严阵以待的气势!

紧接着,一个身穿统帅盔甲的年轻男子,表情得意,跨着大步迈了进来。

"燕王!"仙蕙脸上的血色,有如潮水一般迅速褪去,"怎么会是你?你不是在大理寺吗?你……,你怎么会在这里?!"

吴皇后等人亦是脸色大变,惶恐不已。

燕王走到了大殿中央,施施然站定,勾起嘴角一笑,"咦……,好像你们都不愿意看到本王啊。"

仙蕙捂住了嘴,实在是惊讶得难以置信。

怎么不是高宸?反而是燕王?!对了,梅家的人不能自立为帝,须得选择一个皇子依附,所以他们把燕王放出来了。

可是……,那高宸呢?他不是早有预料吗?是还没有来得及带兵赶过来?还是已经落败了?不,不会的!他一定会救自己出去的。

"四郡王妃。"燕王像是看出了她心中所想,笑道:"是不是还在惦记着高宸啊?本王告诉你,刚才本王一路攻打进宫,都没有见到高宸的影子。"嘿嘿一笑,"只怕啊,高宸已经吓得跑回江都了。"

"你胡说!"仙蕙断然怒道。

高宸,他绝对不会丢下自己!绝对不会。

早起离开的时候,他成竹在胸地把自己送到镇国公府,肯定是早有准备,现在、现在……,只是不知道有什么安排,暂时没有过来而已。

"哈哈,你还不信?"燕王猖狂大笑起来。

"燕王殿下!燕王殿下……"李德群大声喊了起来,"救命!快救救老奴!"忽地眼珠一转,又喊,"皇上、皇上你救救老奴啊。"

燕王眉头一皱,喝道:"嚎什么?"本来是不想理会这等阉奴,可是眼下局势尚不稳定,不想动摇跟随自己的人心,勉强耐性道:"放心,有本王在这儿,你的那条小命别人拿不走!"

李德群朝着金叶看去,"皇上,她们……"

金叶根本不给他说话的机会,扯了块布,紧紧塞住了他的嘴巴。

仙蕙担心金叶的身份暴露,上前便是一脚,骂道:"我们怎么了?就欺负你了,你想怎样?我们若是没有好日子过,你也不得好死!"

燕王见状大笑,"哈哈,四郡王妃还是一个泼辣的。"

"唔、唔……"梅贵人在地上乱扭,目光挣扎,可惜嘴巴早就塞住了,根本说不出半个字来。只有一双杏眼瞪得大大的,又圆又亮,好似两颗剥了壳的龙眼,几乎快要瞪出眼眶,嘴里支支吾吾哼唧不休。

燕王一看见她,就更加不耐烦了。

他以前是迫于形势不得不讨好梅贵人,但是眼下马上就要成事,想着等到自己做了皇帝,岂还耐烦多一个太后在上头压着啊?等下正好趁乱,就说梅贵人是被吴皇后给弄死的!至于吴皇后,谋害先帝的罪人自然也难逃一死。

到那个时候,整个江山天下就都是自己的了。

只不过,眼下还得对梅家有个说法,因而故意说道:"来人,找两个宫女带上梅贵人一起,等下护送出去。"

"休想!"仙蕙拔了金簪,比划在梅贵人的脖子上,"你想带走她,就只能带走一具尸体!"高宸行踪不明,若是没有梅贵人作为挟持,自己和厉嬷嬷等人肯定死得更快,绝对不能让他们带走梅贵人。

燕王就等着她出来阻拦,心下欢喜,面上却故作不悦,皱眉道:"休得无礼!不要伤了梅贵人。"他一脸为难地看着身边副将,"既如此,我们还是不要轻举妄动的好,免得伤了梅贵人。"

"唔……"梅贵人在地上扭得更厉害了,挣扎着,甚至想要爬起来,但却被金叶死死地摁住了。她瞪大了眼睛,那眼神分明就是在说,"带我走!赶紧带我走。"

燕王只做没有看出来,呵斥仙蕙,"你不要乱来!若是伤了梅贵人,到时候就将你碎尸万段!记住没有?"然后大手一挥,吩咐身边的副将,"把凤仪宫所有的人都看起来,等下封锁,不准任何人踏出宫门半步!"

"是。"副将肃然领命。

毕竟眼下没有时间闲聊,安排好了凤仪宫的事,便准备先走。

临走之前,倒是深深看了仙蕙一眼,明眸皓齿、肤光莹润,玉容映着斜阳,明艳有如碧桃初放一般,真乃人间绝色!

唔,回头一定要尝尝鲜儿。

到时候,自己把高宸的女人骑在身下,再专门派人告诉他,羞辱他!哈哈……,那美妙的感觉,一定不比做皇帝差多少。

"对了,四郡王妃。"燕王挑眉笑道:"你知道吗?你有个好妹妹叫邵彤云的,一直都在本王身边服侍,很是会讨人欢心,本王颇为喜爱她。"

仙蕙闻言目光一跳。

邵彤云?她果然藏身在燕王的身边,可是眼下,已经没有心情去管她了。

燕王看向仙蕙的目光肆无忌惮,淫邪笑道:"美人儿你就在这儿等着本王,等外面大事安定,回头让你们姐妹俩一起服侍本王,共传一段佳话!"

下

仙蕙忍无可忍，抓起手边的酒壶就要砸过去，"你这个卑鄙无耻的……"

厉嬷嬷赶紧抓住了她的手，摇摇头，"别冲动。"上前悄声道："四郡王妃，别和他争一时口角之利，免得惹火上身。"

仙蕙气得浑身颤抖，可是心下也明白眼前的危险，此刻和燕王争吵，肯定是极其不明智的。因而虽然恶心得想吐，最终还是忍住，紧紧咬唇没有出声儿。

燕王得意笑道："哈哈，看来美人儿还是识趣的嘛。"他越笑越大声，然后喝道："封锁凤仪宫，走！"殿内的精甲将士们纷纷出去，然后"轰"的一声，将凤仪宫的大门给锁住了。

外面人影晃动，一部分将士留下在此把守，殿内之人无路可逃。

"救命，救命啊……"偏殿里，那些嫔妃们已经听到外面的动静，都是哭天喊地地拼命砸门，众人齐哭，简直可谓哭声动天！

而吴皇后，则是脸色惨白地软坐在地上。

她心里很是清楚，不论梅贵人、梅家，还是谋反的燕王，都不会放过自己这个"谋害先帝"的罪人的，只有死路一条！甚至，看了看嫂嫂镇国夫人一眼，也难逃一死！还有吴家的人，全部……，都活不成了。

吴皇后茫茫然地看向梅贵人，这个贱人，竟然敢毒害先帝？！自己输了，输就输在没有她如此心狠手辣，这个贱人真应该不得好死！下十八层地狱都不够解恨！

继而心头一跳，电光石火之间明白过来了。

只怕燕王正是打着这个主意，让自己谋害先帝让他上位，杀了梅贵人，然后再也没有人压着他。

哈哈……，还真是好算计啊。

时间好似凝固了一般，一点一滴，都好似过一万年那么长。

凤仪宫的嫔妃们、宫人们，都好似待宰羔羊似的，各自瑟瑟发抖，等着命运对自己生死的宣判！而皇帝，还死不瞑目地倒在椅子里面。

过了许久，吴皇后终于颤巍巍地站了起来。

她一步一步，缓缓走向皇帝，看着那个做了几十年天子的男人，那个和自己少年结发的丈夫，轻轻给他合上眼睛。但皇帝好像是真的死不瞑目，带着浓浓的怨气一般，那双苍老的眼睛不论怎么合，都不能严丝合缝地闭上。

吴皇后拿了一方帕子掩盖上去，轻声笑道："皇上，你在天有灵应该清楚，今儿害死你的人，不是臣妾。而是……"转头看向地上的梅贵人，"而是那个贱人！皇上，枉费你宠爱她数年，到最后她却还你一杯毒酒，哈哈……"

梅贵人恶狠狠地瞪向皇后，嘴里支支吾吾，似乎想要说点什么。

吴皇后瞥了她一眼，淡淡道："我知道你要说什么，无非是没有皇子傍身，不能做下一任太后就得死，所以……，你先下手为强。可惜啊，今儿的事没你想象的顺利，出了点岔

子。"

梅贵人继续在地上扭动，说不出话，只剩下一双眼睛恶狠狠的。

"贱人！不得好死！"吴皇后忽然冲了上去，伸手便是一个耳光扇了过去，又一个耳光，"啪！啪啪！"清脆的扇耳光声，在大殿里面响起，甚至压过了偏殿的呜呜咽咽哭声，可见用力之狠。

金叶冷冷看着，并没有阻止吴皇后发泄愤怒。

忽然间，吴皇后拔下头上粗长的九尾展翅凤凰金钗，狠狠一记扎了下去，然后又是狠狠一记再扎下去，——将那双美丽的眼睛戳了个稀烂！

"唔……，唔！"梅贵人发出撕心裂肺的喊声，痛苦万状，一双眼睛被鲜血染成红色，鲜血流满了她的面颊，在地上滚来滚去极为恐怖！

"皇后娘娘！够了。"金叶上前一步，将她推开。

吴皇后被推得往后一踉跄，她情知敌不过金叶，没有再继续，而是呵呵笑道："梅贵人，你知道吗？从你得宠开始，就经常用这种目光瞪向本宫，本宫忍你很久了。"她笑得有几分疯癫，"现在好了，你再也不会瞪着本宫了。"

仙蕙虽然恼恨梅贵人，但杀人不过头点地，如此这般也太令人作呕了一些。

吴皇后却看向她，笑道："她几次三番陷害于你，就在刚才，还口口声声要划花你的脸，今儿我也算是替你出了一口恶气了。别担心，瞎了眼的梅贵人，也一样是梅家的人。"

仙蕙皱眉，没有回答她。

吴皇后本来就是自言自语，也不在乎。

"唔、唔……"梅贵人仍在地上疯狂喊叫，可惜喊不出来，头发滚得蓬乱，衣衫已经皱巴巴不成样子。那原本美丽的脸上，血水直流，不仅染红了她的脸颊，还顺势流到了脖颈里，衣襟上，说不尽的恐怖骇人！

周围的宫人们都是面色惶恐，纷纷退到了角落里面。甚至就连旁边的镇国夫人，也吓得直哆嗦，口中喃喃道："疯了，疯了……"

"还有你。"吴皇后又端起皇帝喝过的杯子，倒了一杯酒，上前摁住李德群给强行灌了下去，"皇上待你不薄，你怎么能如此对待皇上？"她扭头回去看向皇帝，"皇上啊，他们这些不忠不孝、不仁不义之人，臣妾都替你责罚过了。"

皇帝头盖帕子躺在椅子里，无法回答。

那酒杯中还有残毒，李德群喝下去不过片刻，便开始痛得浑身发抖，"唔……"偏偏毒药的分量又不够致命，也和梅贵人一样，在地上滚来滚去，"唔、咳……"一双眼睛瞪得圆圆的，表情狰狞扭曲，最后口吐白沫昏死过去。

可怜梅贵人，求生不得、求死不能，仍旧浑身是血在地上苦苦挣扎！

吴皇后缓缓走向中央，然后坐在已经死去的皇帝身边，好似以前任何一次帝后同时驾临的样子，脸上带着淡淡微笑，说不尽的雍容华贵母仪天下。

仙蕙看着，忽然觉得恶心想要吐出来。

皇室斗争实在太血腥残酷了。

难道说，要做皇后就得双手染满鲜血，然后戴着一张假面具度过余生？甚至，还有可能像吴皇后这样，最后不得善终。

如果是这样，自己宁愿永远蜷缩在江都做四郡王妃。

可是，这由不得自己选择。

这种时候，唯一的念头就是有个人能庇佑自己。

高宸，你怎么还不来？已经过了这么久，久到天色都渐渐黑了，你怎么还不来？你去了哪里？你可知道，我快要坚持不住了。

大殿外，天色渐渐黑了下来。

整个凤仪宫被封锁起来，天黑了，也没有人过来，没有任何动静。凤仪宫的所有人从中午开始饿肚子，一直饿到晚上，——虽然还有席面没撤，但是谁敢吃啊？这会儿谁又有心情吃啊。

所有的人，都在恐惧和饥饿中煎熬着，夜幕渐渐降临。

这一夜，是仙蕙度过的最难熬的一夜。

梅贵人和李德群哀哀叫唤，以及一些胆小的嫔妃宫人低声哭泣，那气氛简直就好像到了阴曹地府，冤魂遍野哭声不断。这种情况，根本就不可能有人睡得着。众人心里都在担心一件事，只怕睡过去，就看不到明天的太阳了。

因而，所有的人都是彻夜不眠。

次日一早，凤仪宫的大门再次轰然打开。

一个将军模样的人跨进门来，招呼侍卫进门，吩咐道："赶紧把先帝的遗体给抬出来，送到宗人府入殓。"

当即有人领命冲了进去，各自忙活。

仙蕙等人缩在了一角。

将军又道："诸位太妃，请马上移居慈宁宫。"

太妃？仙蕙听得心头一跳。

刚才这个将军要带走吴皇后，好像还说了先帝？他们如此明目张胆的，这么说，燕王竟然已经顺利成事了？

不！这个结论，让她像是被人掐住了脖子一样，喘不过气来。

高宸！你到底在哪儿？！

"赶紧的！"那将军让人打开了偏殿的门，催促着，"不想走的，就留下！等下走不了了，可别后悔。"

此言一出，偏殿里面的嫔妃纷纷拥了出来。

吴皇后凉凉地道:"什么移居慈宁宫?本朝从来都没有这个规矩,除了先帝元后和皇帝生母,那都是殉葬的命!"

原本要听话出去的嫔妃们,都止住脚步。

那将军上上下下打量她,见她的穿着服饰和规制,便知道对方是皇后了。但却一声冷笑,"你就是阴谋毒害先帝的吴氏?来人,把她抓起来!送交大理寺处置。"

吴皇后顿时身子一抖。

她知道,今日自己是难逃一死了。

"本宫没有毒害皇上!是梅贵人!"吴皇后歇斯底里地喊叫,然后像疯了一样朝着梅贵人冲了过去,"贱人!本宫就是死也不能放过你!"

金叶当即做出防范姿势,以防不测。

却不料,吴皇后忽地中途拐弯儿,狠狠一磕,在桌子角上磕破了自己脑袋,然后血窟窿里鲜血横流,转瞬倒地咽了气。镇国夫人见状,顿时吓得惊叫不已,"啊!!"然后眼一翻,吓得直接晕死过去。

那将军本来就没打算真的抓住吴皇后,死了更省心,继续呵斥嫔妃们,"赶紧出来还能留个体面,若不然,等下可是刀枪无眼!"说着,就有一大队持枪的侍卫进来,个个虎视眈眈,眼里流露出嗜血的光芒。

那些嫔妃们哪里经得住这么恐吓?都是吓得连滚带爬,听话出去了。

"唔,唔……"已经只剩下一口气的梅贵人,听得声音,在黑暗中拼命挣扎,试图想要让那将军带她一起走。而在她身边,李德群被折磨了一夜已经死去,连求救的呼喊都没有了。

可惜,梅贵人的呼救也是徒劳。

将军仿佛什么都没看见一样,根本不理她。倒是看了看仙蕙,"你就是江都庆王府的四郡王妃吧?燕王殿下有令,让你暂时移居玉粹宫。"

让自己去玉粹宫?仙蕙目光惊骇,本能地往后退了退。

那将军皱眉道:"四郡王妃,你可别敬酒不吃吃罚酒。你若是不听话,等下就叫侍卫们动手了。"语气带出威胁,冷哼道:"到时候磕着、碰着,跟那些太妃们一样,可是没人管的。"

仙蕙的心都听得凉了。

意思是自己胆敢不配合的话,他们就要用强了。虽说自己身边有金叶,可是双拳难敌四手,更不用说那么多的带刀侍卫了。

高宸……,你在哪儿?忍不住心酸起来。

"进去。"将军抬手指了指,让两个侍卫靠近了些,下了最后通牒,"四郡王妃,赶紧出来!我数三声,他们就动手了。"然后数道:"一、二……"

金叶上前了一步,挡住主子。

仙蕙拉住她,不行,金叶是自己手中最后的一张牌!不能轻易暴露,更不能轻易地折损,眼下情势不由人，只能走一步看一步了。

当即开口道："找个藤椅来抬梅贵人，我跟你们走。"

别看那将军的样子凶恶得很，但是被燕王叮嘱过，千万不能伤了四郡王妃，所以并不敢真的和她较劲儿。因而迟疑了一下，便道："去找藤椅过来！"

梅贵人先是被金叶伤了手，后来又被吴皇后戳瞎了双眼，剧痛和鲜血的流失，让惨不忍睹的她，只剩下了一口喘息的气。等到藤椅过来，根本就没有力气挣扎和呼救，便跟棉花一样让人弄了上去。

仙蕙叫了凤仪宫的两个宫人抬起藤椅，再让金叶一手卡在梅贵人的脖子上，以防不测，然后和厉嬷嬷跟在旁边一起出去。

那将军没有为难她，更没有多看梅贵人一眼，说什么救人的话。

仙蕙心里清楚，多半是燕王根本就没有告诉梅家的人，梅贵人现如今的惨状，说不定他还盼着自己掐死梅贵人呢。心下茫茫然地往前走着，无所适从，不知道将要去往何方，只怕凶多吉少。

但不论如何，自己都可能在燕王手里受辱的。

心下拿定主意，万不得已就找机会自裁！

那将军领着人到了一处宫殿，说道："这里是玉粹宫，你们暂时住在这儿。"然后也不多说，便留了几名宫人守在外面，关上了门便走了。

"怎么办？"即便冷静有如厉嬷嬷，此时此刻，也被恐惧煎熬得心乱了。

仙蕙更不可能知道该怎么办，手上除了一个梅贵人做要挟，再也没有别的东西。金叶虽然会一点武功，但是面对已经顺利成事的燕王，那么多的侍卫、将士，真打起来，不过是螳臂挡车罢了。

厉嬷嬷愁苦道："哎，四郡王到底去了哪里啊。"

仙蕙木呆呆地坐在椅子里，心中一片茫然。

然而更煎熬的日子还在后面。

一天、两天，三天……，五天……，整整七天过去，仍然没有任何高宸的消息！对于仙蕙来说，这七天，就好像七年那么漫长。她和厉嬷嬷、金叶三个轮流睡觉，夜不能寐，魂不守舍，整个人都快要虚脱了。

这几天，除了每天有人过来送点饭食，再无其他音讯。

仙蕙甚至有一种错觉，仿佛就要一辈子，被人这么囚禁在此地了。

这天下午，终于有了动静。

有人在外面道："四郡王妃就在里面。"

"嗯。"随着一记低沉男声，门被推开，燕王背负双手施施然地走了进来，脸上带着似笑非笑之色，"四郡王妃，这些天过得可还安好啊？"

仙蕙不搭理他。

燕王也不介意，就在旁边拣了椅子坐下，笑道："还在惦记高宸呢？我早说了，他人肯定已经逃回了江都。现如今，这江山社稷都已经尽在我手，他是不可能回来救你的，不如乖乖地跟了本王，自然有享不尽的荣华富贵。"

仙蕙把脸扭向一旁，若不是怕他忽然发难惹出是非，早就已经摔门出去了。

"你怎么就这般想不开呢？"燕王勾起嘴角，"你看清楚，本王也是年轻俊美，不比高宸差，眼下又已经是万人之上的人，还能委屈了吗？乖乖的，不要再惦记高宸了，他那种没有良心的负心人，早就丢下你不管了。"

仙蕙恼道："你胡说！"

燕王嘲笑道："本王到底有没有胡说，你难道不清楚？"指了指外头，"这么些天了，你等到高宸了吗？你以为他还会再来找你吗？他来，就是送死，所以别痴心妄想了。"

仙蕙一声冷哼，"我不信。"

不，不会的！高宸肯定不会丢下自己的，一定是……，是他还在潜伏找机会，等待时机攻打进来！难道……，他兵败了？再也不能来找自己了。

想到此处，心口一阵猛地发痛。

"不过四郡王妃也不必伤感，没了高宸，还有我啊。"燕王笑嘻嘻的，"对了，听说你的闺名叫仙蕙？"在嘴里念叨了两遍，"仙蕙，仙蕙……，唔，这个名字不错。"

仙蕙只觉得恶心反胃，一股浊气上涌。

"人更是长得不错，身段也不错。"燕王用一种几近淫邪的目光打量她，面色垂涎，"看在你天姿国色的分上，我不亏待你，那就给你一个承受雨露的机会罢。"

"你滚！滚出去！"仙蕙怒不可遏。

23 惊心动魄

"别给脸不要脸啊！"燕王被激怒了，豁然站起身来，大步流星地朝她逼近，"今儿我就是在这里把你要了，你又能怎样？高宸又能怎样？！"

金叶"嗖"地一下，从腰间拔出软剑挥刀相向，"止步！"

燕王本身并不会武功，他也没想到仙蕙的侍女会武功，先是惊吓得后退了一步，继而恼羞成怒道："行！你硬气，还带了一个爪牙，等我让侍卫们都上，看她还护不护得住你这个小贱人！"

"哈哈。"仙蕙忽地笑了，"她自然是护不住我的，但是可以杀了我。"转头看向金叶吩咐道："不必以我为念，断不可有辱庆王府和邵家，他敢靠近，你就一剑送我上路！"然后蹲身福了福，"仙蕙对不住二位，连累你们了。"

金叶低垂眼眸，没有言语。

厉嬷嬷则是淡淡道："生死有命富贵在天，我老婆子已经活了一大把年纪，幸亏跟在四郡王妃身边，出宫过了几年人过的日子，也知足了。"冲着金叶笑笑，"送了四郡王妃，再顺便送送老婆子罢。"

燕王盯着仙蕙狠狠地看，她神色冷静，没有半分目光闪烁，显然赴死之意不是假装出来的，——眼下还不能叫她死，更不能真的侮辱了她，刚才不过是恐吓一下罢了。心中有着诸多烦乱未解，咬了咬牙，然后愤然甩袖出了门。

仙蕙听得门"砰"的一下关上，顿时回了魂，然后不自禁地软在了椅子里，脊背上冒出湿哒哒的汗水，沾透了内里亵衣，贴在肌肤上是说不尽的难受。但是更难受的，则是一直没有高宸的消息，就好像千斤巨石一样重重压在心口，让自己难以呼吸。

高宸啊，我真的……，快要支撑不住了。

仙蕙伏在桌子上大哭了一场。

到了黄昏时分，门外又响起有人过来的动静。

"是这儿吗？"外面传来一个熟悉的声音，娇滴滴笑道："赶紧开门，让我看看我那好姐姐，然后好跟她叙叙旧啊。"

邵彤云？！仙蕙心头一跳，如临大敌地转头看向了门外。

珠帘微晃，邵彤云面含笑容地走了进来。

她和从前已经很不一样，不是长相，而是脸上的气韵，——仿佛被梅贵人附体，有种说不出的阴狠之气。不过却打扮得花枝招展的，挽了牡丹髻，别了华丽的嵌宝石三尾凤钗，眉眼含笑道："二姐姐，没想到我们在这儿见面了。"

仙蕙的目光有一瞬间怔忪。

哪怕已经猜到邵彤云可能没死，甚至亲口听燕王说起邵彤云还活着，在他身边，但是亲眼见到仍旧震撼无比！她来见自己肯定不会有什么好话了。

眼下情势非常，并不打算激怒邵彤云，因而只是沉默不语。

但仙蕙不语，邵彤云却是憋了很久很久，话一开口，就停不下来，"二姐姐你说，本来我们俩是至亲姐妹，可是呢，却弄到你死我活的地步，岂不是没缘分吗？再见我之前，你应该很满意吧？以为我死了，又把我的娘弄成了妾室，景钰变做了庶出，东院算是彻底地赢了啊。"

仙蕙望着那张精致漂亮的脸蛋儿，以及她平静的眼神，仿佛是另外一个陌生人。

不明白，她到底经历了什么？才会变得如此奇怪。

"今儿我过来，是有一件极为要紧的正事。"邵彤云笑盈盈的，漫不经心地拨了拨手上的猩红蔻丹，神态悠闲惬意，"燕王让我过来劝劝你，听话点，识趣点，往后就和我一起服侍他，姐妹相处也是佳话嘛。"

"邵彤云！"仙蕙本来不想跟她说话的，听了这个，实在忍不住，"你到底被燕王喂

109

了什么药？不管你恨我也好，怨我也罢，怎么能说出这种无耻恶心之言？！"

"无耻？恶心？"邵彤云轻轻笑了，然后伸手，一下一下解开衣襟扣子，"二姐姐，你想知道为什么吗？"她扯开衣服，露出上面一大片各种各样的奇怪疤痕，然后冷笑，"这些就是原因！"

仙蕙吃惊道："燕王他……"

"哼。"邵彤云勾起嘴角，复又合上衣服，悠悠道："所以啊，有福同享，有难同当，你我至亲好姐妹，我享受的，也想送给二姐姐你一份。"

她扶了扶鬓角，头上正好戴了一朵玫红色的牡丹绢花，衬着她的面容，以及穿在身上的宫装，有了几分宫中贵妇的端庄雍容。好似她从未经历过被侮辱，从未做过妾，而是以邵家小姐的身份，风风光光地嫁给燕王做了王妃，才有那份满意恬淡。

仙蕙心下摇头，人若是虚伪到连自己都能欺骗的境界，得多可怕啊。

至于她话里的那些威胁，听得出来。

仙蕙并不打算争吵，而是道："你看你现在这样子，人不人，鬼不鬼的。"隔了这么多事情，也不想再苦苦和邵彤云纠缠了，"燕王如此对你，你为何不离开他？"

"哈哈……"邵彤云大笑起来，"二姐姐，你是在说笑话吗？离开？天下之大，我离开了燕王又能去哪儿？又能给谁做妾？况且，是我想离开就能离开的吗？"她越说越是怒不可遏，再也无法伪装平日的柔顺，咬牙切齿道："这一切，全都是拜你所赐！"

仙蕙原本还对她的悲惨有一丝怜悯，听她这么一说，什么怜悯都没有了。

"你对不起我。"邵彤云怨毒道："我受过的苦，也要你一分一分尝遍！"

"哦，是吗？"仙蕙双眸带着冷意看向对方，凉凉道："那是谁和大嫂一起下了药，准备毁我清白？又是谁，假装小产想置我于死地？有句话，叫做天作孽犹可恕，自作孽不可活！"

"自作孽？"邵彤云先是气极，接着跳脚道："你等着，回头燕王会好好收拾你的！叫你知道什么叫天作孽，什么叫自作孽！到了眼下这种时候，你还敢得罪我，回头等燕王把你玩腻了，我一定要把你碎尸万段！"

她怒气冲冲地摔门出去了。

"四郡王妃。"厉嬷嬷皱眉道："何苦争一时口角？那邵彤云不是一个善茬儿，你再得罪她，只要她逮着机会就不会善罢甘休的。"

仙蕙淡淡道："我和她之间的仇怨无法化解，别说我不得罪她，就是讨好她，也一样换不来半分缓解。"见厉嬷嬷还要再劝，摆了摆手，"刚才我听出一点不对劲儿的。"

"什么不对劲儿？"

"刚才你们没注意吗？"仙蕙目光一闪，"邵彤云那些恶心的话先别管，你们仔细回想一下，她刚才口口声声，都是燕王、燕王，也就是说……"声音低沉了些，"燕王此刻还没有登基称帝！"

下

　　厉嬷嬷刚才一直担心她和邵彤云起争执，心情紧张，此刻被她一提醒，也发觉了其中的古怪。眼珠转了转，"是啊，不对劲儿呢。先帝已经宾天七八天了，按理说，燕王那种阴谋篡位的人，应该巴不得马上登基才对啊。"

　　"既如此。"仙蕙往椅子后背靠了靠，"那么事情就一定还有变数，还有转机。"原本浮躁不安的心，稍稍沉淀，"等……，我们再等！"

　　"他妈的，你这个蠢货！"燕王一把抓住邵彤云的头发，扯到自己身边，然后随手抓了个东西就狠狠乱扎，"本王叫你去说服那小贱人，不是叫你去吵架的！更不是要你为了她几句话，就去诉苦和威胁的！"

　　言毕，一记窝心脚把人踹了出去。

　　邵彤云早就把被打当成家常便饭，轻轻捂着胸口上的伤痕，痛得发抖，甚至可以感受到鲜血已经浸透衣衫，却迫于淫威而不敢吭声儿。

　　心下暗恨，原本以为已经练就喜怒不形于色，可是在见到姐姐的那一刻，和她说不了三句话，就被挑怒火蹿出有几丈高！自己受了那么多的罪，她却养尊处优，——是她，就是她夺走了原本属于自己的一切！还害得自己落到如斯田地。

　　她虽可恨，有一句话却说得对。

　　自己现在这样人不人、鬼不鬼的，不知道是个什么东西！

　　"滚！"燕王一声爆喝，摔碎一个茶盅在她面前，"赶紧滚开！别再碍了本王的眼，不然就把你剁成肉酱喂狗！"

　　邵彤云对他是又恨又怕，而且隐隐猜得到，一定是燕王在登基路上出了问题，所以才会如此气急败坏。这种时候，再去摸老虎毛那纯粹就是找死！哼，不过也好。

　　燕王几近疯魔，自然看谁都不顺眼，这样就会让仙蕙死得更快了！

　　邵彤云摁着自己疼痛的胸口，无声退了下去。

　　燕王的确烦躁，而且还是烦躁无比！因为好不容易才阴谋篡位成功，却在登基的道路上面出了大岔子！传国玉玺，玉玺竟然不见了。

　　就算是伪诏、矫诏，那也得有传国玉玺盖上印章才像样啊。

　　再说了，登基大典上，做皇帝的连玉玺都拿不出来，岂不是让天下人都看笑话吗？更不用说，还有那么多藩王和权臣们虎视眈眈，一着不慎，肯定就会满盘皆输啊。

　　这些天，已经派出所有的人力寻找传国玉玺，可惜整个皇宫搜来搜去都找不到，简直快要把人给急疯了。后来得到一个秘密消息，说是当时先帝中毒之际，凤仪宫曾经有宫人去过皇帝寝宫，也就是说，是吴皇后让人把传国玉玺藏了起来。

　　不消说，她自然要留给高宸的！

　　至于究竟在哪儿，或许吴皇后已经告诉吴家的人，或许已经告诉邵仙蕙。

　　——真后悔当时逼死了吴皇后。

此时此刻，邵仙蕙这个女人就至关重要，只要让她对自己死心塌地，说出传国玉玺在哪儿，问题就解决了。就算她不知道，只要将来再从高宸手里给套出来，那就大功告成了。

可恨那邵仙蕙胆子太大，吓不住她，甚至逼她死也没用。不过没有关系，所有的女人都有一个弱点，那就是清白！只要她在自己手里失了清白，那就再也没有别的退路，不可能回头再跟高宸了。

到时候，她自然对自己死心塌地的。

像她那个妹妹邵彤云，不就是这样吗？任凭自己如何虐待她，欺辱她，因为没有别的退路可以选，也只能忍气吞声继续讨好侍奉自己！哈哈……，这个法子，自己在别的女人身上也用过，屡试不爽！

燕王皱了皱眉，唔……，自己昨天的态度还是过于强横了些。

邵仙蕙那种女人明显吃软不吃硬，应该换个法子试试。

仙蕙因为窥破了燕王的秘密，而安心不少。

最近一连好些天魂不守舍的，吃不下、睡不香，更别提洗澡沐浴等琐碎事了，弄得她狼狈不堪。因为心中大定，这才想起来沐浴焚香，换了一身衣服，——住在玉粹宫，但是不想穿梅贵人的衣衫，便拣了一个大宫女的衣服穿上。

至于打扮，自然是没有那份闲情雅致的。

随意穿了一身明蓝色的外衫，内里绛红色中衣，配同色系腰带和撒花挑银线裙子，中规中矩的打扮，仍旧掩盖不住她的容姿殊丽。此刻端了一盏清茶，润润嗓子，然后便托腮琢磨燕王的事，以及高宸，可惜这种事没有常理可以推测。

"都下去。"燕王的声音又在外面响起，"没有吩咐，谁都不许靠近。"只听一阵窸窸窣窣，外面的人便都走了。然后他打起珠帘进来，笑容可掬道："四郡王妃。"忽地眼睛里闪过一道亮光，夸赞道："四郡王妃换了身新鲜别致衣衫，叫人眼前一亮。"

简直放屁！宫女的衣衫有何新鲜别致了？仙蕙对他充耳不闻。

燕王也不生气，仍旧一副如沐春风的温和笑容，"四郡王妃。"他不仅称呼和举止十分恭谨，还做了一个揖，"今儿是我一时冲动冒犯了，这是来赔礼道歉的。至于邵彤云，不知天高地厚，你放心，我已经狠狠地替你教训过了。"

替自己教训邵彤云？仙蕙觉得隔夜饭都快要呕吐出来了。

心下倒是迷惑，燕王这会儿假装斯文公子，又是赔罪，又是道歉的，是在玩哪一出？随便他，反正自己不搭理就行了。

"哎，四郡王妃有所不知。"燕王叹了口气，语气沉重，"我这也是被逼得没办法，急得好似热锅上的蚂蚁一般，所以脾气就大了一些。"

仙蕙恍若未闻。

燕王故意坐直了身体，免得太过靠近对方，让她起了提防反倒不好。反正她也没有办法撑自己走，无非是磨一下嘴皮子，那就磨呗。为了传国玉玺，别说陪这难缠的女人说话，就算再难忍受，自己也受得住。

"四郡王妃。"燕王和煦犹如春风一般笑了，还掸了掸袍子，微微侧身，摆了一个自认最风流倜傥的姿势，徐徐道："今儿我来，一则是想向四郡王妃赔个不是，二则也是要给四郡王赔个不是。说起来，我在江都的时候，多亏了庆王府照应，这次上京也是得力于四郡王一路护送，才能平平安安。"

仙蕙听着直皱眉，他说什么给高宸赔罪，那就可是笑话了！他若是有机会，只会恨不得撕碎高宸，如此再三退让，真是无事献殷勤非奸即盗！只是不明白，他一直纠缠自己有何图谋？心下虽然猜疑不已，面上仍旧是一副冷若冰霜的神色，反正一句话都不插嘴。

燕王自说自话了半天，仍旧没有着恼，接着又道："高宸现在多半是回江都了。"他歉意地笑了笑，"其实他跑什么啊？有我的好，难道还不分给他一份好？别的不说，一个亲王总是少不了他的……"

又是许诺，又说起以后，啰啰唆唆一大堆的话。

仙蕙不免有点烦躁起来。

这人……，怎么没完没了闲话家常了？到底有何图谋？原本想起身往里面去的，又怕对方犯浑追进去，万一他真的叫侍卫们用强冲进来，自己肯定敌不过，至多也就是和他拼个鱼死网破了。

不！不到万不得已，自己不想死，还要等着高宸来救自己呢。

"四郡王妃。"燕王已经看出了她的不耐烦，当即拿出准备好的转移视线话题，"你们还不知道吧？传国玉玺不见了。"

仙蕙吃惊地抬起头，诧异道："玉玺不见了？"

"是啊。"燕王见终于搭上了话，顿时喜不自禁，再接再厉道："你现在知道，我的心里有多着急了吧？"他为人虽然卑鄙无耻，长相却是颇为俊秀，特别是露出一副无辜委屈的样子时，更是有几分可怜，"所以，之前的事实属一时莽撞糊涂，还请四郡王妃原谅。"

仙蕙那句话根本就不是和他说，只是听到意外消息，不自禁问了一句罢了。

见他顺着竿子往上爬，便抿了嘴。

燕王眼底闪过一丝不耐，怎地这个女人，如此难缠？但凡女人在自己跟前，还没有不被自己小伏低哄住的，偏生她却不上钩！枉费自己为了这一趟，还特别换了一身新做的江水蓝长袍，淡雅清俊，——高宸不就是这一款吗？怎地居然没有效果！

罢了，不着急，好戏还在后头呢。

"四郡王妃，你知道传国玉玺在哪儿吗？"

"我怎么知道？"仙蕙实在是忍耐到了极限，起身道："不知道什么传国玉玺，可以对天发誓，燕王还是死了这条心吧。"抬了抬手，"请！该忙什么忙什么去。"

燕王目光一闪，看起来，她似乎真不知道传国玉玺啊。

——只怕还是绕不过高宸。

那就更不能严刑逼供,而是要用那一招屡试不爽的了。

"罢了,你不知道就不知道,也犯不着生气。"燕王笑道:"我这也是心情烦闷,逮着谁都想问上一句。"他咳了咳,"不过四郡王妃你要想清楚,眼下你留在宫中数日,就算高宸回来京城找你,只怕……,也是会有些不愉快的。"

仙蕙的脸色渐渐变了,目光微冷,"你说完了没有?!不管你有没有说完,我都不想再听了。"再次做出送客的手势,"走吧!"

燕王心下已经勃然大怒,面上却忍住,装出一副关心仙蕙的模样,"我这可是一片肺腑之言为你好啊。四郡王妃,你想想看,不说你在宫中逗留这么些天,说我几次三番地过来探望你。"他勾起嘴角,"依照高宸那种猜忌多疑的性子,焉能不介怀?"

仙蕙起身往里屋去,燕王便领着侍卫往里屋追,金叶不到万不得已的时候,并不想和他们发生争斗,只是紧紧跟着主子以防不测。

燕王觉得是时候该下点猛药了。

他站在门口,直白道:"你想想,若是你帮助高宸登了基,到时候他坐拥天下,自有数不尽的美人送进宫中,哪里还会恋着你?再者想起你的名声不好,自然更不会全心全意地看重你,别说后位,就算是宠妃只怕你都没有份儿。"

仙蕙冷笑道:"那是我自己的事,用不着燕王殿下来操心!"

"燕王殿下"四个字,让燕王再次冷静了一些,是啊,自己眼下只是燕王,还不是皇帝呢。而且还有求于这个女人,姿态应该更低一些,他放柔了声调,"你想清楚,你跟着我可就不一样了,你有恩于我,我会记得你的大恩大德。"

甚至不惜许下空口承诺,"你放心,我的皇后之位必然是你的。"

哈哈!仙蕙心下冷笑连连,居然说什么他的皇后之位,是自己的?自己稀罕吗?他以为自己是傻子吗?见过厚颜无耻的,却没见过像燕王这样厚颜无耻的!若是骂他是不要脸的畜生,那都是侮辱了畜生!

"仙蕙……"燕王一副柔情款款的样子,"你知道吗?从我见到你的第一眼开始,就为你倾倒,只是暗恨你已经早早嫁给了高宸。"叹了口气,转而不胜欣喜,"没想到,你我还有这等缘分……"

仙蕙转身,拿起一个不知道谁留下的木鱼,"笃、笃笃笃"地敲了起来,——任凭燕王说干了嘴,说破了嘴皮子,也只当是苍蝇在耳边嗡嗡。

燕王在这儿消磨了半天工夫,实在是耐心全无,勉强忍耐道:"罢了,你一时之间想不开也是难免,回头再想想,自然就明白我的一番真心了。"言毕,转身出去。

等出了玉粹宫,就阴恻恻地吩咐道:"妈的!给她下药。"

——看她还做不做得成贞洁烈女!

只要给她下了药,成了事,往后一段时间防着她不死便是,再哄哄她,自然比现在容易得多。早知白费工夫,自己根本就不用浪费那么多口水!

"给我喝水!给我喝水!"仙蕙觉得简直恶心透了。

厉嬷嬷也是叹气,"真没想到,燕王竟然无耻无脸到如此地步。真是……,真是什么不要脸的话都说得出来,别说四郡王妃,就是我这样的老婆子听得都想吐了。"

金叶站在旁边默不作声。

她面上一直都是没有任何表情,在别人看来,这是杀手应该具备的素质。但……,是也不是。她并不是因为心理素质高,才如此镇定,而是心里根本没有任何担心,不过在此陪着演戏罢了。

倒是同为女子,看着四郡王妃忍不住有一丝感慨。

——情字误人啊。

幸亏自己根本没有这种东西,也不需要,所以永远都不碍事。

晚饭时分,宫人送来了和平常无二的饮食。

素炒木耳肉、油焖萝卜、银鱼羹,都是简单精致。不过比较之下,却都不如旁边那盘胭脂萝卜更诱人,玫红色的皮儿,雪白鲜嫩,上面还撒了几粒翠绿如玉的葱花,一看就叫人食指大动。

大冬天的,要想吃上水灵的萝卜可不容易。

仙蕙一看便笑了,"难得啊,今儿居然还有胭脂萝卜吃。"

厉嬷嬷却是心生警惕,等宫人退出,悄声道:"这个月份的萝卜可是比肉贵,除了大富大贵人家有暖房,种得出,寻常人就是有钱也买不到。"低声提醒,"四郡王妃,还是不要吃那盘胭脂萝卜了。"

仙蕙点点头,"不吃也罢。"

厉嬷嬷又不放心道:"其他的也仔细检查检查。"每天吃饭都要检查的,今儿她特别的仔细认真,甚至每道都尝了一遍,确认无碍才道:"可以了。"

金叶看在眼里不动声色,那东西……,是根本就检查不出来的。

仙蕙点点头,招呼道:"没有别人,还是都坐下来一起吃罢。"轻轻叹息,希望高宸能够早点到来,将这些人解救出去。

"没声儿了?"门外,燕王问道。

"是。"小太监回道:"奴才方才借口上茶,敲了门,里面根本就没有动静,然后推门进去看了看。四郡王妃已经上床歇息,厉嬷嬷歪在旁边守着她,金叶在梅贵人的那个房间,也睡着了。"

燕王闻言大喜,就知道那份药的威力不小,没有人不倒下的。嘿嘿,她们至多怀疑胭脂萝卜,而不疑其他。肯定想不到,胭脂萝卜是自己的疑兵之计,里面什么都没有,其他的

菜也没有问题。

有问题的，是那几碗毫不起眼的白米饭。

哈哈，今日自己就把高宸的女人睡一睡，占个大便宜，然后让她死心塌地地跟着自己，说出传国玉玺的下落！就算不知道，等她回到高宸身边的时候，没有退路，也会替自己把玉玺的下落给套出来的！哈哈，登上九五之尊的位置指日可待！

高宸，你的女人要成我的了！江山也是我的！

燕王志得意满进了门，将昏睡的厉嬷嬷扔到一旁，然后爬上了床，看着床上体态玲珑窈窕的佳人，咽了咽口水，想着等下的美妙滋味儿，身下顿时一阵血脉贲张！

他爬上去，伸手朝着那微微凸起的地方摸去，脸上露出淫邪的笑容，自语道："小妖精，等你做了本王的人，看你还听不听话！别怕，本王会好好疼惜你的……"

"哗……"一道白光像是闪电般跳了出来，晴空霹雳！

燕王看清了床上的女子，失声惊呼，"你？！"话音未落，已经被利剑加上了脖子，魂飞魄散之际，大声呼救，"救命……"

"燕王殿下人呢？！"之前带走仙蕙的那个将军，一脸火急火燎，冲到玉粹宫大门口飞快询问，大声道："赶紧让燕王殿下出来，外面出大事了。"

小太监连连摆手，"不行啊，燕王殿下说了，谁也不准打扰他的。"

"放屁！再不出来，就来不及了！"将军一把推开小太监们，怒气冲冲，提着佩剑冲了进去。刚到内院，就见正殿一片烟雾火光闪烁，"着火了？"他大惊，赶紧领着侍卫进去寻找燕王，"快！快找到燕王殿下。"

结果进去一看，里面跟随燕王的侍卫们已经乱了套，没头苍蝇一般四下乱串。众人都在到处寻找燕王，但是浓烟越来越呛人，越来越难找，而且找遍了整个宫殿都没有燕王！不仅如此，四郡王妃和厉嬷嬷等人也不见了。

唯一留下的，是已经被人一剑杀死的梅贵人。

那将军情知不好了。

眼下的情况，肯定是玉粹宫里出了大变故！

"找到了，找到了！"有人惊慌喊道："找到燕王殿下了。"但却没有半分欣喜。

将军赶紧冲了进去，——燕王找到了，在床脚底下被人拖了出来，不是活的，而是一具已经发硬了的尸体！浓烟密布，屋里的人都是呛咳不已。不知道是谁突然反应过来，大声喊道："燕王殿下死了！完了，完了，快跑啊！"

群龙无首，那些侍卫和宫人们如作鸟兽散。

那将军茫茫然地走出内殿，站在空荡荡的庭院里面出神，他心下很清楚，自己肯定是活不成了。受了梅家之命，帮助燕王篡位谋反，结果梅贵人死了，燕王也死了，还能再篡什么位？谋什么反啊？

更可怕的是，外面另外有人领兵打了进来。

也就是说，螳螂捕蝉黄雀在后，这江山要拱手让给别人了。

那领兵的人会是谁呢？凭着直觉，觉得那人不是别人，肯定必然是高宸！他肯定没有逃离回江都，一直都在京城附近隐藏着，所以才会如此赶巧杀进来。

先帝死了，燕王也死了，往后这江山就是他高宸的了。

宫门外，的确是高宸领兵打了进来。

和那将军猜测的一样，高宸一直都没有离开京城，更没有回江都，只是潜伏在暗地等候时机，——他把握得很好。燕王和梅贵人毒害先帝篡位，吴皇后冤死，高宸领兵打进来那是拨乱反正、除奸邪、定正气，师出有名光明正大！

至于梅家纠集的那点反叛军，如何能跟江都赶来的庆王府军队相提并论？梅家找来的领兵之人，又如何跟历经战场热血的高宸相比？浮尸百里、血流成河，江山乾坤一锤定音！

这一场仗，高宸赢得没有丝毫悬念。

但帝位，却并非众人猜测的那样，顺利落在他的身上。

从前先帝在的时候，若是高宸过继为皇储，那么自然顺理成章地继承皇位。但眼下先帝已经死了，还要怎么过继？总不能过继给一块牌位吧。

这还是其次，更要紧的是，——因为高宸猜到梅家有可能谋反，燕王可能举事，就八百里加急送信到了江都，要求庆王府全军出动支持！庆王和幕僚们商议了半天，如果全军都派去京城，江都可能就危险了。但如果派去的人不能占有绝对优势，那又不能保证一定赢，万一输了，就是妥妥的谋反罪名。

思来想去，最后还是决定全军出动，不过庆王的人也一起随军跟上。

所以现在的情况就是，高宸无法再进行过继做皇储，上头还有父亲，前面有嫡长兄，继承皇位的第一顺序，已经不是他了。

总不能他做了皇帝，再把父亲和哥哥撵走吧？岂不是不忠不孝、不仁不义？况且眼下新朝刚刚打下来，局面不稳，如果庆王府再四分五裂的话，难保不会有危险。所以，不论高宸本人有何意愿，心里怎么想，都不可能那样做的。

而庆王身边的幕僚重臣们，也不愿意看到高宸继位。试想，谁不愿意跟着一语定江山的新皇，反而跟着无权的太上皇啊？至于大郡王，就算他本人之前没有那样的念头，在唾手可得的皇权面前，也难说不会改变主意，更不用说他身边的臣子们了。

最终的结果和众人想的不同，似乎意外，但又是在情理之中。

在各种势力权衡和纠葛下，庆王登基成了新一任皇帝，因为他以前封号是庆王，朝臣们为了和大行皇帝分开，私下便称之为庆帝。

然后大郡王高敦受封皇太子，高宸被封为靖亲王，并且享受双王俸禄，高曦则追封为怀思王，高齐封为楚王，高玺年岁不足尚未受封，称五皇子。而原先庆王府的女眷们，都跟着丈夫享受相等的皇室待遇。

比如仙蕙，现在就跟着高宸成为靖亲王妃了。

——可她半分也高兴不起来。

有些东西，一旦戳破便是残忍无比的真相。

高宸没有逃回江都，没有兵败，而是一直潜伏在京城附近。有些阴谋，当时身在局中看不透彻，如今跳出来，还有什么不明白的？之前一切，不过都是高宸的厉害算计罢了。

先帝为了权衡各方势力，久久不肯过继皇嗣，梅家和燕王又步步紧逼，高宸再不一搏就只有等死了。所以，他谋划了一场精妙绝伦的天大阴谋！

他明知道梅家和燕王有阴谋，只做不见，仍由梅贵人和燕王毒害先帝，让他们落实谋反篡位的罪名！并且借机剪除吴皇后，这样一来，将来上面就不会有一个太后压着了。

再然后，他让人偷走了传国玉玺，故意让燕王怀疑自己知道消息。甚至连燕王无耻好色的性子，都是算计其中，燕王来找自己之日，便是金叶杀死燕王的时机！至于梅家的人暂时控制皇宫，有何用？禁卫军大统领梁坚就是庆王府的人，他在关键时刻倒戈，开门放了高宸攻打进来，梅家的胜利顿时化作泡影！

多好的计策啊！如果不是自己身为其中棋子，也要为他喝彩一声了。

"靖亲王妃，好歹吃点东西吧？"玉籽胆怯地过来劝道。

仙蕙不言不语。

"王爷。"玉籽回头，赶忙放下手中的碗盏，退了出去。

逆光中，高宸从外走了进来。

冬日天气寒冷，他穿了一身宽大的深紫色针毫貂裘，被阳光映照得绚丽迷离，让他俊美的脸庞光彩四射，气势迫人，透出雍容华贵的王者之气。他的眼睛深而幽邃，仿佛是一望无底的万丈深渊，若是多看一眼，就会整个人都被摄入进去。

这种气势足以让任何人退避谦让，但……，对仙蕙却是无用。

高宸脸色凝重，修长的双眉舒展不开，他坐了下来，"仙蕙，让你受惊了。"说了夫妻分别之后的第一句话，再然后，便是沉默无声。

仙蕙抬眸看向他，拨开迷雾，仿佛今天才看清楚丈夫真实的样子。

高家的人都很俊美漂亮，他也不例外。

哪怕是他现在沉静微冷的样子，仍旧掩饰不住如剑般英挺的长眉，深邃的眉眼，五官精致得几乎无可挑剔。所以，未经历过男女情事的自己，才会那么快，就坠入他的光华璀璨中，对他倾心，然后毫无条件地完全信任他。

以为他对自己笑笑，纵容自己几分，和自己亲昵随和就是情和爱了。

仙蕙伸出手，抚摸那半边掩映在阴影里的俊美脸庞，描绘那星子般璀璨的眼睛，那挺直的鼻子，线条流丽的薄薄嘴唇。质问的话就在嘴边盘旋，但说出来却是，"王爷什么时候进宫？新朝伊始，肯定有很多礼仪过场要走罢。"

"是。"高宸回道："明天早上我就进宫，以后每天早上都会去，晚上才回，和那些

下

文武百官们一样。至于你，过几天的封后大典需要进宫，再然后的相继安排，都有女官提前让你准备，并替你安排妥当。"

仙蕙抚了抚耳朵上的珊瑚坠子，微笑道："好，我知道了。"

高宸看着她问道："仙蕙，你还在生我的气？"

"别提了，行吗？"

"仙蕙……"

"你真的要听？"仙蕙的心中，是一腔无法控制的怨怼怒火！她冷笑道："那你明知道宫中会有谋反变故，还是一样，把我送进宫中迷惑敌人的视线。难道说，你不知道这其中风险多大？只要一个不小心，我就有可能被梅贵人所杀，被燕王所辱，被邵彤云逼死，甚至绝望之下咬舌自尽！"

高宸不辩，不劝，只是听着。

仙蕙见他不说话，更恼了，"你知道！这些你都知道。"愤怒地看着他，"可是……，你仍然没有半分心软，照样把我送进宫去。"

——原来是自己错了。

那个冷若冰山一样的高宸，怎么可能因为自己，就真的融化掉？他还是那样冷，还是那样心硬，之前的那些微笑和嬉闹，不过是没有触碰到他的利益罢了。

难怪他不计较陆涧，对他而言，情爱根本就是无用的东西。

高宸静默了一瞬，"仙蕙，我别无选择。"

"别无选择？！"仙蕙气得冷笑，"你不要跟我说什么大道理，我知道，我懂！所谓成王败寇，你不赢，燕王肯定不会放过你。可是……"咬了咬唇，强忍住心中的怒火，"哪怕要我去死呢？你也应该和我说一声吧！"

高宸皱眉道："仙蕙，我没有让你去死。"

"呵呵。"仙蕙心痛地笑了，眼里却有晶莹泪光在闪烁，"高宸？如果我死了，你会不会为我流下一滴眼泪？会吗？你肯定连眼泪是什么，都不知道吧。"

"仙蕙。"高宸叹了口气，眼下不能解释，只能让着误会继续误会下去，反而故意激怒她道："你放心，以后我会用一生来补偿你的。"

"用不着！"仙蕙冷笑，"像我这等平民女子，嫁给你，原本就是高攀了。也难怪靖亲王看不上，哦，现在我还沾了你的光，做了靖亲王妃，对吗？"她啐了一口，"你记住！那是我用命换回来的，不是你施舍的！你走，给我出去！"

高宸这一辈子，从来没有被人如此呵斥过。

仙蕙并不觉得任何荣幸，只是气得发昏，拔脚就要离去，"你不走，我走！"

"站住！"高宸喊了一句，然后道："外面风大雪大的，你不要赌气。"他看向愤怒不已的小娇妻，退让道："这几天，宫里有很多事情等着处理，需要仔细商讨，我就暂时住在书房那边，忙完再回来。"

仙蕙一声冷哼，"王爷慢走。"

高宸伸手想要摸一摸她的发丝，却被她躲开，最终只得作罢，然后转身离去。他那高大英挺的身影，在风雪中，透出几分说不尽的孤寒清冷，隐隐寒气逼人。

王府里的下人纷纷躲避不及，皆是面色惶恐。

六天后，封后大典。

眼下虽是雪花飘飞的时节，没有任何花木盛放，但是皇宫里到处都是披红挂锦的，处处装点一新。众人都换上了新赶制出来的宫装，光鲜体面，个个精神抖擞不已。而宫女们，还比太监多分到一朵绢花，姹紫嫣红的，颇有几分春回人间的景象。

庆王妃周氏，妻凭夫贵被册封为新任皇后。

册封仪式之后，有一场在凤仪宫举办的盛大宴席。如今这所华丽宫殿的女主人，已经不再姓吴，而是新帝的元配嫡妻周皇后。今儿不仅是为她举办的庆贺宴席，且上面没有太后压着，周皇后的位分最尊，理所当然的众星拱月捧在中间。

大殿内，铺着牡丹团花刺绣金凤凰的锦毯，四周金碧辉煌、锦绣绚烂，大殿好几处都放了博山炉，里面的沉水香透出淡淡幽香，沁人心脾。

周皇后身着明黄色的双绫广袖鸾衣，端坐正中央，一派母仪天下的雍容气度。

左边下首第一位，是皇太子高敦，然后是代王高齐，靖亲王高宸，五皇子高玺，最末一位则是驸马陆涧。右边头两位是万贵妃和吕妃，紧接着是太子妃、怀思王妃、楚王妃，以及靖亲王妃仙蕙。至于皇帝的几位婕妤、贵人，以及王爷们的侍妾，都坐在了后面一排。

而舞阳公主、孝和公主，则是一左一右坐在周皇后的两侧，以示女儿矜贵。再小一辈的两位公主、两位小郡王，以及周峤，单独坐了一个长桌，上面摆了很多瓜果点心，都是一些小孩子爱吃的玩意儿。

没多久，庆帝在宫人簇拥下过来，等众人行了礼，热闹的宴席便开始了。

"四舅母。"周峤跑了过来，悄悄道："你还不知道吧？以前服侍小姑姑的那个蘅芷，就是和小姑父好了的那个丫头，她怀孕了。"抿嘴儿一笑，"当时小姑姑知道这事儿以后，气得不行，偏生她又在陆家，手够不到庆王府这边。就是万贵妃，也不敢把手伸到沧澜堂去，白跟着生气罢了。"

因为当初孝和郡主落水，万贵妃、孝和郡主跟周峤结了仇，这点不是秘密了。

仙蕙收回自己的心思，低声问道："那蘅芷呢？没有见着她啊。"

周峤快意笑道："外祖母的意思，说蘅芷现在大着肚子不方便，为免动了胎气，所以让她留在江都庆王府养胎了。"

也就是说，周皇后故意要让蘅芷生下孩子，扎一扎万贵妃和孝和郡主的眼了。

仙蕙哪有功夫管别人？有关蘅芷的事，听听心里有个数也就做罢了。

要知道，才刚开席，太子妃就已经瞟了自己好几眼。

下

不怪她得意，高宸原本是最有希望过继为皇储，做皇帝的人。结果呢？江山天下是高宸打的，桃子却被公公摘走。等到公公驾崩以后，高敦就是名正言顺的下一任皇帝，她可就是皇后娘娘了。

只怕她，晚上做梦都忍不住要笑醒啊。

相隔不远，太子妃穿了一身杏黄色的蹙金线九翟袆衣，广袖长尾，再加上头上珠翠金钗闪耀，的确看起来风光得意。

和仙蕙想的一样，她正在做着未来皇后娘娘的美梦。

不仅如此，还在暗暗地嘲笑仙蕙，——往日里，那个弟妹不是千伶百俐的吗？呵呵，现在心里都苦成黄连水了吧？别急，往后还有更苦的日子呢。

太子妃忍住往上看了看孝和公主，她和仙蕙可是有死仇的，中间夹一个倒霉的陆润，回头这三人有得说不完的事儿。又看看身边的怀思王妃，侄女林岫烟不要脸去勾搭高宸，结果没了清白，反倒被逼得做了在家居士，两边的梁子也结得不小啊。

行啊，以后自己就坐山观虎斗好了。

而此刻大殿正中，周皇后坐在上面视线开阔，眼瞅着太子妃左顾右盼的，眼中闪着笑意，哪里还猜不到她那点心思？不由十分着恼，这个老大媳妇，简直就是不知所谓！按理说，老大和老四关系正是紧张的时候，他们夫妇又占了大便宜，正该退让一步，和和气气化解恩怨的。

她倒好，还在这里不知道安分守己。

如此蠢妇，而且骨子里还是一个毒妇，膝下又无子，实在不配做太子妃，将来更不配做皇后！可惜眼下是新朝伊始，不宜变动，等回头有了机会，再慢慢斟酌她的安置。

倒是小儿子和仙蕙，忍不住替他们俩惋惜叹了口气。

要是小儿子早点投胎就好了，依照他的品格和性子，还有能力，那才是更合适的皇位继承人。甚至就连仙蕙，也比太子妃要强了一百倍啊！

仙蕙不知道婆婆心底的惋惜，也顾不上。

别说太子妃的那点眼风，就连周峤在旁边叽叽喳喳，也只是应付罢了。

自从那天和高宸争吵过后，彼此就再也没有见过面，今儿不得不聚在一起，说起来也是荒唐可笑。此刻他端然正坐在自己对面，身着江牙海水五爪龙白蟒袍，腰配玉版带，衬得容颜仿若玉琢一般精致，流光溢彩。

可惜在自己眼里，已经是一个好看得无可挑剔的冰人了。

人长得俊美有什么用？他再能干英勇有什么用？他就算胜过这世上男子一千倍，一万倍，对于做妻子的自己而言，那也不是选丈夫的良人啊。

靖亲王？呵呵，只怕他现在心里也难受得很罢。

可惜自己是他的王妃，在最初的气头过去以后，已经不打算再和他怄气，——反正一辈子都是要捆在一起的，置气有什么用？

有那工夫，还不如琢磨一下，往后四面树敌的日子要怎么过呢。

太子妃、怀思王妃、孝和郡主，这三个女人都恨着自己，甚至就连邵彤云到现在都是下落不明。在四面楚歌的境地之下，再和高宸闹翻太不明智。不管他利用过自己也好，对自己无情过也罢，自己都不能失去他的庇佑。

想到此处，仙蕙真有一种啼笑皆非的感觉。

"四舅母，我说了半天了。"周峤推了推她，抱怨道："你就一直闷声不吭地喝酒，也不搭理我，讨厌啊。"

仙蕙笑了笑，"我一直听着呢。"怕她问自己听了什么，便扶了扶额头，"哎，有点发晕，可能是刚才酒喝多了。"

周峤哼道："你一连喝了三杯，又没吃菜，肯定上头的。"

仙蕙有点吃惊，"我喝了三杯？"扭头看向周峤，拧了她一把，"肯定是你，坏蛋，看我走神就拼命续酒，我当是糖水就给喝下去了。"

周峤笑嘻嘻道："果子酒嘛。"又撒娇，"好啦，好啦，等下我陪你一起回去。"

这顿宴席热闹非凡，但是在座的人都是各有心思。

仙蕙食不知味，好不容易熬到宴席散了，又要去御花园那边欣赏新排练的歌舞，——今儿是婆婆大喜的日子，不捧场不行。而且还被周峤缠上，"刚才我问娘了，说想去御花园那边逛逛，她不去，说是跟外祖母有话要说。"扯了她的衣袖，"四舅母，你陪我去逛逛御花园嘛。你来过，肯定是熟门熟路的。"

这话就有点不讲理了。

仙蕙即便来过皇宫几次，那也不可能对御花园熟门熟路啊。之前来到皇宫，哪一次不是惊心动魄？哪里还有闲工夫瞎晃悠，在御花园里欣赏美景。

"四舅母……"周峤拖长了声调。

惹得舞阳公主看了过来，斥道："你又在淘气是不是？再不安分……"

"好了。"周皇后打断劝道："小孩子家，有点淘气也是难免的。"正担心小儿子夫妇不自在，也担心仙蕙有事，正好岔开，"你们别走远，就在前面凉亭那一片逛逛便是。"

仙蕙只能应道："是。"

周峤高兴了，保证道："眼下冬月里没什么看头，等过了年，春暖花开的时候，我再好好地逛一下御花园。"走出来一段距离，她才道："四舅母，其实我是看不惯小姑姑她们，拉你过来透透气的。"

仙蕙闻言一愣，继而心头微暖，"还是你细心。"

只是想到周峤的好处，不免又想到以前，高宸让周峤给自己送选秀消息的事。她在心里摇了摇头，算了，谁知道他当时打着什么算计心思，未必就是自己看到的那般好，——反正没有什么，是他高宸不可以算计的。

走了一阵，周峤在一个石墩上面坐下，认真道："不过四舅母你也别太软弱了，现如今你是亲王妃，比起小姑姑那个庶出的公主，品级上还要高出一筹呢。她若是对你无礼，你就骂回去好了。"

仙蕙被她逗乐,"行了,我不会跟人吵架的。"

正说着,就见一个宫女领着孝和公主过来,与之同行的,还有陆涧。一个穿着明紫色的百蝶穿花纹广袖通袍,模样端方明丽;一个穿着宝蓝色的刻丝直裰,气度淡雅高华。若是不管他们夫妻间的恩怨情仇,倒也是一对金童玉女。

仙蕙看得直皱眉,孝和公主什么意思?自己都躲开了,她还故意领着陆涧往这边凑,是唯恐天下不乱吗?可是又不好拔脚就走,躲着陆涧,反而显得自己心虚了。

周峤不乐意了,嘴角一撇,嘀咕道:"那么大的一个御花园,非得挤一块儿。"

"挤一块儿才亲香啊。"孝和公主抿嘴儿笑,还故意去挽了陆涧的手,"驸马,我走不动了,你扶我到那边石凳上面坐坐。"

陆涧不便当面和她翻脸,只得扶她过去。

他趁着起身的时候,眼角余光,匆匆扫了仙蕙一眼。

阳光晴好,积雪盈耀。

她穿了一袭应景的流彩暗花云锦宫装,金线织就,在阳光下闪着烁烁光辉。原本就是发色如黛、明眸皓齿,肌肤白皙如玉,此刻盛装丽服之下,更衬得她国色天香,清丽明媚,简直不可方物。

只是她禾眉微蹙,显然此刻的心情不是太好。

孝和公主的笑容却格外灿烂,她故作姿态,扶了扶鬓角的绢制芍药花,然后绵里藏针笑道:"四嫂,说起来父皇这次能够顺利登基,可是多亏了四哥啊。"又掩面,"就连我,也要给四哥道一声谢,不然的话,怎么能做得上公主呢。"

仙蕙心里正没好气,闻言冷笑,"怎地?你要给你四哥道个谢?"掸了掸裙子,摆出一副受礼的架势,"行啊。我是你嫂嫂,又是亲王妃,你行一礼我们也受得起。"

孝和公主本来是要刺一刺的,没想到,对方居然大言不惭让自己行礼!不由冷笑,"我要谢也是谢四哥,江山社稷是他打下来的,不是别人。"

"那你在我跟前叽歪什么?"仙蕙嗤笑,然后起身去拉周峤,"走了,这边景色本来是不错的,来了一只母苍蝇嗡嗡嗡,兴致全给败坏了。"

孝和公主闻言顿时大怒,"你说谁是母苍蝇?"她讥讽比喻苍蝇还不够,还说是母苍蝇,那不明白就是说自己吗?真是太嚣张了!

天下是四哥打下来的又如何?坐皇位的是父皇,将来是大哥,轮不到他们张狂呢。

仙蕙勾起嘴角,回道:"谁嗡嗡嗡,谁就是,你自己竖起耳朵听呗。"

一甩袖子,自己先往穿云桥那边上去了。

周峤赶忙追上,"四舅母,等等我……"她慌慌张张的,正好撞上一个小宫女,不知怎么一拉扯,就把那小宫女给挤下河去了。

"扑通!"一声水响,顿时惊得河里水花四溅。

孝和公主正在上火暗恨不已,见状忽然灵机一动。她站的位置在一处假山旁边,而陆润在假山的另外一面,看不到桥那边的动静,于是她便大喊:"哎呀!四嫂!四嫂你怎么落水里去了!"

陆润闻言眉头一挑。

不过跟孝和公主斗智斗勇的经验,以及骨子里的冷静,让他生生止住脚步。这种御花园内的景观小河,没有激流,周围又有那么多的宫人,她不会有事的。要是自己冒冒失失跑过去,才会两人都遭殃。

孝和公主睨了丈夫一眼,呵呵,挺能忍的嘛。

她还有话要跟仙蕙说,也不理会,便提裙往穿云桥那边去。到了桥面上,下面已经有会水的太监跳下去,正在打捞小宫女,周围一通忙乱。

周娇懊恼道:"哎呀,刚才是我不小心。"

仙蕙只得安抚她,"没事,人马上就捞上来了,你又不是故意的。"正说着,见陆润缓缓跟了过来,他望向自己,眼里明显闪过一抹放松之色。

他急着冲过来不对,但是不来也不对,只能这样了。

——真是难为他。

孝和公主回头看了看丈夫,没看出什么来。但是凭着本能,就觉得他们刚才一定眉眼传情了,真是恬不知耻!她对算计仙蕙失败,去了陆家憋屈的日子积怨已深,加上此次受挫,哪能不想着找机会报复?

因而上前一步,在仙蕙身边附耳道:"看见没有?陆润现在是我的驸马,我的丈夫,不是你邵仙蕙的,就算你落水淹死了,他也不敢救你。"

"啪!"仙蕙反手就是一巴掌,冷笑连连。

孝和公主被她打得一怔,继而大怒,"你敢打我……"

仙蕙望着她笑,一副"我就是打了,你能如何"的表情,却不说话,不落半点言语上面的把柄,笑容是说不尽的嘲讽之意。

她这样子,简直就是火上浇油。

"你打得起我吗?!"孝和公主抬手,想要就此还回去一耳光。

"做什么?"高宸匆匆过来,他伸手抓住了妹妹,"不要对你嫂嫂无礼。"然后顺势一扯,便把人给拉下了桥。

在他身后,是皇帝皇后等人,赫赫攘攘来了一大群人。

仙蕙当即怒斥道:"孝和!虽然我和你有些旧怨,但毕竟还是一家人,你也不用盼着我落水下去吧?我死了,难道你心里就欢喜了?!"

"你、你简直……"孝和公主气得不知道说什么好,干脆扭头就跑,哭着冲到庆帝跟前,"父皇,四嫂打我!四哥不仅不劝阻,还骂我。"

她心下冷笑,以前父亲看在那个贱人是先帝御赐,对她多有忍让,看着四哥有可能会继位皇储，也多有偏疼纵容。可是现如今不一样了，父亲是皇帝，上头再也没有任何需要顾忌的人，——反倒是四哥，被父亲摘了桃子有着诸多忌讳。

他若是敢强势，父亲心里肯定会生出猜忌之心的。

可惜，仙蕙却没她想象的那么好欺负。早就预备着宫里会有风波，就连沾满葱汁儿的帕子都准备好了，伸手一掏，便在眼睛上面揉出两眶泪水，哽咽道："父皇，刚才孝和口口声声的，盼着我落水，盼着我淹死……"

孝和公主闻言一怔，继而急了。

没想到，她居然如此断章取义歪解自己的话！可是想分辩，又不知道要怎么分辩，总不能把原话说出，自己主动牵扯陆涧，那样就更加麻烦大了。

——这个贱人真是难缠。

庆帝脸色阴沉，问道："孝和，你真是这么说的？"

"不。"孝和公主打算抵赖，"我没有……"

仙蕙岂能容她就这么逃过去？当即举手对天发誓，"皇天后土在上，要是孝和刚才没说我落水的话，没说我淹死的话，就让我此刻当即被雷劈死！"一脸愤怒看向小姑子，"你敢发个毒誓吗？你不敢，因为你就是说了。"

孝和公主张了张嘴，这才发觉，对手越发地不好应付了。

周皇后看了过来，"孝和，怎么回事？"

孝和公主气急，难道要自己挨了一耳光以后，再吃瘪吃亏？又说不出分辩的话来，只能求助地看向生母万贵妃，哭道："母妃，刚才四嫂打了我一耳光，大家都看见的，你可要为我做主啊。"

这个……，她邵仙蕙总不占理了。

万贵妃拉了女儿在怀里，又是心疼，又是恼火，一声冷哼看向仙蕙，"靖亲王妃，就算孝和不懂事，说错了话。你是做嫂嫂的，妹妹有错就该好言好语地教导，怎么可以动手打人呢？你这么做，也未免太猖狂了。"

"万贵妃，我刚才也是气急了。"仙蕙擦了擦眼泪，"我知道，孝和跟我性子不合，所以便是有点口角在所难免，我没打算计较。可今儿是母后大喜的好日子，孝和不说讲点喜庆的话，张嘴就死啊、活啊的，为免太过晦气，所以我才一时没有忍住。"

"你……"万贵妃不防对方如此能言善辩，居然扯到皇后身上去了。

周皇后见状便道："孝和，你是不是对母后有什么不满？"一顶大帽子给她扣下去，"若是有什么误会，私下跟母后说，大家说清楚也就好了。"

孝和公主气得咬唇，还只能道："没有。"

周皇后便叹气，"母后知道，因为蘅芷的事你还在生母后的气呢。"竟然生生的，顺着小儿媳的话头，把矛盾变成了孝和公主对她不满，"可是蘅芷怀的是陆涧的骨肉，好歹一条活生生的性命，就算咱们是皇家，也要多行善事才对。"

125

孝和公主真是要气坏了。

当即道："母后！蘅芷的事，女儿没有任何意见。"

"是吗？"仙蕙接话道："那你为何盼着我死？故意给母后的大喜日子添晦气？"不等她分辩，便朝皇帝说道："父皇，方才孝和还挑拨离间，说什么父皇这次能够顺利登基，都是多亏了王爷。"

庆帝眼中寒芒一闪，呵斥道："孝和！你真是太无法无天了！"

本来自己和老四的关系就敏感得很，不宜摊开来说，大家装作没事儿人一样，实则都是不敢触碰那个禁区。没想到，女儿居然专门拣这个话题架桥拨火！

她这是唯恐天下不乱啊。

孝和公主脸色惨白，这才知道，还当仙蕙是以前的仙蕙不行了。

有些惊诧地看了过去，那个贱人，以前只是伶牙俐齿而已，现如今怎么变得如此阴险毒辣？几句言语，就步步都是陷阱暗算自己！

在场气氛凝固，每个人都是各有各的思量。

仙蕙擦了擦眼泪，"父皇……"一脸委委屈屈，诉道："今天儿媳也是迫不得已，被孝和逼急了，所以只能把话挑明了说，也好让父皇心里有一个底儿。万一，往后再有这种流言蜚语，还请父皇明鉴。"

高宸看在眼里，嘴角微翘。

她并不说什么父亲继位是天经地义，自己心甘情愿，因为那样的话显得太假了。

一个说不好，反而会让父亲真的起了疑心。

她只把事情搅和在一起说，孝和先是挑拨离间，继而又咒她落水而死，同时也是破坏母后的大喜日子，——所以她才会气急了，动手打人。不仅合情合理，而且还提前打了预防针，今后若有流言，那都是小人作祟造谣生事！

仙蕙的举动，比自己想象中的还要完美，无可挑剔。

如此一来，那条计策就可以更好地进行了。

至于她对自己的误会，只怕……，还要很长一段时间才能解除。

庆帝脸色难看了好一阵，沉色道："孝和身体不舒服，今儿宴席结束后，送她回公主府好生静养，往后除了逢年过节，生辰寿喜，就不要再进宫劳顿了。"

这是禁足！孝和公主顿时脸色一变。

万贵妃亦是闻言大急，——女儿被邵仙蕙和皇后娘娘攀诬，解释不清，要是再失去在皇帝跟前承欢讨好的机会，岂不是更要被踏到泥里面去？因而忙道："皇上，孝和她……"

"行了！"庆帝打断道："既然孝和不舒服，你就多关心她一点，等下回宫，先替孝和抄三个月的《金刚经》，给她去去邪气！"

此言一出，等于变相把万贵妃也禁足了三个月。

孝和公主不甘心道："父皇！那四嫂呢？她打了我一耳光。"

比起女儿，庆帝显然更在意皇位的问题，当即斥道："嫂嫂便是半母，你不懂事，言语没有分寸，打你，那是教导你了。"

孝和公主叫道："父皇……"

高齐担心生母和妹妹再闹，闹得更糟糕，赶忙扯了扯他们，催促道："父皇有旨，赶紧谢恩呐。"低声提醒，"别惹得父皇不高兴了。"

舞阳公主一声冷哼，讥讽道："也难怪仙蕙受了委屈，哎哟……，看看，就连父皇的话都不好使呢。"

万贵妃跟孝和公主都是恨得咬碎银牙，最终不敢违抗，只得委委屈屈谢了恩。

仙蕙面含微笑，不言语。

孝和公主冷冷扫了她一眼，恨不得把她撕成碎片！好不容易因为册封公主，有了自己单独的公主府，不用再住在陆家。偏生遇到这个毒妇，一而再、再而三地害得自己倒霉，且等着，往后的日子还长得很，跟她没完！

24 峰回路转

因为刚才闹了一出风波，表演歌舞的时候，大家都没了兴致观看，反倒是场中的暗流涌动不已。万贵妃跟孝和公主自不用说，才吃了亏，自是恼恨交加。而高齐一直盯着母亲和妹妹，心情紧张，生怕她们再惹事儿。

庆帝端坐正中，总觉得屁股下面的龙椅有点刺。周皇后对丈夫和小儿子之间猜疑，以及大儿子和小儿子的矛盾，也是忧心忡忡。甚至就连一向不管事的舞阳公主，夹在父亲和兄弟中间，眼底也多了一丝忧色。

怀思王妃面上没有表情，但眼帘低垂，显然是怕别人看到她的目光。

仙蕙和高宸这对夫妻貌合神离，各有一番心思。

太子高敦心情复杂，低头不语。

在场的人，唯一可以确定心生欢喜的人，就是太子妃了。她心下喜不自禁，哈哈，这才刚刚聚头，果然两边就争斗起来了。往后啊，自己也不用出手，只等他们打个头破血流的时候，捡便宜就好。

太子妃心下得意，她万万想不到，麻烦很快就要找上她了。

"皇上。"太监上前请示道："为了给皇后娘娘庆贺，还排了好几出戏，等会儿歌舞表演完了，要接着上吗？"气氛不好，一切行事都得看主子的意思。

庆帝有些好面子，正是因为气氛不好，反而越要道："上吧。"正好可以近距离地看看，小儿子是不是真的对自己有意见？不怪他这么想，做父亲的，靠着儿子登基当了皇帝，心虚

之下，父亲的威严何在？加上有了年纪，反倒越发多心猜疑了。

周皇后原是不想多加逗留的，但是皇帝开了口，不好驳回，只能笑道："难得大伙儿聚在一起，热闹热闹，皇上和臣妾都是心里高兴。"

帝后二人都没意见，其他的人就更不敢有意见了。

——气氛古里古怪的。

都没人敢说话，只有周峤仗着年纪小，又是小辈，还在和仙蕙嘀嘀咕咕，"四舅母，回头我去你们府上玩儿。听说，你们府里的花园子很是别致，有一座琉璃亭子，从房顶到四面窗户都是琉璃造的，可好看了。"

不知道是不是酒劲儿上来了。

仙蕙觉得浑身燥热，勉强应道："行，回头你来就去琉璃亭。"她端起茶喝了几大口，想着解解酒，结果不仅没有一点效用，反倒越来越热了。

"四舅母……？"周峤打量着她，诧异道："你的脸，怎么这么红啊？"

"是吗？"仙蕙看不到自己的脸，但是能感觉到身上不同寻常的燥热，"可能是刚才喝太多酒了。"埋怨地看了周峤一眼，"都是你淘气，趁我不注意倒那么些酒。不过……，按理说果子酒不醉人，我怎么……"

她的身影晃了晃，眼底闪过一抹惊慌，感觉越来越不对劲了！

像是酒劲儿冲了上来，心里一团火烧不说，还热得难以呼吸，眼皮也开始打架，——第一反应就是，酒有问题！肯定是有人要害自己，不知是什么，但让自己出丑就对了。

"四舅母，四舅母……"周峤焦急的声音在旁边响起。

仙蕙瞪大了眼睛，脑子里嗡嗡的，听不清她说了什么。在众人惊诧的目光中，径直朝着对面的高宸走去！那是她本能的第一反应，觉得那个俊美英挺的男人，是绝对安全的。

可是走了几步，又停住，不……，他已经不是了。

在那一瞬间，绝望、无助、悲伤齐齐朝她涌来，眼前浮起一层不自控的迷蒙水雾，模糊了视线。她的身体摇摇晃晃，孤独地站在大殿中央摇摆不定，——没有人可以相信了啊，已经没有了。

她拔出金簪，做出本能的最后自裁保护举动。

"高宸……"仙蕙喊了一声，想告诉他，"把我送回江都邵家……"可惜话未说出，无边的混沌黑暗便瞬间袭来，身子一软，倾斜栽了下去。在意识消失前的最后一刹那，仿佛感觉到，落入一个沉稳有力的怀抱里，然后便陷入了昏迷中。

"啊！老四媳妇怎么了？"

"天哪？！"

大殿内，七嘴八舌的议论声顿时响了起来。

高宸内心的坚冰，再次被那个柔软的她狠狠敲了一下。自己做了几近残酷无情的选择，并且为了今后的计谋，没有给她任何解释。这让她对自己的信任全盘崩溃，在最危险的时候，不再相信自己，而是选择绝望地自裁离去。

信任一个人很难、很难，被毁灭，却不过是弹指之间。

他低头，看着怀里那张莹玉一般的清丽小脸，眉目姣妍、肤光莹润，冬日晴光落在她的脸颊上，好似洒了一层细细的金粉般璀璨。而此刻的她，静静地闭上了眼睛，眼角眉梢还带着掩饰不住的伤心，让人不由动容。

"好好的，怎么突然就晕倒了？"周皇后走了下来，诧异问道。

"许是喝多了。"高宸压住微微起伏的心绪，说道："我先抱她到后面歇歇，再让太医过来瞧瞧。"他一脸歉意，"是儿子没有叮嘱好仙蕙，让她打扰了父皇和母后的兴致，也扰了大伙儿。"

周峤探头探脑的，怯怯道："是我不好，刚才偷偷给四舅母多倒了些酒。"

高宸心里清楚这不关外甥女的事，不过她的这番话，倒是让事情看起来更合情合理了。

舞阳公主走了过来，"早就说了让你安分一点儿，不听话。"因为女儿主动认错，不得不斥道："回头再收拾你！"

"罢了，仙蕙不过是喝醉了。"周皇后打圆场道："老四，先带她去醒醒酒。"

"是。"高宸抱着仙蕙告辞而去。

舞阳公主不得不拉着周峤，跟了过去，离开大殿还训斥了几句，"就没见过你这么淘气的人！"心下却是十二分不信，不过是几杯果子酒，怎么会醉？自己倒要去看看，仙蕙到底在搞什么鬼？总不能白让女儿背了黑锅。

因为今儿这种热闹场合容易有事，太医就在不远处候着，很快赶了过来。隔着一道纱幔帘子，等搭了帕子，给仙蕙切了切脉，"唔，脉象的确跳得有点快，像是醉了。"

舞阳公主听得不太高兴，"她喝的是果子酒。"

"果子酒？"太医站了起来，隔着屏风，对舞阳公主回道："这决计不可能，从靖亲王妃的脉象上面来看，是至少喝了半斤白酒的量。"

舞阳公主不屑嗤笑，"哪有女眷喝白酒的？你怎么不说是高粱烧酒？"

这是讥讽太医粗鄙无礼，皇帝和皇后同时出席的盛大宴席，哪一样东西不是金贵无比才敢呈上？寻常东西根本上不得台面。

太医涨红了脸，"可是、可是脉象如此……"

"那是你医术不好！"

太医急了，"舞阳公主不信，可以再叫一个太医过来瞧瞧。"被人怀疑医术，往后还要怎么做太医？怎么在宫里行走？搞不好还要掉脑袋的。

"罢了，先别争吵。"高宸恰到好处地打断了对话，又叫了一名太医过来，也不说是什么情况，只让他诊脉，然后问道："如何？可有问题。"

后进来的太医道："没有大问题，就是靖亲王妃喝的酒有点多，度数偏高，所以酒迷了心窍，醉晕过去了。"

129

"我就说嘛……"前头的太医小声嘀咕,颇不服气。

舞阳公主听得也是迷惑了。

总不能,两个太医都是误诊吧?这么点小事不至于啊。

周峤插嘴道:"可是,不对啊。"她一脸迷惑,"我一直和四舅母坐在一起,她就喝了几杯果子酒,绝对没有喝白酒的。"

两个太医互相对视一眼,目光闪烁。

前头那个太医迟疑道:"可否把酒壶和酒杯拿来瞧一瞧。"

这一瞧,就瞧出了问题。

酒的确是果子酒,但黄花梨的酒杯却被药水浸泡过,——不是毒药,那样肯定会被银针检查出来。太医仔细地闻了闻,再三确认,"应该是艾叶水没错。原本调果子酒里就可能会用,促进香味融合的,但是不宜用得太多。否则的话,就容易阴虚火旺、血燥生热,像靖亲王妃这般醉酒晕过去了。"

"艾叶水?"舞阳公主顿时脸色一沉,"行了,你们先退出去。"等太医走了,然后把女儿周峤也给撵走,然后忿忿道:"老四,今儿的宴席,全都是太子妃一手操办的!"

眼下情况有点特殊。

先帝的时候,一直就没有册立过太子,往上数两代皇帝也是子嗣单薄,同样是一个独苗苗勉强传位,所以并没有整修太子府。

现如今,正在重新布置的太子府,乃是本朝太宗皇帝做太子时居住过的,但是暂时还没有收拾妥当。所以眼下,高敦一家子住在皇宫西北角的崇文殿内。新朝伊始,加之周皇后忙着封后大典,忙不过来,宴席便是由太子妃来主持的。

高宸眼中寒芒四射,但强忍住了,并没有多说一句话。

舞阳公主可是忍不住,"太子妃什么意思?故意让仙蕙喝得上头……"语气一顿,目光里闪出惊怒,"难怪今天仙蕙脾气坏得很,不仅跟孝和针尖对麦芒,还扇了她一耳光,原来都是这个缘故。"

如此一来,孝和跟老四夫妻的恩怨,可就越结越深了。

再者仙蕙失态,难免不会说出什么不着调的话。今儿这种宴席上,不免给父皇和母后不好的印象,特别是父皇,搞不好心生猜疑也是难讲。

左算右算,都是太子妃坐收渔翁之利啊!

"好啊。"舞阳公主怒道:"她可真是好主意,这是打着坐山观虎斗的心思呢。"

高宸沉色道:"仙蕙酒量浅,若不然……,只怕不会晕倒。"

潜台词是,要是仙蕙不晕倒,自然就更难发觉太子妃的阴谋了。到时候,全都是仙蕙性子毛躁的错,不仅逗了口头之利,而且还打了孝和,所有的错都得她一个人背。

"我去找她!"舞阳公主拔脚就要走。

"大皇姐,你别冲动,"高宸伸手拉住姐姐,"不管如何,都别在今儿这种日子闹开,

下

免得父皇和母后不高兴。再者，我们又没有真凭实据，大嫂如何会承认？若是闹大了，不仅会连累大哥的脸面，只怕父皇……"他声音迟疑，"还会疑心是我在发脾气。"

舞阳公主闻言一愣。

是啊，眼下四弟和大弟的关系有点紧张，因为在所有人眼里，都是太子抢了靖亲王的皇储之位！而父亲，靠着四弟登基以后，再被周围臣子们言辞影响，也难免会有些疑心，父子关系也变味了。

高宸淡淡苦笑，"所幸仙蕙也没出什么事。"

舞阳公主的嘴角张了张，愤怒之余，忽地生出一抹心酸。

那个骄傲俊美的年轻小兄弟，上得了战场，赢得了天下，为何现在要如此忍辱求全？而且只怕他折了腰，低了头，都没有人领情。

"不行！该怎么着就怎么着。"舞阳公主的骨子里，天生就是爱恨善恶分明，且有一种自幼养出来的嚣张跋扈，哪里受得了弟媳污蔑兄弟？太子妃不好了，闹开又如何？大不了换一个太子妃！当即冷笑，"你不惹事，但也不能任由别人欺负你！"

高宸还要再劝，"大皇姐……"

"你不必说了。"舞阳公主皱眉道："我有分寸的，不会直接冲过去吵架。这件事，你的确不方便出面。你等着，我去告诉母后，让母后派人细细地查证。至少……，不能让你平白担了冤屈。"她一甩袖，径直先出去了。

高宸表情复杂地静默下来。

利用姐姐，这让他心里感觉并不好受。

——自古无情帝王家。

想不到，庆王府最终也走到了这一步。

争夺皇权的这条道路，一旦开始，就如同开弓之箭一般无法回头。若是回头，脚下便是万丈深渊，甚至跌得粉身碎骨以后，还要遗臭万年！

至于身边人，也是一样不得善终。

高宸靠在床边闭了会儿眼睛，然后看向安静恬睡的仙蕙，她的脸上，还带着醉酒过后的嫣红霞色，抚了抚她的青丝，轻叹道："仙蕙，我不会让你跟着一起受死的。"

所以……，即便你此刻不能理解，甚至心生怨恨，我也不会改变心中决定。

"仙蕙喝的酒有问题？"周皇后震惊怒道。

"是啊。"舞阳公主心情复杂又难受，"就这样了，老四还拦着我不让吭声，说是手上无凭无据的，大嫂不会承认，他怕……"声音渐次低了下去，"让大哥多心，让父皇多心。"

周皇后身子一软，瘫在椅子里，面色难看地缓缓别过头。

夹在这中间最难受的人，非她莫属。丈夫、长子、幼子，像是三匹烈马，每个人都在她的心上拴了一个角，然后各自角力，弄得她左牵右挂的疼痛。

131

周皇后思量片刻，"要不然，早点让老四回江都吧。"分开也好，分开免得父子兄弟最后反目成仇，"眼不见，心就不烦了。"

"不行。"舞阳公主摇摇头，"江都是庆王府的旧势力所在，老四熟门熟路，而且之前还曾经领兵打过仗，有军功、有威望，这件事就算父皇和大弟同意，朝臣也不会同意的。我仔细地想了想，如果就藩，老四只能去往辽州这种偏远之地。"

周皇后顿时怒道："他们敢？！也不想想，这天下是谁……"

"母后！"舞阳公主惊道："这种话可千万别说了，就连想一想，都不要。万一母后说话的时候，带出一分半分倾向，让父皇和大弟误会，那可真的是要逼死四弟了。"

周皇后目光复杂闪了又闪，最终咬了唇，没有再多说一句话。

"现如今，还是先把算计老四夫妇的小人给找出来，才是最要紧的。"

周皇后渐渐冷静下来，没错，丈夫和小儿子的关系本来就够紧张的，哪里再经得起小人们在其中挑拨离间？那些小人，的确不该留了。

舞阳公主无法憎恨庆帝和高敦，但对太子妃，却是没有丝毫顾忌的怨恨，"汤氏之前算计仙蕙的清白，不顾大弟的名声，后来又和邵彤云搅和在一起。甚至到了如今，她占了便宜做太子妃了，还不肯安分，依旧算计老四夫妇。这样的人，怎配做太子妃？！所以，这件事一定要仔细地查。"

周皇后静了一瞬，双目微眯，"彻查！"

没用多久，顺藤摸瓜查下去，便追查到负责宴席上器皿的太监。只有那个太监，身上有库房的钥匙，可以方便地单独做手脚。而其他人，都是在众目睽睽之下行事，做手脚的可能性几乎为零。

如今六宫并无势力分割，周皇后毫无顾忌，直接让人去拿那太监审讯。

"回皇后娘娘，负责器皿的总管一听说有人搜查，就上吊自缢了。"

"你们是蠢货吗？！"周皇后大怒道。

负责搜查的人瑟瑟发抖，赶忙补道："不过在他的房间衣柜里，找到一个女子。"赶紧把人带了上来，"或许，可以审讯这个女子……"

周皇后原本要责罚宫人的，结果一看那女子，脸色大变，"你……，是你！"

舞阳公主更是尖叫失声，"怎么会是你？！"她好像看到鬼一样，惊慌道："你是人是鬼？你不是已经被火烧死了吗？怎么、怎么会在皇宫里面？！"

仙蕙昏昏沉沉的，不知道自己睡了多久。

"醒了？"高宸走了进来，"太医说你没事，就是喝醉了酒。"

仙蕙冷冷道："我喝的是果子酒。"

"嗯。"高宸淡淡，"那黄花梨的酒杯被艾叶水泡过，容易让人醉。"

仙蕙目光震惊，难怪……，自己今天脾气有点大。当时孝和挑衅自己的时候，根本没有犹豫就反驳回去,她故意说起陆涧的时候,自己抬手就给她一耳光!当时只觉生气,并没有多想过其他,此刻气极反笑,"原来如此。"

今儿的宴席,可是太子妃全权一手操办的!

仙蕙怒道:"她到底还想怎样?都已经是太子妃了,还不知足吗?"

厉嬷嬷在外面道:"皇后娘娘那边来人,让王爷和王妃过去一趟。"

"走吧。"高宸起身道。

因为仙蕙醉酒的事,还在宫里,赶去凤仪宫自然很快。一进门,便吃惊地发现居然人都在!虽说今儿还有一场晚宴,大家没走,但是这么齐刷刷地聚集在一起,且气氛不对,分明就是出什么事了。

难道说,是有关自己醉酒的事?可是扫了太子妃一眼,并没有看出任何端倪。

而大殿内,除了周皇后和舞阳公主以外,众人眼里多少都有一点疑惑,似乎都跟自己一样,还不知道发生了什么事。

"人都来齐了。"庆帝看向周皇后,问道:"说罢,到底是有什么要紧事?"

舞阳公主拍了拍手,"带人上来。"

一个年轻的宫装女子被带了上来,身上伤痕累累,押解她的人,穿的都是慎刑司的服饰,自然是才受过刑了。她被扔在地上,然后一碗冷水泼了过去!大冬天的,被冰凉的冷水一激,像是激到身上伤口,那女子猛地抬起头来。

"彤云!怎么是你!"

"邵彤云?!"

"啊……"

大殿内,各种惊呼声此起彼伏地响了起来。

仙蕙更是睁大了眼睛,仔仔细细,反反复复,看了好几遍,方才确认那女子的确是邵彤云,而不是别人!怎么回事?当日宫变之后,邵彤云就没有踪影地藏了起来,还以为再也找不到她,今儿怎么会忽地出现?而且,还是被婆婆和大姑子找到的。

"彤云?真的是你?"太子妃一脸惊诧之色,急步走上前,托起对方的下巴认真辨认了一番,然后吓得往后一缩,"彤云,你还没有死?!"她无论如何都想不明白,死过去的表妹又是怎么活过来的,不由结巴道:"我、我……,这不是见鬼了吧。"

舞阳公主冷笑道:"装什么装啊?"已经决定和她撕破脸皮,自然不留情面,"这邵彤云不是你藏起来的,又会是谁?哦,当然了,你肯定是不会承认的。"

太子妃气得尖叫,"胡说!跟我有何干系?"继而发觉自己过于激动,倒好像是被人揭穿以后失控一般,只得又忍了忍,"舞阳,这里面一定是有什么误会。我根本就不知道邵彤云还活着,如何把她藏起来?再说了,她是阴谋陷害仙蕙的罪人,我藏她做什么?若是知道她的下落,肯定会把她给交出来受罚,而不是藏起来!"

"表姐。"邵彤云声音沙哑,笑了笑,"你说的是真的吗?呵呵……"笑着笑着,眼

泪就掉了下来，"枉费我，还打算什么都替你遮掩呢。"

自己今天决计是活不了了。

临死之前，多拖几个垫背的也好。

太子妃身体一晃，脸色苍白，"你胡说什么？不要红口白牙地乱污蔑人！"

仙蕙看在眼里，心底不由一声冷笑。

刚才太子妃被舞阳公主逼得太急，急着撇清自个儿，就把错都推到邵彤云身上。可是她却忘了，邵彤云是什么性子？那是一个不肯善罢甘休的人啊。太子妃要甩手撇开她，她又要受死，不甘心之下，肯定是要拖太子妃下水的。

邵彤云说什么，"枉费我，还打算什么都替你遮掩呢。"

自己再了解不过，她这种看似关心的怨毒口气，根本就没有替太子妃遮掩的打算，如此假模假样，不过是为了更好地指证太子妃罢了。

旁边邵彤云摇摇晃晃的，笑容古怪，"我要说什么，表姐心里自然清楚得很。"

太子妃气得跳脚，"我什么都不知道！"

仙蕙眼中的嘲笑不由更深。

这个时候，太子妃居然还想死不认账？

可能她还不清楚，她从前作为大郡王妃的时候，庆王府就对她做主母有不满，如今的身份是未来国母，皇室成员更不可能对她满意。更不用说，她已经牵扯到高宸和高敦的储位之争，——平民女出身的太子妃，又无子，毫无依仗，注定是要成为一个炮灰的了。

就连自己，不也被高宸当做棋子了吗？

甚至就连孝和公主，今儿……，一样难逃权力争夺的巨大漩涡。

"鬼！鬼啊……"孝和公主忽然尖叫起来，指着邵彤云，"她已经死了，是鬼！"捂着胸口连连后退，惊叫道：转身抱住万贵妃，"母妃，救命！"

万贵妃一脸惊慌之色，赶紧扶住女儿，"孝和，孝和……"

仙蕙嘴角微翘。

看来孝和公主，要比太子妃更聪明啊。

"母妃……"孝和公主像是被吓得花容失色，浑身发抖。

"孝和公主，你这是打算受惊过度晕倒吗？"邵彤云怨毒地道："别急啊，今儿这出审讯大戏，还有你一个角儿呢。"根本不给孝和公主任何逃走的机会，直接道："再说了，当初要不是你把我放出庆王府，我也不能活到今天，还得给你当面道一个谢啊。"

孝和公主眼底闪过一丝凌厉，却没有呵斥邵彤云，而是摇摇晃晃的，一手指着空中胡乱比划，"鬼，鬼啊！有鬼啊……"横竖不接招，只说邵彤云是一个鬼，装出一副受惊过度的样子。

仙蕙看着她们斗得热闹，心下冷笑，这可真是狗咬狗了。

也好，今儿自己就看一出好戏罢。

下

不过说起来，高宸还真是手段厉害啊。

当时宫变之后，邵彤云活不见人、死不见尸，怎么都找不出来。当时自己还曾经迷惑不解，现在看来，不过是高宸故意让她逃脱罢了。为的就是今天用邵彤云这一张牌，给大郡王妃、孝和公主来个大起底！

照这么说，自己晕倒的事，铁定和太子妃脱不了干系。

呵呵，嫁给这种算无遗漏、心思缜密的丈夫，对自己而言，到底是幸还是不幸？或许自己还是应该庆幸的，好在不是他的敌人，不然可能怎么死的都不知道。

仙蕙侧首，望了俊美冷漠的丈夫一眼。

高宸微微蹙眉，看着邵彤云，像是正在因为对方的出现而迷惑着，眼底有着恰到好处的怒气，——邵彤云屡次和自己作对，他作为丈夫，当然应该要感到愤怒的。

仙蕙这才发觉，原来丈夫的每一个表情都是那么精准。

罢了，今儿总算也是帮了自己。

"母妃……"孝和公主终于两眼一翻，晕了过去。

万贵妃搂着女儿，呵斥邵彤云道："你这个疯狗！真是逮着谁都乱咬一口！"

"贵妃急什么啊？"仙蕙明知道这一切是高宸的计，可是为了除掉万贵妃等人，却也不得不配合演下去，"邵彤云她说她的，父皇自然会明察秋毫，不会误信了的。"转身吩咐，"赶紧的，传太医过来诊脉。"

呵呵，打算假晕趁机离开？做梦去吧。

万贵妃恶狠狠地瞪向仙蕙，眼光好似两刀剑，恨不得把她脸上挖出一对血窟窿，气得咬牙切齿的，估计心里已经咒骂了一千遍了。

庆帝却是等得不耐烦，冷冷扫过邵彤云，"赶紧说！"

邵彤云抖了一下，"我说，我说……"

其实已经没什么好说的，慎刑司的手段，还没有用完一套她就受不住，全都招供，证词上写得清清楚楚，眼下不过是当堂对质罢了。

"当年……"邵彤云瑟瑟发抖，颤声道："因为邵家的一些恩怨，我娘便私下找到了表姐，给了她一万两银子，和她合谋要毁了仙蕙的清白。那天由我领着仙蕙，找机会去了表姐的院子，准备让仙蕙喝下迷药茶，再等着……，等着太子过来。"

这桩旧案，其实大家心里多半都有数。

只不过，因为当时没有确凿的证据，加上为了王府的安宁，皇后等人便没有深究。如今面对面地说了出来，这效果，不可谓不震撼人心！最震撼的人便是高敦，气得脸色涨红，"你们这两个不得好死的毒妇！"

太子妃惊慌否认，"你……，你胡说！"还在做垂死挣扎，仍旧坚持以前的说辞，"我没有收过你们的银子，我只是想给太子殿下纳一房美妾，是为太子殿下着想……"

"为孤着想？为孤着想？！"高敦顺手抓起一个青瓷花瓶，就狠狠砸了过去，砸得太

子妃头破血流，还大声怒骂道："你这个毒妇，简直就是一条毒蛇！"

太子妃捧着头倒在地上，满头鲜血乱流，吓得在地上飞快爬开躲闪，"太子殿下！太子殿下你饶了我，饶了我……"像狗一样，仓皇爬到婆婆周皇后的背后，"皇后娘娘，救命！救救臣妾……"

庆帝龙颜大怒，呵斥高敦，"你给朕站住！她就是要受死，也轮不着你亲自动手，你看你现在，哪里还像是做兄长的？！要怎么给兄弟们做表率？赶紧给朕站回去！"

高敦只得止步，强忍了怒气站到一旁。

"太医到。"外面小太监传道。

周皇后冷声，"让太医进来，给太子妃、孝和公主一起瞧瞧。"总不能让嫡长子背上杀妻的罪名，汤氏要死，自然有一千种法子让她死，不用儿子来背这个黑锅！至于孝和，今儿她不死也得扒一层皮下来。

转而呵斥邵彤云，"接着说！"

"后、后来……"邵彤云声音发抖，飞快道："后来我假装怀孕，进了王府，又假装小产污蔑仙蕙，事情揭穿以后，我被禁足了。因而没有办法出门算计仙蕙，便……，便让表姐传话给孝和公主……"

话还没有说完，忽地一头晕了过去。

庆帝没有工夫等她苏醒，磨磨唧唧，沉脸看向慎刑司的人，"供词呢？！"然后一把抓过供词，一目十行看去，越看脸色越是难看无比！

盛怒之下，将供词一把甩在孝和公主脸上，"你自己看看！你还有什么话要说？！"

孝和公主刚被太医诊了脉，掐了人中，"苏醒"过来。闻言不敢再坐着，只得小心翼翼捡起供词，然后表情复杂地看了下去，脸上的血色迅速褪去。这种时候，只有沉默和装可怜还有几分用处。

而地上，真正昏迷的邵彤云，自然没有孝和公主那么好的待遇。

慎刑司的人上前，"啪啪"，就是几耳光，越扇越狠毫无任何怜悯，打得她的脸一片绯红之色。然后"哗！"一盆冷水泼了过去，再在她手上狠狠一踩！

"啊！"邵彤云受惊醒了过来，满嘴鲜血，"后来孝和公主放了我走，让我找人，去茶楼说书毁坏仙蕙的名声……"她惊慌地环顾了一圈儿，朝着仙蕙跪下，"二姐姐！二姐姐，你饶我一命吧！我给你做牛做马……"

"别啊。"仙蕙轻笑打断，"我让自己的妹妹做牛做马？还是个人吗？你虽然对我不仁不义、狠毒无耻，但我却不能和你一样啊。"

邵彤云放声大哭，"二姐姐……"

在场的男人中，高敦是最烦躁的，——妻子和侍妾都不是好东西，牵扯阴谋算计，谋害身边的亲眷，脸面都要丢到地上去了。

他的脸上怒气腾腾，忍无可忍，呵斥道："还等什么？赶紧拖下去杖毙！"

下

邵彤云目光震惊地看着他，对高敦怨恨已极。他强占了自己的身体，又始乱终弃，可恨他居然摇身一变成了太子，未来的皇帝！心下恨不得咬下高敦一块肉，生吞活剥了。

有慎刑司的人无声上来，准备将其拖走。

"太子殿下！"邵彤云知道今日就是自己的死期，恨意迸发四射，怨毒喊道："你这个懦弱无能的蠢货，居然还妄想做太子，做皇帝，呸！别做梦了！你也不想想，这个天下到底是谁打下来的？跟你没有半分关系！"

庆帝脸色大变，周皇后和舞阳公主目露惊骇之色。

高敦气得额头上青筋直跳。

就连仙蕙，都忍不住要上前捂住邵彤云的嘴。高宸再不好，也是自己的丈夫，他若是被皇帝和太子猜疑，自己只会也跟着倒霉。况且高宸虽然满心算计，但他有那个本事，能让算计丝毫不出错，往实际想，自己并没有吃亏。

不论如何，都是和他站在同一条战线上的。

偏生邵彤云已经几近疯癫，不仅没有住口，反倒越喊越大声，"高敦！你记住！"她哈哈大笑，怨毒地诅咒道："你注定就是被人篡位的命……"

"哗！"高宸拔剑一挥，终结了那叫人心烦的声音。

邵彤云瞪大了眼睛，头一歪，然后便以一种奇怪的姿势软了下去。

——山红倒地，香消玉殒。

大殿内的女眷，何曾见过这种现场杀人的场景？几乎都是吓得失声惊呼，尖叫连连，就连舞阳公主和周皇后，都吓得搂做了一团儿。孝和公主更是从椅子里，吓得跌了下去，万贵妃手软脚软，扶了几把，都没有把她给扶起来。

太子妃软坐在地上，已经瘫成了一团稀泥。

女眷里，只剩下仙蕙没有惊呼出声，不是她胆大，而是高宸身量挺拔，杀人的位置选得很是巧妙，让她避免了看到那惨烈的一幕。即便如此，她的心口也是"咚咚"乱跳，——邵彤云死了！这一次，她是真的死了，再也不会复活算计自己了。

仙蕙望向那个俊美英挺的身影，他的手中，利剑上面鲜血滴滴下落。

他刚才，是故意挡着自己的吗？呸！别做梦了！

仙蕙打住心中原谅的念头，硬起心肠，宁愿坚信高宸是一个无情无义之人。因为只有关闭心房，竖起城墙，才能保护自己不会再次被他伤害。

对了，这样做就对了。

因为邵彤云的死法太过惨烈，弄得满地鲜血，庆帝等人便挪步去了内殿。今儿的事还没有解决完，还有大郡王妃跟孝和公主，——比起无足轻重的邵彤云，这两位身份贵重，一个太子妃，一个公主，才是真正的大麻烦。

要如何处置二人？庆帝、高敦、高宸，周皇后和舞阳公主，还有仙蕙，每个人心里的

想法都各有不同。

内殿里面一阵纠葛不下的沉默,谁都没有先开口。

良久,庆帝打破了沉默,看向仙蕙问道:"你是受害者,你有什么话说?"

仙蕙看向孝和公主,冷声道:"你不过是听了几句流言,就三番五次地挑拨我和王爷的感情,毁坏我的清白名声!你难道不清楚,女人的名声大过性命?若是我对你如此陷害设计……"一声冷笑,看向孝和公主母女,"我想问问,你们会如此处置我?你们会不会毫不介意原谅我,任由我下次继续再陷害你们?我想,大概是不会的。"

万贵妃顿时哑然。

孝和公主眼中更是火光四溅,恼火不已。

仙蕙又道:"若是孝和公主是外人,我自然请求父皇处死她。可是她毕竟是皇室血脉,是我的小姑子,所以……,我请求父皇让她远离皇室。对外面,就只说是孝和公主体弱多病,自请出家为尼,往后远离红尘琐事。"

不如此,难保将来她不会有翻身的机会。

孝和公主脸色惨白一片,又恨又怒,这个贱人居然想让自己出家?出了家,岂不是就等于变相剥夺自己的公主权利?她还有什么更离谱的没有?简直放肆!

刚要开口,仙蕙又道:"而且,还要孝和跟陆涧和离。"

当初陆涧替自己兜了所有过错,今日只当是偿还他,解脱他,同时也是解脱自己。因为孝和公主跟陆涧,根本就不是夫妻,而是仇人,他们捆在一起只会是一世怨偶,而且还会牵连自己进去。

——就此永绝后患。

至于高宸会怎么想,无所谓了。反正他关心的都是皇权争夺,不在乎这些,况且自己就算对陆涧有点私心,也没有任何逾越之举。他爱怎么想,就怎么想罢。

站在旁边的高宸目光晦暗不明,脸上没有喜怒。

仙蕙又道:"至于万贵妃……"只捏了孝和公主肯定不够,有万贵妃这样的高位生母健在,仍旧是个祸害,须得一起趁机打倒,"养女不教,是为生母失责,如何还再配忝居贵妃之位?还请皇上一并责罚。"

周皇后眼里闪过一丝满意。

只是她不便插嘴,舞阳公主当仁不让地接了话,"仙蕙可真是心地良善,对那些用心歹毒之人,还留了一命。"看向皇帝,"还请父皇给她做主。"

庆帝琢磨了一番,于是颔首,"准奏。"

"皇上……"万贵妃顿时尖叫起来,"不可以!"脸色愤怒地看向仙蕙,"你是不是非要逼死我们母女才甘心?你毁了孝和还不够,还要毁我……"

"呵呵。"仙蕙轻笑,"我怎么逼死你们了?"她言辞犀利,一句接一句地问道:"孝和有错难道不能罚?再者说了,这是父皇同意下旨的,难道是父皇打算逼死你们吗?"

下

"你、你这个……"

"够了！"庆帝一声断喝，"你们眼里还有没有朕？！"

此言一出，立即让万贵妃闭了嘴。她忍了又忍，情知眼下不是争执的好时机，只会激怒皇帝，好在还有一个儿子齐王。

暂且退一步，来日方长。

庆帝当即下旨，贵妃万氏口出狂言、言语失仪，褫夺其贵妃封号，贬为贵人，于顺德宫禁足思过。至于孝和，令其迁出公主府，去皇家寺庙大觉寺清修度过余生。

孝和公主眼见事情成了定局，没再出声。她掐紧了掌心，恼恨地咬住了嘴唇，几乎鲜红欲裂！君子报仇，十年不晚，邵仙蕙你给我等着！

——迟早要叫你死在我的手里。

仙蕙看到了她凌厉的目光，只做没见，反正早就已经是仇人了。

庆帝挥了挥手，撵走了万贵人、孝和母女二人。

内殿里面，只剩下太子妃还在角落里瑟瑟发抖。因为她心里清楚，死了邵彤云，废了孝和、万氏，下一个轮到的就是自个儿了。

"父皇。"高宸忽然开口，"我看事情就到此为止罢。"

此言一出，殿内众人眼里都闪过惊讶之色。

"到此为止？"就连庆帝都听不明白了。

"是。"高宸回道："孝和、万贵人无足要紧，处罚了，便处罚了，引不起外面什么风浪的。但是大嫂毕竟是太子妃，废黜太子妃，只怕会引来不小的朝堂风浪，甚至……，还会引得别人猜疑不定。"

仙蕙目光震惊地看向他，断断没有想到，他居然临阵倒戈替太子妃求情！

高宸淡声道："依儿臣的意思，大嫂虽然失德不配再做太子妃，但也不必急于一时处置。眼下新朝伊始，还是等朝局稳定一点，才缓缓处置为佳。"

庆帝轻轻颔首，"言之有理。"

有什么理？舞阳公主心下着恼，难道废了太子妃，天下还就翻了不成？她也不明白，小兄弟这到底是怎么想的？可是当着父亲的面，又不便反驳。

忽然间，脑中灵光一闪。

小兄弟这是……，怕因为仙蕙，对太子妃那边逼得太急，引起父皇和太子的猜疑？想到此，不由转头看了母亲周皇后一眼。

周皇后目光复杂闪烁了半响，也同意道："没错，老四的话有道理。"

但是高敦却不同意，"不行！孤现在，一眼都不想多看这个毒妇。"

"行了，你给朕闭嘴！"庆帝今天实在是烦不胜烦，女儿是个歪心眼的，曾经的宠妃是个蠢的，大儿媳又是一个祸害，怎么就没有一个安生老实的？！真是看着这群人都烦，当即起身道："今日之事到此为止。"

一拂袖，径直大步流星愤怒而去。

太子妃死里逃生暂时捡回一条命，顿时如蒙大赦。

没有立即处置就好，就好！自己还有再挽回求饶的机会，总比盛怒之下，像邵彤云那样惨死，或者孝和、万贵人那种不得翻身的好啊。

高敦上前，狠狠踹了太子妃一脚，"再留你几日！"他更是面上无光，又觉得无言面对小兄弟和小弟媳，心下内疚不已，当即装作追上皇帝跟了出去。

太子妃吃痛，强忍不敢吭声儿。

周皇后轻叹道："罢了，就先这样吧。"

舞阳公主欲言又止，最终怜悯地看了小兄弟高宸一眼，还是忍住了。

只剩下仙蕙，目光不解地看着高宸，一直看着，像是要把他脸上看出一个洞，然后好明白他到底在算计什么。她满心不解和茫然地走了出去，高宸、高宸……，他为什么要暂时留下太子妃？是怕被皇帝和太子忌讳？还是……？

走到连廊口拐弯的时候，忽地看见一个面熟的小宫女闪过。

咦，好像是……，袁夫人身边的人？哦……，是袁夫人听说太子妃出了事，悄悄派人过来打听消息的吧？只可惜，今日的消息只怕要让她失望了。

忽然间，心中闪过一道明光。

袁夫人为高敦生下了唯一的儿子，太子妃却是无子。若是太子妃当即被废，那么袁夫人肯定会很快上位，比起太子妃，袁夫人明显要聪明厉害不少。否则的话，也不会有本事生下庶长子了。

高宸他，显然不愿意看到高敦身边的妻子，是一个更厉害的女人。

而留下犯了错的太子妃，地位摇摇欲坠，袁夫人自然会大力争取那个位置，到时候妻妾相斗，高敦自然就有得烦心的了。高宸根本就不出手，只是保留敌人的敌人，就轻易地搅和得太子府不宁静，这才是杀人于无形呢。

而且他这样做，依照高敦那种稀里糊涂的性子，只会觉得更加愧疚。

呵呵，真是好计策啊。

只可惜，他根本就不和自己半分商量，弄得自己像个傻子一样。

仙蕙顿住脚步，目光嘲讽地看了高宸一眼，"王爷，真是厉害啊。"说了一句，只有他们两人听得懂的嘲讽话，"一箭双雕，一石二鸟，妾身实在佩服之极。"

高宸眼里闪过一丝冷笑，"你也不错啊。"

早就知道，她心思敏锐、天生聪慧，果然只消找来袁夫人身边的侍女一晃，她就能从细微之处，捕捉到自己真实的想法意图。

"什么意思？"仙蕙挑眉。

高宸勾起嘴角，问道："生气了？是不是觉得我没有和你商量，就自作主张，把你蒙在鼓里了，对吗？"

仙蕙一声冷哼。

高宸欺身走近，在她耳畔轻声道："可是你为陆涧求情，不也没跟我商量吗？你都可以为旧情人寻一条出路，本王为何不能有自己的主张？"冷冷嘲笑，"吃着碗里看着锅里，你有什么资格发脾气？"

"你……，你混账！"仙蕙气得热血直往脑门儿上冲，加上连日以来的委屈，眼下被无辜羞辱的冤枉，抬手便一巴掌扇了过去，"休要血口喷人！"

高宸居然没有丝毫躲闪，正正挨了她一耳光，"啪！"那清脆响亮的声音，石破天惊一般在空气里炸开，吓得周围的宫人都看傻了。

天哪！靖亲王妃居然扇了靖亲王一耳光！

这、这这……，要不是亲眼所见，简直要以为是幻觉啊。靖亲王是什么人啊？手握重兵军权，推翻前朝，杀了燕王和梅氏一党，那可是连皇上和太子都忌惮的人！况且，他还是靖亲王妃的夫君。

王妃居然动手打了王爷！

宫人们都赶紧低下头，纷纷无声散开。

仙蕙也是惊住了。

怎么回事？他这是……，傻了吗？他不可能躲不开的啊。

其实刚才一抬手就后悔了，自知冲动，虽然真的有想扇他耳光的念头，但也不愿意当众闹开啊。原想着马上就会被高宸抓住手，也就没有停留，只想狠狠地和他拉扯一把。断然没有想到，居然毫不闪避，就那么站在原地挨了自己一耳光。

高宸目光变冷，俊美的容颜笼罩出一层寒霜气息。

仙蕙有点不敢看他的眼睛。

"长本事了啊。"高宸双目微眯，嘴角勾勒出一抹凌厉弧度，"你打了本王，居然还不知错悔改？居然还在这儿使小性子？"他的声音越说越大，像是生怕别人听不见似的，到最后几乎是吼出来的，"邵仙蕙，你真是胆大包天！"

仙蕙被他震得哆嗦了一下，勉强稳住身形。

"走！跟本王回去。"高宸脸色阴沉，一把抓住仙蕙的手，不顾她跌跌撞撞扯着人，飞快地出了皇宫。可是这动静闹得这么大，一路上，不知道被多少宫人亲眼看到，很快小道消息就传遍了。

靖亲王妃当众扇了靖亲王一耳光，一耳光啊！靖亲王雷霆震怒了。

仙蕙被高宸扯上了马车。

因为不稳，还被撞了一下脑袋，"唔！"她吃痛不已，可是看着满身杀气的丈夫，还是害怕更多一些，没敢这种时候跟他顶撞争执。

不管怎么说，的确不应该当众扇他耳光的，这让他太丢脸了。

141

可要不是他胡说八道，自己又怎么会被气昏了头？什么旧情人？什么吃着碗里看着锅里？自己根本就没有的心思，怎么能认？让孝和跟陆涧和离，的确是为陆涧着想，但也是为了避免以后再生事端啊。

他高宸又不是没有脑子的人，怎么就想不明白？！

不，不对。

仙蕙转头看向他，难道说……，这又是他的什么计谋？最近一连串的阴谋、算计，实在让自己印象太过深刻，简直成了阴影，在脑海里面挥之不去。

不过高宸一路脸色寒凉，杀气腾腾。

这让仙蕙有点琢磨不定，他好像、好像真的生气了。自己毕竟是他的妻子，就算要为陆涧求情，也该求情找他来说，而不是自己说。难道是因为自己贸然的举动，他生气了，所以才故意抬杠要留下太子妃？摇摇头，他应该不会这么幼稚。

仙蕙脑子里面乱乱，一会儿觉得高宸是这样想的，一会儿又觉得是那样，心下没有准主意，——实在是高宸冷脸面带杀气的样子，太可怕了。

等到靖亲王府，高宸又一把将她给扯了下去，"给本王下来！"

仙蕙本能地害怕起来。

这是怎么了？真的因为陆涧的事生气了？原本对高宸恼火的，可是不知不觉，竟然被他吓得反而担心不已，觉得自己的不是更多一些？

想想看，以前他不计较陆涧，那都是因为私下和他有商有量的。

今儿自己不仅没提前商量，而且还是当着外人为陆涧求情，也难怪他生气。这么想着，一进屋，就忍气赔了个不是，"对不起，给陆涧求情的事，是我太冲动……"

"用不着！"高宸神色冷冷，然后"砰"的一声，反手把门给关上了。

仙蕙是真的吓坏了。

从来没有见高宸气成这样，他该不会要打自己吧？本能的就把双手挡在了身前，可是心里明白，两人力气悬殊太大，"高宸，你、你难道要打女人？我……"她的声音里，已经被害怕和委屈占据，听起来像小猫在呜咽。

"记住！你是靖亲王妃。"高宸的目光看起来像是黑暗中的孤狼，幽冥不定，衬得俊美的容颜带出一丝阴冷，"你只能是我高宸的女人！不论身体，还是心，都只能属于我一个人！"

他半跪在床上，毫不怜惜地撕扯她的衣服。

仙蕙根本挣脱不得，眼睁睁地看着他，一件、一件，又一件地把衣服扔了出去。张嘴刚要说话，又被火热霸道的亲吻缠住，"你弄疼我了。"她呜咽着，眼泪直掉，没有力气反抗只能任他蹂躏，忍不住越哭越是大声，"高宸！高宸，你弄疼我了……"

"不疼，你怎么会长记性？"

"你混账！"

下

"我混账?"高宸鼻息粗重地喘着气,热气扑打,"既然你这么说,那我让你知道什么是混账!"像是热血沸腾一般,在冷战许久后,稳稳搂住了她纤细的腰肢,然后毫不犹豫地狠狠占有了她,彼此交融在一起。

仙蕙,抱歉……,我必须要让你先恨我。

次日天明,仙蕙躺在床上不能动弹。

那些话仍然历历在耳。

"本王想要你,就要!"他做着男女欢好的情事,眼里却没有一丝一毫的温度,说出来的话,更是让人羞愤不堪,"便是不要,也轮不到陆涧捡破鞋!"

破鞋,破鞋……

仙蕙的心,像是被针狠狠地扎了一下。

原来在他眼里,自己不过是想玩就玩的小玩意儿,不玩了,便是可以弃之如履的一双破鞋!呵呵……,是啊,想要爬上他的床的女人太多了。

以前他只是四郡王的时候,就有数不清的女人,想要往他身上扑。现如今,他可已经是手握重权的靖亲王,那还不是想要多少,就要多少。王府里,还有两个侧妃的位置空着,还有夫人、侍妾大把位置,虚位以待呢。

——他当然不在乎自己了。

"给我……,拿新的衣衫。"仙蕙一开口,眼泪就掉了下来。

厉嬷嬷把药膏收了回去。

罢了,那种伤,养几天自然就会消散好了。眼下这光景,瞧着王妃受的刺激不轻,只怕昨天王爷狂荡得有些过头,还是不要再刺激王妃了。

之后的几天,高宸都在书房里没有回来。

仙蕙现在不用每天去给婆婆请安,王府里也没有别的姬妾,高宸不来,就一个人独自静坐发呆。既不看书,也不绣花做针线,脸上就连表情都没有一个,像是还在那场情欲的噩梦里,魂儿走不出来。

玉籽见她闷闷的,拣了话题,开解她道:"王妃,就在昨天,孝和公主已经跟驸马和离了。听说是因为笃信佛法,情愿舍身遁入空门侍奉佛祖,今儿上午刚去了大觉寺安置,这下可省心了。"

仙蕙懒洋洋的,"嗯"了一声。

玉籽又道:"还有万贵妃被贬成万贵人,听说是因为万贵人在皇上面前言行无状,所以惹恼了皇上,才被……"

仙蕙微微烦躁,"好了,你出去,我不想听了。"

看别人的笑话?自己现在,难道不是一个现成的笑话吗?想必皇宫里都已经传遍,

143

靖亲王妃打了王爷，惹得靖亲王对王妃不满疏远了吧？万贵人跟孝和公主，虽然被处罚，好歹还稍微遮掩了一下颜面。

只有自己，孤零零的一个人被人笑话。

因为自己不是皇室血脉，在宫中的庇护只有高宸一人而已。得罪了他，就等于失去了保护的盾牌，不仅要被人笑话，只怕今后的路都会变得更难走。

可是他那样身心都不放过地羞辱自己，要如何卑贱，才能低下头去讨好他？又要如何低到尘埃里去，才能让他满意？自己做不到，也不知道该怎么做。

接下来的日子，高宸依旧一直呆在书房，没有回来。

仙蕙也仍然是闷闷呆呆的。

厉嬷嬷和玉籽都是怕她闷坏了，闷出毛病来，但是提了许多解闷的法子，仙蕙都没有兴趣。倒是金叶提了一个建议，"最近大昭寺的红梅开得极好，王妃娘娘，要不要趁着晴雪出去赏梅？还可以顺路买点小吃回来。"

仙蕙回头看向她，连一向沉默寡言的金叶都开解自己，看出自己的可怜了。

心下说不出是什么滋味儿。

本来不是很想去的，可是厉嬷嬷她们都很担心自己，为了让大家放心，同时也想出去透一透气，轻轻点头，"好，去大昭寺看梅花。"

京城里，大昭寺的梅花极负盛名。

白雪皑皑、银装素裹，一片洁白无瑕中的冰雪世界中，红梅点点绽放，恍若美人最娇艳的唇，又好似一簇簇跳跃的火苗，开得热烈美丽。

"这枝不错。"玉籽攀了一枝嫣红梅花，笑着问道："王妃娘娘，要不要折下来？"

仙蕙摇摇头，"不用。"自己是出来散心的，不是出来折梅花的。

玉籽只是想逗她开心，转移注意力，又往另一处开得灿烂的红梅走了过去，略带几分夸张地喊道："快来！快来，这边开得更好呢。"

仙蕙淡淡道："我想自己一个清净地看看，你们远远跟着便是。"

玉籽只好和厉嬷嬷等人一起止步。

仙蕙踏在洁白绵软的积雪上，周围暗香浮动，在红梅之中轻盈地穿梭，宁静的独处让她心里清净些许，轻轻呼一口气，胸中的阴霾也好似散去了一些。

隔墙后面，有曲调悠缓的笛声轻轻响起。

那曲子轻灵悠扬，让人好似漫步空山新雨后的山间小径上，周围绿草茵茵，四周树叶草木上面，还挂着晶莹欲滴的露珠儿。仙蕙不由听住了，细细聆听，好似心中的尘埃都在被一点点洗刷，整个人清爽愉悦起来。

大昭寺里，还有这么会吹笛子的小和尚？她有些好奇，走到花窗边往对面探了几眼。

红梅掩映之后，隐隐约约是一个年轻男子的身影，正坐在石凳上，吹奏出轻灵飘逸的优美曲子。唔……，怎么是个年轻男子？仙蕙想了想，或许谁家公子陪着母亲妹妹出来，因为不耐和女眷聊天，就跑这里躲清静了吧。

摇头笑笑，便要转身离开。

虽然是隔壁院子的，但毕竟对方是陌生男子，等下要是自己吓着他喊出声，再惹得别人注意，那就不太好了。

正要悄悄地走，那边一曲奏毕，年轻男子转身缓缓走了出来。

殷殷红梅，映出一张清俊熟悉的面容。

陆涧……是陆涧！

25 情殇梦断

怎么会是陆涧？！仙蕙差一点就惊呼出声，赶紧捂住了嘴。

仙蕙的心口"扑通"乱跳，脑子里面乱乱的，不明白怎么会在大昭寺遇到陆涧。简直就是无巧不成书了！顾不上多想，只想赶紧拔脚离开此地。

可是陆涧却快步走了过来，低声喊道："……仙蕙。"

仙蕙假装没有听见，拨开梅花，准备绕到另一边的小路离开。

陆涧拨高了声调，"仙蕙！你先别走。"

仙蕙赶紧顿住脚步，不敢动了，怕一走，他再喊得更大声就糟糕了。

"仙蕙。"隔着花窗，陆涧清澈的声音在后面响起，"听说你在皇上面前特意求了情，让孝和公主跟我和离，所以惹得靖亲王和你争吵了。"

仙蕙背对着他，忙道："没什么，不过是夫妻间的几句口角而已。"

他以前替自己背了黑锅，自己还他一个人情，既然无缘，那就两不相欠。眼下自己已经嫁了人，就算跟高宸有再多矛盾，陆涧也不是可以倾诉怨念的对象，因而急道："你不是已经跟孝和公主和离了吗？怎么还没离开京城？你快走，赶紧回江都去。"

"对不起。"陆涧声音难过，"仙蕙，你都是被我连累了。"

仙蕙急得直想跺脚，牙一咬，故意冷声呵斥，"你不要自作多情！我让孝和公主跟你和离，那是不想牵扯到你们的恩怨里，想把你打发得远远的，再也不要看到。"不屑嘲讽，"你也不照照镜子，我现在可是靖亲王妃，你算什么？跟我说话，那都是你高攀了。"

"仙蕙……"

"还有，你记住了。"仙蕙根本就不回头看他，又怕他继续再说，厉声打断，"仙蕙二字不是你叫得起的，以后也别再想法子来接近我，离我越远越好，赶紧走！"

陆涧在身后低声喊道："仙蕙！你听我说……"

仙蕙一个字都不想再听，道了一句，"若是不想害死你我，就闭嘴！"心急如焚，从

殷殷红梅里穿梭而去，撞得梅花上落雪纷飞，洒出一片白茫茫的浅薄雪雾。

而后面，陆涧望着那团雪雾一声轻叹。

不知道是在叹息他自己，还是叹息仙蕙，又或者是在叹息别人，他转身，将手中玉笛扔在了地上，清雅的身影渐渐消失远去。

另一头，仙蕙被梅花绕得头晕，绕来绕去，结果就是横竖绕不出去。她抬头朝前看了一下，奇怪……，厉嬷嬷她们人呢？正在迷惑，背后就传来一阵不小的踏雪声。

"你要去哪里？"一个清冷的男子声音响起，拦住她的去路。

仙蕙回头，看清来人，顿时吓得往后退了一步，"王爷……"她惊吓得四下环顾，"你什么时候来的？我都不知道。"

"是吗？"高宸拨开殷红梅花，似笑非笑，"那你是欢迎本王来呢？还是不欢迎。"

仙蕙收敛神色，"王爷怎么这样问？"

高宸穿了一身深紫色的暗纹锦缎长袍，在阳光下紫芒闪耀，衬得目光幽暗迷离。他居高临下地看着她，薄薄嘴唇勾出优美弧线，声调却冰凉，"枉费我还担心你，特意来大昭寺找你回去，却不想……"

他抬手指向花窗，"倒是打扰你了。"

仙蕙目光惊骇，心里猛地"咯噔"一下。

他肯定早就来了，已经在旁边看了一段时间，即便看不清花窗后面是陆涧，也肯定看出有人。不知道陆涧有没有走掉？要是被高宸抓住，只怕……，立马就是一场滔天风波！心慌意乱，不知道要怎样应对了。

"王爷。"初七飞快跑了过来，"后面的那个人已经走了，侍卫没有找到。"

仙蕙低着头，心里暗暗松了一口气。

初七递了一支玉笛上去，"王爷，这是那人掉下来的。"

仙蕙咬住唇，复又紧张起来。

"哦？"高宸狭长的凤目微眯，伸出修长的手指，捏住那薄脆犹如琉璃的玉笛，眸光明灭，眼底意味说不清、道不明，"这支玉笛不错啊。"

淡淡的玉色笛子，浅碧微黄，在红梅映衬下，有一种交相辉映的赏心悦目。

他把玉笛递到仙蕙面前，"好看吗？"

仙蕙不出声儿。

"呵呵。"高宸嘴角微翘，带出刀锋一般锐利的弧度，"你知道这笛子是谁的吗？"挥挥手，撵了初七离开，"真是巧了，正好我认得这支玉笛的主人。"

仙蕙的心，顿时彻底凉了下去。

"好，很好。"高宸的目光幽黑犹如深渊，在那最深处，似乎隐藏着一只能吞噬所有的凶兽，凶光四射不已，"看来你还真的是旧情难忘，旧好难去。"把玉笛摔到她的手里，"那好！从今以后，你就跟着玉笛过吧。"

"高宸！"仙蕙慌了，赶紧扔了玉笛，伸手拉住他，"不是你想的那样的。"
　　"你的话，留着说给情郎听。"高宸狠狠一甩，将她扔倒在雪地上，"砰！"猛地溅起一阵雪雾，漫天迷蒙飞扬，他高大挺拔的身影渐渐走远。
　　仙蕙摔坐在雪地里，一片茫然。
　　怎么会这样？这么巧？今天这个误会可是真的闹大了，坐实了，叫自己要如何才能解释得清楚？本来就岌岌可危的夫妻关系，又被狠狠地劈了一刀，再这么下去，只怕就要彻底破碎了。

　　一回到王府，仙蕙就先抓了丫头问高宸的下落，听说去了书房，又赶紧提裙往书房那边赶。她跑得气喘吁吁的，忍不住一阵心酸。高宸不高兴了，就可以那样欺负自己，自己不过是偶然遇到了陆涧，却得向他赔罪认不是。
　　可是……，别无选择。
　　屋里面一阵娇笑声音传了出来。
　　女子？仙蕙像是被雷劈中了。
　　"王爷……"说话的，的确是一个娇柔的年轻女子，撒娇道："再睡一会儿嘛。"
　　高宸没有应声。
　　那女子又道："人家还没有睡醒呢。"娇滴滴的，带着几分慵懒和妩媚，"要不然，回头我就告诉哥哥，说你欺负人家。"
　　"你睡罢。"高宸说话了，带出一丝温柔之意，"我就坐在旁边看书。"
　　那声音听在仙蕙的耳朵里，熟悉又陌生，——熟悉的是，他曾经也有对自己这样温柔的时候；陌生的是，原来……，他也可以对别的女子同样温柔。
　　心不设防，好似利刃一下子穿透心房，疼痛迅速蔓延！
　　原来……原来昨天他不见自己，不是生气，也不是宁玉熙在里面说话，而是有了别的女子服侍陪伴！红袖添香、暖香软玉，有了新人在怀，又哪里还有耐心再见自己？可笑自己今天还特意打扮，花枝招展地过来，简直就是一个哗众取宠的小丑！
　　"王爷。"那个娇滴滴的声音停不下来，一声轻呼，"哎呀！"然后又是咯咯娇笑，"玉瑶也想看书，玉瑶在王爷的怀里看书好不好？王爷……"
　　高宸轻笑，带出一抹纵容和宠溺，"你呀，真是胡闹。"
　　"哐当！"仙蕙手中的食盒掉在地上，她慌不择路，转身就拼命地往回跑！不顾身后高宸的大喊，不顾那女子的惊呼声，也不管他们看到食盒之后的嘲笑，只想快点离开这个荆棘之地！多留一刻，就会被刺得浑身鲜血直流。
　　清晨，冬日空气寒凉凛冽。
　　仙蕙拼命地跑，大口大口地呼吸喘息，每一道冷空气钻进她的口中，都好似利刃，一刀一刀地割着她的心房，痛得她浑身颤抖！

一直跑，一直跑，跑回了自己的屋子，关了门，然后扑到了镜子面前，——里面是一个面色苍白惊慌的女子，脸上一道道的，是泪痕凝结成冰，在温暖的室内缓缓融化成水，一滴一滴坠落。

"你看你……"她轻轻地笑，"像什么样子？真是可笑。"

可笑啊！怎么能因为高宸一时不纳妾，就以为他会一辈子不纳妾？那时候林岫烟都自毁清白了，高宸都不要，自己便以为那是深情专一。直到此刻才明白，其实那和情深没有半分关系，不过是林岫烟不合他的胃口罢了。

邵仙蕙？那个男人骗你、哄你、羞辱你，现如今他又有了别的女人，还有什么值得你留恋不舍的？你要是再恋着他，就是犯贱！

仙蕙看着镜子里的自己，抬起手来，狠狠地扇了一耳光。

记住！人可以年少无知信错了人，偶尔犯蠢，但是绝不可以犯贱！

仙蕙笑了笑，眼泪竟然奇迹般地止住了。

仿佛高宸接纳别的女人那一刺，——狠狠地刺破了她的心，爱流走，恨也流走。原先围绕在身边的爱恨情仇，好似迷雾，一点点地渐渐散去。

无可挽回，一切都已经结束了。

呵呵……，就这样罢，也没有什么不好的。

从前不认识高宸的时候，自己活得好好的，那么他就算有了别的女人，自己也一样活得下去。想想别的王妃，想想母亲，甚至就连皇后不也一样，无法一个人独占丈夫吗？男人三妻四妾是常态，只得一心人，那不过是话本子罢了。

当初自己是怎么劝解母亲的？现在用来告诫自己正合适，一点都不差。

现在就只当他……，死了吧。

半个时辰之后，外面有小丫头慌张跑了进来，"王妃娘娘，有个什么宁夫人，说是宁大人的胞妹，已经到了外头，正要进来给王妃娘娘请安。"

玉籽一头雾水不解，诧异道："宁大人的胞妹？怎么来找王妃娘娘了。"

片刻后，一个十六七岁的年轻女子走了进来。

"妾身宁氏，给王妃娘娘请安。"她盈盈下拜，声音温柔得好似一池春水。

仙蕙淡淡的，"起来罢。"

"王妃娘娘。"宁玉瑶眉眼含笑，"王爷说了，王妃娘娘是一个和善好处的人，叫我只管过来请安。若是王妃娘娘有吩咐，能做的就做，不能做的就解释一下。"

潜台词就是，她虽然只是一个夫人，但却是有高宸撑腰的，王妃不能欺负了她。

太猖狂了！厉嬷嬷闻言顿时脸色一沉。

仙蕙平静道："我这里的丫头足够服侍了，暂时用不上你，等用得上的时候，再叫人去唤你过来。"

宁玉瑶温柔地笑，"那妾身就先告退了。"转身走了几步，又抿嘴笑道："王妃娘娘，若是有事就派丫头到书房去找妾身，妾身先回去服侍王爷了。"

玉籽被她气得脸红紫胀，呵斥道："走吧，走吧！谁稀罕你！"

宁玉瑶浅浅一笑，翩翩然地告辞而去。

年关一天天地近了。

靖亲王府不仅没有欢喜的气氛，反而很是沉闷。

王府多了一个专房独宠的宁夫人，这一个多月，高宸每晚都是歇在紫薇阁，把王妃给丢在了一旁，不闻不问。王府下人都是议论纷纷，都是猜测，王妃的好日子到头了。

可是，仙蕙对此无动于衷，甚至连宁夫人的晨昏定省都免了。

这和高宸计划中的妻妾闹得天翻地覆，有一点偏差。

宁玉瑶问道："要不然，我过去找找王妃？"但是又迟疑，"不过王妃很冷静，无缘无故的我也不好找事，不然演戏太过，别人就该看穿了。"

"你这样……"高宸招了招手，叫来宁玉瑶，"明天上午，内务府该送来新织的过年衣衫，王妃肯定会准备你的那一份。"然后细细交待了几句，"到时候，你见机行事。"

宁玉瑶疑惑道："要是王妃不给呢？"

高宸的目光平静无波，"我过去，她一定会给的。"

次日下午，宁玉瑶打扮明媚去了正院。

"给王妃娘娘请安。"她的声音，故意带了一丝甜，一丝媚，妥妥的狐媚子。

"起来罢。"仙蕙神色很淡，好似宁玉瑶只是一抹细碎尘埃，根本不在意，"衣服不是已经让人送过去了吗？是有不妥？"

宁玉瑶笑道："衣裳和裙子都很好，妾身试过了。"

仙蕙挑眉，"那你还有什么事？"

宁玉瑶娇声道："衣衫裙子虽然不错，可是……，妾身才进府，没有相得益彰的首饰搭配。只怕穿出去，会丢了王爷的脸面，所以，想求王妃娘娘赏一点拿得出手的首饰。"

仙蕙的眼皮跳了跳，但却忍住了，没有发作。

她侧首吩咐，"去找一些好看的首饰，赏给宁夫人。"

玉籽气得不想去，"王妃娘娘，夫人穿戴什么都是有定制的，又不是没给她，凭什么还要再给王妃娘娘的体己啊？再说了，她不过一个妾室，能去哪儿给人看？给她好东西也是白搭！"

"你怎地这么多话？"仙蕙实在不想见宁玉瑶，多看一眼都觉得糟心，她要首饰就给她好了。有什么关系？反正回头走王府的账便是，又不花自己一分银子，"赶紧去拿，别惹我生气。"

玉籽跺了跺脚，狠狠地瞪了宁玉瑶一眼，转身去了。

仙蕙叮嘱道："把那个朱漆如意纹的首饰匣子抱出来。"

那里面，都是这几年高宸给自己添置的，和在庆王府得的，都是高家的东西。要赏宁玉瑶就赏这些，自己的陪嫁，那是绝对不赏的。

高宸的东西被人拿走也好，省得自己看了心烦。

不一会儿，玉籽气呼呼地领着两个小丫头，抱了一个大大的匣子出来。

仙蕙看着那金光璀璨的一盒子首饰，嘴角笑容嘲讽。

"这些……，都赏你了。"

"王妃娘娘。"宁玉瑶上前，指着一支通体淡蓝的渤海玉长簪，"这个簪子好看。"阳光下，那长簪好似一汪清澈湖水，莹透碧亮，浅淡有如薄云，"把这个也赏了妾身罢。"

仙蕙原本清澈似水的眸子，陡然一凌，"这个不行。"

高宸从外面走了进来，接话道："为何不行？"

为何不行？他高宸难道不知道？！仙蕙狠狠掐紧了掌心，原本已经冷如死灰的心，又被这话挑出一抹怒火，灼烧得她的心一阵阵地痛。

时光倒转……

那天，他从外面回来，递给自己一个紫檀木的长盒子，"送给你的。"

"什么？"

他淡淡地笑，"一支簪。"

自己打开盒子，里面躺着一支淡蓝淡蓝的渤海玉长簪，簪子头雕刻云纹，浑身打磨得光滑无比，有一种古朴简洁的美。

他亲手给自己插在发间，笑了笑，"我自己做的，很简单。"

"简单的好。"那时候，自己的心就好像装满了蜜糖，浓得化不开，整个屋子里都是芳香馨甜的气息。情不自禁，忍不住踮起脚尖抱住了他，望着他的眼睛，一语双关地道："高宸，我很喜欢。"

"哈。"他嘲笑自己，"怎么会有你这么不害臊的丫头？厚脸皮。"

"就厚脸皮了。"

他一本正经地叹气，"不过还好。"

自己不解，"还好？"

"对啊。"他表情严肃，眼睛里却好似星子闪烁一般，透出温柔笑意，"还好脸皮厚的姑娘不多，像你这么厚的更是少见，不然的话，我都不知道该要怎么选了。"

"好哇！"自己伸手捶他，"你又编派我……"

情浓爱浓，便是一场水到渠成的风月欢好。

说起价值来，那枚渤海玉长簪并不是最贵重的，也不是最华丽的，——唯一珍贵的，便是他亲手为自己打造的。原以为，就算他变了心、移了情，至少还有回忆，时至今日却连回忆都要破碎了。

高宸朝她伸手，无情道："拿来。"

下

仙蕙目光愤怒地看向他，忍了这么些天，终于忍不住怒声问道："王爷可还记得，这支簪子到底是怎么来的？！你现在竟然要我送人！"

她目光灼灼，好似熊熊烈火可以焚烧一切。

高宸扫了簪子一眼，但似乎……，并没有想起什么特别的回忆。

他淡声道："不过是一根簪子而已。"

不过是一根簪子而已，而已……

仙蕙忍住满心的针刺疼痛，轻笑道："呵呵。"她越笑越自嘲，"人都不值得珍惜了，东西还有何值得珍惜？也罢，留着反倒平添烦恼。"将那长簪递了过去，高高举起，"王爷说得对，不过是一根簪子而已。"

下一瞬，"叮……"，长簪落地，顿时摔得粉身碎骨！

——有些东西，碎了，也不能供人观赏。

高宸看向地上碎裂的长簪，心头猛地一揪，——她是那种外表看着很柔弱，很绵软，实则内心强硬决绝的性子。自己要伤她的心容易，让她恨自己也不难，只是一旦她真的挥剑斩断情丝，将来要何以再续？

在这一刹那，心头不免掠过一丝后悔。

因为清楚地知道，就在此刻，已经亲手把她给推了出去。

后悔吗？后悔。

可是比起自己有可能失败身亡，让她一生一世陷入悲伤之中，还是宁愿给她安排好所有的退路，让最终可能痛苦的那个人是自己。

不如此，自己无法安心地送她走。

仙蕙轻轻地笑，"王爷，对不住，妾身不小心把簪子跌坏了。"指了那个匣子，里面装满嫁入高家得的首饰，都不必留了，"这些……，就都送给宁夫人罢。"

让她戴，全都让她戴！最好每天都戴在自己面前晃一晃，提醒自己，曾经对一个多么无情的男人动心过，告诫自己，再也不要犯相同的错。

"拿走。"仙蕙凉凉地道："都拿走罢。"

高宸心里猛地一空，像是被人摘走了最最珍贵的东西。

接下来的日子平静无波，一转眼，就到了大年三十。

仙蕙知道今天自己会被人议论，被人打量，被人幸灾乐祸地嘲笑，因而只是眼观鼻、鼻观心，盯着手里面的青花瓷茶杯，好似被上面的花纹迷住了。

孝和公主的声音飘了过来，"四嫂让我虔心向佛，其实挺好的，就是日子稍微清净了一些。"她抿嘴儿笑，"比不得四嫂府上热闹非凡，日子过得有趣。"

仙蕙如何听不出她话里的讥讽？不冷不热道："你要是寂寞了，回头等蘅芷生下孩子以后，就让人接到京城来好了。"

"你……"孝和公主猛地转头回来，目光凌厉无比，继而又掩面笑了，"蘅芷就让她呆在江都好了，反正她生的是陆家的孩子，姓陆，和皇室没有什么关系，与我更不相干。倒是那位年轻貌美的宁夫人，又得宠，万一生下孩子，可就是四哥的庶长子了。"

"那又如何？"仙蕙抚了抚耳朵上玛瑙坠子，起身扫了她一眼，"妾生了孩子，都是主母的，不是妾的，我自然会好好教养一番。"一声冷笑，"倒是已经出了家的你，不会有机会知道什么是男人，什么是生孩子了。"

言毕，一拂袖径直离去。

孝和公主在后面气得身子乱颤，紧紧咬牙，才让自己没有弄出声响！今天是过年大喜的日子，并不适合去告状。况且要告状，就得从头到尾开始说，这一番话都是自己故意挑事儿的，也不占理。

可恨那个邵仙蕙越发难对付了，简直就是个刺头儿！浑身都是刺。

眼下宴席还没有正式开始，御花园内，众人三三两两地各自说着话，很是自在随意。而高宸，此刻正在庆帝跟前回话。

"听说，你新纳了一个夫人？"庆帝问道。

"是。"高宸叫了宁玉瑶过来，解释道："玉瑶虽然没有什么出众的，但是胜在性子柔和，好相处，和她在一起儿子心情放松。"

"嗯。"庆帝点点头，"没错，仙蕙的性子太要强了些。"

对于皇帝来说，四儿媳就算长得再貌美惊人、聪明伶俐，也是一个不安分的主儿。虽说她是被人陷害，多有委屈，但却每次都咄咄逼人，没有丝毫隐忍退让。

他感叹道："妇人嘛，还是温柔一些的好。"

高宸心头一跳，果然……，父亲心里对仙蕙一直都有微词。如此，她就更不合适留在京城了。否则万一自己失败，等待她的，只会是死无葬身之地！

另一头，周皇后屏退了众人，安慰仙蕙，"妾室这种东西，你不要太放在心上。你看看我，几十年如一日不也过得好好的？你年轻，别钻了牛角尖和老四抬杠，夫妻俩有什么话说不开的？各自退一步，又和从前一样好儿了。"

仙蕙垂首聆听，"是，儿媳记着了。"

周皇后扯了她一把，低声道："你可别犯糊涂，为了和一个小小妾室计较，就把老四给冷落了。要是不知道轻重，让那宁夫人把孩子生在前头，可就要像你大嫂那样，妾室都敢和她分庭抗争了。"

仙蕙闻言心头一暖。

虽然明白婆婆这是担心，嫡庶不分，会让小儿子府上以后永不安宁。但不论如何，都是跟自己掏心掏肺的体己话了。虽说对高宸讨好的事暂时做不来，还是不愿辜负了婆婆的一番好意，也就温温柔柔应了，"是，回去儿媳就多陪陪王爷。"

周皇后满意地微笑点头，"那就好，我就不多啰唆了。"

仙蕙勉强笑笑。

舞阳公主见她们说得差不多了，才过来，插嘴笑道："好啊，母后就只顾着和仙蕙说体己话儿，把亲闺女都丢下了。"开了句玩笑，然后又去推仙蕙，"今儿是年三十，大家都高高兴兴的，你可别赌气。不过也别担心，回头空了我替你说一说老四，妾是妾，妻妾尊卑不能忘了。"

她从小养尊处优长大，一帆风顺，不仅性子要强，加上身份使然，很是看不上妾室姨娘之流，自动跟做嫡妻的仙蕙站在了一边。

就连周峤都过来凑热闹，哼哼道："四舅母，我也帮你。"

仙蕙本来已经做好心防，冷起了心肠，被婆婆大姑子和外甥女一番关怀，反倒弄得心里酸酸涩涩，眼眶都潮湿了。眨了眨眼睛，深吸了一口气道："好了，我心里记着呢。今儿先别说这些琐碎事了，大家都要开开心心的。"

舞阳公主笑道："你别感动得掉猫尿，回头我找你做东西的时候，可不许偷懒。"伸出染了蔻丹的纤纤手指，"就做一个，和我戒指颜色相配的荷包罢。"

仙蕙微笑，"好，回头亲自去一趟公主府上，让你挑颜色和料子。"正好出去逛逛，省得整天呆在靖亲王府，看那些糟心的人，糟心的事儿。

周皇后打趣，"原来你是为了仙蕙的东西，才给她撑腰的。"

"我也要荷包，还要帕子。"周峤笑嘻嘻地凑趣，扯着仙蕙不放手，气氛渐渐热闹起来。

"好，都给你做。"仙蕙心里清楚，身在皇室，她们有什么是想要得不到的？自己的针线再好，也未必就比针工局的人厉害，——丈夫不好，所幸婆家的人还是不错的，也是自己好命了。

回去的路上，让仙蕙煎熬的事情又来了。

——必须和高宸同乘一车。

刚才来的时候，两人就一路无话地坐到皇宫，现在又要彼此沉默地坐回王府，马车里的空气都是凝固的，呼吸都有些困难起来。高宸一语不发，仙蕙别开头，掀起帘子，去看夜空里缓缓升起的祈福灯。

深蓝色的夜幕里，一盏盏燃得橘红的祈福灯在空中飘起，好似彩色的星星一般。

她看在眼里，心思却不知道飘去了哪里。

忽然间，远处的一盏祈福灯好似流星一般，"嗖"的一下，向着地面坠落下去！紧接着，又是一盏祈福灯坠落！接二连三，足有七八盏祈福灯坠落了。

仙蕙微微吃惊，这是怎么回事？正在疑惑，就见马车队伍停了下来。

有侍卫飞快来报，"回禀王爷，前面寿宁街有祈福灯坠落，惊散了人群，那边现在已经乱作一团，把路给堵了。"

高宸听了，淡淡道："那就绕道桂香坊回去。"

寿宁街？仙蕙听在耳朵里，总觉得和什么人有点关联，一时又想不起来。马车很快改

了道儿，街面上乱哄哄的，有路人从别的地方跑过来的，大声喊道："不得了了！寿宁街的祈福灯坠落，把孝和公主的马车给烧了。"

仙蕙心头一跳，出于直觉，便回头朝高宸看了过去。

高宸却是表情淡淡的，反问道："你看我做什么？"那眼神里分明写着，莫非你怀疑我是纵火的幕后黑手？他嘴角微翘，却没有再多说下去。

仙蕙收回了目光，淡声道："没什么。"

不管纵火的幕后黑手是不是高宸，自己都和他在同一条船上，——什么该问，什么不该问，自己心里还是清楚明白的，所以就不问了。

至于寿宁街的祈福灯为何会坠落，又是不是和高宸有关，都无所谓。反正孝和公主三番五次要置自己于死地，只要她出事，自己都是乐见其成的，那就静候佳音罢。

靖亲王府的马车改路绕了道，往桂香坊方向。

即便如此，一路上还是拥挤不堪。

特别是马车走到街角路口的时候，仙蕙探头望了一眼，寿宁街的方向火光冲天，原本漆黑的夜幕映成了一片艳红。还有喧哗的哭喊声、吵闹声，以及凄厉的尖叫声，不断朝着四周蔓延开，让人听得触目惊心。

远远听着，都是如此惊心动魄，就更不用说身处其中的孝和公主了。

因为今儿是年三十，万贵人特意向皇帝给她求了一个恩典，可以不用回大觉寺，而是回公主府住一夜，省得赶不上明天正月初一的朝见。而回公主府必须经过寿宁街，这条街在京城里十分有名，夜里出来观看烟花和祈福的百姓很多，热闹非凡。

这份热闹，随着祈福灯坠落、拥挤、践踏、喧闹，很快变成了一种令人骇然的恐怖！

本来就是夜色重重、灯火闪烁，突然人群慌乱拥挤，再加上各种惊呼尖叫声，恐慌就像毒烟一样迅速蔓延，场面根本没有人能控制！孝和公主身边的侍卫都慌了，想要改道根本就来不及，很快就被逆行的人群给包围！

此时想要再脱身，难了。

毕竟公主府的侍卫再厉害，也不过几十人，敌不过小半个京城的百姓拥挤啊。

有人哭道："啊，我的脚……"

"哎哎！不要推我，不要推！"

"是谁在后面推老子？娘的，哪个不长眼的……，哎哟！我的手……"各种喊叫碰撞声不绝于耳，连绵起伏，场面一度失控到混乱。

有侍卫高声大喊："让开，让开！不要惊了公主殿下的车驾。"

根本没用，不是百姓们胆子大，而是祈福灯落在街面上，今夜花灯、烛火又多，顿时烧出一片吓人的火光。而且人挤人，人推人，再加上到处都是鬼哭狼嚎的声音，求生的本能让每个人都恐慌逃窜，根本就停不下来。

别说公主的车驾，就是皇帝的车驾在此估计都拦不住，谁都不想马上死啊。

下

　　孝和公主坐在马车里面，被人群推得左右摇摆，不由惊慌道："让开！让开……"又是勃然大怒，"我是孝和公主，你们都赶紧给我散开！"

　　混乱中，一个侍卫模样的人喊道："都滚开！不要对公主殿下的车驾无礼，否则砍了你们的脑袋！"说着，居然真的拔出了钢刀，"不听是不是？找死呢？！"

　　那人一刀下去，跑得最近的一个胖子被砍中，顿时嗷嗷叫唤，"我的胳膊，啊……，我的胳膊啊，痛……，他们要杀人了。"

　　紧接着，又有一个年轻人被砍伤，"啊！"惨叫顿时响起，"救命！"很快，接二连三的有百姓，或多或少被砍伤，忽然间有人高声大喊，"杀人了！杀人了，孝和公主的侍卫要杀人了！"

　　百姓们本来就被火势吓得魂飞魄散，再听说杀人，人群立即变得更加混乱，推搡得更加厉害。孝和公主的马车，就在这一片混乱之中，"轰"的一下，被慌乱的百姓和愤怒的受伤人士给推翻，孝和公主跟侍女都滚了出来。

　　"你们反了？"孝和公主跌跌撞撞，疼痛不已大骂道："都给滚远一点儿！"

　　"是她，是她！"有个受伤的百姓愤怒道："就是她让侍卫杀人的！"

　　"打死她！打死这个毒妇……"

　　孝和公主吓得赶紧抱住脑袋，侍卫们也赶紧过来护卫，但是周围的百姓已经被惊恐和杀人彻底激怒，都是愤怒不已！混乱之中，有烧红了眼睛的百姓踩向孝和公主，有人扯住她的头发，有人偷偷踹她几脚，——根本就分不清是谁干的，侍卫们也没有办法护得住。

　　"救命！"孝和公主想要逃，却被人推倒在地，惊骇地尖声叫道，"救我，救我！"又是愤怒地吃痛大喊，"你们这群刁民，啊……，我要让父皇灭了你们的九族……"

　　"咔嚓！"一个愤怒的百姓踩断了她的胳膊，狠狠啐道："呸！先灭了你！"

　　"对，对！杀了她！反正都是一个死！"

　　"啊……！"孝和公主连连发出惨叫，"我、痛……"

　　这边混乱不堪，后面的人群还在不停拥挤，"快跑啊，火势越来越大啦！"一层层的人往前推，不停有人跌倒，有人受伤，四周一片鬼哭狼嚎的惨叫声。

　　孝和公主被人践踏得面目全非，身体破碎，然后瞪大了眼睛，喊出了最后一句话，"救、救我……"直到临死前的一刹那，她都不明白，为何会因为几盏祈福灯的坠落，就被人群掀翻了马车？为何只是骂了几句贱民，就落得被人踩死的悲剧命运？真是死不瞑目。

　　夜色中，火势渐渐减缓，慌乱惊恐的人群渐渐四下分散。

　　等到侍卫们可以推开百姓们上前察看的时候，孝和公主早就已经咽了气。不……，准确地说，那具被百姓们践踏得面目全非的女尸，若不是身上还穿着公主的服饰，已经认不出她是孝和公主了。

　　——简直惨不忍睹。

而此刻，高宸正在和仙蕙一起守岁。

仙蕙并没有因为他的到来，而感到意外。毕竟自己是他的嫡妻，大年三十，当然是要夫妻一起过的。他就算不给自己面子，也要顾及王府的体面，若是宠妾灭妻，指不定就要被人弹劾一本了。

高宸一直沉默着没说话。

屋里静悄悄的，好似一潭静谧无比的古井水。

"仙蕙……"高宸忽然问，"如果我死了，你会伤心难过吗？"

伤心？难过？仙蕙闭着眼睛，心下只是觉得荒唐可笑，他做了那么多的事以后，还问自己会不会为他感到伤心？自己可没有那么多心给他伤，弄碎了一颗以后就没了。

很想冷冷说一句"不会"，但最终，却没出声。

高宸又道："或者，你心里正盼着我死了。"

"那倒不会。"仙蕙倒是睁眼答话了，讥诮道："你活着，就算一百年不理我，就算纳一百个妾，我也还是靖亲王妃。除非你不想让我做靖亲王妃，否则的话，只要我在这个位置一天，就会希望你多活一天。"

不然呢，让自己做一个小寡妇吗？那只会比现在更惨。

高宸长长一声叹息。

次日一早，庆帝得知了孝和公主身故的消息，顿时雷霆震怒。

堂堂一国公主，天之骄女，竟然落得被一群蚁民踩死的悲惨结局！可是，这世上有个道理叫法不责众。昨儿晚上混乱异常，天又黑，人又多，根本就不知道谁去了寿宁街，闹事的又是谁，总不能把看花灯的百姓都抓起来吧？京城里的大牢装满也关不下啊。

庆帝郁闷非常，这样就没有办法再处置下去了。

而万贵人得知这个消息以后，哭得晕死过去。

庆帝为了安抚痛失爱女的万贵人，于是特旨升了她的位分，封为万嫔。若不是还顾及之前孝和犯的错，顾及皇后和高宸、高敦等人，位分还会封得更高一些。

"皇上……"万嫔醒来以后仍是哭，红肿着一双眼睛，哽咽道："好端端的，那些祈福灯怎么会坏掉？一定是有人捣鬼！有人要害孝和！"忽地脸色一凛，"对了！是……，是邵仙蕙！肯定是她！"

这个怀疑，皇帝也曾经想过，——祈福灯的事，会是四儿媳派人捣的鬼吗？孝和以前的做法的确不对，她心里恨着孝和也是应该的，但是……，如果祈福灯的事真是她所为，那也太过残忍毒辣了。

万嫔放声哭道："她还想怎么样啊？孝和都已经出了家，不能再嫁人，孤苦伶仃了此残生还不够吗？竟然要生生害死她！甚至就连死……，都不给她留一个全尸啊。"哭得哽咽难言，"我的女儿，我可怜的孝和啊。"

下

"行了。"皇帝呵斥道："无凭无据的，不要胡说八道。"然而等到离开顺德宫，回去以后，却是一阵脸色阴沉，叫来太监盼咐道："寿宁街的事一有消息，就来回朕！"

查来查去，最后查到附近兜售花灯的小贩。

一检查，全都是偷工减料制造，那竹子骨架纤细不堪，难怪花灯才飞到一半，就从半空之中坠落下来！可是继续往下追查卖竹子骨架的人，却没有下落。据小贩说，因为年前几天生意太好，做好的祈福灯被人买走许多，自己怕三十晚上祈福灯不够卖，又来不及做更多的骨架，所以就在街上买了一些便宜骨架。

根本不知道对方是谁，家住何处，只记得是一个瘦瘦的小老头儿。

这让大理寺的人要怎么找？满京城去找一个小老头儿？根本就不可能嘛。

公主府的侍卫们被带进了皇宫，向庆帝详细回禀。

"当时场面混乱不堪，惊慌逃窜的百姓实在是太多，根本拦不住。不过……"回话的侍卫头领身体发抖，咽了一下口水，"原本我们还是护得住公主殿下安危的，顶多不过我们受些冲撞，但是有个侍卫忽然砍了百姓，百姓受伤，又有人喊孝和公主的侍卫杀人，这才让百姓们都把怒火发泄到公主身上。"

"是哪个侍卫做的？！"庆帝震怒道。

侍卫头领回道："当时混乱没有注意，后来我们一对质，发现喊话砍人的侍卫，根本就不是我们的人，不知道是从哪儿冒出来的。"

庆帝的脸色阴沉无比。

也就是说，有人假冒公主府的侍卫砍伤百姓，故意让百姓践踏孝和了？！这一切，分明就是一场阴谋！先是有人故意收小贩的花灯，然后卖便宜骨架，制造出祈福灯坠落失火一事，然后又假扮侍卫，将百姓的怒火引向孝和让她被人踩死！

是谁？是谁如此歹毒狠辣！

可惜有用的线索只有这些了，卖祈福灯骨架的人找不到，假扮侍卫的人也找不到，案子变成了无头案，根本没有办法再继续追查下去。庆帝除了砍了两个侍卫脑袋，处罚了剩下的侍卫以外，再没有任何法子消除心头的怒火，替女儿报仇！

尽管毫无证据，但是凭着直觉，庆帝觉得这件惨祸和靖亲王府脱不了干系，那个邵仙蕙不能再留在京城了。可是无缘无故也不能让老四休了她，要她走，就得让老四离开京城，罢了，罢了，老四早晚也得离开京城的。

——不用再拖了。

庆帝忍耐许久的事终于提上了议程，那就是，——让靖亲王高宸就藩！而在这之前，首要之急是让他交出兵权，不然让一个手握几十万重兵的藩王去封地，那就不是就藩，而是存心分裂半壁江山了。

事情居然很顺利，高宸没有任何异议交出了手中大部分兵权，只留了一支亲卫军。

回了王府，他自嘲笑道："早晚都是这么一个结局。"

157

因为眼下是在正月里，孝和公主又算是早逝，所以她的丧事办得并不隆重，走了过场在公主陵下了葬。皇宫里也不可能为一个公主挂白色，即便是万嫔的顺德宫，也只在小佛堂里设了一个灵堂，用以缅怀女儿。

日子一晃，很快就到三月春光里。

这几个月时间，高宸每天或者在王府里饮酒作乐，或者出门游湖踏青，陪在他身边的不是王妃邵仙蕙，而是夫人宁玉瑶。京城里的人都纷纷议论，靖亲王自从被皇上削了兵权以后郁郁不得志，并且传闻很快就要去封地，难怪如此沉沦颓废了。

有关就藩的事，仙蕙也有不少担心。

高宸回头的封地多半不是江都，因为那里他太多熟悉，有太多的旧势力，皇帝和太子以及朝臣们，都不会放心的。只怕……，多半要去一个偏远之地。

心下有些难过，那样的话，自己和父母亲人可就天各一方了。

而且，想到宁玉瑶，不免想到以后靖亲王府可能更多的莺莺燕燕，往后自己一个人孤身在外，——和丈夫离心离德，还要面对一大群花枝招展的侍妾，日子自是不会开心了。心烦意乱的日子中，却出现了一个让人欣喜的消息。

"王妃娘娘，祈福灯的事有进展了！"

"什么进展？"仙蕙忙道："快说，快说。"

厉嬷嬷回道："之前那个兜售劣质竹子骨架的人，已经找到了。"见她脸色一变，赶忙连连摆手，"放心，和王爷没有半点关系。"然后继续道："不过找到的却是一具尸首，死了好几天，被人扔在乱坟岗上，仵作上报衙门，才弄清那人的身份。后来叫卖花灯的小贩过来认尸体，确认就是那个卖劣质花灯架子的。"

可是事情却没有完，一查再查，那个犯人竟然是太子府一个婆子的亲戚！而太子府的那个婆子，又是在太子妃手里做事的，据那婆子交待，都是太子妃让她参与了祈福灯一案。任凭各种刑具加身，拷打之下，仍旧是这一番说辞，显见得是真的了。

仙蕙先是吃惊，继而心思转了转，"这等机密的消息，你是如何得知？"厉嬷嬷的手再长，也不能伸到大理寺去啊。更何况，先帝的吴皇后已经死了，吴皇后剩下的暗线不多，力量根本就没有这么大。

厉嬷嬷眼帘一垂，"这一次，大理寺是公开审讯此案的。"

"公开？！"仙蕙心中转动，很快就冷笑着明白过来。

也就是说，庆帝认为祈福灯一案是自己设计的，所以才要公开审理。等到证据确凿、案情大白，自己这个靖亲王妃谋害公主的罪名确凿，——被废只怕都不够，只能一死了。

到时候，就连高宸也会受到牵连。

高宸理亏之下，只能退让一步自请离开京城，去偏远藩地就藩。

——事情已经超出了常态。

下

　　仙蕙过了这几个月，早已经没有了当初的愤怒和委屈，只剩下冷静应对。想到此处，当即站起身来，肃然道："拿我的披风，我要去书房找王爷说话。"

　　自打年三十以后，高宸一直都没有再去过正院，仙蕙也不去找他，夫妻俩就这么各过各的日子，井水不犯河水。因而今日仙蕙到书房，倒是叫初七等人意外，不过也不敢耽误，赶紧进去通禀了。

　　仙蕙进门道："刚才听厉嬷嬷说了大理寺的事，据说祈福灯一案，背后都是太子妃主使的，想必王爷知道了吧。"

　　"知道。"高宸淡淡道："你不必管了。"

　　仙蕙蹙眉，"皇上为何要公开审理此案，王爷难道不清楚？我是担心……"

　　"我说了，你不必管。"高宸打断她，依旧冷，依旧不客气，好似年三十那一夜的忽然温柔，只是仙蕙的幻觉，"你老老实实做你的王妃便是，守着规矩，不出错就行。"

　　这算是什么态度？仙蕙心下冷笑，是不想让自己管？还是因为自己打断了他的好事，所以心烦，急不可耐地要撵自己走？恐怕是后者吧。

　　门外面，忽然来了一个脚步匆匆的丫头，"王妃娘娘，宫里来人传话。"

　　仙蕙转身便走。

　　"你记住。"高宸在她身后叮嘱道："事不关己高高挂起。等下你进宫，不要再拉扯太子妃之前的事，我自有主张，赶紧去吧。"

　　仙蕙勾了勾嘴角，头也不回地走了。

　　片刻后，宁玉熙从里面走了出来，"王爷这是何苦？非得让王妃误会你，恨你，哎，连我都替王爷难受得慌。"王爷他，全心全意为了王妃打算，却只能做一个恶人。

　　若是那件大事成了，或许还有解释的机会。

　　若是不成，王妃伤心之下，只怕真的要跟那个陆润走了。

　　"在想什么？"高宸挑眉问道。

　　"哦。"宁玉熙赶紧收回思绪，怕被他看穿心里所想，转移话题道："王爷高见，起初属下还以为孝和公主的事，只是王爷为王妃解决私怨，没想到后面隐藏着这么一大招棋，倒是属下见识短浅了。"

　　高宸摇摇头，"太子妃身边的那一步棋，最开始我也没有把握能成，如果不成，事情就止步在孝和之死。"顿了顿，"眼下事情既然成了，当然更好。"

　　宁玉熙笑道："是啊，马上就有大戏要唱了。"

　　如今所有矛头都指向太子妃，证据确凿！不仅洗清了靖亲王府的嫌疑，还让事情演变成了太子府谋杀孝和公主，意图加害靖亲王府，——四两拨千斤，一下子就把靖亲王府的劣势给扭转了。

　　皇帝早先对靖亲王府怀疑，无凭无据，就认为是靖亲王府所为，急着撤了王爷手中的兵权。而此刻，皇帝心里不知道是愧疚呢？还是羞惭？只怕二者都有之吧。

此时此刻，庆帝的心情真是复杂无比。

自己不仅怀疑错了人，还因为心虚逼着老四交出了兵权，然后又让大理寺公开审案，原本准备一口气拿下，——除掉邵仙蕙，接着让老四即刻离京就藩。结果呢？事情到最后却闹了一个大乌龙。

竟然是太子妃在背后捣鬼，她不仅害了孝和，还故意将罪证引向靖亲王府。

不……，这么一想，是不是太子也参与其中？老大为人庸碌，面对年轻强势又如日中天的弟弟，怕是也很担心吧？是不是和自己一样，想让老四早点远离京城就藩，才能感觉松一口气？想到此处，心中真是五味杂陈。

庆帝此刻恨太子妃恨得简直入骨！不仅因为孝和之死，更因为太子妃的愚蠢和毒辣，将自己和太子都推到一个麻烦的境地。自己做了一个错误的决定，而太子，也会因为太子妃受到牵连。

因为闹到眼下这种地步，太子妃便是想"病"死都没有机会，只能被废处死！太子妃失德，何尝又不是太子失德？而且太子还夹在其中不清不楚，就连自己都怀疑太子参与其中，更别说那些反对太子继位的大臣们了。

此时此刻，庆帝陷入了一个两难境地。

原本因为高宸功高震主而一气打压，结果打压错了。原本扶植相对柔和的太子，却是一个蠢的，还有残害手足的嫌疑，扶植的人又不对。

庆帝现在再拉拢高宸，晚了，而向着太子又难了。

等于说，得罪了一个最有力的皇位继承人，扶植了一个最不成器的太子，这让朝局如何安宁平定？稍有不慎，只怕又是一场血雨腥风的斗争。

凤仪宫内，周皇后刚刚召见了仙蕙，说道："要说呢，皇上让老四交出兵权的事，有些急了。"语气十分委婉，"可这也是朝臣们闹的，整天上折子闹得皇上脑袋疼，皇上就想着早晚都是要交的，不如早交早省心了。"

仙蕙闻言一愕。

周皇后又道："现如今，孝和那边的事都查清楚是太子妃所为。这件事，难免会影响到太子身上，那个……"勉强笑了笑，"不管怎么说，老大和老四都是一母同胞，是手足亲兄弟。老大不成器的时候，老四也该扶持一点儿才对。"

仙蕙听得明白。

婆婆这是要自己当说客，去劝高宸，让他不要对高敦落井下石。

呵呵，这个只怕要让婆婆失望了。

先不说自己和高宸关系已经破裂如冰，就说高宸的本身的心思，只怕……，也是不愿意让高敦继续做太子的，自己又如何劝得动？况且，高宸若是不能做太子、当皇帝，照着眼下的局面，将来多半不会有什么好日子。

他都不好了，自己难道还能得一个好吗？自己又怎么可能去劝？根本不可能。

"你放心。"周皇后又道："我已经跟皇上商量过了。老四回江都会惹得朝臣们不满，不太合适，但是也不会让他去偏远的地方。到时候，会给他挑一个富庶的封地，每年的赋税都是老四的，你们小两口自由自在，又没人管，比在京城里还更舒服呢。"

仙蕙心下不免失笑。

婆婆这是丈八灯台只照着别人，照不到自己。在她眼里，手心手背都是肉，丈夫和儿子都很重要，所以一心想要平衡关系。她却不知道，或者说她不愿意那样残忍地去想，天家根本就没有父子情，也没有兄弟情！

假如高宸像高敦那样懦弱无为，或许皇帝和太子还能容忍，给他一个荣华富贵。可惜高宸偏偏不是，他就是一柄让人人都畏惧忌讳的利剑，放哪儿都不安心。皇帝肯定只是拿话哄着皇后，等到就藩，高宸多半会去一个鸟不拉屎的地方，手上兵权也会收得干干净净，然后再被人监视看管起来。

——根本就不可能有舒服的日子。

只是这些话不便说，敷衍应道："好，回去我会多劝劝王爷的。"

心里面，也忍不住有一丝恍惚。

高宸到底打算怎么样呢？就这么交出兵权，然后等着去一个偏远之地就藩，最终了此残生吗？甚至往后的日子，还要活得战战兢兢，一辈子都得夹着尾巴做人。

这……，可不像是他的性子啊。

可是除此之外，别无选择，总不能起兵谋反吧？况且要谋反，也该早一点谋反，现在兵权都交出去了，还谋哪门子的反啊？说起来，比起和宁玉瑶争风吃醋，计较高宸对自己的冷淡，——靖亲王府未来的道路前程，才更应该关心一些。

可惜这些事自己分毫做不得主，高宸也不和自己商议，并且越走越远。

前路茫茫，不知道最终将要走向何处？听天由命罢。

"启禀皇后娘娘，太子妃殿外求见。"

周皇后的脸色顿时一沉，呵斥道："让她滚进来！"

仙蕙收回心思，心下诧异，太子妃怎么还能跑进宫来？这种时候，就算大理寺的人没动手抓她，也应该严密看起来才对啊。

"太子妃，你可知错？！"周皇后冷声问道。

"妾、妾身……，知错。"太子妃瑟瑟发抖、花容失色，情知孝和公主一案败露以后，自己必死，已经是手软脚软走不动，勉强被人架着进宫的，"求皇后娘娘宽恕。"扭头看到仙蕙，又忙央求，"仙蕙，你原谅我。"

仙蕙淡淡道："你谋害孝和与我何干？"

太子妃顿时语塞了。

"砰！"周皇后一个茶盅砸了过去，狠狠骂道："到这种时候，证据确凿，你还想赖

在一个下人身上？说什么婆子挑唆，就算真的是她挑唆了，难道你就没有长脑子？你这个毒妇，竟然设计害死孝和！你简直没有人性！"

婆婆竟然为了孝和的死而愤怒？仙蕙听着怪怪的。

"不，不不！"太子妃慌张摇头分辩，"我、我只是想让孝和的马车受惊，只是……，只是想让皇上怀疑靖亲王府……"她已经吓得语无伦次，越描越黑，"我……，我没有要害死孝和的，我没有……"

周皇后听了太子妃的言辞，更是怒不可遏，"你还敢故意陷害老四？！"这回可是真的动怒了，吩咐道："叫慎刑司的人过来！"

仙蕙这才算是看明白了一点儿。

婆婆今天，是故意要当着自己的面责罚太子妃，给自己出一口恶气。好让自己顺心顺意地回去，然后说给高宸听，顺便再劝一劝高宸，不要对高敦落井下石了。

因而也就不动声色，乐得看戏。

很快，慎刑司的过来了。

周皇后是一个习惯了后宅斗争的人，搬到后宫，亦是游刃有余。因而即便要责罚廷杖太子妃，也不会亲自动用私刑，而是叫慎刑司的过来"让太子妃说实话"。

这番实话，便是以廷杖二十为开场的。

"啪！"一廷杖狠狠落了下去。

太子妃顿时惨叫，"啊……！"，紧接着，又是第二、第三……，一杖又一杖，整整二十廷杖根本没有间歇。太子妃除了鬼哭狼嚎地惨叫，就连求饶和招供的话，都说不出来。到最后已经是只有进的气儿，没有出的气儿了。

"你这个毒妇！"周皇后恶狠狠骂道："几次三番和那邵彤云一起，陷害仙蕙，本宫却念在你为太子生下两个女儿的分上，一再宽恕于你，没想到你居然变本加厉。居然用毒害孝和的阴谋，来盘算老四和仙蕙！你真是死有余辜……"

"太子妃在哪儿？在哪儿？！"殿门外，万嫔闻讯赶了过来，眼中好似喷火一样，上前狠狠揪住太子妃的头发，咬牙切齿道："是你！就是你，在我跟前说什么大年三十，皇上必定愿意一家团圆，让我提几句，好让孝和回公主府过一个团圆年。"

说着，眼泪簌簌而落，"我还以为你最多是想留着孝和，故意扎一扎仙蕙的眼睛，却没想到，你竟然是让孝和去送死的！"

太子妃后半身都被鲜血染红，只剩下一口气了，艰难分辩道："不……，不是我，这些计谋……，都是那个婆子的主意，不是我……"

她并不知道，中间还有一个莫名其妙的侍卫，砍伤百姓，以至于造成孝和公主被人践踏而死！而这一笔糊涂账，自然也算到了她的头上，甚至就连太子都有了嫌疑。

"皇后娘娘！"万嫔跪在地上大哭，指着太子妃，"是她，从头到尾都是她出的毒计，害死了我的孝和！皇后娘娘你要给孝和做主，给臣妾做主啊。"

下

大理寺公开审理此案，太子妃谋害孝和公主，就算皇帝都掩饰不了，更不用说别人了。

更何况，周皇后根本就不打算包庇太子妃。

以前那是顾及高敦的脸面，加之太子妃算计的只是小儿媳，而现在，太子妃居然算计自己最心爱的小儿子，如何能忍？当即道："将太子妃汤氏送去大理寺，以罪论处！"

"母后……"太子妃还要挣扎求饶，被人塞住了嘴，像死猪一样拖了出去。

仙蕙淡淡扫了汤氏一眼。

没什么可看的了，她这次不仅难逃被废位分，也难逃一死。

——算是恶有恶报了吧。

不过出了宫，坐在马车上心思漂浮不定之际，倒是有些怀疑。

之前高宸故意拦着自己，不处置太子妃。自己虽然不悦，但是事后也想明白了，他肯定是担心太子刚做储君，太子妃就被废，而引起靖亲王府和太子争斗的流言。

现在过了几个月，自然就没有这一层担心了。

而这次太子妃谋害孝和公主的计策，非常精巧！不管是对万嬷的提议，还是年三十街面上人多拥挤的状况，甚至就连愤怒的百姓，这些都像是一个精巧的计谋。虽然没有任何证据指向高宸，但出于对丈夫的了解，却觉得，他在里面搅和了一池春水。

自己嫁了这样一个心智如妖的丈夫，还谈什么感情？但愿他真的算无遗策，不要被人害了，他好好活着，也让自己好好活下去罢。

即便自己和高宸离心离德，但只要做一天靖亲王妃，就能给亲人们带来一天好处啊。

这是唯一支撑自己好好活下去的理由了。

26 风云变幻

次日早朝，金碧辉煌的启元殿上。

太子高敦做了一个让所有人都惊骇的举动，他递上一本奏折，"父皇，太子妃汤氏举止失德，阴谋算计孝和，儿臣有教妻不严之过。况且儿臣自思，并无经天纬地之才，亦无安邦定国之能，所以想辞去太子储君之位，还望父皇恩准！"

此言一出，朝堂上下顿时一片哗然。

高敦为这事儿琢磨很久了。

他思来想去，都觉得太子这位置还是不干的好，因而十分坚决。不顾群臣反对，也不顾皇帝的打断，还要再说，"父皇，儿臣心意已决……"

"啊呀！"有人忽地惊呼，打断了他的话。

众人闻声看去，原来是礼部尚书撞了柱子，撞得头破血流的，颤巍巍道："皇上！老

163

臣有负皇上的嘱托，有负太子太傅之职，没有对太子殿下尽到责任啊。"眼一翻，人顿时晕倒在地。

高敦先是怔住，继而怒道："这是做什么？动不动就死谏的，还让不让人说话了！"

庆帝当即大袖一挥，"退朝！"

群臣窃窃私语，大家都明显感觉到了，要变天了。

高宸脸色凝重地出了宫，并没有因为哥哥的请辞太子之位，感到丝毫轻松，反而觉得有些事的进度要加快了。

因为父皇的意思也很清楚，并不希望太子辞位。

哥哥此举，不但对紧张的局势没有任何缓和，反而只会逼得大家更快翻脸。

——不能再拖延下去了。

高宸一回王府，就召来幕僚们秘密商议，一直安排到入夜三更方散。他在书房胡乱睡了一夜之后，次日天明，起床第一件事就是去找仙蕙。

正院里，丫头看见高宸都是欣喜万分，"王妃娘娘，王爷过来了。"

仙蕙面色平静应了出来，"王爷，里面请。"

"不了。"高宸目光灼灼地看着她，朝她伸手，"走，我带你出去逛逛。"

"出去逛逛？"仙蕙又是意外，又是不解，"去哪儿？"只是站着不动，含笑又问："王爷有事？不如先说说是什么事。"

"没事。"高宸眼神清亮，隐约还带出一丝温柔之意，"就是想陪你出去散散心。"

到了酒楼，高宸才道："眼下三月春正适合踏青，等下吃完饭，我陪你去游湖。"

仙蕙眨了眨眼，"游湖？"她自嘲起来，"王爷今天好兴致啊。怎地……，和宁夫人吵架拌嘴了不成？倒是想起我来了。"

高宸微微皱眉，"今儿别提她。"

"呵呵。"仙蕙越发好笑起来，眸光闪烁，"看来是真的拌嘴了。"然后径直起身，"王爷不是还想带我去游湖吗？走啊。"

——随便他想做啥，自己奉陪！

高宸默默无声跟了出去。

王府早包下了一艘大大的画舫，上面朱漆绿瓦、珠帘蔽月，雕栏楼阁一应俱全。下面一圈儿，是船娘们划桨的地方。在上面顶层，有半幅开阔的平台以供观光，视线非常开阔，将周围的青山绿水一眼尽收。

此刻是晌午过后，三月春，温暖微醺的阳光刚刚好。

"那我来猜猜。"仙蕙在椅子里坐下，姿态优雅，"王爷是不是嫌我在王妃的位置上，有点碍眼了？想我自动让贤给宁玉瑶腾位置？"

高宸深邃的眸子波光微动，摇头道："仙蕙，你别胡思乱想。"

仙蕙又问："是不是，你打算请封宁玉瑶做侧妃了？"

下

"没有。"

"那我再猜一次。"仙蕙忽地笑了,"这次……,肯定不会猜错。"她抬眸,目光清澈似水地看向他,"我猜,是宁玉瑶怀孕了。"

高宸目光一闪,她……,这样算是猜"对"了吧。

"果然如此啊。"仙蕙迷惑了一整天,思量了一整天,这下子总算有了答案,有了一个让自己心痛的答案。心如止水?不……,自己又不是出世的老尼姑,做不到。呵呵,难怪高宸要陪自己逛一整天,重温旧梦,原来是因为……,宁玉瑶怀孕了啊。

"仙蕙。"高宸不防她心思如此敏锐,竟然提前戳破,看来今晚是绝不会有温馨言谈的一夜了。因而索性硬起心肠,说道:"玉瑶怀孕了,你往后不要难为她。你放心,我会给你王妃的体面……"

"你走!"仙蕙指了门,"赶紧走,去陪你心上人和你的孩子。"

高宸看着她的身体摇摇欲坠,想要搀扶,最终还是缓缓转身走了。

夜幕重重,太子府的书房还是一片灯火通明。

太子高敦并不在场,他今天早上干脆称病不上朝,然后也不见幕僚。但是太子党的臣子们和东宫幕僚们,则是心急如焚,不管主子,也要聚在一起飞快商议对策。

众人商议了一整天,最后还是太子太傅拍了板,"就依你们所言,动用你们早年埋下的那根暗线,然后……"如此这般,这般如此地细细吩咐了一番。

没过几天,就有钦天监上报皇帝,说是夜观星象,发现太白星最近时常有些异动,恐怕不是吉兆。这份折子,是一场腥风血雨的开头。但在最初,只是毫不起眼地堆在众多奏折里面,庆帝听人奏完,便随手搁到了旁边去了。

高宸却敏锐地嗅到了一丝不对劲。

回了王府,吩咐幕僚们道:"去打听,太白妖星到底是怎么回事?"凭着直觉,就觉得多半和自己能扯上关系。唯今之计,不是去破坏别人的计划,因为根本就不可能!而是要更快更稳妥地,安排好自己这边的详细事宜,且得抓紧了。

京城里,一场腥风血雨正在暗地里细细筹谋。

在这之前却是一片风平浪静。

三月十六,是高宸二十岁的生辰大喜。

仙蕙等人都陆续到了大厅,入了席。

没多会儿,陆续呈上琳琅满目的各色热菜、冷菜,以及花样摆盘,美酒佳肴,周围到处都是欢声笑语,气氛热闹不已。

周峤转了头,往侍妾那一桌打量了几眼。

宁玉瑶眉毛画得弯弯的,温柔妩媚。

呸!不要脸的狐媚子。

165

"四舅母。"周峤拉着仙蕙咬耳朵,"我看着她就觉得讨厌。"

"今儿到处都是人,别说了。"仙蕙摇了摇头,然后问道:"你有没有什么想吃的?我让人给你端到跟前来。"

"我想……"

话音未落,就听见旁边桌子上有人惊呼,"哎呀,快快……",又有人道:"快来人!宁夫人身子不适吐了。"

众人都看了过去。

宁玉瑶用帕子捂着嘴,眉头微微皱着,身前是一片狼藉污秽,狼狈不堪。坐在她旁边的几位女眷,都是纷纷散开躲避。她咳了咳,脸色涨红起身道:"对、对不住……,是我,扰了大伙儿的兴致了。"

周皇后看着直皱眉,喊了一声,"仙蕙。"

仙蕙赶忙点头,然后走了过去,吩咐丫头,"快扶宁夫人回去,让她歇着。"

宁玉瑶娇怯怯道:"妾身先告辞了。"

丫头扶着她慢慢远去,这边仙蕙又让人重新摆了一张桌子,重新上菜,将那一桌的女眷们都转移,这边也忙不迭地让人收拾。

一通各种忙乱之后,总算平静下来。

仙蕙重新入席,周峤在旁边不满地嘀咕,"真是讨人嫌!大喜的日子……"因被母亲舞阳公主瞪了两眼,方才闭嘴吃菜。

哪知道菜还没有吃到一半,又有小丫头慌慌张张来报,"王妃娘娘!不好了,刚才宁夫人过九曲竹桥的时候,不小心落水了。"

"什么?!"仙蕙豁然站了起来,"落水了?"

满座女眷都是一片哗然,议论纷纷。

"母后,请恕儿媳失礼。"仙蕙告了个罪,不得不往紫薇阁那边赶去。哪怕明知道宁玉瑶的事,会让自己惹上麻烦,但是身为王妃不能躲避,否则反倒越发显得有鬼心虚了。

一进紫薇阁,就听见高宸在里面说道:"玉瑶,你先别哭了。"

这么快?仙蕙心下轻笑,他在前院,居然比自己从后院更快过来,应该是宁玉瑶刚刚一呕吐,就闻讯赶过来了吧。

还真是……,情深义重啊。

"王爷、王爷……"宁玉瑶在里面哭道:"我的孩子……"

孩子?胎像不稳?还是说,她已经小产了?仙蕙心里"咯噔"一下,毫无缘由的,就是觉得,肯定有大麻烦要找上自己了。

宁玉瑶在席面上突然呕吐,然后落水,接着小产,——虽然不知道是怎么回事,但就算没有阴谋指向自己,作为主母,也是很严重的失职。更不用说,万一有什么污水泼向自己,那更是说不尽的麻烦重重。

下

高宸在里面安慰她，"好了，玉瑶，你先别哭了。"声音温柔又心疼，"你还年轻，将来想要孩子总是会有的，我们再生……"

仙蕙猛地别开了头，胸腔窒闷，喉咙也像是被棉花堵塞住了。

里面有丫头禀道："王爷，王妃娘娘过来了。"

"让她进来！"高宸冷冷道。

仙蕙强忍了难受和窒息，缓缓走了进去。

宁玉瑶脱了外衫，穿着一袭桃红色的中衣，躺在床上，哭得一片梨花带雨。高宸一脸关切地坐在床边，两人情状亲密，说不尽的恩爱缠绵之意。

仙蕙要死死掐住掌心，才能保持平静，而不至于说出什么难听的话。

原来之前亲耳听到他们温存缠绵，还不是最狠的，最狠的是像现在这样，亲眼看见才知道，靖亲王府里，根本就没有自己的立足之地。

如果可以，自己宁愿从来没有遇到过他，与他毫无干系。

——但愿与君从不相识。

高宸面容清冷，回头看了仙蕙一眼，便又转头关切地安抚宁玉瑶，"别哭了。"他动作温柔地给她擦泪，语气柔和，"你才小产，掉眼泪，是会伤了身子的。"

宁玉瑶眼泪汪汪的，哽咽道："王爷……"

仙蕙觉得自己在这里纯属多余，便想转身出去。

刚要走，一个丫头飞快进来回报，"回王爷，刚才有人仔细检查了九曲竹桥，发现有两个柱子的衔接处，被人做了手脚，捆绑的绳子早就松动了。"

此言一出，屋里顿时奇异地安静下来。

下一瞬，又是宁玉瑶尖锐的哭声，"王爷，有人要害我！害我的孩子啊……"她伏在高宸的怀里，哭得伤心不已，"难怪、难怪……，那竹桥板会突然塌了。"

此时此刻，仙蕙已经确定，一场阴谋正在朝着自己袭来！

一波未平一波又起，正在热闹，大夫又从厨房回来禀道："王爷，方才宁夫人所吃的玉露甜羹里面，被人添了木薯粉。虽然不会影响胎气，却会让孕妇容易呕吐，这应该就是宁夫人在席面上呕吐的原因了。"

宁玉瑶顿时尖叫，"王爷！难怪妾身会不适呕吐，然后离席，所以才会……，才会从桥上掉下去啊。"她一把抓住高宸的袖子，嘤嘤而泣，"我的孩子啊，孩子……"

高宸雷霆震怒，"把厨房的人都抓起来，仔细审问！"

问来问去，每个人都是忙着洗清自己，没有一句有用的话。

"好啊。"高宸冷声道："既然你们都不认，那就全都是包庇窝藏犯人。来人！全都拉下去廷杖，打到她们肯说实话为止。"

院子里，一阵鬼哭狼嚎的喊声响起。

仙蕙静静地看着，等待着，她心里清楚，战火迟早会烧到自己的身上的。因为今天的

167

事实在是太巧了，——宁玉瑶被人下药，席上呕吐，路过竹桥又被人做了手脚，分明就是一场天大的阴谋！

靖亲王府人口简单，既然不是自己算计她，那就是她算计自己了。

片刻后，有个挨打的婆子喊道："别打了！别打了……，奴婢有话说。"然后被人拖了进来，扔在地上，瑟瑟发抖回道："今儿、今儿上午，秋芸那个丫头鬼鬼祟祟的，一直在厨房里面打转，不知道在捣什么鬼，多半……，木薯粉的事就是她做的。"

"秋芸？"宁玉瑶屋里的一个丫头惊呼，"今儿早上我在紫薇阁附近瞧见她了，好像她还去了竹桥那边。"一脸大惊失色，"天哪！难道竹子桥也是她弄坏的。"

"秋芸？"高宸皱眉，"哪个院子的？"

管事妈妈迟疑了下，回道："是王妃娘娘院子里做打扫的丫头。"

高宸目光凌厉地扫向仙蕙，然后呵斥，"去带秋芸过来！"

仙蕙心下嘲笑，看……，该来的果然来了。

管事妈妈赶忙领着去了正院，没多会儿，慌慌张张跑了回来，"王爷，不好了！秋芸在后小院里上吊自缢了。"一脸为难道："那要怎么办？现在秋芸死了，死无对证。"

高宸皱眉，挥手道："都下去。"

屋里的众人都是如蒙大赦，忙不迭地退了出去。

宁玉瑶缓缓抬起头来，泪眼莹然，"王妃娘娘……"她面色苍白如素，一脸惊骇不敢相信样子，放声哭道："你……，你怎么可以害了我的孩子，你就算恨我、怨我，都冲着我来便是，为何那样歹毒？孩子是无辜的……"

自己害了她的孩子？仙蕙心下轻笑。

天知道，自己连秋芸长什么样子都不知道。

"哈哈……"仙蕙轻笑，"王爷，你信吗？你打算如何处置？"

"邵仙蕙！"高宸硬起心肠，呵斥道："你这算是什么态度？玉瑶出了事，小产了，都是因为你院子里的丫头做了手脚，你居然一句话都不解释。呵呵，是不是以为秋芸死了，就可以死无对证！是不是以为你是先帝御赐的王妃，本王就不敢休了你？！"

仙蕙看向他的眼睛，目光清澈，"还请王爷给我一纸休书。"

"休书？"高宸像是想要休她，又不敢休，反倒被她的言辞给激怒了，"邵仙蕙！你真是放肆！"他终于，说出了那句准备许久的话，"你滚！给本王滚回江都去！"

尽管仙蕙没多久就回了宴席，可是她那苍白的脸色，黯然失色的眼神，已经说明了宁玉瑶落水的事，恐怕没有那么简单。等到宾客们回去以后，不到半日，有关靖亲王府的小道消息，很快就慢慢传了出来。

宴席上，宁玉瑶呕吐离席，然后落水，小产，王府里死了一个丫头。

下

——这种戏码在后宅太过常见了。

众人都是议论纷纷，有说宁玉瑶倒霉的，有说王妃邵仙蕙手段太拙劣的，也有说高宸宠妾灭妻的，七嘴八舌，在京城里掀起一股不小的暗涌。

这些话传到万嫔的耳朵里以后，一阵阴沉不语。

女儿是怎么被邵仙蕙和陆涧害了的？他们两个奸夫淫妇勾勾搭搭，早有私情，结果陆涧才会去救了女儿，害得女儿不得不下嫁给他。然后一步步，一次次，最终让女儿一错再错毁了她，最后还被废太子妃借此缘由，设计害死了女儿。

女儿孝和的死，邵仙蕙和陆涧都脱不了干系！

那陆涧离开京城以后，自己也曾让儿子楚王派人寻找，结果却是杳无音讯！这一次，邵仙蕙要回江都去了。她是以靖亲王妃的身份回去的，必定一路排场不小，目标明显，那么绝不能放过她了！

万嫔清楚这次机会十分难得，当即吩咐，"快去，传楚王进宫说话。"

而此刻，靖亲王府一片气氛诡异。

玉籽正在哭丧着一张脸，领着丫头们打包金银细软，忍了又忍，还是忍不住跑过来跪下哭道："王妃娘娘，你怎么不去争取一下呢？难道说，真的就要这么走掉？奴婢求你了，你去找王爷说说，让他收回成命吧。"

厉嬷嬷原本也和玉籽一样，有诸多不甘，可是昨天被高宸叫去以后，回来就无话了。

她没有想到，王爷竟然对王妃用情如此之深，为了她，情愿背负所有的错，情愿让王妃恨他，也要给她铺平所有的身后道路。

他说："如果我还能活着，千山万水，也一定会去找回她。"

他又说："如果我死了，不要告诉她一切真相，让她恨我，让她忘了我。让她……，从今往后，就跟着陆涧好好过罢。"

自己问他，"王爷如此伤了王妃的心，就不怕她彻底死心，等事成之后，再也不愿意回去了吗？甚至，她真的对陆涧移了情，又当如何？"

他却道："即便那样，她也还是好好地活着，有人照顾，有人陪伴。痛苦和伤心的人只是我，而不是她，总比我失败死了，让她跟着谋反篡位的靖亲王一起葬身要好。哪怕是万分之一的可能，我也不会让她去冒险。"

厉嬷嬷心下轻叹，无话可说。

"王妃娘娘。"玉籽还在哭道："你去求求王爷啊，去啊。"

"玉籽，别哭了。"仙蕙拉她起来，微笑道："你还看不明白吗？不是宁玉瑶有本事能撵我走，而是……，王爷他要让我走啊。"

既然是高宸决定要让自己走，再求情，又有何用？

再说了，自己离开京城其实并不算糟糕，至少远离了钩心斗角，往后就呆在江都，一辈子一个人过，也没什么不好的。没了丈夫，没有孩子，自己还有母亲、姐姐和哥嫂他们，

日子不过是回到了从前，真的挺好的。

呵呵，就当自己从未认识过高宸吧。

——幻梦一场。

仙蕙离开靖亲王府的那天，天阴沉沉的，带着一抹让人说不出来的压抑。

高宸来了正院，他深邃的眸子里有光芒复杂闪烁，好似天上的星光，又好似乌云遮蔽的皎月，让人捉摸不定。一袭月白色的金边长袍，上绣四爪龙，彰显着他的身份尊贵，衬出丰神如玉的朗朗之姿。

仙蕙看在眼里，心下轻笑，自己当初就是被他的外表迷惑了吧？可惜金玉其外、败絮其中，长得再好看，人再有本事，也掩盖不了他的负心薄幸。

当然了，现在这一切都跟自己没有关系了。

马车"嘚嘚"行驶出了京城西门。往前是一条笔直的官道，又宽又大，路面也算平整，加上王府的马车布置宽大豪华，因而路途并不算辛苦。到了第一处客栈的时候，仙蕙还有精神逛逛院子。

吃了晚饭，窗外寂月皎皎清冷如霜。

仙蕙披了一件白玉兰散花绢衣，倚在窗口，托腮往窗外眺望出去。夜幕中的繁星一闪一闪的，如同晶钻，璀璨明亮，让人看了心生欢喜。而那清凉的月华好似一抹薄雾，从万丈高空洒落下来，让人间景色，染上一层淡淡的莹光之辉。

她的心里，竟是从来都没有过的平静安宁。

这一夜，睡得格外酣畅香甜。

夜里迷迷糊糊的，仙蕙被厉嬷嬷狠狠摇醒，"王妃娘娘，醒醒！快起来，不好了，客栈楼下起火了。"急声催促，"快点穿上衣服，找个地方回避一下。"

玉籽披着衣服跑了过来，惊慌道："怎么回事？怎么着火了。"

"着火？"仙蕙还没大醒过来，只能手忙脚乱的，让玉籽服侍自己穿上外衫，跟着她们在浓烟中下了楼，然后从客栈后门逃离出去。刚跑过一个街口，就见客栈火光冲天，越烧越旺，将半个小镇都给照得亮如白昼！

玉籽脸色惨白，半点血色都不剩下，瑟瑟发抖道："天……天哪，刚才我们要是晚出来一步，岂不是要被活活烧死？"不自禁地缩成一团儿，回头问道："王妃娘娘，我们现在要怎么办啊？"

仙蕙看着那明亮耀眼的熊熊大火，看着葬身在火海之中的客栈，感受着周遭传来的一阵阵温热空气，心却好似坠落到了冰冷深渊之底！

这场火肯定不是意外，而是人为。

那么，是有人要趁机谋害自己？还是……，高宸？他不敢明着休了自己，所以就阴谋设计把自己撵出王府，然后一把火烧个干净！呵呵，会是他吗？当初在京城选秀的路上，他从大火里救了自己一命，所以……，今天要收回去了？

一命还一命啊。

也罢，从此以后再不相欠。

仙蕙转身，凉凉道："我们走，不必回去了。"

厉嬷嬷也道："是啊，今儿的大火的确有些古怪，咱们再回去多半会有危险，不如先避一避。"于是几个人趁着夜色，在半个小镇沸反盈天的喧哗中，匆匆逃离而去。

出了城以后，一直走，一直走，黑暗就好似无边无际那么漫长。

仙蕙环顾了周围一圈儿，再看看金叶，总算稍微安定一些。只要不是遇到三五个人的劫匪，或者大批杀手，自己这几个人应该还是安全的。等下往前走走，暂时先找个农户落脚好了。

"啊呀！"玉籽忽然回头，跳脚失声，指了指后面，"后……，后面有人追来了！"她吓得直往金叶背后躲，低声惊呼，"你们看，你们看……，好像是一个男人啊。"

仙蕙闻言吃了一惊，顿住脚步，赶紧转头看去。

夜色中，迷迷蒙蒙的青色薄雾里有一点亮光。仔细一看，竟然是一个长身玉立的年轻男子，手里提着一盏橘红色的灯笼，拨云散雾，朝着这边飞快追来。

他渐渐走近，五官轮廓和身影一点点清晰起来。

"啊！"玉籽吃惊地捂住了嘴，惊诧道："天哪！怎么会是他？！"

"陆涧？"仙蕙更是满目的不可置信。

陆涧的步子越来越快，越来越近，"王妃娘娘。"夜色中，他的身影好似一杆孤寒如玉的青竹，虽单薄，但却坚韧笔挺。脚下步子飞快，难掩心中的焦急之情，"真的是你？我这不是在做梦罢。"

仙蕙才是糊涂了，觉得自己在做梦，喃喃道："你不是回江都去了吗？怎么会……"

"一言难尽。"陆涧尽量简略道："孝和公主跟我和离以后，我怕牵连到陆家的人，思来想去，还是不打算回江都了。因为暂时不知道要去哪里，就在京郊住下，后来听说孝和公主死在年三十的祈福灯下，万嬷必定迁怒我，所以就更不能回江都了。"

仙蕙轻轻点头，然后又问："那你怎么到了这儿？"

"我……"陆涧看了厉嬷嬷和金叶一眼，目光微闪，"我听说靖亲王纳了一个夫人，而且还小产，牵连到你，王爷让你回江都。"他为难道："我有些放心不下，就一路跟在王妃娘娘的马车后面，想看到你平安回去，却不想……"

仙蕙不由轻嘲，"这还真是好事不出门，坏事传千里啊。"

陆涧沉色，问道："王妃娘娘，你还要继续回江都吗？"

"不了。"仙蕙摇摇头，"我和你一样，回江都，并不合适，只会给家里人惹来无穷无尽的麻烦。"她缓缓勾起嘴角，"另外，往后也别再喊我王妃娘娘了。"

"好。"陆涧并没有在这上头争执，而是指了指周围，说道："此处不是说话的地方，我知道附近有一处清闲的尼姑庵，并不算远，先过去安顿下来再说。"

厉嬷嬷亦道："是啊，荒郊野外的不安全。"

若是在从前，仙蕙自然要对陆润避之不及，但现在，反正都已经和高宸关系破裂，自己又已经"死"在了那场大火里面。自己再见谁，再遇到谁，又有何关系？她的眼眸倒映月色水波，徐徐道："从今往后，靖亲王妃邵仙蕙便死了。"

两天后，楚王高齐脚步匆匆进了宫。

万嫔这两天等得心急如焚，赶紧撵了人，问道："可除掉那个祸害了？"

"算是吧。"高齐皱眉道。

"什么叫算是？"万嫔拔高声调，"是就是，不是就不是。"把手上镶金边茶碗一顿，怒声问道："那祸害到底死了没有？快说。"

高齐沉色道："我们派去的四个人，都没回来。"

"没回来？！"万嫔大惊失色。

"母妃别急。"高齐又道："不过靖亲王妃所歇的客栈失火，整个客栈都给烧了。儿子琢磨了下，应该是那四个人杀人灭口之后，放了把火，然后就各自走了。毕竟刺杀靖亲王妃是个大罪名，他们杀了人就走，也说得过去。除此之外，儿子实在是想不出别的可能了。"

谁能想到，高宸会派人"追杀"自己的妻子呢？

高齐断断想不到，那四个杀手已经死在了高宸的人手里，还被烧了个干干净净，正好凑齐仙蕙、厉嬷嬷和金叶、玉籽四个人的尸体。反正人都已经烧焦了，一把枯炭，根本不知道谁是谁，高齐更不可能去查证。

万嫔听了，思量了一会儿，点头道："应该是如此罢。"

往后过了几天，靖亲王府那边有消息传出来，说是王妃在路上突然遇到火灾，生死下落不明，现在王府正在全力搜寻找人。

万嫔顿时放下心来，又快意道："找人？只怕一辈子都找不回来了。老四如此作为，不过是顾忌邵仙蕙是先帝御赐，不好交代，不敢直接说她已经烧死罢了。"

高齐思量了下点头，"母妃言之有理。"

万嫔高兴了一阵，又不免眼眶酸涩，对天喃喃道："孝和……，废太子妃和邵仙蕙这两个祸害，都已经死了。"擦了擦泪，"你就看开些，早点投胎往生罢。"

高齐心里也是不好受，劝了几句，又道："母妃，老四就藩的日子应该快了。"

"是吗？"万嫔缓了缓心情，复又快意起来，"很好！赶紧去外省，再也别回来。"若不是老四给邵仙蕙撑腰，又怎么会害了女儿？不过他们两口子也没有好下场，一个死，一个被撵出了京城，真是活该！

此时此刻，万嫔还不知道，高宸已经把他们母子划入了死人行列！

当时那几个杀手还没有靠近客栈，就被发现，然后被高宸安排的人杀了三个，只留了一个活口审讯。一番酷刑之后，问出是万嫔和楚王暗地指使，也被灭口。然后四具尸体一起葬身火海，生不见人、死不见尸，再也不会有任何音讯。

高宸暂时没有动作，不过是眼下有诸多大事等着处理，暂时不理会万嫔母子罢了。

"都没有问题吧？"他问。

"万无一失。"初七回道："一路有人暗中护送王妃娘娘，直到……，遇到陆涧，现在已经从清水湾坐船，一路南下了。等到了湖州，那里是大将军王骄的势力范围，可保王妃娘娘安全妥当。"顿了顿，"另外，陆涧的户籍也已经改好。"

"知道了。"高宸挥挥手，让人退下，心中一阵怅然若失。

仙蕙终于离开了自己，陆涧改了户籍。如果自己死了，她大概会忘了自己，然后和陆涧留在湖州，安安稳稳地过一辈子。即便自己活着，等到大事成功以后去接她，也难说她还愿不愿意回来。

不是不苦涩的，但……，自己并不后悔这个抉择。

仙蕙，你一定要好好活着。

"启禀皇上，最近太白妖星频频闪烁，只怕……"钦天监脸色为难，迟疑道："会有不吉之事发生啊。"

"会有何事？"庆帝不悦问道。

"这个……，微臣就不能预测了。"钦天监欲言又止，顿了顿，才道："不过在太白妖星周围，还有几颗星辰互相冲撞，主次不分，这恐怕就是造成妖星频现的原因了。"

"互相冲撞？主次不分？"庆帝听得心头一动。

现在自己和大儿子、四儿子，何尝不是互相冲撞？何尝不是主次不分？细细思量，这的确是朝局动荡不安的原因。

钦天监点到即止，没再多说。

没过几天，就在太白妖星弄得人心惶惶之际，京城里突然出了一件事，说大不大，说小不小，又掀起一阵动荡风波。

已故的高曦之妻——怀思王妃，一直寡居住在怀思王府，身边只有一个远方投奔而来的侄女林岫烟。原本俩姑侄清清静静地过日子，也挺好的。这天怀思王妃想着去游湖，林岫烟陪伴，结果王妃不小心踩滑，失足落入水中！

林岫烟仗着自己会点水性，跳下去救人。

怀思王妃救了上来，但……，林岫烟却淹死在了湖里。

第二天，早朝有人上了奏折，又重新提起太子自辞储君一事。那人洋洋洒洒写了一大篇奏折，认为太子高敦之前的奏折言之有理，靖亲王高宸虽然不占嫡长，却占了一个"贤"字，比高敦更适合做太子。

这番言论，再次挑起一番轩然大波。

高宸冷眼看着朝臣们争论，自己从没有支持人上这样的奏折！他们不是真心支持自己做太子，更是故意弄得闹哄哄的，好让父皇忌讳而已。心下正在冷笑，又有臣子表述靖亲王

历来的功劳，说来说去，就是暗示天下是自己打下来的。

果不其然，父皇的脸色越发阴沉难看了。

"皇上，还请准了太子殿下的奏折。"

"是啊。"有人接话，"靖亲王劳苦功高，这江山社稷得靠他来维持稳固啊。"

"你们说完了吗？"高宸冷冷打断，"父皇是天命所归的九五之尊，当初起兵诛杀燕王等反逆，也是靠父皇和太子殿下领兵进京，而不是我一人之力。若是你们连这点都看不清楚，那只能说明……"语气越发凌厉，"你们都是一群睁眼瞎！"

那些起哄的臣子们不防他如此说，都是有些尴尬。

"父皇。"高宸抱拳，"儿臣从未有过这样的心思，更未唆使过人如此言论。如果今后再有人不知轻重，不辨是非，还请父皇重重责罚他们，以正清白朗朗乾坤！"

庆帝并没有因为这番言辞轻松，依旧皱着眉头，挥手道："退朝。"

谁知道老四那一番话有几分真心？又是不是故意掩饰之言？要论功劳，自己能够成功登上帝位，的确是老四功劳大，但……，若是没有庆王府的大军支持，他能打下江山吗？这天下是庆王府打下来的，不是他！

——自己犯不着心虚。

其实，不是没有考虑过让老四做太子。

但是老四身上戾气太重，太过锋芒外露，不如老大温和敦厚，——再想起太白妖星的传闻，想起当初年轻有为的老二高曦，因为救老四早亡，越发生出厌恶不喜。

最重要的是，老四若是做了太子，不说老大要往哪里放，就是自己，都会有很多掣肘的地方。自己才满五十岁，难道往后二三十年，都要做一个傀儡太上皇？剩下的岁月，就只能含饴弄孙？

天底下，哪有老子对儿子忍气吞声的道理？

庆帝找到一个理由坚定自己的想法，——嫡长有序，天下不易变动。

没错！这是千古以来不变的道理。

到了下午，庆帝便召集一众臣子们商议，确定高宸就藩的属地和日子。正在讨论得热闹激烈之际，有脚步声在外面响起，一个小太监焦急喊道："启禀皇上，福建水师八百里加急密报！"

庆帝接了密报一看，竟然是福建又有流寇作乱，杀人放火，滋扰百姓不得安宁。

"皇上。"兵部的申侍郎察言观色，建议道："依臣看，这份密报来得正是时候，福建流寇作乱，靖亲王是领兵平乱的好人选啊。等几个月，靖亲王平定福建动乱之后，正好在那边选一块好地就藩，不用再回京城了。"

庆帝眼睛亮了亮，不错，这样倒是更加顺理成章了。

高宸收到申侍郎秘密送来的消息后，一个人静默了会儿，终于……，还是要走到那一步了。在京城，被父皇监视严密无法动作，他又逼迫自己交出兵权，不得不退一步，先到福建把兵权拿到手再说。

一切都在自己的掌握之中，没有出错。

可是，等到自己将来再回到京城之日，便是父子兄弟兵戎相见之时，——输，便是死！然而就是赢了，也难说是值得万分高兴的事情。

帝王家，永无父子兄弟之情。

等高宸统领精兵十二万南下，到福建平定流寇的消息，传到湖州，然后再传到仙蕙的耳朵里时，——她刚刚在湖州李府落脚，换了衣裳，坐下来喝第一口茶。

如今陆涧改了户籍，叫李裕。

对外放出去的消息，李裕是从外省来到湖州，准备开一个笔墨纸砚铺的小掌柜。家中人口十分简单，只有一个体弱多病的妹妹，和几个下人，算是小富即安之家。李裕才刚新死了嫡妻娘子，因与妻子感情深厚，所以发誓为妻守孝三年不娶。至于李裕的妹妹，身体不好，从小吃药当吃饭的，大概要做一辈子的老姑娘了。

如此一来，谢绝别人提媒之类的麻烦。

仙蕙心下微有感触，没有想到，陆涧那样只知道读书做文章的书生，居然也能办事如此妥妥帖帖了。这一路上，多亏他细心打点照顾，处处周全，不然哪得这般顺利？况且，自己也不知道要去哪里，何处安生。

她并不知道，这一路的顺利都是高宸的精心安排。

不然这一路上，陆涧一个文弱书生带着一群女眷，哪能如此平安顺遂？至于在湖州改了户籍，换了名姓，这更不是轻易能够办到的事儿。对此，陆涧说是有个故交旧友在湖州有些人脉，四处打点的结果。

仙蕙虽然觉得陆涧的故交有些本事，有一二疑惑，但也不会往高宸身上想。对她来说，高宸真是伤透了她的心，而且还"烧死了自己"，彻底是陌生人了。

"小妹。"陆涧安顿好了，过来问道："可还缺什么？有需要，只管跟我说。"

"这样就很好了。"仙蕙微笑，递给他一个信封，"里面是三千两银票，这一路肯定花费不少，还有这宅子和以后的开销，总不能白吃白住你的。"

"不，不用。"陆涧在此处的一应开销，都是高宸安排，哪里还能再要仙蕙的钱？况且便是没有高宸安排，也没有吃软饭的道理。他连连摆手，"这些年，我还是有些积蓄的，吃饭穿衣够了。"

仙蕙却坚持给他，"你若不收，那我就带着厉嬷嬷她们另外找房子了。"

厉嬷嬷在她身后急忙递眼色。

陆涧当然不能让她另外找地方，因为除了高宸的安排之外，别的地方，肯定都不是十足十的保险。别看这所小院子平平常常的，可是这周围的住户，有三分之一都是高宸安排的人，从街头到街尾，可以说是戒备严密得很。

换了别处，又是独门独户的妇道人家，多不安全啊。

因而只得点头，"好，我先放着，有急用的时候再说。"又说起别的打岔，怕她再生出要找宅子的念头，"这边吃食都是南方风味，和以前仙芝镇差不多……"

仙蕙抬眸看向他，心下感慨。

"在想什么？"陆涧说了半晌，见她走神，"有事？"

"没。"仙蕙摇摇头，追悔的话说也晚了，没有意义。因而只是微笑道："挺好的，这些日子辛苦你了，应该给你道一声谢。"他是外男，做东西送给他不合适，刚才的三千两银子便算是谢意吧。

虽然和高宸的感情完全破裂，再不回头，但也并不打算和陆涧重续什么旧缘。

即便假作兄妹，有些距离还是要清楚地保持的。

"那好，你歇着。"陆涧是一个谦谦君子，也没打算多呆，说完便起身告辞了。

对于仙蕙来说，在湖州的日子悠闲而平静。

每天吃得香、睡得着，然后白天里做点针线和看书，打发时间，——没有钩心斗角，没有人陷害设计，甚至连以前在仙芝镇的时候，为生计担心的顾虑都没有了。

有一种似梦似幻不真实的感觉。

自己居然在陌生的湖州住下，还成了陆涧的妹妹，每天清静无比，好似一辈子都会这么永远清静下去。往后要去哪里？该怎么办？这些日子，反复思量都没有结果。

偶尔也会不自觉想到高宸，他又去福建了，打仗了。

可是跟自己有何关系？念头刚起，便自动掐灭，找了别的事情打岔不再去想。

这样平静的日子，从人间四月芳菲尽，度过了五月初夏，六月盛夏，一直到七月夏末，仙蕙终于想起有件挺要紧的事，而不是整天无所事事。

她让厉嬷嬷找来陆涧，说道："你下个月帮我找几个人，收货的，往仙芝镇跑一趟，我要收购镇上所有的仙灵芝。"

陆涧回道："这不是什么难事，我去找人去仙芝镇收购就是，你不用再给银子。"怕她又要塞银票给自己，忙道："你上次给的还没有用完，多着呢。"

没过多久，命运似乎就做出了某种安排。

八月桂花飘香的时候，高宸在福建打了四个多月的难缠恶仗，总算传来第一份捷报。消息从沿海那边传回来，湖州近，很快得到消息，全城热闹，人们都在纷纷议论此事，互相欢喜地奔走相告。

高宸打了胜仗，陆涧当然也为福建百姓高兴，只不过，心下却是有些难言的怅然。再打下去，等到高宸彻底平定了福建，他就该挥师北上了吧？一旦那件大事成功，他称帝，自然会将仙蕙接走。

所以，她暂时留在自己身边，最终不过是镜花水月一场。

陆润忍住心中的苦涩。

劝解自己,不管如何这都是好事儿,应该为仙蕙高兴才对。

毕竟跟着自己一辈子隐居湖州,哪有做皇后好呢?又或者,她已经被高宸伤透了心,其实并不愿意回去做皇后?摇摇头,还是先不要那样去想了。

期望越大,到最后肯定失望越大。

而仙蕙,也听说了高宸大捷的消息,淡淡道:"哦,不错啊。"

后面的日子里,福建的捷报果然一个又一个地传来。

现如今所住的李府宅子,虽然不算很大,但是很有些年头,后院里有一棵又粗又大的桂花树,高高密密的,满树淡黄色的桂花星星点点,好似一树星光。

仙蕙爬上去摘桂花。

陆润原本住在前院的,听得后面有动静,又有笑声,便过来瞧瞧。

这一瞧,不由吓了一跳。

"小妹,你太淘气了。"陆润赶紧上前,苦笑道:"你玩什么不好?玩这个,万一摔下来怎么办?快下来,我上去给你摘。"

"行行。"她好笑道:"我下来,看把你们紧张的。"她掸了掸手,先把腰间的篮子扔了下去。然后正要下梯子,忽地看见桂花树后的院墙外面,有个半大小子一气儿疯跑,嘴里嚷嚷道:"不得了,不得了啦!"

他一喊,另外几个小子从巷子里围了出来,纷纷问道:"刘大毛,出什么事了?"

刘大毛瞪大眼睛,表情夸张道:"天大的消息!"

仙蕙闲得无事,瞧着有趣,不由停住脚步想听他能说个什么。

"刚才我在茶楼那边听的。"刘大毛喘了喘气,说道:"那个靖亲王,就是才在福建打了好多次胜仗的那个王爷。听说仗都快打完了,为了捉那个流寇头子,又去找人,结果靖亲王马失前蹄,竟然被那贼首一箭穿心,给射死啦!现在福建大乱……"

高宸,死了?死了?!不,他怎么会死了呢。

仙蕙脑子里顿时"嗡"了一下。

不,不不!自己一定是听错了。

"小妹,你快下来……"

"小姐……"

下面有人说话嗡嗡作响,她低头往下看,看到陆润和厉嬷嬷等人焦急的脸庞,然后便是一阵天旋地转,眼前发黑,径直栽了下去!

"小姐……"玉籽坐在床边小声啜泣,哽咽难言,"王妃、王妃娘娘,你快醒过来,说一句话啊。"两眼泪汪汪地看着她,连声懊悔,"都怪奴婢动作太慢,没有护着,呜呜,我怎么这么笨……"

厉嬷嬷扯她道:"好了,别哭了。"

玉籽却是眼泪止不住，起了身，仍旧呜呜咽咽的。

"你们……"仙蕙忽地缓缓睁开眼睛，"哭什么？"她面色苍白，一双明眸带着雾光问道："还有，还有你们……"想说话，又头疼得说不出来似的。

"小姐！王妃娘娘！"玉籽惊喜地跳了起来，"你醒了？！"

仙蕙费力地睁着眼睛，稳住精神，然后目光奇怪地打量着她，"你是谁？"然后看向厉孅孅，"你……，又是什么人？"再扫过陆涧，更是白着脸失声轻呼，"你一个大男人，怎么会……，会呆在我的屋子里面？！你们都是什么人啊。"

玉籽怔住了，厉孅孅和陆涧对视了一眼，三个人都是面面相觑。

仙蕙挣扎着要起来，惊慌喊道："娘，姐姐……"

半个月后，京城里面装点一新，迎接从福建凯旋的朝廷大军。

为了迎接朝廷大军凯旋，今儿庆帝和太子高敦都是穿戴一新。只不过，原本普天同庆的大喜事，因为高宸失踪，而添上了一抹散不去的阴霾。

高敦迟疑道："老四……，还是没有消息吗？"

说到这个，庆帝自然也是心情格外沉重。他忌讳高宸是不假，但毕竟是亲生嫡子，还不至于盼着儿子出事，叹气道："还能有什么消息？掉海里，哎……，只不过是给你母后留个念想，让她有一线希望罢了。"

高敦心里觉得不好受，丧气道："父皇，当初要是让老四做太子，或许……，就不会有后面这些事了。"高曦死得早，和他一母同胞的兄弟只有高宸，年纪又差太大，自然少不了对弟弟诸多疼爱，手足之情并不假。

至于做太子、做未来皇帝，固然好，但也没有盼着小兄弟去死啊。

"行了。"庆帝听了，反而神色不悦，"你这话什么意思？觉得朕当初的决定做错了？看走眼了？不该立你为太子？"一声冷哼，"你不要得了便宜再卖乖！"

高敦顿时语塞，他本来就不是能言善辩的人，只得闭上嘴。

庆帝板了脸，"老四的事先不要提，今儿先去迎接凯旋的朝廷大军，不要垂头丧气的。倒是你这个太子，既不能文，又不能武，这种时候正该好好表现一下仁厚，以及驭下的手段。等下该说什么话都记得，不要不得体……"

"皇上！皇上……"有太监惊慌失措跑了进来，骇然道："靖亲王回京了！"

庆帝闻言大惊，"你说什么？"

"老四？他在哪儿？"高敦急忙问道。

"靖亲王没有死，还活着。"太监急急回道；"听说从海里被人捞了上来，然后领了五千兵马，一路回京，现在已经在城外的京营大帐里了。"

庆帝一下子软坐在龙椅里。

四儿子没有死，还活着，这倒没有什么不好。但是他竟然离奇般地回了京城，带着五千兵马闯入京营大帐，且没有闹出任何风波，——这说明了什么？说明京营的大将已经被他控制，他这是……，借机拥兵自重要谋反啊。

若他是老实的，便是活着也应该留在福建，而不是上京了。

偏生高敦还好似没有反应过来，欢喜道："是吗？老四竟然没事！好啊，我这就过去告诉母后，让她和舞阳都高兴高兴。"说着，脚步匆匆出去了。

逆子！反了，反了！庆帝在心里把高宸骂了个狗血淋头，顾不上训斥太子，当即吩咐人去传几名权臣过来，赶着要商议一个应对宫变的良策。

可是面对已经被控制的十二万大军，又是围困京城，臣子们能有什么良策？一个个听说高宸回来，掌控局势，不仅没有半分良策，反而纷纷劝解庆帝退位让贤。虽有几个支持庆帝的声音，但是太少，完全被人声鼎沸给淹没过去。

庆帝龙颜大怒，骂道："你们这一群酒囊饭袋！都反了。"

正想把这些墙头草一般的臣子们，给狠狠地处置了，又有宫人来报，"太子殿下领着人去了南城门，下令五城兵马司的袁大人，让他大开城门，迎接靖亲王凯旋而归……"

庆帝颤声道："这个逆子！全都是些逆子！"说着，便感觉眼前一黑，金星直冒，扶额晕在龙椅里，"逆、逆子……"

"皇上、皇上……"

"快传太医！"

大殿内，一团人仰马翻的忙乱。

一些大臣们纷纷互相递眼色，各自不安。皇城就要变天，江山易主，只怕新君对这一群曾经反对他的臣子们，不会有好脸色的。都是纷纷在心里思量着，要怎么挽回一下，至少不要落得抄家灭门的下场。

至于皇帝，哎……，往后应该就是太上皇了。

"让你开门！"高敦怒斥道："你聋了？再不听令，孤就砍了你的脑袋！"

五城兵马司袁训脸色为难，不肯领命，退缩道："这……，不行，没有皇上的圣旨！请太子恕下官不能从命。"

"你这是什么意思？"高敦故作不解，歪曲道："靖亲王在福建平定了流寇，立下大功班师回朝，你不说开门放行，反而关门，到底是奉了何人的意思？！"

袁训不防太子这样说，无言以对，总不能说是皇帝怕靖亲王反了吧。

高敦上前一步，拔剑出来，"你再不开门，孤就砍了你的脑袋！"

袁训在心里左右权衡，最终退让，"太子殿下言之有理，是下官……，下官太过固执坚持己见了。"努力笑了笑，"靖亲王凯旋回京，理应大开城门恭迎才对。"当即吩咐属下，"开城门！迎接靖亲王回朝！"

"嗡……"一声巨大沉闷的响声，破空响起。

城门外，正在僵持不下的大军顿时兴奋起来。

"城门开了！开了！"

高宸身穿一套精铁盔甲，提着长枪，坐在高头大马上面往前眺望，——事情竟然比自己想象中的还要顺利，万万没有想到，城门竟然不攻而破！

很快，高敦飞快地领着人出来。

"老四，你总算回来了。"他一脸欣喜，"走，我们快点进宫去！父皇和母后都在宫里等着你，盼着你，就期望你平安无事地回来。"

"太子殿下……"

"别了。"高敦摆摆手，"往后叫我皇兄，再不还和以前一样，叫大哥。"他自嘲一笑，"我这个人就没本事做太子，做也做不好，做了，也不心安。这江山社稷，天下太平，还是交到你的手里，大家才能够放心啊。"

高宸翻身下马，喊了一声，"大哥。"

高敦神色微松，上前握了握小兄弟的手，低声道："别的大哥不多说。你只要记得，大哥一直把你当做最疼爱的兄弟，记得我们的手足之情就够了。"

"那是自然。"高宸神色一肃，"大哥，你永远都是我的兄长。"

"好。"高敦满意点头，又道："至于上次太白妖星的事，都是东宫的那几个不安分的老货闹的，回头大哥就替你收拾了，不用放在心上。"拉着他，"走，我们去见父皇和母后，赶紧进宫去罢。"

"走。"高宸身姿清朗，和兄长并肩一起进了城门。

高宸带着亲卫们进了宫，见到庆帝，"父皇，儿臣回来了。"

庆帝脸色难看地躺在床上，一语不发。

周皇后急切地站了起来，拉着高宸上上下下地仔细看，激动不已，眼泪控制不住簌簌而落，"宸哥儿……"欣喜激动之余，竟然喊起了他小时候的乳名，"你回来了，母后……，还只当再也见不到你了。"

舞阳公主也是站在旁边抹泪，哽咽道："老四，你不知道，这些天母后以为你出了事，整日整日地哭，眼睛都快哭坏了。"

高宸忙道："都是儿子，让父皇和母后担心了。"

"你还知道有人担心？！"庆帝一声冷哼，情知儿子之前肯定是诈死，又不好揭穿，只能愤愤然道："你自己看看，你母后都为你熬成了什么样子？"

高宸赶忙跪下，"儿臣……"

"起来，起来。"周皇后赶紧把他扶了起来，感激道："我的儿，你回来就好。"然后平复了下心绪，意味深长道："往后一家子团团圆圆的，和睦相处，就是最好的了。"

高宸应道："是，儿子记得谁是自己的亲人。"

庆帝缓缓闭上眼睛，一声叹息。

下

大殿内，周皇后、舞阳公主、高敦都是互相对视，心里各自有数。走到这一步，皇帝不让位都不行了，不让位，就是父子反目的局面！太子不让贤也不行，否则便是手足相残！那个最高的位置，注定只能让一个人独享。

而城外的十二万大军，不听别人的，只听命军功赫赫的靖亲王！

当日下午，庆帝禅位于第四子高宸，自居太上皇。周皇后称太后，舞阳公主称舞阳长公主，其余后妃等人也是按照礼仪规矩，跟着换了名号。而最最让朝堂上瞩目的，则是前太子高敦，到最后……，新帝封了他一个恭亲王。

兄友弟恭，表示永远不会忘记哥哥的让位之贤。

一切尘埃落定。

而在高宸心中最重要的一粒尘埃，就是仙蕙。

27 旧情难再

一个月后，仙蕙再度返回京城，并且是跟邵家的人一起。

而此时，高宸的登基大典和新朝纷乱，全都安妥完毕。手头上的一点政务，都比不过迎接仙蕙回来，每天都是翘首以盼。这天下午，终于等到仙蕙回京了，但是等到的消息却不是太好，"什么？王妃她不进宫？"

"是。"宫人小心回道："厉嬷嬷说，还请皇上得空出宫一趟，有话当面回禀。"

高宸一抬手，"摆驾，现在就去。"在心里想着，必定是仙蕙还在怨恨自己，所以不愿意进宫，这自然是难免的。等自己跟她解释清楚，说明原委，她纵然生自己的气，事情也会有转圜的余地。

——然而事情出乎意料。

他一进门，众人都是纷纷下跪，"给皇上请安。"

"给皇上……"仙蕙却是有点迟疑，然后一脸怯怯，也要跪下去行礼。

"不用了。"高宸伸手想要扶住她，"免礼。"

"啊！"仙蕙吓得猛地往后一退，"你……，不要过来。"她神色惊惶，要不是玉籽在后面扶着，差点就给裙子绊倒了。

"仙蕙？"高宸瞧着有些不对劲，她就算讨厌自己，也不用害怕啊。哦，对了，她一定是以为客栈失火的事，是自己要害她，所以才害怕的吧。

因而说道："你听我说……"

"皇上。"厉嬷嬷摇了摇头，急忙递眼色，"请跟奴婢出去说几句话。"

高宸疑惑，但还是同意跟了出去。

"怎么了？"他问。

厉嬷嬷脸色微变，低语道："之前王爷遇险的消息传来，王妃娘娘受惊过度，不小心摔破了头，昏迷了几天，醒来以后就……，就不太记得以前的事了。"

"这是何意？"高宸沉色问道。

厉嬷嬷低声叹道："自从王妃娘娘醒来以后，已经两个多月，但她始终都只记得未嫁人之前，在仙芝镇的事情，之后的人和事全都不记得。就连奴婢等日夜照顾她的这些人，她都不识，所以，自然也不认得皇上了。"语气一顿，"奴婢怕进宫再闹出乱子来，所以，先请皇上过来瞧瞧。"

"不认识？不记得了？"高宸目光震惊道。

"是。"厉嬷嬷回道："大夫说，王妃娘娘可能得了失魂症，一切都要慢慢来，切莫强行逼着她回忆，免得……，免得给吓得真疯了。"

高宸转身就走，急匆匆地要进门去看清仙蕙，进了门，却是脚步顿住。

仙蕙缩在玉籽的身后，目光怯怯，像是受了惊的小鹿一般可怜。

高宸喊她，"仙蕙……"

"皇、皇上……？"仙蕙往后退了退，目光警惕，"你……，有事吗？"

高宸整个人都僵住了。

他设想过千百种彼此再见的场景，她生气，她发火，她不听自己解释，甚至做好心理准备，要被她冷淡很长一段时间。但……，只要她回来了，只要她在自己身边，就有一辈子的时间，和她慢慢解释，把她的心再慢慢焐热。

所以之前听说仙蕙顺利回京，满心欣喜无比。

断然没有想到，再见面，竟然会是眼前这种不认识的局面。

高宸一时接受不了，暂时也不知道该要怎么应对。

他只能试着放柔神色，微笑道："仙蕙，你先坐下，我们慢慢说话。"

"不。"仙蕙却是摇头，"我……，我是小地方来的，没有见识过京城的大场面。"一双眸子水波潋滟，楚楚可怜地央求他，"我自己觉得害怕，想见我娘，能不能……，让她过来陪我？"

高宸彻底无计可施了。

——他怕，怕真的逼疯了她。

厉嬷嬷又跟了过来，说道："皇上，王妃娘娘已经平安回来，往后时间长着，有多少话都可以慢慢说。"委婉劝解，"今儿王妃娘娘刚到京城，一路风尘仆仆，不如让王妃娘娘先歇息，暂且休整几天，再谈其他。"

高宸迟疑了片刻，最终点了点头，"好，朕去见一见沈太太。"临走之前，又对仙蕙缓道了一句，"你歇着，朕明天再过来瞧你。"

"你……"仙蕙追了一步，目光警惕，"皇上，不要为难我娘。"

下

高宸觉得有口气噎在心头，——她这样，拿自己当坏人一样戒备，心里真是说不出的憋屈。可是又没有办法跟她解释，还得耐着性子哄她，微笑道："不会的，放心吧，朕就跟沈太太说几句话。"

仙蕙福了福，笑道："多谢皇上。"

自己在她眼里，真的就是毫无关系的陌生人？高宸顿时再添了一口气，想说什么，又觉得说什么都不合适，沉默着转身走了。

到了偏厅，见着了跟来京城的沈氏和邵元亨。

夫妻俩齐齐行了大礼，"给皇上请安。"

高宸淡淡道："免了。"

之前荣氏就已经走了官府文书，做了姨娘，眼下又是仙蕙得势，荣氏和邵景钰自然没有跟随上京。而邵景烨一家子在兖州安顿，还得安排一番，才能来京城。至于明蕙，不仅已经嫁去了宋家，加之儿子还不足一岁，也暂时不得上京。

所以此次跟着仙蕙一起来京城的，便是沈氏、邵元亨和邵母三人。

这里面，不仅有高宸为仙蕙行踪遮掩的用意，也有接了邵家的人，让她高兴的意思。却没想到，仙蕙现在全然不记得事情，叫人无可奈何。

高宸静默了片刻，问道："仙蕙现在，都能想起哪些事情？"

沈氏回道："自从见到仙蕙以后，我们旁敲侧击，试着问了不少。她似乎……，只记得在仙芝镇以前的事，认得妾身和景烨、明蕙，就连她爹也不认识。"

邵元亨脸上闪过一阵尴尬。

高宸听了，心下越发沉了下去。

"皇上……"沈氏面色犹豫，迟疑道："仙蕙被送回来以后，厉嬷嬷语焉不详，只说是仙蕙身子有些不好，于是打算送回江都休养，不料半路出了事，所以才会暂时居住在湖州。可这到底……"满目担心，"是不是仙蕙不懂事，和皇上拌嘴了？"

宁玉瑶小产，靖亲王妃脱不了干系，虽然在京城传得沸沸扬扬，江都却无人得知。

高宸斟酌了下说词，"没有。"安抚道："当时是因为朕听说福建动乱，想着可能去打仗，所以就把仙蕙先送回江都，往后你们在京城住着，可能会听说一些流言蜚语，但都是无稽之谈，不用放在心上。"

沈氏目光闪烁，对皇帝女婿的这一番话并不尽信。

但却点头道："好，我们记下了。"

高宸颔首，"那你们先陪着仙蕙，朕先回宫。至于仙蕙往后要怎么安排，等朕回去好好思量一番，且放宽心，一定会安排妥当的。"

沈氏赶忙福了福，"多谢皇上。"

然后看了丈夫一眼，倦色道："我进去看看仙蕙。"

"我也去。"邵元亨想着多和女儿拉近关系，对此热衷得很。

可惜一进去，仙蕙就懒懒地歪在床上，娇声道："娘，我想歇一会儿，你来陪我。"仿佛忽然看到后面的父亲，又坐起来，迟疑道："……爹？你来了。"

"哎，别起来。"邵元亨忙笑，"那你先歇着，爹回头再来看你。"

沈氏心思微动，——尽管小女儿不记得事，但是却好像本能地不想见到她爹，总能刚好有事避开。难道……，心头掠过一个惊骇的想法，又不确定。再要仔细看小女儿，她人已经扑了过来。

"娘。"仙蕙撒娇，眸子里尽是少女时的娇憨，"我好累，赶这么些天都没睡好，咱们睡一会儿。"

"好，娘陪着你。"沈氏陪着她上了床，再去看，又看不出端倪，——心下暂时撇下纷杂念头，只是满心疼惜小女儿瘦了一圈儿，可怜见的。搂了她在怀里，当做娇娇儿一样柔声哄道："睡罢，睡罢，娘在你身边呢。"

仙蕙微笑，笑容恬静地闭上了眼睛。

第二天，高宸亲自去了靖亲王府，接仙蕙进宫。

仙蕙虽然不记得事，但是胜在乖巧，听母亲的话，沈氏让她做啥就做啥。

此刻她坐在御辇里面，偏头对高宸浅浅笑道："我是不记得皇上你了，可是娘说，我早就嫁给你做了王妃，是夫妻了。现如今你是皇上……"她眨了眨眼，"照这么说，往后我就可以做皇后娘娘了？"

高宸微微苦笑，"是。"

"哎呀。"仙蕙扶了扶鬓角的大朵牡丹绢花，嘟哝道："好沉。"不过继而又眼睛明亮起来，欢喜道："那我可真是托了你的福，沾了你的光，好命啊。"

这话她说得天真烂漫，高宸听得却是心头一刺。自己把她弄得伤透了心，还磕破头丢失了记忆，算什么福气？有些时候，想法虽然是好的，但是事情却未必一帆风顺。

高宸满目怜惜地看着她，轻轻点头，"嗯，往后你都会好好的。"

仙蕙偏了头，"那我忘记你了，你会生气吗？"扯了扯他的袖子，"我可不是故意不记得你的，皇上……，你不要怪我啊。"

"不。"高宸摇头，"要怪，也该怪朕。"

"哦？为什么啊？"仙蕙一脸迷惑。

"恭迎皇上，王妃娘娘。"御辇行到内宫门口，宁玉瑶早带了宫人们在此等候，一身玫瑰紫二色金银线大袄，俯身行拜大礼。

高宸淡声，"免了，起来罢。"

宁玉瑶笑道："王妃娘娘一路从江都而来，风尘仆仆，想必很是辛苦。"

仙蕙看着她，只是微微含笑不语。

宁玉瑶不知道她是不记得事又道："等王妃娘娘安置好了，嫔妾想过去拜见一二，给王妃娘娘道喜接风……"

"好了。"高宸打断道："朕和王妃要过去见母后，你有什么话，回头空了再说。"

宁玉瑶掐紧了掌心，"是吗？嫔妾正好也想去给太后娘娘请安。"

高宸不悦道："行了，你先退下！"

宁玉瑶的脸滚烫起来，羞窘无比，"臣妾告退。"

仙蕙仍旧看着她笑，不言语。

御辇继续往前走，去往懿慈宫方向，将宁玉瑶等人甩在了身后。

仙蕙看向高宸，笑嘻嘻道："我没出错吧？娘说了，叫我遇到外人少说话，尽量微笑不得罪人就行了。"

高宸不以为意，"得罪了，也没关系。"不过还是叮嘱了几句，"对太上皇、太后和恭亲王，你要守着规矩客气一点。嗯……，还有舞阳长公主、小峤，其余的人不用管，只有别人讨好你的，没有你得罪别人的。"

仙蕙笑道："是啊，有皇上给我撑腰呢。"顺势转头看了看，笑道："那个宁贵人，长得好似一朵腊梅花，挺美的，你一定很喜欢她吧？"

高宸闻言心中一动，挑眉看她，"你说宁玉瑶？"

"是啊。"仙蕙一脸认真道："要不然的话，你身边怎么只有一个宁贵人？皇帝不都是后宫佳丽三千人吗？哈……，我看皇上你啊，肯定不好意思了。"

高宸在她眼里捕捉不到任何嫉妒、难过，只有嬉笑，心里闪过一丝失望。

仙蕙撇撇嘴，"算啦，我不问了。"

"不是的。"天气寒冷，高宸说话带出一阵淡淡白气，"不是你想的那样。"忽然伸手揽住了她的纤腰，在她耳畔轻声道："只是有些缘故。"

缘故？仙蕙心下一声冷笑。

"仙蕙。"高宸轻叹道："是真的。"她已经失去记忆了，不要再让如今新的记忆，也染上对宁玉瑶的不快，"当时京城有险，朕之所以纳了宁玉瑶进王府，和你生分，只是为了能够让你毫无牵挂地离开。"

仙蕙咬了咬唇，但转头，却是一派天真无邪，"是吗？可我不记得这事儿了。"

"不。"高宸摇摇头，"你并不知晓。"

"哦？"仙蕙笑道："那你为什么不告诉我呢？"

"朕……"

太监在下面请示道："皇上，懿慈宫到了。"

"算啦，你不用说了。"仙蕙笑眯眯的，眼睛好似夜空中最璀璨的繁星，"你肯定有自己的理由，一定是为了我好。嗯……，是怕我有危险，死缠烂打都舍不得离开你，所以才想了个法子气我，让我离开的，对吧？"

"仙蕙……"

"我是不是很聪明？哈哈。"仙蕙下了御辇，往前眺望懿慈宫，像是从未进宫一般的惊奇欢喜，回头喊道："皇上，快下来罢。"

高宸只得下来跟上她，说道："走罢，母后在里面等着我们。"

仙蕙凑过去，跟他悄悄咬耳朵，"太后是什么样的人啊？是不是和你一样好说话？好脾气？"一连串的问题，将话题打岔到十万八千里，"我这心里，有点紧张……"

高宸不得不打起精神，先回答她。

仙蕙一面听着，一面点头，心里却是冷笑连连。

呵呵，果然是谋逆做了皇帝的人啊。

以前还只是无情，现在竟然又添了一样无耻！居然连让宁玉瑶进府，是故意为了和自己生分的谎话，都编得出来！然后呢，肯定说是怕自己舍不得他，——故意让自己伤心，让自己误会，然后把自己送走了吧？可笑，别叫自己恶心了。

"当心！"高宸一把扶住了她，语气责备，"怎么不看路？你还是这么迷糊……"说到还是二字，不免语气一顿，回想过往心下是说不出的空落落。

仙蕙却是笑了，"我娘也说我不老成，没办法啊。"

高宸摇摇头，"没事。"他穿着明黄色的五爪龙刺绣龙袍，外罩紫貂坎肩，头上是同色的紫貂风帽，衬得眼神微微生暖，"来，朕牵着你走。"

仙蕙一怔，继而笑着把手递了上去，"好啊。"

"见过母后。"仙蕙盈盈下拜。

周太后端然正坐中央，身着紫棠色的暗纹万字头通袖大袄，头戴金钗，发髻梳得端庄大方，眉宇之间，颇有几分雍容华贵。见着高宸和仙蕙过来，表情淡淡，"仙蕙你回京了，一路可还辛苦？"

仙蕙微笑，"还好，多谢母后关怀。"心下微动，听太后的口气，好像不是太欢迎自己回来？想了想，应该是太后对高宸逼宫有些不满，所以迁怒自己吧。

周太后又看向小儿子，"皇上最近可忙？累不累？"

高宸微笑欠身，"儿子不累。"然后看了仙蕙一眼，说道："母后，仙蕙如今还是记不太清楚以前的事，往后在人前，还望母后多多提携帮衬着她。"

周太后点头，"好，这是自然。"

不记得事？她悄悄打量着小两口，打量仙蕙，真的……，不记得了？看皇帝对媳妇儿的关切体贴目光，根本就是情根深种，而不是之前外面传闻的那样，——什么宠爱宁玉瑶，和王妃已经彻底闹生分了。

小儿子故意弄个宁玉瑶出来，闹一处似是而非的小产闹剧，撵走仙蕙，其实是为了让她躲避夺嫡风险而已。这么热闹的一出大戏，仙蕙会不知情？至于说什么不记得，怕是不好意思面对自己，故意找出来的借口吧。

罢了，罢了，往后这天下都是他们夫妻的了。

下

　　如今仙蕙还没有册封为中宫皇后，加上宁玉瑶小产一事仍有流言，身份有点微妙，不过高宸仍旧把她安置在凤仪宫，——她已经受了太多委屈，不想让她再受任何委屈了。

　　有人非议，往后自己来挡着便是。

　　可惜仙蕙并不领他的这份情，仍旧装迷糊，笑嘻嘻和他一起用完了午饭。等他去了殿上书房，又撑了宫人，方才卸下脸上伪装的面具。

　　"启禀王妃娘娘，宁贵人求见。"

　　宁玉瑶行了礼，笑道："上午王妃娘娘要去拜见太后娘娘，没敢耽误，所以这会儿才过来拜见。"她抬手抚了抚头发，露出一段雪白如玉的手腕。

　　在仙蕙这边的角度，刚好可以看到上面猩红一点守宫砂。

　　不由眉头一蹙，什么意思？宁玉瑶仍旧是处子之身？呵呵，有意思，她居然和高宸狼狈为奸，表演起什么清白之身了。

　　随便吧，反正现在自己失忆了，高宸有没有睡过宁玉瑶，自己都犯不上吃醋。

　　"今儿说了这么许久的话，娘娘必定累了。"宁玉瑶放下杯子，仿佛什么都不知道，起身行礼，笑道："娘娘歇着，嫔妾先行告退。"

　　等她走了，厉嬷嬷疑惑道："宁贵人今儿是什么意思？"

　　仙蕙知道她没有发现宁玉瑶的守宫砂，淡淡道："我累了，睡一会儿。"

　　高宸在前面忙完回来，一起用晚饭，然后试探地问她道："今天晚上，朕……，我和你一起睡怎样？"

　　皇帝居然请示未来皇后安寝问题？

　　这话要是传出去，保证能让所有的人都惊掉了下巴。

　　仙蕙假装一脸懵懂无知，想了想，"行吧。"

　　——权当是自己养的面首罢。

　　高宸眼里闪过一丝欣喜，没有想到，她这么容易就答应了。

　　"我娘说了，我们原本就是夫妻。"仙蕙笑道："既然如此，那我们自然是要睡在一张床上的。"她自己爬了上去，然后拍床，"皇上，快来睡罢。"

　　高宸看着她，懵懂得好似一个天真的孩子，心下真是感慨万分。

　　"仙蕙……"他上了床，久别重逢，原本有千言万语要说的，可却没法说。

　　"皇上。"仙蕙跪坐在他面前，"做了夫妻，是不是还要再做点什么？什么夫妻敦伦，敦伦是什么？"她瞪大了一双明眸，认真问道："你和宁贵人都是怎么做的？你跟我说说，我也好学一学，等下就把夫妻敦伦的大事给办了。"

　　高宸皱眉，"朕虽然纳了宁玉瑶进府，但是并没有和她同房，所以……，自然没有跟她做过敦伦之事。"

　　仙蕙听得心下冷笑，啧啧，他们还真是夫唱妇随啊。

187

上午宁玉瑶故意表演她有守宫砂，晚上高宸就来说他没有睡过宁玉瑶，两个人合起伙来玩弄自己，未免也太过分了！

罢了，如今的自己，只想好好活下去，关注的不过是皇后之位而已。

高宸想咋说，随便他瞎说好了。

仙蕙叹了口气，"原来皇上和宁贵人没有敦伦过啊。"然后又道："那要怎么办？我又不记得了，算了，改天研究研究再说罢。"扯了被子，自己裹成了一条毛毛虫，"皇上，早点睡罢。"

"好。"高宸皱眉躺下。

不说原本一腔兴致被泼了冷水，便是这会儿有兴致，也不能让她伴着宁玉瑶的记忆，去做那种男女之事，只得裹了被子胡乱睡了一夜。

十来天后，是仙蕙封后大典的日子。

"娘娘。"玉籽从外面进来，脸色微沉，"奴婢有要紧事回禀娘娘。"

"你们下去。"仙蕙挥手撵了宫人，然后笑道："什么要紧事？说罢。"

玉籽有些犹豫，怕主子糊里糊涂的不理事，又叫了厉嬷嬷进来，"刚才有人来报，说是顺贞宫的宫人鬼鬼祟祟的，找人买了朱砂和壁虎。"

"朱砂和壁虎？"厉嬷嬷诧异道："那不是用来点守宫砂的吗？"心下迷惑不解，"她们要这个做什么？给谁点守宫砂？"

仙蕙却是心思一动。

难道说，宁玉瑶手臂上的守宫砂是假的？！所以，才要重新弥补再点上去。

还是说……，她想得更深了一点。

反过来想，要是宁玉瑶的守宫砂是真的，高宸的话也是真的，——那么她先是故意让自己看了守宫砂，接着又放出风声，要作假，无疑就是指证高宸在说假话！

如果是前者还罢了，无非是她和高宸一起做些给自己看，两人玩的乐子。

若是后者，那宁玉瑶的心计也未免太深沉了。

呵呵，自己倒要看她玩个什么花样！

因而根本不接招，反而对厉嬷嬷和玉籽说道："一点小事，不用管了。兴许是宁贵人给宫女们点着玩儿，唔……，怕皇上临幸了小宫女吧。"

如果宁玉瑶是故意要让自己怀疑高宸，见一计不成，肯定还会再想一计的。

宁玉瑶等了又等，凤仪宫那边始终没有任何动静。

她思量了一下，"给我换身衣裳，我要去拜见凤仪宫一趟。"到了凤仪宫，见了仙蕙便先下拜，"娘娘，嫔妾是过来请罪的。"

"哦？"仙蕙悠悠地打量她，含笑问道："何罪之有？"

宁玉瑶目光闪烁，赔笑道："方才嫔妾身边的几个小宫女淘气，去太医院要朱砂，想

下

没事儿点个守宫砂玩儿。说起来，都是嫔妾没有约束好身边人的缘故，所以特来赔罪。"

仙蕙的嘴角微微翘起。

假如宁玉瑶的守宫砂是假的，她和高宸已经发生关系，那么她故意去找朱砂，再过来提醒自己，——无非就是要向自己表明，她已经是高宸的人了。

假如她的守宫砂是真的，她故意暗示她在作假，那就是在指责高宸撒谎了。

偏偏这种事，又不好去查证，总不能让人去检查她的身体吧？况且，有林岫烟的例子在先，万一宁玉瑶也豁出去了，自毁清白，又该算谁的呢？

不过这些都只是自己的猜测，真相如何，还得慢慢验证才知道。

不论哪一种，她不希望自己跟高宸和好，希望自己找高宸争吵、发火，希望自己还是跟高宸生分，非得让自己怀疑高宸，怨恨高宸，才肯罢休啊。

这么说，宁玉瑶是舍不得离开高宸了。

"没事。"仙蕙淡笑，"不过是小宫女玩闹淘气，有何关系？你快起来。"

宁玉瑶的脸白了白，还得强笑，"是，多谢王妃娘娘。"

她是傻子吗？自己都说得这么明白了，她还是不怀疑？皇上说什么，她就信什么？心下恨得暗暗咬牙，可是看看外面天色，情知高宸很快就要过来了。因而不敢耽搁，免得等下说起什么守宫砂，就被戳穿了。

"明日就要举行封后大典。"宁玉瑶站起身来，强笑道："娘娘想必十分繁忙，嫔妾今儿就不多打扰了，改日再来拜见。"

等她出去，厉嬷嬷不由皱眉道："宁贵人什么意思？专门跑来解释一通，真的是小宫女们要点守宫砂？还是……？别有什么用意。"

仙蕙懒得跟厉嬷嬷多说这些，倒是想要瞧瞧，看宁玉瑶到底能玩出什么花样？又或者，是宁玉瑶和高宸一起演戏？罢了，等明天封后大典结束，再慢慢理会吧。

除了这个，心里还牵挂着另外一件事。

今年秋天江都就该发生时疫了。自己已经把一个仙灵芝枕头给了姐姐，又让陆润也留了仙灵芝，他们都不再缺银子用，应该不会再……，哎，这心里总是七上八下的。

"厉嬷嬷。"仙蕙抬头问道："我姐姐最近来信了吗？"

"没有。"厉嬷嬷回道："娘娘放心，只要一有江都的来信，奴婢就第一时间送来。"

正说着，就见高宸进来，忙解释，"皇上来了，娘娘正惦记着宋太太的信呢。"

——免得皇帝再误会到陆润身上。

高宸摆摆手，"下去。"

他不是不知道厉嬷嬷的用意，而是从头到尾，根本就没把陆润放在心上，以前不过是故意做戏罢了。况且现在仙蕙事儿都不记得，还扯陆润做什么？那也太无聊了。

倒是问起宁玉瑶来，"宁贵人今儿又过来了？"

仙蕙托着下巴看着他，笑嘻嘻道："是啊，皇上很紧张她嘛。"

189

高宸摇摇头，"没有。"在她对面坐下，"朕只是担心你不记得事，玉瑶说话，会不小心冲撞到了。"

冲撞？担心宁玉瑶罢？仙蕙心下轻笑，"皇上放心，便是宁贵人冲撞了我，我也会看在皇上的面子上，不跟她计较的。"

"仙蕙？"高宸见她今日不同往常，似乎有点气性，疑惑问了一句，"你怎么了？"

我怎么了？怎么不问问你怎么了？问问你们怎么了？仙蕙忽然失去看热闹的耐心。

呵呵，看热闹？说不定人家两个恩爱非常，一起耍着自己团团转，不定有多少阴谋，多少乐子，两个人都在旁边看笑话呢。

因而嘴角微微勾起，"今儿宁贵人宫里的几个小宫女，去太医院找朱砂和壁虎。宁贵人过来说，是她没有约束好小宫女，让我不要介怀，因为只是小宫女们想点守宫砂玩儿。"看不出喜怒一笑，"哎，宁贵人还真是小心谨慎啊。"

倒要看看，高宸又是什么表情。

仙蕙托着下巴望着他，含笑不语。

高宸反应心思敏捷，很快就猜到，宁玉瑶大概有什么心思。因为自己跟仙蕙说过，自己和宁玉瑶没有巫山云雨。宁玉瑶故意弄出这么一团迷雾，岂不是显得守宫砂是假的？照这么看，她多半是为了让仙蕙怀疑自己的话。

想到此处，不由脸色微微一沉。

原本想着宁玉瑶辛苦周旋一年，怎么着，也得给她留点体面。反正宫里也不在乎多养一个人，等找个机会，让她风平浪静地或"病"或"死"，想法出宫。再给她找一个体面合适的人家，好好过一辈子。

没想到，她竟然……，没事找事，看来还是自己太过仁厚了。

——皇权总是叫人迷恋的。

仙蕙看了半晌，没在高宸的脸上看出什么。心下嘲笑，也对，对于他这种无情无耻的人来说，演戏还不是轻而易举？就算他和宁玉瑶有什么阴谋，也不会让自己看出来的。

"皇上！"厉嬷嬷脚步匆匆进来，脸色大变，"不好了！宗人府那边忽然失火，虽然火势不大，已经给扑灭，但是……，预备明天封后大典的皇后朝服，被烧坏了。"

高宸脸色难看，厉声道："烧坏了？"

"是。"厉嬷嬷回道："虽然只是有火星溅上去，烫坏了一个角，但是也不能穿了。便是找针宫局的人修补好，那也显得不吉利。"

"宗人府的人呢？在哪儿！"

"在外头。"

高宸的眉宇间，是难以掩饰的怒气，一阵风似的飞快离去。

"娘娘……？"厉嬷嬷打量道。

仙蕙脸色难看，自语道，"皇后朝服烧坏了？"

下

是谁这么大胆？宁玉瑶？她居然有本事伸手到宗人府？宗人府的人居然听她的？难道说，他们认为宁玉瑶能做皇后娘娘？

而除了她，还会有谁不愿意让自己做皇后？

邵彤云死了，太子妃也死了，孝和公主……，哦，对了，还有万太妃和楚王，这两位只怕不会消停的。那么，会是他们吗？

厉嬷嬷在旁边站了半天，瞅着她，小心说道："娘娘，你别着急。皇上是一个有主见有法子的人，一定会想办法解决的。"

仙蕙没出声儿，因为她忽然想到另外一种可能。

——叫她惊魂不定。

上次客栈失火是怎么回事？自己不是怀疑过高宸吗？难道说，这一切只是他的另外一个阴谋？他之前谎言连篇，谁知道……，哪一句才是真，哪一句才是假？这种想法，不是没有可能。

现在想想，皇后朝服损毁一事，只怕没那么简单。

高宸说什么，之前都是为了自己安全，才骗自己，伤害自己！呵呵，他根本就不可能有那么好心。说不定，他是故意先把自己诓骗回京，然后好找个光明正大的理由，——皇后朝服被烧，不吉利，皇后本人品行有问题。甚至再牵扯出什么"害了宁夫人小产"，或者什么"跟驸马陆涧有瓜葛，"到时候，他就可以名正言顺地废了自己！

然后再让宁玉瑶上位！是了，一定是这样。

仙蕙一想到，有可能这又是一个天大的阴谋，自己仍然是其中的棋子，就忍不住心血翻腾和自我嘲笑。

怎么……，怎么又差一点相信了高宸？相信了他的鬼话？

高宸说什么为了让自己平安离开京城，才纳了宁玉瑶！假的，全都是假的！

天黑时分，高宸才脸色阴沉地回了凤仪宫。

虽然他已经是九五之尊，但也无法让针宫局的人只花一晚上的时间，就赶制一件皇后朝服，——那可是二十个绣娘，绣了足足一个月才绣好的。最终只能将封后大典推后，让钦天监再择一个最近的吉日。

他心情不好，但是不愿意把不快带给仙蕙。

因而进了宫殿，还是一派面色和悦，微笑道："朕让钦天监改了日子，另外择一个黄道吉日。不着急……"尽量平和地安抚她，"反正不过是早晚的事儿。"

"是吗？"仙蕙忍无可忍，冷嘲道："我看不只是要换个日子，还要换个人吧？"

也难怪她想偏了，刚好那么巧，封后大典的头一天朝服就坏了。宁玉瑶鬼鬼祟祟，高宸之前又伤她太深，遇到事，自然而然就往最坏的方向想了。

"什么换个人？"高宸不明白。

仙蕙一字一顿，说道："俗话说，一日夫妻百日恩。"她目光清亮地看着他，"我自问没有对不起你的地方，你却一次次地伤害我，这也罢了，谁让你已经是九五之尊呢？可是我都已经九死一生，去了湖州避世，你为什么还要找我回来？直接说我死了，不就行了吗？"

"仙蕙？"高宸听得一头雾水，但是眼底却闪过惊喜之色，"你是不是……，想起以前的事情了？"忍不住一把抓住她的手，"是不是？你都想起什么来了？"

"别玩了，行吗？！"仙蕙愤怒地甩开他，"你到底想要怎样？！难道就有那么恨我，非得把我作践死了，还得亲眼看着我死，才甘心？！"

"朕怎么会想要你死？"高宸眼睛明亮似水，又好似倒映一地清冷月华，"你怎么会突然说出这样的话？"有些担心，"是不是宁贵人跟你说了什么？你告诉朕，朕会给你解释清楚……"

"高宸！"仙蕙愤怒道："你非要毁了我这个未来皇后，才痛快，才满意！"

她一声轻笑，"或者是让宁玉瑶满意，对吗？"

高宸总算听明白她在说什么了。

没有生气，也没有被骗之后的恼怒，只有欢喜，"仙蕙，你能记得事就好，这一切朕都可以跟你解释的。"上前紧紧握住了她，"你别乱想，皇后朝服被烧的事，跟朕一点半点关系都没有，朕已经让人去查了。"

"你放开我！"仙蕙想要甩开他，偏偏甩不开。

"你听我说，好吗？"高宸急忙道："从头到尾，朕就没有怀疑过你和陆涧。"

"没有？"仙蕙倒是在愤怒中一怔。

高宸怕她激怒上火，一口气说道："那次在大昭寺的事，本来就是朕和陆涧提前约定好的。不然的话，朕怎么会那么巧，刚好你们一见面，就赶过去了？就连陆涧落下的那支玉笛，也是他故意落下，那样朕才有理由，既不抓到他，又能对你发脾气。然后才会引出宁玉瑶，引出朕和你生分，以至于宁玉瑶小产，把你送走……"

"什么？"仙蕙瞪大了眼睛，"你说什么？你们……，早有约定？"

"是。"高宸继续道："包括后来你遇到陆涧，在湖州安顿，一切都是朕安排的。"

"你是说，不仅你在骗我？而且陆涧也在骗我？"仙蕙呵呵一笑，"高宸，你可真会撒谎啊！陆涧他疯了吗？他找死吗？怎么跟你一起合伙骗我！"

"仙蕙，是真的。"高宸目光炯炯地凝视着她，正色道："那时候，朕根本不知道逼宫以后，会是什么下场。如果输了，你也会跟着朕一起落罪，邵家也不会有好果子吃的，所以朕不得不先和你闹翻，再把你送走。"

"你撒谎！"仙蕙之前虽然想过这种可能，但是骨子里，根本就不相信。不仅不信，反倒冷笑连连，"如果你真的这么好心，只是为了我，那为什么不告诉我缘由？为什么要把我蒙在鼓里？！"

"因为朕怕自己死了，你守寡，会一辈子伤心。"

仙蕙怔了怔，"怕我伤心？"继而大笑，笑得简直停不下来，"高宸？难道你有了别的女人，我就不伤心？你误会我、冷落我、冤枉我，我就不伤心？虽然我现在是不伤心了，可是当年的仙蕙，她的心早就碎了一地！"

高宸却道："你恨我，才会忘了我，和别人继续过幸福的一生。"

"我和谁过？！"仙蕙抓起一个茶盅，"哐当"一声，狠狠砸得粉碎，"你可别说，你想着自己死了以后，要成全我和陆涧？"她气得手上止不住地发抖，"你……，你哪只眼睛看见我爱上他了？你怎知，我和他过日子就会一辈子幸福？！"

如果他说的话是真的，又算什么？他们居然合起伙来，做了一个大大的圈套，所谓保护自己的安全，为自己好！不，一定是假的！

"仙蕙……"

"我不信！"仙蕙狠狠啐道："你这个骗子！骗得我团团转，现在又来污蔑陆涧，污蔑我和陆涧有瓜葛。你这么做，不就是想要找借口废了我，让你的宁玉瑶开心吗？呵呵，你还真是费尽心机啊。"

"仙蕙，你想偏了。"

时至今日，高宸才知道当初想得太简单，或者说，男女感情想得太过简单了。现在她不仅伤透了心，而且不相信自己。不管自己说什么，她都能歪曲地往最坏的方向想。自己怎么解释，在她眼里都是另外一个阴谋。

毕竟姑娘家的心思太过纤细，不像男子，有误会解释清楚就可以。

但还是要解释，"仙蕙，朕真的没有骗你。"

仙蕙小脸煞白煞白的，不停后退，最终退到角落，"哐当"一下，她的手肘不小心碰到了花架子，撞得摇摇晃晃，架子上青花瓷瓶眼看就要坠落下来！

"当心！"高宸赶紧上前挡住，顺手扶住那个瓶子，总算没有砸着她，"好了，朕知道你一时间接受不来。你别急，先不用去管以前的事，只要相信，朕没有害你的意思，也没有任何要废了你的打算，就行了。"

仙蕙轻轻一笑，眼神空洞，一缕碎发从她的鬓角垂坠下来。

"你看你……"高宸心中的那点柔情，全都用在了她的身上，抬手拈起那一抹碎发，准备替她挂到耳朵上去。却不料，手上猛地狠狠吃痛，"嗞……"

仙蕙狠狠地咬了他一口，下了死劲儿，满目怨恨地瞪着他。这一次，比当年误以为高宸是采花贼，还要用力，还要发狠，仿佛把所有的怒气都咬在了里面，她不松口，咬得他手上鲜血直流。半晌过去，最终力竭才缓缓松开嘴。

高宸却是一声儿不吭。

"仙蕙。"他道："如果这样能让你消气，没关系，再使点劲儿。"轻轻叹息，"只要你能想起以前的事，就好，别的都没有关系。"

"你走开！"仙蕙推开他，蹲在地上，抽抽搭搭地哭了起来。

193

她看似伤心，心下却是冷笑，演戏么？谁不会啊？他既然要跟自己唱一出情深意长，那好啊，自己奉陪就是，倒要看看他能玩点什么花招！自己刚才说了，兔子急了还咬人，他高宸就算是皇帝又如何？舍得一身剐，敢把皇帝拉下马！

因为自己根本不可能一辈子装失忆，到现在……，母亲和厉嬷嬷都开始怀疑了。而高宸那么精明的人，用不了多久，肯定也会发现蛛丝马迹，怀疑自己的。而自己在得知所谓的"无奈真相"后，不生气太假，只能先生气后伤心，才是正常的反应。

不管如何，假装顺着他，总是能让他减少防备之心的。

他不是要装吗，行啊，自己陪他装。

"仙蕙。"高宸蹲下身来，试探着，轻轻地将她拥入怀中，"好了，别伤心了。"感受着她挣扎了几下，却不再有发火之前的那种愤怒，心下大定，柔声安抚道："当初是朕考虑不太周全，也怪朕，不懂男女之间的感情。总想着，你一辈子为我伤心会很难受，所以万一朕可能失败，那么你还是长痛不如短痛。"

"你混账……"仙蕙嘤嘤哭着，哽咽着，然后慢慢依偎在他怀里，委屈万分道："你那样伤害我，我一辈子都不会忘记的，心怎么会不痛？你伤害了我，我又怎么可能再相信别的男人？如果你不来接我，我……，肯定是要永远孤独终老下去的。"

呵呵，生生死死都恋着他一个人，高宸会满意吗？或者说，这样子的自己，会让他哄骗玩弄得高兴一些？行啊，他不是说一切都为了自己吗？那自己倒要看看，他……，是不是真的舍得宁玉瑶！

因为封后大典取消了，第二天，日子变得平静无奇起来。

而且，凤仪宫上下都有些战战兢兢。

仙蕙却好似没事儿人一样。

倒是用了饭以后，找来厉嬷嬷和玉籽，平平淡淡道："以前的事，我想起一些来了。"望着她们微笑，"这段日子，真是辛苦你们了。"

玉籽激动道："真的？娘娘都想起来了？哦，不急，就算只想起一些，慢慢想，往后总会全都记起来的。"

厉嬷嬷心思敏锐，则看得更透彻，——王妃只怕根本就没有失忆过！或者说，最初磕着头的几天，有点迷惑，之后不过是装出来的罢了。

哎，她也有她的苦衷和为难。

仙蕙拿了一支红玛瑙的赤金簪子，最后别在鬓角上，然后对镜理了理妆容，"反正闲着也是闲着，让人备船，我要去太液池游湖玩儿。"

自己挖个坑，看那宁玉瑶跳不跳过来？顺便看看，高宸又要怎么演戏？既然他口口声声都是爱自己，为自己好，那就先把宁玉瑶给自己撵走罢。

眼下是初冬时节，太液池除了蓝天白云和一湖碧水，并没有太多的景致。不像盛夏，

下

接天莲叶无穷碧,映日荷花别样红,加上微微寒凉,实际上并不是游湖的好日子。

仙蕙站在太液池边,看着碧波盈盈的湖水,心下轻笑,——宁玉瑶若是肯豁出去,那等下这冰冷的湖水滋味儿,可是有点不好消受。

"娘娘,上画舫吗?"厉嬷嬷问道。

"不急。"仙蕙坐在云辇里面歇息,云辇下放着炭盆,上面铺着厚厚的锦绣垫子,暖融融的又舒服,周围还有一群宫人众星拱月地服侍,真是说不尽的惬意。她曼声道:"先在岸边看看远景,也不错。"

厉嬷嬷笑道:"是。"只要主子有兴致,去哪儿都是一样的,跟她介绍起来,"那边的八角亭叫镜花水月,那边的拱桥叫明月青岚……"

"给娘娘请安。"一记清丽的女声响起,宁玉瑶果然领着宫人过来了。

"宁贵人?"仙蕙斜斜望了一眼。

"娘娘,今儿好兴致啊。"宁玉瑶笑得温柔娴静,身上一袭蜜合色彩绣花卉纹宫装,看起来让人心中生暖,显得格外容易亲近。她上前一步,说道:"娘娘这是打算游太液池?说起来,嫔妾一直都很想游这太液池,可惜……,却没有那个机会。"

仙蕙并不主动邀请她,免得她生疑,只微笑道:"这不算什么难事,宁贵人只消跟皇上说一声,或者是跟我说一声,回头让人预备画舫便是了。"

"那太麻烦了。"宁玉瑶忙道:"嫔妾是什么身份的人,无足轻重的,怎么好意思让大伙儿折腾?"她抬手掩面一笑,"不如娘娘今儿给一个恩典,让嫔妾沾沾光,站在画舫尾,跟着游一圈儿太液池,就算是嫔妾的福气了。"

玉籽一向看不惯她,讥讽道:"宁贵人可真是耳报神快啊,娘娘刚来,你就知道了,脚不沾地就赶了过来。还……"把厚颜无耻几个字隐了,"非得缠着娘娘,要跟着一起游太液池,也不照照镜子……"

"玉籽!"仙蕙呵斥了一句,然后扶额,露出在人前要做贤惠名声,不得不勉强忍耐的模样,蹙眉道:"罢了,宁贵人跟着一起上来吧。"

宁玉瑶当即笑着福了福,"多谢娘娘。"

仙蕙勾起嘴角,然后搭着玉籽的手上了画舫,身后一大群宫人跟随。宁玉瑶落后一步,也领着宫人上了画舫,果然很是乖巧,站在画舫尾便没有往前走了。

而前面,玉籽忍不住嘀咕道:"娘娘,好好的兴致都给她败坏了。"

"罢了。"仙蕙摆摆手,"不用管她。"望着面前湛蓝无云的一泓碧空,轻笑道:"反正眼不见、心不烦,咱们只当没有看见,不理会她就是了。"

玉籽恨恨咬唇,然后吩咐道:"奏乐!"

优美的丝竹之音响起,清风习习,在湖面水风之中显得格外清灵动听。

厉嬷嬷等着仙蕙听完了一曲,上前附耳道:"娘娘,方才人多不好提醒。奴婢觉得,那个宁贵人鬼鬼祟祟的,只怕……,难免会生事端风波,娘娘真不该让她上画舫啊。"

仙蕙不以为然笑笑，"是她自己要来的，又不是我让她来的。"

事端？风波？肯定会有的，而且多半和守宫砂脱不了干系。

"娘娘。"玉籽过来笑道："听说前面这一片都是莲叶，到了夏天啊，能够连成一大片绿色，再点缀粉色、白色的荷花，那景色不知道有多好。等明年六月，荷花开得好的时候，娘娘再过来游湖……"

明年夏天？仙蕙心道，不知道自己能不能活到明年夏天了。

正在自嘲之际，忽地听得画舫后面"扑通"一声，传来一阵巨大的水响。把玉籽给吓了一大跳，话头也打断了，"什、什么……"她惊慌地要去问人，还没问到，就有一个慌慌张张的小宫女跑了过来。

"启禀娘娘，宁贵人掉到水里去了！"

厉嬷嬷目光一凛，玉籽大惊失色，仙蕙则是一脸看好戏的表情。

"快！快救人！"

"扑通！"又有小太监跳了下去，湖水里，几个小黑点的身影，围着一个蜜合色的女子身影，将她给带到了岸边，一通人仰马翻的忙乱。

仙蕙命人将画舫划了过去，下船之前，悄声吩咐厉嬷嬷，"去请皇上，到凤仪宫寝阁等着我回去。"也不多加解释，然后下了船，上前问道："宁贵人怎么样了？"

"咳、咳咳……"宁玉瑶面色惨白地躺在草地上，浑身湿透，不停地发抖，然后像是受了过度惊吓一般，用力挥舞手臂，"救……，救命……"

芝兰在旁边慌张道："贵人，你已经上岸了。"

"娘娘……"宁玉瑶朝着仙蕙伸手，不停晃动，"救我，救……"她那雪白的手臂露了出来，干干净净，之前的殷红守宫砂没有了。

仙蕙看着好笑，要是自己仍旧假装没有看见，宁玉瑶会不会气疯？是不是要跑到自己跟前来，给自己看看，她手臂上的守宫砂是假的？哎，她还真豁得出去，那么冷的冰凉湖水都敢往下跳啊。

"娘娘，贵人她……"

"别怕。"仙蕙微笑道："已经让人去请太医了。"

"娘娘……"宁玉瑶见她还是没有反应，心下着急，伸手扯住她的裙子，"妾身是不是要死了？妾身好怕……"说话间，那条雪白的手臂不停晃动，就差凑到仙蕙眼前了。

仙蕙想了想，她都豁出命来卖力表演了，要是自己再不接招，只怕想杀了自己的心都有，那就不太好了。和一个打算鱼死网破的人折腾，总是麻烦的。因而也就接了招，故意抓住了她的手，蹙眉道："宁贵人，你手上的……"

倒要看看，只是她一个人在演戏？还是和高宸一起演戏。

"啊？！"宁玉瑶像是才反应过来，惊慌地收起手臂，赶紧扯了扯袖子，一副欲盖弥彰的要遮掩的样子。然后别开了头，不敢再说话，也不敢再去看仙蕙的眼睛了。

下

"哎。"仙蕙叹了口气，"这里风大，让宁贵人躺在这儿不是办法。走吧，正好凤仪宫离这儿近，先把她抬到凤仪宫去安置。等太医开了药，给她煎服喝下，暖一暖身子，然后再送回顺贞宫去。"

"不……"宁玉瑶慌张道："不用如此麻烦娘娘，不用……"她像是心里一着急，顿时眼睛一翻，人晕了过去。

仙蕙看在眼里冷笑，呵呵，真是欲盖弥彰的好演技啊。

行啊，走罢！高宸很快就该到凤仪宫了。

到底高宸有没有撒谎，宁玉瑶又是不是真的处子之身，很快就可以见分晓了。到时候，自己要怎么进退应对，也该做一个抉择，而不是被他们当猴子一样地戏耍。

"走吧。"仙蕙上了云辇，眼中有着光芒不停闪烁，"回凤仪宫。"

宁玉瑶换了一身宫女衣衫出来，屋里有火盆，还是一阵哆哆嗦嗦。

仙蕙坐在椅子中央，问道："宁贵人，你手臂上的守宫砂，到底是怎么回事？可真是有趣，一会儿有，一会儿又没有的。"

"这、这个……"宁玉瑶目光乱闪，低着头，很是为难的样子。

仙蕙故意冷声道："你居然和皇上一起，合起伙儿来骗我？你们早就有了关系，对不对？还假装什么处子，那天根本就不是小宫女要点守宫砂，而是你！因为你的守宫砂是假的，所以才又不停地遮掩……"她声音严厉，"对不对？！"

"娘娘！"宁玉瑶好似慌乱，"扑通"一声，跪在地上，"嫔妾有罪。"

"有罪。呵呵……"仙蕙冷笑，"你可是承认了，你在撒谎？"转身盼咐厉嬷嬷，"快去！找了皇上过来对质！"

"不，娘娘！"宁玉瑶当然不能对质，一对质，谎言就要穿了，她赶紧解释，"事情不是娘娘想的那样！皇上他没有骗你。"

"哦，没有骗我？！"仙蕙勾起嘴角，脸色越发恼火，"你到这个时候还想撒谎？还想遮掩？你拿我当傻子看，是不是？"

"不，不是的。"宁玉瑶眼神闪烁不定，面色为难，说话吞吞吐吐，"其实皇上心里一直装着的都是王妃娘娘，嫔妾……"她摇摇头，"不过是皇上一时错认罢了。"

一时错认？仙蕙冷笑不语。

倒要看看，宁玉瑶到底要玩什么花样。

"想必皇上都跟王妃娘娘说了。"宁玉瑶脸色惨淡，"当初我之所以进王府，不过是皇上安排的障眼法，故意让王妃娘娘惹上麻烦，然后再被送江都。这些……，可都是皇上的一片良苦用心啊。"

仙蕙轻嘲，"你接着编。"

宁玉瑶吃不准她的想法，又不能停下，只能继续道："皇上对王妃娘娘的爱重，自然是不用说的。王妃娘娘走了以后，皇上更是日思夜念，常常深夜饮酒不眠……"

深夜饮酒不眠？仙蕙听得冷笑连连，都深夜了，她宁玉瑶还在跟前，——这哪里是要说高宸对自己情意重，分明是在说她和高宸有多亲密的。

"那天……"宁玉瑶眼中浮起回忆之色，"皇上又喝多了，喝得醉醺醺。嫔妾扶着皇上去安寝，皇上他嘴里念着王妃娘娘的名字，一直喊仙蕙、仙蕙……，真是好可怜。"抬手擦了擦眼角泪光，"嫔妾实在看不下去，就上前扶了一把，想要服侍皇上安寝，然后再悄悄离开的。结果后来，皇上醉酒糊涂，就把嫔妾当做了王妃娘娘……"

仙蕙听得笑了，"有点意思。"

这故事有模有样，到底是真是假还不好说呢。

宁玉瑶"扑通"跪了下来，泪汪汪道："娘娘，这件事你千万不要怨恨皇上，他都是因为思念你，所以才……"轻轻啜泣，"而且嫔妾怕皇上心里尴尬，事后……，也没敢对皇上说起这件事，他其实并不知情，可能以为是做了一场梦。"

"呵呵。"仙蕙笑了，"这种事，还能当做是一场春梦？"

"娘娘。"宁玉瑶急急道："这件事真的不怪皇上，还望娘娘知晓以后，不要计较，都怪嫔妾没有及时躲开，所以才会让皇上认错了人。"

仙蕙嘴角微翘看着她，不说话。

宁玉瑶抬手捋了袖子，露出上面的猩红一点守宫砂，"为了避免皇上内疚，妾身一直没有说起那夜的事，还让人做了假的守宫砂。"擦了擦泪，"娘娘，嫔妾心里害怕，怕将来娘娘发现嫔妾做了假，再治嫔妾的罪。更怕……，更怕让娘娘误会了皇上啊。"

"所以……"仙蕙看着她笑，"你是说，皇上本人也不知情了？"

简直可笑！哪有做了那种事，居然完全一点印象都没有的？高宸是傻子吗？外面的太监都是傻子吗？宁玉瑶是不是话本子看多了？

宁玉瑶哽咽道："是，皇上并不知情。"

"呵呵。"仙蕙笑道："照你这么说，我就算去找皇上对质，也问不出什么来了？"

"娘娘，你别问了。"宁玉瑶轻轻摇头，"千错万错，都是嫔妾的错，不关皇上的事。你问了，反而让皇上尴尬难堪，还会辜负了皇上对你的一片心意。皇上他，是真的心里面有娘娘的，只是一时喝醉了酒，所以才……"

屏风后面，一阵又急又快的脚步声响起。

高宸飞快绕过屏风，走了出来，冷声道："如此深情厚谊，那朕可要多谢你了！"他本来就身量颀长，面色素来寒冷，加之一袭明黄色的五爪龙袍在身，更是衬得他气势不凡、杀气凛冽，叫人不敢直视。

"皇上……"宁玉瑶断然没有想到，皇帝会突然出现！怎么回事？皇帝怎么会在凤仪宫里面？再回想……，也就是说，自己刚才的谎言，全都被皇帝听了个明白！完了，完了，一下子软坐在地上。

仙蕙冷眼看着，不作为，倒要看他们两个谁真谁假，又要演什么戏。

下

高宸厉声问道:"朕什么时候在你面前醉酒了?又几时,和你一夜糊涂不知情?"上前一把抓起她的手,"你的守宫砂呢?!"

他是上过战场杀伐果断的大将军,又是帝王,盛怒之下叫人震撼!

宁玉瑶根本就不敢撒谎,但却不敢说出实情,左右为难,不知道哪一种会更让皇帝生气恼怒?哪一种会让自己下场更惨?她根本连嘴都不敢张。

28 云开月明

"算了,懒得听你饶舌。"高宸不是高敦,别人不说话就没办法,转头看向厉嬷嬷,"你亲自带宁贵人下去,检查一下。不管是什么结果,都过来如实回禀朕。"

检查?厉嬷嬷怔了一下,才明白,当即叫了宫人带走宁玉瑶,"走!"

宁玉瑶的脸都白了。

仙蕙愕然,转头看向高宸。

让厉嬷嬷去检查宁玉瑶的处子之身,还这么镇定,难道说,他真的和宁玉瑶没有任何男女瓜葛?他说的一切都是真的?心里的滋味儿变得复杂起来。

可是她不想让自己心软,咬了咬牙,在心里告诉自己,——就算高宸说的话都是真的,他之前和宁玉瑶真的没有关系,只是为了演戏给别人,只是为了把自己送出王府。可他伤害自己也是事实!还有那场大火,还有燕王宫变时候的危险,又要如何解释?

他这个人深不可测!信他,受伤的只会是自己。

"仙蕙。"高宸直直看着她,淡声道:"朕和宁玉瑶没有任何瓜葛,倘若她是另外一个林岫烟,朕也会想办法证明自己所言不虚。"似乎微有叹息,"你放心,朕不逼你相信,往后的日子还长,你总会一点点看清楚的。"

仙蕙咬着嘴唇不出声儿。

厉嬷嬷很快回来,眼睛亮亮的,目光里明显带出一抹喜色,"回皇上,宁贵人还是完璧处子之身。"说着话,转头看了仙蕙一眼。

"倒省事了。"高宸冷声道:"她若是学得林岫烟那一套手段,朕还要颇费周章!"

仙蕙诧异道:"那她的守宫砂是怎么回事?"

"娘娘。"厉嬷嬷回道:"守宫砂并不是万能不变的,想要除去,用些药物即可。"转头看了宁玉瑶一眼,"至于究竟怎么弄的,那就得问宁贵人了。"

"皇上……"宁玉瑶顿时慌了,连连跪着上前,"皇上,我……,我没有害人,我只是想留在宫中,过安稳的日子啊。"捧脸哭了起来,"臣妾在皇上身边一年了,就算改头换面,也说不清,不会有人真心愿意娶我的。"

高宸淡声道："你若是不想嫁人也可以，出家做一个尼姑或者道姑，朝廷养你一辈子，肯定没有任何人敢为难你。再不然，找个理由，让你哥哥接了你回去，也能荣养一辈子。"

宁玉瑶顿时脸色大变，不，这两样都不是自己想要的！

"真的是这样吗？"高宸再问，"你在朕的面前不说实话，朕安排错了，那你将来可不要后悔，说朕对不起你。"

"皇上，皇上！"宁玉瑶连连摇头，"你是一国之君啊，将来……，肯定会是三宫六院、佳丽万千，怎么就容不下臣妾一人呢？"

"谁说朕一定要三宫六院了？"高宸冷声反问。

宁玉瑶怔住了，仙蕙也怔住了，就连厉嬷嬷等人全都怔住了。

听皇帝的意思，竟然一生一世都只守着正宫皇后一人？都只守着眼前这位娘娘？天哪，这简直就是闻所未闻。

高宸却淡淡道："朕与仙蕙少年结缡、琴瑟和鸣，她又为朕吃了不少苦头。朕早就在心里发过誓言，若得江山，必将一辈子让她顺心顺意。"他看向仙蕙笑问："你想要留下宁玉瑶吗？你想留，便留，你想撵走就撵走。"

仙蕙怔在当场，反而一时间不知道说什么了。

宁玉瑶目光又是嫉妒，又是艳羡，又是不能理解，急忙朝着仙蕙磕头，"娘娘，嫔妾也比不过你，不跟你争什么，求你成全嫔妾吧。只要嫔妾能够留在宫里，必定拿娘娘当主子一样服侍……"

仙蕙对高宸有点反应不过来，对别人不是。

她轻笑，"我身边不缺丫头。"

"那就带走。"高宸下了命令，"宁贵人方才落水受惊，神志不清，厉嬷嬷你亲自带着人送她回顺贞宫，留人好生照顾。"

他只有对仙蕙才会瞻前顾后，对别的女人，根本就不用多考虑。若不是念在宁玉瑶曾经有功，另外还给她哥哥宁玉熙几分薄面，加之要为仙蕙的名声考虑，早就直接拖出去杖毙了。

"是。"厉嬷嬷当即叫了几个宫人，上前拉宁玉瑶，"请吧，宁贵人。"

"皇上，皇上！娘娘……"

"把她的嘴堵上！"这一瞬，高宸又恢复了平素的冰冷无情。

仙蕙还是有些回不过来神。

他说什么？要一辈子只守着自己一个人？不不，自己一定是听错了。

"别想了，走，朕陪你出去逛逛。"高宸知道她以前受的伤害太深，不想逼急了她，转而说起平常的事，"你不是喜欢用梅花插瓶吗？朕陪你去御花园里，掐几支好看的，回来放在寝阁里面做摆设。"

"不，我难受。"

下

　　高宸以为她又要说什么"你忽冷忽热地让人难受"的气话，笑着牵了她的手，"好了，别耍小孩子脾气……"话音未落，才发觉她的手冰凉冰凉的，"仙蕙，你……"觉得不对劲儿，抬手抹了一下她的额头，竟然滚烫！

　　他当即转身喝道，"来人！赶紧传太医。"

　　皇帝有令，宫人们当即跑得飞快传话。

　　很快，太医过来诊完了脉。

　　"如何？"高宸问道。

　　"回皇上。"太医战战兢兢地回话，皇帝那冷若冰霜的脸色看一眼，就足以冻得人瑟瑟发抖，"娘娘这是长久以来忧思忧虑，郁气入了心肺。平日一直硬扛着没显出来，一旦心绪过于动荡，或者身子虚弱之际，便有内热从里而外发作……"

　　"行了！"高宸对别人可没那么多耐心，打断道："你就说，她这病除了发烧以外，还会不会有别的病症，有无麻烦，什么时候能够痊愈。"

　　太医忙道："发烧应该问题不大，调养几天，吃点清热散毒的药应该就是了。但是娘娘似乎有些伤肝，伤心肺，这样不仅容易生病，人也会变得多疑心思重，脾气躁，这个不是一天两天能调养好的，还得慢慢养着。"

　　"下去开药。"高宸脸色微沉，然后让太医和所有宫人都退了出去。自己坐在床边，伸手抚着她额头上的碎发，劝慰道："别担心，好好将养着身体便是。"

　　仙蕙脑子昏昏沉沉的，没说话，也不知道该说什么。

　　没多会，厉嬷嬷端了药服侍她喝下。

　　仙蕙便一半不想说话，一半真的困顿，渐渐迷迷糊糊睡了过去。

　　高宸看她是真的发困睡着，不想吵着她，于是让厉嬷嬷等人精心照料，自己则先去了一趟顺贞宫。还有宁玉瑶的事得处理，不能拖了。

　　"皇上……"宁玉瑶眼里闪过惊喜之色，"你来了。"又想起自己目前的处境，不由梨花带雨哽咽起来，跪在地上连连磕头，"皇上，你就饶了臣妾这一次吧。"

　　"行了。"高宸在别人面前很少动情绪，即便此刻，脸上也没有任何喜怒，"你不用在朕面前哭哭啼啼，没用的，朕没有耐心听你的那些小心思。今儿之所以过来，是看在你之前帮过忙的分上，还有你哥哥的面子，所以才给你一个体面。"

　　宁玉瑶要送走，但并不想让她背着犯罪的名声送走。

　　眼下她落水受了惊，作为曾经的宠妃，自然是要过来看望一二的。

　　高宸坐在椅子里，修长的手指轻轻敲击着桌面，发出"笃笃"声响，眉宇间似乎已经有了某种决定。然后转头看了她一眼，淡声道："本来忙着皇后大典的事情，暂时没有顾得上你。眼下看来，对你的安排却是不能再拖了。"

　　安排？宁玉瑶的心拔凉拔凉的，心下懊悔不已。

　　自己真是太着急了！原本以为可以离间皇帝和邵仙蕙，但是没有想到，她那张一脸无

201

辜的脸后面，竟然藏着那般歹毒的心思。她居然早就叫了皇上在后面偷听，还故意把自己抬到凤仪宫，实在用心险恶。

而皇上，对自己不复半分怜爱宽和，竟然……，让厉嬷嬷检查自己的身子，当面戳穿了自己的谎言。还说什么，往后一生一世都只守着邵仙蕙，——她何德何能？配得上皇上如此一往情深？

"皇上……"宁玉瑶一脸不解的泪水，哭道："臣妾自问并不输给娘娘，只是没有早一点遇到皇上，为何皇上就如此弃之如履？臣妾……，到底哪点比不上她？"

高宸凉凉道："朕根本就没有比过。"

没有比过？宁玉瑶脸色惨白，这……，大概是世上最无情的话了。

她心里清楚，所有一切的算计都全完了。

因而也不再哭，不再闹，免得适得其反激起高宸怒气。而高宸，也没有多留时间给她，很快便出去交待宫人，"好生服侍宁贵人歇息，精心调养，出了岔子唯你们是问！"

一众宫人还不明所以，以为这是皇帝对宁贵人的关心。

纷纷齐声应道："是！奴婢等人必定尽心竭力。"

高宸转身离开了顺贞宫。

芝兰进来，看见主子宁玉瑶软坐在地上，惊慌道："贵人，地上凉啊。"慌里慌张，急着要去扶她起来，"快，别冻着自己。"

"冻不死。"宁玉瑶一脸凄婉地笑了，然后道："完了，我全都完了。"抬眸看向芝兰，眼里是无穷无尽的怨怼和不甘，"去吧，把那盒子玫瑰点心赏了。"

芝兰知道玫瑰点心里面放了东西，虽不知道究竟是什么，但还是本能地觉得不安。她有些犹豫，"贵人，眼下你落水受了委屈，正是应该在皇上面前邀宠的时候，其他的事，是不是稍后再办……"

"没有稍后！"宁贵人再也无法克制，尖声道："滚！叫你去办就去办！"

"宁贵人落水了？"万太妃得知这个消息，一阵惊讶。

"是。"掌事嬷嬷奇怪道："但是不知怎地，不光宁贵人那边传了太医，王妃娘娘那边也传了太医。"

"是吗？"万太妃一声轻笑，"她这是心病吧？才回来，就害得唯一的嫔妃落水，不装病怎么躲得过去？再说了，好好的封后大典办不成，她也心烦啊。"

可是自己也一样烦躁不已。

皇帝还接这个祸害回来作甚？怎地不留在江都？想把邵仙蕙在外流落一圈儿，谁知道遇到过什么野男人，还清白不清白了。

等等，这倒是个可以大做文章的好把柄啊。

万太妃忽地深刻地笑了。

下

"太妃。"一个小宫女过来，递上一个蜡油包裹的纸卷，"宁贵人送来的。"

"宁贵人？"万太妃听得迷糊，自己和高宸身边的人从无交集，宁贵人这是做什么？疑惑之间，飞快打开纸条一看，顿时脸色大变，"这……，这是……"

"太妃？"掌事嬷嬷问道："出什么事了？"

"不好！"万太妃一手紧紧捏着佛珠，简直恨不得捏碎，咬牙切齿道："本宫和楚王都有大麻烦了！"冷眼一扫，让其他宫人都退了下去，然后吩咐掌事嬷嬷，"明天，明天一定要让楚王进宫一趟！赶紧去安排。"

原来高宸早就知道自己和儿子派了刺客，却一直隐忍不发。

这说明什么？依照高宸的性子，不可能是不发作，而是要找个更合适的机会，给自己和儿子安置一个更大的罪名，然后一举铲除啊！

"是。"掌事嬷嬷当即应下，退了出去。

万太妃又把蜡油小纸卷拿起来看，"咦？"手上搓了搓，才发现下面还有紧紧贴合的另外一张，她一字一字地飞快看下去，忽地缓缓笑了。

次日，高宸在上书房吩咐，"传宁玉熙。"

片刻后，宁玉熙赶到了上书房奉旨求见。

"皇上，听说玉瑶游湖落水了？"

"嗯。"高宸淡声道："放心，性命无碍。"

宁玉熙松了一口气，但却觉得气氛不对，皇帝的脸色很是凝重不同寻常。作为哥哥，肯定不会第一时间怀疑妹妹，反而问道："是不是玉瑶落水有蹊跷？"

高宸沉吟了一下，"宁贵人落水有些缘故，你去内宫探望她一回便知晓了。"然后又用茶水在桌上写下"万太妃"三个字，"你再问问她这个。"

宁玉熙去了没多久回来，深深磕了三个头，一脸愧疚道："皇上，玉瑶年幼无知又糊涂，办了错事，臣替妹妹向皇上认错。"顿了顿，"还请皇上给一个恩典，饶恕玉瑶。"

"罢了。"高宸总归要给宁玉熙几分薄面，说道："宁贵人虽然有错，但是之前也算是辛苦一场有功，将功抵过，朕不会责罚她的。"话锋一转，"不过未免宫中横生是非，她也再不能留，早点送走对大家都好。"

宁玉熙回道："安排玉瑶，微臣倒是有一个法子。"然后上前耳语了几句。

高宸眸光一动，抬手示意他安静先不要说话。细细琢磨了一下，想得更多，更深，很快有了一个主意，"这样……"

宁玉瑶不慎落水的消息，很快传开。

据太医诊断，说是宁贵人落水受了惊吓，病症挺重的，大概意思暂时好不了。高宸过去探望了几回，大发雷霆，把太医院的人狠狠骂了一通。

谁知道，宁玉瑶的病发得又急又快，不到三五天工夫，就汤药无效，水米不进了。如

此又煎熬撑了两日，最终还是"一命呜呼"了。

哪知道，很快又有惊人消息传出来！

有流言从顺贞宫传出，说是宁贵人暴卒，是因为她感染时疫。

几天后，万太妃因为感染时疫又不肯喝药，病情加重，最终病逝于懿慈宫内。

消息传出，人心惶惶不安。

"娘娘。"厉嬷嬷劝道："皇上为了娘娘，可真是把一切冤仇都扫得干干净净。"

仙蕙沉默不语。

她的心像是被冰冷冻了许久，僵硬、冰冷，眼下又被火烤，那滋味儿十分不好受。不过稍稍宽心一点的是，宁玉瑶死了，万太妃也死了，这后宫往后就算是清净了。

"娘娘。"玉籽匆匆进来，回道："今儿宫外万太妃出殡的时候，楚王在皇上跟前狠狠大哭了一场，说是想远离京城伤心地，请求准许就藩。"

正说着，高宸来了。

"听说楚王在你面前大哭了一场，请求就藩。"仙蕙迟疑问道："皇上准了吗？"

"没准。"高宸道："朕骂了他一顿，让他不要想东想西，老老实实给万太妃守孝。眼下万太妃尸骨未寒，他就想着就藩离京，这是大不孝！"

仙蕙迟疑道："那……，楚王说什么了？"

"他能说什么？"高宸勾起嘴角，"他再着急，也得为万太妃守孝出了一百天，不然他就是不孝子。"目光微闪，颇有几分意味深长，"再说了，马上就要过年，朕总不能不让兄弟过年，那也太不近人情了。"

第二天，太上皇召见高宸，开口便一连串地问，"老三就藩的事，你考虑得怎么样了？哪块封地？何时让他就藩？"

高宸回道："不急，等三哥给万太妃守完了孝再说，况且还要过年……"

"寡人问你，你回答便是了！"太上皇语气很是不好。

高宸心下有数，多半跟哥哥高齐的哭诉有关系，只是并不揭破，"是。儿子想了，本朝的王爷们都是要就藩的，三哥早晚都要去，这个自然是无须多想的。不过儿子的意思，还是等三哥给万太妃守完孝，再过年，春天二三月份暖和的时候动身，更为合适一些。"

太上皇听到"春天"二字，脸色总算稍微缓和，只是目光仍旧有些不善。

被皇帝夺了龙椅郁闷，万太妃又死得不明不白的，多半是皇帝所为，——他眼中哪里还有自己这个父亲！已然是做了皇帝，天地君亲师都不放在眼里了。

有心想问皇帝一句，"万太妃到底是怎么死的？"又忍住，人死不能复生，再去争执已经没有意义。但是死个把妾室没有关系，反正还有年轻更好的，儿子却不行，高齐毕竟是自己的亲生骨血。

因而又叮嘱道："你别忘了，老三总归是你的哥哥。"

是吗？派人追杀自己妻子的哥哥？！高宸心下冷笑，面上却应道："儿子知道，不管什么时候，哥哥永远都是哥哥。"

太上皇对这个回答总算满意了，颔首道："如此便好。"

接下来的日子平静似水，很快到了年关。

年夜筵席上，高宸喝得酩酊大醉回去。

"喝一碗醒酒汤。"仙蕙心里的情绪跟不上，但是该做的，却都做了。不管怎么说，今儿高宸喝醉，有一半都是因为替自己挡酒，"来，不然明儿该难受了。"

"你担心我？"高宸眼里笑意浓浓，望着她，"你喂我，我就喝……"

仙蕙微微红了脸，觉得他这是醉到一定程度了，居然你啊我啊的，连朕的自称都忘了。

旁边厉嬷嬷赶忙递上醒酒汤和勺子，悄声道："皇后娘娘，快服侍皇上喝了醒酒汤吧。"眼神催促不已，叮嘱了几句，然后领着宫人们都退了出去。

仙蕙尴尬了一阵，还是端了醒酒汤递过去，"来，喝吧。"

高宸张嘴，一口一口地喝着，眼睛却一直直勾勾地望着她，好似仙蕙就是那最最需要的醒酒汤，视线根本就不肯挪开。

仙蕙本来就满心不自在，又喝了酒，再被他看得尴尬，脸上渐渐发烫，好不容易才挨得把一碗醒酒汤喝完。当即站起身来，"皇上躺着，我去……"

"仙蕙，别走。"高宸的目光炙热如火，紧紧一把抓住了她，然后夺了碗，随手撂在旁边，碗盏勺子弄出一阵"叮当哐当"的动静，让气氛越发尴尬怪异。他将她一把拖到自己的身边，"你坐下，陪陪我。"

仙蕙坐下，微微别开了脸。

"你要躲着我一辈子吗？"高宸酒量好，但是今儿有意喝得很多，也上了头，说话和思绪都不如平时冷静清醒，带了几分酒气，"仙蕙，你看我一眼。"

"我看着呢。"

"你没有。"高宸握着那柔软滑腻的手，有些小小怨怼，"朕已经把宁玉瑶处置了，万太妃也处置了，皇后让你做……，做了这么多，可你还是一直躲着我。"他伸手，指着她的心口，"你的心，在躲着我。"

仙蕙勉强笑道："皇上喝醉了。"

"喝醉了？"高宸眼睛有一点点红，忽然间，他翻身爬了起来，将她压在自己身下，"仙蕙，不要躲着我……"长时间没有碰过女人，再加上酒的催化，让他情不自禁对着那红润的小嘴，深深吻了下去。

"唔……"仙蕙也太久不适应这种感觉，那柔软的、滚烫的舌，探了进来，带着浓浓酒气和霸道，似乎恨不得把自己给吞下去。他的手放肆地在自己身上游走。

"仙蕙……"

"不……"仙蕙说不清是为什么，就是不愿意，特别是当他的手落在自己胸前最柔软的地方时,那一瞬间被挑逗出来的电流,让自己有一种委屈和羞耻感。当即想也不想,就狠狠一咬,那份侵略顿时吃痛退了出去。

高宸一声重重闷哼,松开了嘴。

仙蕙在他身下大口大口地喘着气,看着他,嘴里是一阵淡淡的血腥咸味儿。

高宸的嘴角挂了一缕血丝,疼痛让他瞬间清醒,目光里少了混沌,又恢复了以前的清冷和镇定。他静了一瞬,起身松开了她,"对不住,是我太着急了。"身下的情欲无法消散,却硬生生地克制住,"你放心,以后不会再有这种事。"

仙蕙不自禁地环抱住自己,微微发抖。

高宸起身去倒了几碗茶,狠狠喝了下去,然后背对着她说道:"你一天不愿意,朕就等一天,你一年不愿意,朕就等一年,要是你一辈子不愿意……"他猛地将碗顿在桌子上面,掷地有声道:"朕……,等你一辈子!"

夜里,仙蕙心绪难平地睡了一夜。

次日早早醒来,居然发现高宸还在自己身边,吃惊道:"皇上怎么还没起来?今儿正月初一,不是有新年仪式?你平时都是天不亮……"说着,发觉他眉头微微皱起,"怎么了?是不是昨儿的酒气还没有散?"

"朕头疼。"

仙蕙顺手一摸,吓了一跳,"你发烧了?!"赶紧披了衣服坐起来,喊玉籽等人进来服侍穿戴梳洗,然后要叫太医,"皇上有些发烧。"

高宸却叫住了她,"别喊,正月初一就传太医不吉利。"

仙蕙闻言怔住,这倒也是。

高宸喝了一碗热茶,打起精神,穿了龙袍去前面金銮殿主持祭天仪式。晌午回来,额头上还是滚烫滚烫的,他没喝药,还强撑着去忙碌,自然烧热不退。

仙蕙着急,让人熬了热热的姜汤给他发汗,但是没有用。

一直熬到第二天,才悄悄让太医过来给他瞧病。

"怎样?"仙蕙不安问道。

不为别的,眼下外面时疫还没有褪去,不得不担心啊。

然而有时就是这样,越担心什么,就越是来什么。

太医脸色郑重地把了一会儿脉,又让高宸换了另外一只手,继续把脉,起身迟疑道:"这个……,微臣一个人恐怕不准,还是再找两个太医过来会诊的好。"

仙蕙的脸色便不好看了。

高宸沉吟了下,"再传个太医来。"

很快,又来了两个太医诊脉,也都是诊着诊着就脸色凝重起来。最后三人一起交头接耳的,窃窃私语了一阵。最开始诊脉的太医上前来,硬着头皮道:"皇上,虽然眼下不能十分断定，但……，皇上还是有感染时疫的风险。"

"时疫？"仙蕙瞪大了眼睛，轻呼道："怎么会？！不不……"她连连后退，"皇上怎么会得时疫呢？你们再诊诊脉，看是不是哪里弄错了？"

一个太医道："皇后娘娘，皇上未必就是真的得了时疫，只是有可能。"

高宸看着她担心焦急的样子，心下微暖。尽管她的情绪不愿意理会自己的，可是心底还是关心自己的，只是这些柔情不便流露，只淡声道："好了，先开药罢。"

"是。"太医们都是如蒙大赦，赶紧退下。

然而事情却不尽人意。

到了下午，高宸发了一回汗，烧热退了下去。但是到了天黑时分，又热起来，并且手臂和脸上起了小红斑，是时疫的症状！

对此情景，仙蕙真是再熟悉不过了。

她的眼里全是惊骇之色，吓得不轻，"怎么、怎么会……"

高宸看了自己的手臂一会儿，虽然也有惊色，但行为还算冷静，"仙蕙，你出去。"语气里透出一丝黯淡，"时疫可是会传染的。"

仙蕙不由愕然。

这种时候，他不是第一时间想到自己的生死，居然还在担心自己？继而心里又是说不出的酸酸的、涩涩的，好似某种奇怪的液体，把自己的心一点点腐蚀。

太医们从偏殿赶过来，见状都是大惊，"天哪，这是……，时疫啊。"

仙蕙惊慌过后，很快想起的是要应对。

"不。"她强力命令自己镇定下来，连连摇头，"你们等等我！"急匆匆地找了一个枕头出来，然后拆开，一脸庆幸欢喜之色，"这是我在江都的时候，收的仙灵芝，原本是用来做枕头用以安神入眠的，最近闲置起来了。"

"仙灵芝？"高宸怔了一下。

"是啊。"仙蕙的眼睛亮晶晶的，急忙道："听说，这个东西治疗时疫有特效！太医，你们赶快给皇上入药，一定要治好他。"

太医们都是面面相觑，交换眼神，却都没有接话。

高宸开了口，吩咐太医，"既然有这等灵丹妙药，你们拿好，下去配药罢。"虽然这和自己的计划不一样，但毕竟是她的一番好意，不能驳回了。至于别的安排，不用着急，容后再跟她细细解释。

这一次，不能再瞒着她了。

太医们齐声应是，都在检查起仙灵芝来，商量着怎么配药。

仙蕙想到仙灵芝的特效，安定了许多，又叮嘱太医，"皇上得了时疫的消息，绝对不可外泄！免得引起恐慌，以及生出不必要的波澜。"

太医们面面相觑，"可是，我们今儿都来了啊。"

高宸躺在床上，也是有些意外地看向她。

下一瞬，仙蕙便道："就说是我病了。"

太医们怔住了。

高宸也是一怔，她……，不仅第一时间反应过来，自己病倒以后的麻烦，而且还冷静理智地做了安排。甚至不惜诅咒她自己生病，也要瞒着消息，——得妻如此，也不枉自己全心全意为她打算了。

高宸问道："你不怕吗？"

"自然怕的。"

高宸目光深邃，又问："你担心朕会死了？"

难道他就不担心？仙蕙觉得高宸怪怪的，这世上谁不怕死啊？再说了，做妻子担心丈夫不是很正常？自己和他有再多的矛盾，也不会盼着他死的。即便是当初最怨恨的时候，也不过是想着远离他，再也不要见他。

可是眼下，他居然一点都不着急，他得的是时疫啊！

高宸招手，"仙蕙，你过来。"并没有像先前那样撵她走，反而拉她入怀，然后附耳轻声说了几句，"……所以，放心吧。"

仙蕙瞪大了眼睛望着他，"你是说……？"

"是。"高宸微笑，"原本是不打算告诉你的，可是又怕你多心，说我什么都瞒着你。至于母后那边，先不要透露风声，舞阳就更不要了。"

不得已？仙蕙轻笑，所以当初拿自己当做诱饵，引诱燕王，也是不得已了。

——这是她心中无法拔出的刺。

因为那件事不仅是高宸在感情上欺瞒，更是涉及到自己的人身安全，万一事败，万一自己身死，甚至万一自己被燕王羞辱，哪一种后果都是不堪设想的！

"仙蕙。"高宸微笑看着她，徐徐道："朕猜猜你在想什么？你在想，当初我怎么舍得让你去做诱饵，对不对？是啊，我怎么舍得呢。"伸手掠了掠她的秀发，"小傻瓜，事情根本就不是你想的那样。"

"那是怎样？"仙蕙飘忽问道。

尽管凤仪宫对外的消息，是皇后病了，但仍有小道消息在暗地里流传。

——皇帝感染时疫！

这个消息，像是长了翅膀一样飞出宫外。

接下来，日子一天天过去，皇帝一直住在凤仪宫没有离开，小道消息传得更加厉害了。

空气里，是风雨飘摇的危险气息。

"皇上！娘娘……"厉嬷嬷惊慌失措地跑了进来，脸色惨白失声道："大事不好了，

下

不好了！外面、外面有人……，有人……"像是被人掐住了脖子，艰涩吐道："谋反！"

"谋反？！"仙蕙大惊。

"是。"厉嬷嬷惊骇道："娘娘！快让皇上下旨叫人去诛杀反贼啊。"

仙蕙一下子软坐在椅子里，失去了力气。

"娘娘！娘娘……"不过片刻工夫，玉籽又连滚带爬地跑了进来，哭道："外面已经能够听到反贼的呼声，声响动天，估计……，已经到了内宫大门口了。"

"这么快……"仙蕙喃喃道。

她搭着宫女的手起身，走到门口听了听，果然……，一阵阵杀声震天的嘈杂，隐隐从天际传来，像是一阵阵的催命符一般！

如此煎熬，不知道过了多久。

"什么人？！"殿外，有宫女大声惊呼道。

"启禀皇上……"一个沉稳有力的虎将声音传来，将凤仪宫的女眷们吓得魂飞魄散，但那人却并没有闯进来，而是在外面道："叛军逼宫谋反，大统领梁大将军带着禁卫军殊死杀敌，现如今已经斩得反王高齐人头！外面叛军群龙无首，混乱不堪，已然都服罪了。"

"服罪？都服罪了？"仙蕙惊喜道："高齐那个逆子死了？！"

"是的。"

仙蕙起身，激动道："这真是太好了。"

周太后喜极而泣，惊天动地的危险，竟然躲了过去，好似鬼门关上转了一圈儿，反倒眼泪簌簌而落，"好，好啊。"夜风中，有血腥味被传送过来，也不那么难闻了。

仙蕙看着太后，就好像看到了从前的自己。

回头还是告诉高宸，就这样，永远地瞒着太后一辈子好了。

次日天明，太阳依旧缓缓升起。

因为高齐谋反而死，太上皇自然无话可说，就连高齐的余党也被一网打尽。至于高齐的家眷，他的王位被废，家眷子女便都成了庶人，全都被贬往偏远的岭南之地。

而高宸，像是大难不死必有后福，他的"病"一天天好了起来。

仙蕙越发沉默不已。

"娘娘，梁国夫人求见。"

因为仙蕙做了皇后，邵元亨被皇帝恩荣封了一个梁国公，梁国夫人便是沈氏，因为她身份特殊，自然是可以随时进宫求见的。

"娘。"仙蕙现在，也只有看到母亲的时候，笑容多了几分真诚，"正说闲着，想让人请你进宫来说说话，你就来了。"又道："另外我想过了，等开春暖和，让姐姐和宋家的人都上京，哥哥他们一家子也来，咱们团团圆圆的。"

"这个好说。"沈氏今儿进宫的目的不是为了说家室，而是撵了宫人，悄声与女儿说

起体己话,"我听说,今春三月就要大选秀女入宫了。"

"大选秀女。"仙蕙轻叹,"我知道。"

"我的儿。"沈氏微微有些着急,"这事儿你可千万别糊涂,得早作仔细打算啊。先前那个宁玉瑶闹得那么凶,要再来一个张玉瑶、李玉瑶,回头可是有得你受的。"不免叹气,"虽说你贵为皇后,可是本朝后宫女眷都没有家世,你又没孩子,并不比别的女子多有几分依仗啊。"

仙蕙叹气,低头沉默不语。

到了晚上,仙蕙亲自给高宸盛了一碗热乎乎的鸡汤,试着微笑劝了几句菜。可是能做的也就这些,至于到了床上主动求欢的事,别说做不出来,想一想,都觉得羞耻和委屈得慌,最终还是和衣而睡。

高宸看着她纤细袅娜的背影,沉默不语。

想来是下午丈母娘劝了她,所以晚饭的时候,明显感觉到她的态度在改变,可是要再深入一步,她又怕自己藏在了乌龟壳子里了。

她被自己伤过,逼她,只会适得其反,还是一点点慢慢地来吧。

"仙蕙。"高宸伸手将她拉入怀里,轻声道:"眼下天气暖和了。"这些日子,都是这样一点点让她适应,软化她对自己的抗拒,"朕问了西林猎场那边,说是可以春猎,所以准备办一场皇家狩猎,顺便带你出去透透气。"

"我不会骑射。"

"朕可以教你骑马啊。"高宸耐心好得很,说道:"便是实在学不会,或者不愿意学也没有关系的。"声音带着蛊惑的意思,"到时候,你就跟母后她们坐在看台上面,看下面的侍卫们打马球,比射箭,还可以烧烤一点肉串吃,也很有趣的。"

仙蕙不是很想去,主要不是很想和他一起去。

可是想起母亲的话,还有即将到来的三月秀女大选,到底还是有点紧张,——谁能保证高宸一辈子不变心意呢?谁能保证秀女里面没有合他胃口的呢?不为别的,便是为了自己的皇后之位,该努力的也得努力啊。

仙蕙静默了一会儿,"好。"她转身,努力露出一个笑容,"那皇上教我骑马,给我挑一匹温顺老实的,别把我摔下来就行。"

高宸笑了,"有朕在,怎么会把你摔下来?"细想想,这个骑马的法子甚有意思,两人可以亲密亲近地在一起,有交流就会有改变。总比现在这么貌合神离的要强,越想越有几分小小兴奋,"明天朕陪你一起去挑马,你喜欢哪匹,就要哪匹。"

仙蕙笑笑,"行啊。"

次日,高宸散了早朝,便回来领着仙蕙去挑马。

仙蕙哪懂得什么好马?小姑娘心性,挑了一匹健硕漂亮的高头大白马。

"这个好看。"她乐呵呵道。

高宸忍不住笑了，"你只看长相，别的什么都不看啊。"

帝后二人都在笑着，气氛甚好，周围的宫人们也是偷偷抿嘴笑。

仙蕙却觉得有点尴尬，下不来台，一甩手中缰绳，"我挑不好，皇上替我挑吧。"自己往边上走，迎面看着蓝天白云，吹着凉风，嘴角明显有一点下撇。

"就这匹了。"高宸大手一挥，牵了过来，"要不说你有眼光呢，只看长相，也把这马厩里最好的马给挑走了。"转头与宫人们问道："你们瞧着，这匹清风追月好不好？"

天！谁敢说不好？找死呢。

再说了，皇后娘娘明显有点不高兴，皇上都赶着赔不是，谁又嫌自己的命太长？脖子上的脑袋太多？因而都是纷纷道："很好，很好。"

李德庆还凑趣儿，"啧啧，这马一看就是马中龙凤，马中翘楚。"

仙蕙忍住笑，啐了一口，"呸！一群油嘴滑舌的。"

"你先上马。"高宸笑道。

仙蕙一手抓住缰绳，踏上马镫，扯着马鞍用劲儿往上冲，结果挣扎了几下，愣是没有爬上那高头大马。不由暗暗懊悔，早知道，就挑一个小巧玲珑的了。

"来。"高宸忽然一掀袍子，左腿微微前弓，抓住她，"踩着，朕扶你上去。"

"啊？"仙蕙迟疑道："会把你的裤子踩脏的。"

高宸皱眉，"朕乐意！"

他一冷脸，周围的气氛都冰冻起来，好似迅速染上了一层寒霜。宫人们原本还脸上挂着笑的，都敛了笑容，一个个低下了脑袋。

仙蕙见状，忍不住有些着恼，这人说翻脸就翻脸啊。因此带了三分气性，一脚狠狠踩了上去，还做找位置一般搓了搓，——皇帝有一点洁癖，里面的亵衣亵裤只穿白色，顿时印上一个黑黑的脚印。

高宸抓住她的手，托着她的腰，"上去！"然后咧嘴一笑，"这不就成了。"

仙蕙瞪他，低声道："你可真是六月的天，小孩儿的脸，说变就变。"

"你说什么？朕听不清楚。"高宸眼里笑容狡黠，然后利落地一翻身，跟她共乘一骑上去了，坐在后面。彼此紧紧贴在一起，然后附耳低声，"皇后，你再说一遍。"

仙蕙羞红了脸，"你下去！"小声嗔怪，"那么多马？干吗非得骑一匹啊。"

高宸笑道："你今儿可是头一次骑马，朕若是不护着你，等会儿掉下去，摔掉了门牙可要怎么办？"故意胡说八道："不成，不成，朕可不要豁嘴的皇后。"

"放屁！"仙蕙恼道："你才是豁嘴呢。"

"哈哈……"高宸大笑，用力一甩马鞭冲了出去。

"啊！"仙蕙吓得惊呼，本能就朝他怀里缩，双手紧紧抓住他结实有力的手臂，慌张喊道："你慢点儿！慢点儿啊，听见没有……"她的声音，在急速的风里渐渐消散。

211

后面的宫人和侍卫们慢了一拍，赶紧追了上去。

风驰电掣中，仙蕙过了最开始惊吓的瞬间，慢慢适应了颠簸，主要是在高宸的怀里稳当得很，怎么晃都晃不出去。"你真是……"渐渐明白过来，他是故意，非得这样吓得自己往他怀里钻，真是……，臭不要脸！

高宸坐在后面，风又大，根本没有听到她的小声嘀咕，只是大声说道："人在马上是会有些颠簸的，你别慌张，让自己和马儿一起颠簸，就好像你和马是一体的，颠簸的节奏一样就稳住了。"

仙蕙窝在他怀里坏笑，"是啊，我跟马儿是一体的。"

这话高宸倒是听着了，知道她这是使坏，绕着弯子说自己是一匹马，不过是无聊的小姑娘拌嘴罢了。原本不会计较，可是最近使出了浑身解数，才让她软和一些，赶紧趁热打铁凑上去笑道："朕若是公马，那你就是一匹小母马。"

"你……"仙蕙气结。

"回头再生一匹小马。"

男人平时再正经，那也是男人。只要稍微开一个荤点的玩笑，就能叫大姑娘小姑娘羞红了脸，仙蕙的脸滚烫滚烫的，想骂他，又不知道该从何下口！真是的，这人怎么做了皇帝就学坏了，蔫坏蔫坏的，说起话来没羞没臊的。

"呸！"仙蕙憋了半天，只啐了一句，"厚脸皮！"

高宸今天算是豁出去了，脸也不要了，反正周围没有别人听见，又是在小娇妻面前说夫妻情话，有啥大不了的？因而接道："你咋知道朕脸皮厚？你咬过啊。"

"住嘴！"仙蕙羞窘极了，简直不知道要怎么办才好，气得她用手肘狠狠往后撞，嘴里抱怨连连，"你好歹也是做皇帝的人，一国之君，非礼勿言都不懂啊。"

高宸笑道："非礼？"瞅着马儿走近了树林里，侍卫们远远跟在后头，林子里暗，肯定看不清楚，便在她的耳珠上面咬了一口，"这才是非礼……"

"啊呀！你做什么？"仙蕙吓得人一抖，本能想要躲避，可是在马背上能躲到哪里去？她慌张地往前一扑，瞎扑腾，险些摔下去，"救、救命……"

高宸顾不上调情，呵斥道："你疯了！"当即一把抓住她，"别动……"

偏生不巧，他手上的马鞭狠狠一挥，扫着了马儿眼睛，这下麻烦大了。"嘶……！"马儿吃痛一声鸣叫，疯了一样地往前跑，不顾枝叶草丛，没头没脑地飞速奔跑！

高宸急声呵斥，"惊马了，当心！"

仙蕙哪里知道该怎么当心？吓得不轻，只会紧紧地往他怀里缩。

后面有侍卫远远追了上来，惊慌喊道："皇上……"

高宸微微皱眉，其实眼下马儿跑得虽然快，但是自己驭马多年，已经感觉出，速度稍稍减缓了。只要让马儿顺其自然地跑一段，自然就停下来了。

那么，眼下可是一个大好的机会。

"皇上，皇上……"侍卫们的声音越来越近。

高宸心里着急，双腿紧紧夹着马腹，单手解了自己的腰带，狠狠地朝后扔了过去！接着朝着马臀重重一拧，马儿吃痛，顿时又加速往前疯跑出去！

等侍卫们追上来，发现树枝上挂了一条玉版腰带，赶忙抓了下来。

"停！"侍卫统领忽地停住，抬手止住了后面的侍卫们，"慢点儿，远远地跟着就是了。"

"啊？"有人勒住缰绳，不解道："皇上和皇后娘娘还在前面，好像惊了马，得赶紧追上去啊，万一……，咱们的脑袋可就……"

"蠢货！"侍卫统领骂道："老子难道看不出皇上惊了马？难道不知道皇上和皇后娘娘在前面？"扬了扬手里的玉版腰带，"皇上能腾出手解这腰带，能有事儿吗？皇上啊，这八成是要和皇后娘娘单独逛逛，你们别他妈不识趣儿！"

"这……"众侍卫怔住，互相面面相觑，"那……，咱们远远跟着吧。"

侍卫统领勾起嘴角，皇帝啊，这八成是要天地一同春了。

高宸和仙蕙骑在疯跑的马背上面，马儿跑出去足有几里地，仍旧不肯停下，还是没头没脑地一气儿疯跑！高宸忽然凝重大声道："仙蕙！这样不行，再跑就要跑出西林猎场，外面可是不安全。"

"那……"仙蕙声音里带出哭腔，"那要怎么办啊？"

"你别动。"高宸紧紧抱住她，喊道："我搂着你，等下找个草木多的地方，咱们一起跳下去，再往回走。"他语气认真，"这是最好的法子了。"

仙蕙早就全乱了，无话反驳。

况且高宸也没给她反驳的机会，说完了话，揽腰搂住她就往下一跳，"砰！"两人滚在一堆灌木丛上面，滚了两圈，最终总算停了下来。

仙蕙被他搂得紧紧的，不但没有意见，而且还吓得同样还搂着他。

高宸心下好笑，却一脸严肃，"摔着没有？"

"没、没有。"仙蕙早就已经吓得面无血色，大口大口喘气，"就是……，你压着我有点难受，别的还好。"其实屁股还有点痛，只是不好意思说出来。

"没事就好。"高宸为免她起疑，翻身爬了起来，故意沉着脸训斥道："叫你别乱动，你却一点都不老实！你看看，咱们这一气儿疯跑这么远，侍卫们都追不上了。"

"对不起。"仙蕙早就被吓晕了，被他骂得心虚得很，忍不住自怨自艾，"是怪我，刚才不该胡乱动的。"可又有着小小委屈，"可是，也怪你咬了我一口啊。"

高宸冷哼道："那能和惊马相提并论吗？！"

要说高宸今儿举止各种怪异，若在平时，仙蕙肯定能察觉出其中的不对劲儿，但她今天是第一次骑马，又是惊险非常，早就吓得一颗芳心全乱了。

因而被他骂了，不但不敢顶撞，反倒越发心绪羞愧，"我……，也不是故意的。"

213

高宸没有理会她，坐在地上，皱着眉头看着自己的脚，伸手捏了捏，然后眉头又狠狠地皱了一下，似乎很疼的样子。

"怎么了？"仙蕙担心问道。

"没事。"高宸一副忍痛不已的样子，"可能崴着脚了。"

"厉害吗？那要怎么办？"仙蕙回头看了看，侍卫们不知道在哪儿，往前呢，马儿也早就跑得没了踪影。难道要自己背着他回去？就算自己肯，也不可能啊。

"还能怎么办？"高宸没好气地瞪了她一眼，"等吧，等着侍卫们找到咱们。"

仙蕙低着头，不敢吭声儿。

哪知道等啊、等啊，一直等到太阳升到天空最高处，再落下去，直到夜幕渐渐降临，也没有等到侍卫们的影子。月明星稀，月光和星光从树林的缝隙里洒落下来，一道道的，好似千万条银色玉带。

而周围，是深蓝色的夜幕以及黑漆漆的树林。

仙蕙在家是小女儿，从小也是娇生惯养长大的，哪里经历过这等荒郊野外，两个人被丢树林里的凄凉？她害怕极了，自动往高宸身边靠，"怎么回事？那些侍卫都是蠢货吗？找到现在都没有来。"

高宸心下差点要笑出声来。

这里是西林猎场，今儿虽然不是正式皇家狩猎的日子，可自己和她要来，早就里三层外三层数千人戒严，根本没啥好怕的。而且侍卫们就在附近不到十丈的地方，那些轻微动静，瞒不过自己的耳朵，只不过哄她罢了。

"扑啦！"一只黑乎乎的鸟儿振翅飞过。

"妈呀！"仙蕙吓得一哆嗦，紧紧抱住了高宸，"我……，我害怕。"伸手给他揉揉，"好些没有？要不然，我扶着你往回走罢。"

"朕要能走，还能等到现在？"高宸皱眉道："至于你扶着朕？就你那小身板儿，能扶着我吗？朕还得猫着腰，还不如自己单脚蹦回去呢。"

仙蕙咽了一下口水，"那算了，咱们再等一等吧。"双手搓了搓肩膀，虽说现在是临近三月天，可是夜里也凉，小风吹过，一阵寒浸浸的霜冷感觉。

高宸觉得有些失算，这日子不对，要是六月天呆一夜也没关系。眼下可不成，闹着玩事情不大，回头把她冻坏了倒是不好。因而脱了身上的外袍，给她披上，又扯了她入怀，"朕抱着你，大家暖和一些。"

仙蕙挣扎着，要把袍子还给他，"不行，冻坏了你也不行啊。"

"你别烦人了，行不行？"高宸伸手在她脑门儿上敲了一个爆栗，"在军营的时候，比这更难熬的环境朕也经历过，哪能像你，风吹吹就坏的美人灯。"

自己怎么就是美人灯了？仙蕙心里委屈，又不敢驳，只好紧紧地抱住他，试图这样能够让彼此取暖。"嘿嘿。"她乐了，笑道："还别说，两人贴在一起的确暖和不少。"又动

214

手动脚地给他搓搓这儿，搓搓那儿，"你也觉得好多了吧。"

高宸觉得一点都不好。

他本来就是年轻气血旺的年纪，又身边缺了女人一年多，眼下软玉温香在怀，她还不停撩拨自己，要是没点反应那都不是男人了。

"别搓了。"他尴尬道。

"这样暖和啊。"月光下，仙蕙扬起莹白如玉的脸庞，一双眸子，好似水洗宝石一般黑黢清亮，里面闪着迷惑不解，"你不觉得身上热一些了吗？"

岂止是热？简直快要热过头了。

高宸一翻身，就将她压在了自己身下，滚烫的舌，粗鲁地探进她的嘴里。因怕地上的草木树枝扎着她，紧紧抱着头，狠狠用力地吮吸起来，身体里的火苗却是越蹿越高，恨不得将她狠狠就地正法。

"唔……"仙蕙又羞又慌又乱，隐隐约约间，也明白自己刚才的举动挑火了。

高宸吮吸着她嘴里的芳香清甜，好似渴了许久，忽然找到了一处清泉，怎么唇齿缠绵都觉得不够，情不自禁地一点点往下，吻过她的脸、耳珠、脖子，再往下……

"不要！"仙蕙轻呼，赶紧给微凉的胸口扯上衣服，"别……，我冷。"

高宸喘着粗气，"不会冷的。"

下一瞬，仙蕙觉得胸前有点潮湿的热，还有痒，还有酥酥麻麻的感觉，身体更是一瞬间就软掉了。"不、不可以。"她不停地挣扎抗拒，"高宸！高宸……"那呼喊声更像是呻吟，在夜色里低低响起，"你别这样。"

高宸亲怜密爱了一会儿，方才喘息抬头。

"你混蛋！"仙蕙急得快要哭了，"等下侍卫们过来，要是看见……，呜呜，我可不要活了。"伸手捶打他，"你这个混蛋，混蛋……，我再也不要理你。"

高宸看着她身上玫红色的抹胸，给她扯了扯衣服，哄道："没人，没人看见。"

心下也觉得自己邪性，要说她除了长得好，会撒娇，聪明一点儿，也没有看出有别的多大能耐好处，自己怎么就给她拴住了心？

偏偏自己还忍着，来着树林子里找机会，为的就是她的一个心甘情愿。

可即便就这样，心里面也冒出一丝丝的甜意。

——这可不是有病吧。

但有病归有病，到底不想让她真的生气，只得硬生生地压住身体里的火苗，给她裹紧了衣服，"好了，朕不闹你了。"还自己也不明白地软语哄她，"你听，周围根本就没有任何声响，没人看见，也没人知道的。"

仙蕙呜呜咽咽的，"你不要脸。"

这话骂得高宸心头有点火起，自己都这样了，再这么憋着，只怕都要憋坏了，她还一点半点都不领情。

215

29 浓情蜜意

月华如水,虫鸣唧唧,空气里有低低呻吟飘逸。

高宸心满意足消了火,又说脚好些了,和她一瘸一拐地往回走。没多久,自然就遇到了搜寻的侍卫们,都是齐刷刷下跪。

"臣等护驾来迟,还望皇上恕罪。"

"起来罢。"高宸淡淡道。

侍卫统领默不作声,领着一干侍卫们跟在了后面。

仙蕙瞅着,心里闪过一丝疑惑。

要说高宸镇定冷静不奇怪,可这侍卫们……,他们护驾来迟,难道就一点都不担心皇帝砍了他们的脑袋?也太平静了吧。

"来,上马。"高宸眼里带着笑意,扶着她上马,自己也翻身上去了。

一行人,顺利地回了西林行宫。

因为今儿出来,原本没有打算要在行宫过夜的,宫人们都是措手不及,一个个战战兢兢地忙着收拾,飞快弄完,皆是惶恐不安地候立。

哪知道高宸不以为意,挥了挥手,"行了,退下罢。"

负责行宫的掌事太监惴惴不安,还要说话,"皇上、皇后娘娘,今儿是奴才伺候不够周到,还望皇上……"话没说完,就被李德庆一把给拉走了。

仙蕙瞅了高宸一眼,他似乎……,根本就不在意行宫的安排。

——心情好得很。

再看他的腿好像也不疼了,利落地走了两步,才忽然想起来似的顿了顿,然后抬头看了过来,笑道:"还好,今儿总算不用睡在树林子里头。"

"嗯。"仙蕙怕被他看出来,转身去洗手。用绿豆面连着洗了三遍,明明洗干净了,可是那种黏糊糊的感觉,就是挥之不去。

原本应该羞窘难堪的,可是因为怀疑这一切都是高宸安排,反倒羞不起来了。

"现在不冷了吧?"高宸走过来,在她背后环抱问道。

"不冷。"仙蕙道:"皇上歇着罢。"

这种时候,高宸岂会听她的?刚才那一番温存缠绵,你帮我助,总算让两个人的坚冰关系裂了口子,正是一举改变关系的大好时机。况且前戏都已经做足了,今天要是再不一鼓作气把她拿下,那就是蠢货了。

下

"你别……"

高宸也不跟她废话，直接把人打横抱了起来，然后放在床上。他狭长的凤目里面透出狡黠光芒，以及暧昧旖旎的笑意，"你刚才辛苦了，这会儿换你躺着休息，朕来，也帮你出出火儿……"

"胡说！我没火。"

"你别不承认，朕告诉你……"

"你……"仙蕙还要分辩，下一瞬，嘴已经被他封住，双手也被他抓了起来，放在头顶的枕头上，动弹不得。心下当然知道要发生点什么，可是夫妻俩，到了床上，再扭扭捏捏的也是可笑，——而且越动，他的兴致越高。

罢了，总不能一辈子做一对怨偶。

就当是为了自己的皇后之位，为了母亲和姐姐、哥哥的荣华富贵，梯子都搭好了，就这么顺着下了台阶罢。

第二天早起，高宸又恢复了龙马精神。

临走之前，还不忘温柔体贴地叮嘱，"你别急，再睡一会儿，等下让人送你回去。"自己却是脚步匆匆，赶着回宫上早朝了。

仙蕙躲在被子里小声呜咽，"混蛋，混蛋。"

厉嬷嬷和玉籽进来收拾床铺，服侍主子梳洗，前者目光透着满意之色，后者看着皱巴巴的床褥被子，羞红了脸。

仙蕙更是一脸不自在，打扮好，便要求回宫匆匆上了马车。

回了凤仪宫，厉嬷嬷上来说话，"娘娘，过去的就过去吧。依奴婢看，皇上待娘娘还是至真至爱的，也甚关心，一颗心都放在了娘娘身上。"指了指春意宫的方向，"下个月，三年大选秀女可就要开始了。"

"我知道。"仙蕙一脸娇羞，"嬷嬷不用多说，我都明白。"

厉嬷嬷笑道："娘娘想明白了就好。"

想不明白又能如何呢？仙蕙让人都退下，自己静静坐在窗台面前看着花瓶，看着那犹如浅黄蜡瓣一样的迎春花。已经离开枝头，成了插瓶，就算不愿意也回不去啊。

也罢，高宸虽然心机重重，到底还算是对自己不错的了。

而现在，自己顺着他的台阶下来了，缓和关系，往后就活在甜蜜里面，让大家都过得自在一些罢。母亲说了，人无千日好花无百日红。难说高宸的耐心有多久，自己再拧下去真的没有意义，吃亏的只会是自己。

仙蕙努力地劝解自己，尽量去想高宸的好处，可是终究，还是有一丝意难平。

二月十六日，上上大吉，中宫皇后的册封大典。

司礼太监神色庄重，手持明黄色的册书，大声宣道："今邵家有女，兰心蕙质，仪容

端方，温婉恭顺，柔明毓德……"

仙蕙身穿明黄色凤腾祥云纹大朝服，头戴赤金凤冠，两侧左右各有六枚镂空金翅，衬出她的端庄华贵、雍容大方，静静听完了册后诏书。司仪太监把诏书合上，交给皇帝，高宸再郑重地走了下来，递给了她。

"皇后。"他笑容和煦，伸手拉着她上了台阶坐下，一起接受群臣朝拜。

"皇上万岁、万岁，万万岁。"

"皇后娘娘千岁、千岁，千千岁。"

大殿中央，响起潮水一般的群臣道贺声，齐齐拜倒在地，场面真是震撼人心。

这一刻，只有帝后二人同享。

高宸含笑侧首，看着她，"仙蕙。"那张娇小精致的脸庞上，长眉入鬓，明眸璀璨好似繁星一般，勾勒出她令人心折的容颜。她微微笑着，露出应该有的欣喜满足之色，但是不知道为何，总觉得那笑意不能抵达眼底。

不是已经开始接受自己了吗？难道说，还有什么自己没有做好的？又或者是，她还没有完全放下心防，需要往后继续调和关系。

不管怎么说，已经有了好的开始，往后应该会顺利的。

然而事情却并没有那么顺利。

三月初八就是秀女大选之日，高宸担心仙蕙会不高兴，虽然自己说了不要秀女，不真的落到实处，她也未必相信的。可是选秀的事儿又不能取消，否则风波更大，而且自己还真的打算选几个秀女，另外有点用处。

他思来想去，决定再带她出去骑骑马、散散心，当然这次不用那么惊险了。

而仙蕙，现在一心一意要做个好皇后，自然应允下来。

有时候想想，觉得要求不是那么高的话，其实高宸还是不错的。他从前的所作所为只是大男子主义，但是并没有加害自己，还是护着自己的。而且现在他处处为自己着想，又颇为体贴温柔，这也算是不错的丈夫了吧。

还有，最重要的是身边一直没有纳妾，这在帝王身上多难得啊。

虽然这次选秀照常举行，但是毕竟自己一直没有怀孕，太上皇、太后都盯着，群臣都看着，他也有他的难处。况且他已经说了，这次选秀后宫不添嫔妃的，只是走一走过场，希望他说话算话吧。

仙蕙现在，每天都要不停地说服自己几遍。

然后，才能露出得意的微笑，"皇上，扶我上马。"

高宸看着她眼中的明亮灿烂，心情跟着愉悦，"来，还踩着朕的腿上去。"一用力，便将她轻轻送了上去。正要一起翻身上马，不远处，一个小太监飞快跑来，跟李德庆说了几句什么，李德庆便脸色变了。

难道是朝中有事？他道："仙蕙你等等。"

李德庆飞快地悄声嘀咕了几句。

高宸眉头一皱，"当真？"继而又觉得多此一问，虽然事情离奇，但是给李德庆一百个胆子，他也不敢撒谎啊。

李德庆也是连连道："皇上，这种事奴才怎么敢撒谎？"

"行了，你退下。"高宸挥手，然后沉吟了一阵，"先不要打草惊蛇。"思量着要怎么应对刚才听到的消息，半晌都没有挪动脚步。

"皇上？"仙蕙疑惑回头，迟疑道："你若有事，我们改天再骑马也使得。"

"没事。"高宸收回心思一笑，过来上马，"走，朕教你。"

这一天下来，风平浪静的无事。

而接下来的日子，只要有空，高宸都会陪仙蕙来西林猎场学骑马。虽然他也想过别的法子讨她欢心，但是现在自己是皇帝，她是皇后，再像以前一样去逛街买东西只怕不成。还是来西林猎场安全一点，两人同骑，还有别的事情找不出的亲密。

如此学了半个月，仙蕙已经骑得有模有样了。

"不错啊。"高宸看着她跑了一圈儿，夸道："看来用不着我这个师傅了。"

仙蕙笑道："那当然啦，往后你就没有用处了。"

李德庆等人听着都是咂舌，乖乖……，合着皇帝是挥之即来呼之即去的，这话也只有皇后娘娘敢说了。

偏偏一向冷脸难接近的皇帝，还和颜悦色的。

高宸把皇家狩猎的日子，放在了选秀前面，是为了让仙蕙高兴一下的意思。

这天西林猎场到处锦旗飘扬，装点一新。

看台正中坐着太上皇、太后，旁边则是高宸和仙蕙，——皇帝身份再高，人前也还是要遵循孝道的。然后下席右首是高敦夫妇，以及两位县主，旁边坐着吕太妃和高玺。对面左首是舞阳长公主、周峤，紧挨着一身素淡装扮的怀思王妃。至于太上皇的几个小侍妾，没有入正席的资格，只在旁边放了几张小杌子，就算是赐坐的恩典了。

今儿所有的皇室成员都在座，气氛热闹不已。

仙蕙穿了宝石红的织金暗纹大袖长衫，挽了牡丹髻，倒不为她喜欢偏好，而是皇后的身份使然，——明艳中，又不失母仪天下的端庄大气。说话也是轻声慢语的，"母后，等下有打马球的比赛。"

周太后笑着点头，"好，一会儿看看。"

仙蕙又道："皇上说，只怕打马球、射箭这些父皇喜欢，母后未必爱看，所以等会儿用了晌午饭，下午就在行宫里面排了几场戏。"

舞阳长公主插话道："这个不错。"

周峤叽叽喳喳，"我要看武戏，文戏慢吞吞的没意思。"

"行。"周太后便说起哪一出戏文热闹，哪一出有趣，渐渐说笑起来。旁边有舞阳长

公主和周峤凑趣，气氛自然活络，倒是不用仙蕙再找话题了。

不一会儿，下面开始了打马球的比赛。

这种狩猎活动分性质，今儿主要是让皇室成员散心的，主要考虑女眷，而且在场的太上皇和高敦对狩猎兴趣一般。高宸一个人，也不可能去抢着出风头。因而今天主要是各种娱乐项目，看着热闹罢了。

仙蕙来了西林猎场好几次了，各种表演也看过，兴致不大。

正在闲闲拨茶，忽地怀思王妃"嗯"了一声，皱着眉头，看起来有点不舒服的样子。周太后转头看了过去，"怎么了？身子不适？"

怀思王妃温柔一笑，"不要紧，"但是看得出来，笑容里面有几分勉强之意，"可能是昨儿抄经书有点晚，吃饭也晚，积了食，所以胃里有些不舒服。"

"嗯。"周太后点头，"仙蕙，陪你二嫂去后面安置一下，传个太医。"

"好的。"这是仙蕙身为皇后的职责，更不用说，对方还是一个寡嫂，当即微笑着起身道："二嫂跟我来。"然后熟门熟路，往行宫后面的紫藤小径一路上去。

怀思王妃一路静默不言。

仙蕙和她本来就不熟，中间还隔着林岫烟，自然也没有多话。等到了客房，先让怀思王妃进去歇着，然后传了太医，等着太医把完脉说没事，方才笑道："既如此，二嫂先在这稍作休息，我去回禀母后她们，免得担心。"

怀思王妃轻轻点头，"你去罢。"

仙蕙出了门，反手揉了揉发酸的腰肢，人前一直端坐，身上都有些僵硬酸疼了。她分花拂柳地穿过花篱，正要往前过月洞门，就见前面几个小太监路过。原本也没在意的，可是下一瞬，脑海里忽然划过一个熟悉的面孔。

陆涧？怎么会是他？自己一定是看错了。

仙蕙再次抬头看去，偏生那行人已经穿过月洞门不见了。

"你过来。"仙蕙叫了一个附近的小太监，问道："方才过去的几个人是做什么的？"未免别人起疑，还故意板着脸道："今儿太上皇和太后都来了，大伙儿热热闹闹的，可别放了闲杂人等四处乱逛。"

"是，奴才去问问。"小太监飞快追了上去，片刻后，折回来道："说是给怀思王妃送泡脚的驱寒药材，原本就在行宫外预备的。刚才听说王妃娘娘要泡脚，所以送了进来。"

用药水泡脚？驱寒气？仙蕙思量着，方才太医说怀思王妃吃了凉东西，入了寒气，引动什么阴虚之症，倒也对得上。看来这位嫂嫂平素身子就弱，时常都泡的，才会准备得如此充分了。

泡脚治病？倒也挺别致的。

"娘娘？"厉嬷嬷见她问起琐碎事，不解道："怎么了？"

"没事，走吧。"仙蕙微笑摇摇头，看来刚才真的是自己眼花了。

220

下

　　陆涧人在江都，怎么会突然出现在京城？出现在皇宫？多半是那个送药材的小太监，和他眉眼有几分像罢了。

　　算了，又想起他做什么？还是忘了罢。

　　仙蕙领着宫人们一路走了出去。

　　然而反复思量，到底还是有点不太放心。

　　虽然可能的几率很小，但……，会不会真的是陆涧？好比自己在大昭寺，忽然遇到陆涧那一次，——既然高宸都可以安排，也难保别人不会安排点什么啊。

　　尽管仙蕙觉得自己草木皆兵，但始终不能放心，琢磨要不要和高宸说一声？他这人冷酷无情，习惯给人做决定，但也因此不是耳根子软的，理智、冷静，一直都是他的优点。只要自己和他提前打了招呼，就算有人捣乱，他也不会胡乱猜疑自己了。

　　如今自己的位置，不知道多少双眼睛盯着，还是未雨绸缪更好。

　　仙蕙做了决定，然而回到高台的时候，却发现高宸不在。

　　周太后见她左顾右盼的，眼里露出笑意，——没有哪个婆婆，不喜欢儿媳妇惦记关心儿子的。今儿出来心情本来就好，加上多了几分满意，便笑道："别担心，皇上下去跟人狩猎了，丢不了。"

　　仙蕙不好意思笑笑，"是。"又回话，"二嫂没事，太医说，就是吃了凉东西，胃里积了一点寒气，清净调养几天就好了。"

　　周太后点点头，"没事就好。"

　　"舅母。"周峤凑了过来，"听说舅舅教你骑马了？是不是啊。"

　　仙蕙微笑，"是。"

　　"啊！"周峤一声怪叫，转头看向舞阳长公主，"娘！你看，舅舅偏心。"她在地上跺着脚，"我也想学骑马。"

　　舞阳长公主哧的一笑，"别瞎说，那是你舅舅和舅母恩爱。"

　　自己算是看出来了，那个皇帝小兄弟啊，真是把这位皇后给看到了眼睛里，放到了心尖儿上，当心肝宝贝一样地疼。以前自己让他陪逛个街，都不耐烦。如今他做了皇帝，每天日理万机，还有时间陪着小皇后骑马，可见用了心。

　　虽说依自己长公主的身份，并不用讨好皇后。可是姐姐再好，又哪里比得上浓情蜜爱的心上人呢？眼下是父母双全健在，将来他们百年以后，自己进宫的机会都要少很多，和小兄弟的情分肯定也要淡薄。况且，依照这位皇后娘娘的受宠程度，将来跑不了生个嫡长子，那就是下一任皇帝了。

　　再过几十年，自己没准要仰望太后、新帝，便是自己不要，小峤一辈子还长着呢。

　　所以，还是早作打算的好。

　　仙蕙听得出对方的亲近交好之意，不过当着众人，微微尴尬，只得岔开话题，"小峤你想学骑马，改天进宫，我带着你一起去。"

221

"真的？"周峤眼睛亮亮的，兴奋起来，"不用改天，今儿舅母你就教教我罢。"

仙蕙笑道："我骑得一般，只能带着你慢慢走，你会嫌闷的。"

"我不嫌闷。"周峤缠磨她，"走嘛，走嘛。"

仙蕙拿她没办法，主要是担心舞阳长公主觉得自己懒，便道："也行。"忍不住伸手拧了她一把，"怎地像个野小子？总是闲不住。"说着，领着周峤去了行宫。

两人都换了利落的胡装，卸了钗环，挽做小子头，戴上玉簪，好似一对俊美非凡的翩翩少年。周峤喜欢卖弄忍不住，非拉着去看台上面炫耀了一圈儿，得意洋洋，"好看吧？比女装更精神利落呢。"

舞阳长公主在旁边道："让你们去淘气，等下磕掉门牙别哭鼻子。"

周峤不免露出几分扫兴之色，哼哼唧唧的，"才不会呢。"

仙蕙笑道："长公主放心，断不会磕着了小峤的。"两人对视一笑，然后手拉着手下了看台，然后上了马，慢悠悠地朝远处闲逛而去。

清风徐徐，三月春的风更是温暖和煦，让人觉得很舒服。

仙蕙从后面揽着周峤的腰，像当初高宸护着自己那样，笑吟吟道："你也年纪不小了，不如给你找个如意郎君，往后天天这样抱着你，想骑多久骑多久。"

周峤扭脸回来，啐道："呸！这也是做舅母说的话？"

仙蕙大笑，"哈哈。"

"哼，我知道了。"周峤又转身，笑嘻嘻打趣，"舅舅就是这么教你的，天天搂着，啧啧……，好亲热啊。"

"你也不害臊。"

"你都不臊，我臊什么？哈哈。"

两人有说有笑的，侍卫和宫人都在后面紧紧跟着，一路往前闲步走去。

"舅母。"周峤今儿好像特别喜欢撒娇，往仙蕙怀里蹭，"咱们也去打猎，怎么样？你看，我们都快走到林子口了。"

"胡说。"仙蕙嗔道："我们连挽弓都不会，打什么猎？"

"看看也行啊。"周峤扭头道："也不一定要我们动手，我就是想看看，叫侍卫们在前面打猎也使得。舅母……"她不好意思地忸怩道："我想亲自抓一只狐狸，嗯……，最好是火狐狸，红艳艳的一片，可漂亮了。"

"你这简直就是难为人。"仙蕙气笑，"且不说，我带着你去打猎不合适，便是真的让侍卫们去打猎，也不见得就抓得到活的狐狸，更别说刚好还是火狐狸了。"

"舅母……"周峤拉长了声调，可怜兮兮的，"你也知道，我娘都在开始给我商议亲事了，做姑娘的日子没剩下几天，就让我再快活几回罢。"

"不行。"仙蕙仍然摇头，"我是带你出来遛弯儿的，不是淘气的，万一等下跑来跑去有个闪失，我怎么跟你娘交待？"见她一脸难受，又哄道："别急，等皇上回来，我让他带着你去打猎,好吧。"

"哎呀!"周峤望着前面轻呼,"我好像看到一个什么红色的东西,就在刚才,一闪就跑了过去。"忽然间,她喝了一声,"驾!"竟然狠狠踹了马儿一脚,马儿吃痛,顿时往前跑了出去,直奔树林!

"小峤!"仙蕙大惊,赶紧扯住缰绳,在马儿跑动颠簸中,责备道:"你别胡闹!再这样,我就让人把你送回去了。"因为骑过马,高宸也教过,知道此刻不能狠抓缰绳,只敢稍稍用力让马儿减速,一直进了密林才慢慢停下来。

当即翻身下马,"你真是太淘气了。"

"舅母。"周峤急了,"你怎么下去了?我不会骑。"

"咱们就在这儿等着,等皇上回来再带你去抓狐狸,听见没有?"仙蕙虽然比周峤大不了几岁,但是占了长辈,又是皇后,说话还是有分量的,"你若不听,我们现在就回去,叫你母亲来接你。"

周峤顿时蔫了。

"好……"她的声音不太高兴,"好好好,等舅舅回来。"她不会骑马,不敢自己就这么冲出去,只得也跟着下来,然后找了一块石头坐下,无聊道:"等吧。"

仙蕙心想,要是自己以后有了孩子,可不能教得如此任性。

"哎哎。"周峤坐下来也不老实,叽叽喳喳说道:"你看,你看!那边有个什么跑过去了。"一会儿又喊,"我好像看到一头梅花鹿。"

仙蕙只随便她说,不理会。

倒是闲得无事,抬手遮挡住树叶缝隙落下的阳光,看起狭小斑驳的蓝天,依旧偶尔黑点似的一掠而过的飞鸟,闲闲打发时间。

忽然间,前面传来一阵呵斥嘈杂的动静。

"怎么了?"仙蕙问道。

一个侍卫飞快跑了过来,"启禀皇后娘娘,方才有个太监在树林子里鬼鬼祟祟,他又说不清来历,已经被抓了起来。"

说话间,两个侍卫押着一个太监过来,没敢靠近,在不远处站定。

仙蕙扫了一眼,顿时心惊肉跳地怔住!

陆润?怎么会是他?

领头的侍卫指道:"就是此人!不过娘娘放心,这人身上没有凶器,也不会武功,我们这就把人给押下去。"还解释道:"周围都已经清查过了,没有别人。"

仙蕙的心口"怦怦"乱跳,不知道他们要押陆润下去,如何拷打,本能地就脱口说了一句,"等等。"然后却是惊觉失言怔住,接不上话。

"娘娘还有吩咐?"

"哦。"仙蕙缓和神色笑道:"今儿是大伙儿出来高兴的日子,别喊打喊杀,兴许是

哪一处走迷了路的小太监，吓得不会说话了。你们把他带下去，再问问，若有不妥，等皇上回来再做处置。"

希望高宸还有一丝理智，不要胡乱误会自己。等等，难道说这又是他制造的"偶遇"？不对，今儿这么多人，——就算他想杀陆润，也不至于弄得如此不合情理。

陆润若是闹开了，只会让他脸上无光啊。

那会是谁？仙蕙想不明白。

侍卫更是听得迷糊，前面半截都还可以理解，好日子不能扫了主子的兴致，但后面的话是何意思？一个闯了祸的太监而已，哪里用得着皇上过问？但主子吩咐，不能不听，况且问得多死得快，因而脑子一过，便应道："是，谨遵娘娘吩咐。"

陆润一直脸色惨白，沉默不语。

"走！"侍卫上前抓住他，招呼同伴，"赶紧的，把这不长眼的给带下去。"

仙蕙淡淡扫了一眼，便收回视线。

周峤坐在旁边石头上嘟着嘴，看了一会儿热闹，便又百无聊赖继续等高宸回来。忽然间眼前有东西一晃，赶紧找了过去，想要看个清楚，"什么东西？"待到看清楚，不由吓得一声尖叫，跳了起来，"蛇啊！"

说时迟，那时快，一条花斑长蛇"嗖"的一下蹿了出去！

"蛇！啊……"仙蕙连连后退，还是躲避不及被咬了一口，很快感觉脚底一软，身子也跟着一软，——不知道是蛇毒发作，还是被吓的，一下子坐在地上。

"快！快救皇后娘娘！"周围宫人惊呼，但大都畏蛇吓得不敢上前。

反倒是走了一段的陆润，见状冲了过来，抽了一根树枝，不顾一切朝那花斑蛇狠狠抽打过去！蛇见人多，僵持了一瞬，便"嗖"的一下没入了草丛里。

"娘娘！"陆润惊骇地说了第一句话，蹲身下去，想要给她把蛇毒吸出来，——这是他能想到的唯一办法，甚至顾不得这样做了，自己会有什么悲惨后果。

然而刚蹲下，还来不及动手，就听见后面一阵飞快的脚步声传来，下一瞬，被人用力扔到了一旁，"滚开！"

陆润滚了几滚落定，才看清楚来人，不是别人正是高宸。

"都滚开！"高宸一声断喝，让侍卫们纷纷散开，然后褪却仙蕙的鞋袜，露出已经发乌的小腿伤口。他动作利落，飞快地撕了袍子把小腿上方扎住，防止蛇毒上流，然后用力地挤了几下，低斥道："忍住痛！"

仙蕙不仅脸色发白，就连嘴唇都是白的，问了一句，"……是你吗？"

高宸却顾不得跟她解释，没有时间，他猛地低头下去，在她腿上吸了起来！然后一口一口地，将发黑的毒血给吐出，一口、一口，又一口……，没有任何犹豫和停顿。

周围的侍卫们都看呆了。

片刻后，侍卫统领反应过来，气急败坏道："快传太医！！"因为皇后那边肯定脱了鞋袜，不敢过去，只敢在后面大喊道："皇上，不可，不可啊！这太危险了，还是让太医们过来救治啊。"

心道，万一皇帝有个三长两短，皇后可真是红颜祸水了。

而一旁，周峤更是吓得不知所措。

天哪！舅母被蛇咬了，舅舅在给她吸蛇毒，要是他们两人有个三长两短的，自己可要怎么办啊？今天可是自己非缠着舅母，先是骑马，后是赖着不走等打猎的。

"仙蕙，仙蕙！"高宸大声喊道："你还听得见朕说话吗？！"

高宸……，仙蕙张了张嘴，想要喊他，问问他，为何会傻到替自己吸蛇毒？然而软绵绵地晕了过去。

周峤怯生生走上前去，哭道："对不起……"

高宸的嘴有些麻，却顾不上她，只吩咐了一句，"找匹马，护送周小姐回去。"然后自己打横抱了仙蕙，强忍了心中的恶心，带着她策马狂奔出了树林。

回了行宫，周太后等人闻讯赶了过来。

一个太医给高宸诊脉，另外一个再给仙蕙看治，还有几个后备的，寝阁内一通忙乱。

舞阳长公主一早听说了原委，见着周峤就是一顿打，"反了你了！说骑马就骑马，还扯什么八竿子远的打猎？若不是你……"想要狠狠训斥几句，又怕女儿真的担了罪责，只能强压了怒气，朝高宸赔不是道："都是小峤不懂事，我……"

周太后朝女儿挥了挥手，"你先别说了。"急急问道："太医，皇帝有没有事？"

太医谨慎回道："因为蛇毒入口，有些中毒，但是大部分毒液都被皇上吐了，只是少许残留，所以中毒症状并不深。可能会有恶心和呕吐等症状，需要吃点散毒的汤药，然后调养一些日子。"

周太后这才稍稍放下心来。

高宸躺在流云榻上，声音漂浮，"母后，我没事的。"

"行了，行了。"周太后在旁边焦虑地坐下，"你别说话，歇着。"心下不免有点埋怨小儿媳，——小夫妻恩爱当然好，但是让儿子这般五迷三道的，为了她，竟然连性命都不顾了，就是祸不是福了。

可是里面，小儿媳还在中蛇毒昏迷之中，埋怨都没地方埋怨。

"皇后怎么样了？"高宸又问。

周太后焦急起身，"你歇着，本宫进去替你瞧瞧。"心下抱怨，那邵仙蕙还真是豆腐掉进了灰堆里，拍不得、打不得，就连吹一口都怕她碎了。

寝阁里，围在仙蕙床边的三个太医面色忧虑。

"怎么？皇后不好？"周太后压低声问道。

生怕儿子听着一着急，又不顾自己，冲了进来亲自察看。

太医们面面相觑，都不答话。

周太后急了，"怎么成了锯嘴葫芦了？你们倒是吭声儿。"

一个太医跺了跺脚，"太后娘娘恕罪，这事儿还得让皇上定夺。"飞快出去。

周太后不明所以，又担心，只得也跟了出去。

"皇后情况不好？！"高宸当即起身，怒道："朕已经最快给她做了处理，回来的路上还把了脉，并不是将死之脉。皇后若是有个三长两短，就一律陪葬！"

"不，不不！"太医吓得赶紧跪下，解释道："皇后中了毒，正如皇上所说的那样，虽然要比皇上的毒深一些，但也并非不可救治。"

高宸喝道："那你这如丧考妣的脸色，是给谁看！"

"皇上。"太医又转头，"太后娘娘。"脸色为难道："方才微臣几个轮流诊脉，都诊出皇后娘娘不仅中毒，而且……，而且还可能有喜了。只是月份还不足，脉象不明显，所以不敢妄自断定。"

"有喜？"高宸细想想，倒是和上个月的日子对得上。突如其来的巨大喜悦，像是潮水一般扑向了他，怔了怔，才欢喜道："如果仙蕙有喜，是好事啊。"

周太后在旁边听了，也念佛，"阿弥陀佛，千盼万盼，你们可算是有孩子了。"

太医等着两位主子高兴了一会儿，才迟疑道："可是……"吞吞吐吐的，"其实，皇后娘娘眼下怀孕，并不合适，她身体里还有蛇毒。"

高宸顿时脸色一变，"你是说，胎儿保不住？"

"皇上。"太医回道："首先，微臣等人还不敢断定皇后娘娘怀孕，毕竟月份还不足一个月，且得等个十来天，才能做结论。其次，若是皇后娘娘没怀孕也罢了，若是怀上，只怕体内余毒对孩子不利。不说保不保得住，便是保得住，也难说……，将来生下来的孩子会不会落下残疾，或者体弱多病。"

像是大冬天兜头一盆凉水泼了下来，把高宸浇了一个透心凉。

周太后也是怔住了，"怎么……，会是这样。"

太医小心翼翼建议道："所以，微臣的意思，先让皇后娘娘调理身体里的余毒，害喜的事暂时不要告诉她。若是胎儿能养住呢，回头再说，若是养不住……"顿了顿，"也不至于让皇后娘娘空欢喜一场。"

周太后苦涩道："这如何瞒得住？"

太医解释，"皇后娘娘身子受了蛇毒，有些虚弱，不宜经历情绪太大起伏。万一将来小产，也不必说，因为月份不足，不会有太明显的胎衣之物。只说是她中了蛇毒月事不调，便是了。或一辈子都不告诉她这事儿，或等她身体养好再缓缓地说。"

"行了！"高宸怒声打断，"先不用告诉皇后害喜的事，你们好好给她去毒！如果她真的有喜，尽量保住……"万一孩子即便养下来，却像太医说的残疾或者落了弱症了呢？那这个孩子，养着也是伤心，还不如没有养过。

下

想到此，更是对今天的事怒火三丈！

是谁？是谁如此恶毒？查出来，一定要将此人挫骨扬灰！

仙蕙醒来的时候，已经半夜，睁眼入帘一片橘红色摇曳烛光。

"醒了？"高宸坐在床边，像是守候多时，低头对她微微一笑，"太医说你约摸这会儿就能醒来，还挺准的。"

仙蕙还有点迷糊，反应慢，轻轻眨了眨眼。

高宸笑了，"你这样子乖乖的，倒是可爱。"抚摸她的额头，宽慰她，"放心，那蛇不是剧毒之蛇，只是寻常的青皮蛇罢了。只不过窝了一个冬天，毒液存得有点多，所以把你给咬晕了过去。往后连着喝几天清热解毒的汤药，养一养，很快就会好的。"

仙蕙望着他，眼睛潮湿，睫毛上挂了一粒粒小小泪珠。

"怎么还哭鼻子？"高宸笑道。

仙蕙觉得心里堵得慌。

就在他为自己吸蛇毒的前一刻，自己还有一丝怀疑，是不是他又找了陆涧过来？并且还亲口问他了。

可是后来，他居然……，不顾危险，亲自替自己吸了蛇毒。

想想都是自己太草木皆兵，疑神疑鬼。这世上，哪有人故意找了情敌和老婆相会，再公诸于众的？图什么啊？他是皇帝，想要捏死自己和陆涧都容易，根本就犯不着。

他若不是真心待自己，又怎么可能替自己吸了蛇毒？毒是不能作假的。

看来，他从前说的一切都是真的。

"别胡思乱想的。"高宸看着她转动的眼珠子，叮嘱道："好好养着。"

仙蕙轻轻点头，悄悄握住了他的手，"今天，你太危险……"想说感激的话，又觉得不是一句谢谢能表达的，反倒卡了壳。

"谁让你是朕的皇后？"高宸最近真的改变了很多，比如面对她的时候，眼里和脸上总是时常带着笑容，还开了一句玩笑，"朕可不想失去你。"

一句话，倒是真的把仙蕙的眼泪给勾出来。

从古至今，哪有皇帝做鳏夫的？对于皇帝来说，甚至对于稍有权势的男人来说，女人是永远不缺的，这么说，不过是……

"你真傻。"仙蕙紧紧抓着他的手不放，眼泪汪汪的，"我……我害怕。"大颗大颗的眼泪掉了下来，"怕这只是昙花一现，你以后……，就不对我这么好了。那……那我该多伤心啊。"

"朕以后，对你和今天一样好。"高宸说着温柔的情话，却更像是承诺，低头去亲吻她的脸，吻干那些咸咸的泪水，"别哭了，你……"想着她肚子里还有一个，又不好说，只能继续开玩笑，"你再这么哭下去，等会儿你爹娘进宫一看，还以为是朕打了你呢。"

"呸！"仙蕙破涕为笑，"我家的人，就那么不讲道理啊。"

227

"难说啊。"高宸故意道:"有个不讲理的女儿,爹娘估计也……"

"不许胡说!"仙蕙笑着捏他的腰,眉眼弯弯,眸子好似夜幕中的一片湖水星光,闪着愉悦欢喜的光芒,让人怦然心动。

比如高宸,此刻就有些看得怔住了。

那个曾经灵动如珠的她,那个笑起来就让人心生愉悦的她,那个快乐能够轻易感染别人的她,——像失而复得的瑰宝一样,又回来了。

"对了。"仙蕙笑了一阵,问道:"陆涧呢?你有没有把他送走?"

高宸不由嘴角微翘。

她眼神清澈似水,对自己并没有任何怀疑和不信任,全心全意地信赖自己,认定自己会处理好陆涧的事。如此看来,她算是真的放下了心结。

不,或许还要再补上最后一点。

"让你见两个人。"高宸道。

仙蕙疑惑,"什么人?"

高宸不语,然后让人搬了绡纱屏风做隔断,接着有两个人被领了进来。像是早就已经得了吩咐,静静站在绡纱后面不言不语,任人打量。

绡纱屏风乃是特制,专门用来回避人,但又可以方便地往外面看的。

仙蕙仔细瞧了瞧,不由惊骇!这两个……,不就是当初燕王身边的近侍吗?听说是什么武功高手,一直保护燕王的。也就是说,燕王的脑袋早就在高宸手上,所谓谋反,所谓逼宫,都在高宸的掌握之中。

即便那时候,金叶不杀了燕王,这两个近侍也会杀了燕王。

所以,当初自己根本就没有任何危险!

"退下,送走。"高宸下了两个命令,然后才道:"当年燕王死了以后,朕便让此二人远离京城,去了偏远之地。如今千里迢迢让他们进宫一趟,就是为了让你亲眼目睹,免得单凭朕一张嘴,说了也是不足为信。"

仙蕙点点头道:"我以后再也不怀疑你了。"

高宸缓缓勾起嘴角,"那你相信,当初我故意伤透了你的心,把你送走,再让你遇到陆涧,是真的为你后半辈子打算吗?"

"我信。"仙蕙哽咽道。

高宸笑了笑,"因为我怕自己逼宫失败死了,你会一辈子忘不了我,一辈子不嫁人,永远地孤独至终老。"有些自嘲,"很傻,对不对?"

"不。"仙蕙紧紧搂着他,"你不傻,只是……,当初我不信你会那么好。"

"皇后病了?"怀思王妃问道。

"是。"宫女回话,"不过凤仪宫的宫人口风很紧,不知道皇后娘娘是什么病。"

怀思王妃轻笑，邵仙蕙能有什么病？装病吧。

从猎场就开始晕倒了，亲眼看着皇帝抱着她一路回了行宫。估计当时就被旧日情郎给吓坏了，不敢说话，也不敢分辩，也只剩下装晕倒一条路了。

可惜皇帝恋着她，竟然没有盛怒之下直接处死她！

"娘娘。"宫女又道："听说，那个送进西林猎场的小太监，已经被皇上送交慎刑司，现在打探不出任何消息。"

"哦？慎刑司。"怀思王妃一向冷漠的眼睛里，露出些许笑容，"看来有得热闹看了。"

她断断没有想到，热闹是有的，不过最后会落在她的身上。

高宸的确是把陆涧送到了慎刑司，但只是送去，为了不要打草惊蛇而已。因为尽管不知道对方是谁，但既然找来陆涧，又让陆涧遇到仙蕙，肯定就是为了让自己对仙蕙动怒，当然要顺着对方的思路来。

第二天，仙蕙又睡了一觉起来，喝了药，吃了饭，精神好多了。

高宸这才问道："当时你怎么会想着去林子里？真的只是小峤临时起意？这未免也太过巧合了。"

"就是小峤让去的。"仙蕙冷静下来，说道："当然了，我不是怀疑小峤，她连陆涧是谁都不知道呢。但是，有没有可能……，小峤是别人唆使了？因为当时小峤很急切，非要抓一只火狐狸，我让她下马等你，她还老大不乐意呢。"

自己当然也明白，一切过于巧合的事都难逃阴谋。

高宸双目微眯，静静地思量了一阵。

早在半个月前，自己刚带着仙蕙出来骑马那天，就得知消息，说是陆涧在江都失踪了。那时候，自己就怀疑是不是有人要捣鬼。只是没有想到，这人竟然如此大胆厉害，竟敢把陆涧送到行宫里来！

平日里，要把一个大男人送到皇宫，再见到皇后，这几乎不可能实现。

而今天大家都在行宫，进进出出的人不少，自然有了可乘之机。但是出入行宫不受检查的人，都是皇亲国戚，都是自己的亲人啊。一个个挨次想去，父皇不会如此做，母后当然更加不会，长姐和小峤也……，没有道理会那样做。

难道是大哥？他想故意让自己和皇后闹出绯闻？不，不可能！就算自己疑心重，不能完全相信大哥，他也没有这么做的动机，——因为皇后失德，对自己的帝位并无多大影响，大不了换一个皇后好了。

本朝的皇后妃子都没有家世，无足轻重。

再想下去，二嫂是一个寡妇，三嫂已经成了庶人，至于吕太妃和父皇的几位嫔妃，也没有理由设计这种阴谋，且没有那个本事。可是除了这些人，还有谁要算计仙蕙，又有力量把陆涧送进宫呢？竟然想不出旁人了。

高宸思来想去，还是决定把周峤找来问一通，换个地方下手，或许另有收获。为免她

有抵触情绪不肯说真话，故意让太后传的人，且自己没有露面，只是躲在屏风后面偷听。

"小峤。"周太后问道："你昨儿怎么非要去打猎？是不是有什么缘故？"

"没。"周峤进门低着头，"没有，就是我一时淘气兴起而已，所幸四舅母无事，不然我的罪过可就大了。"事情既然已经了结，还是不要再生波澜的好，不然算来算去，最后还是自己的错。

周太后问道："是不是哪个淘气的奴才教唆你的？你说了，我给你换好的奴才。你若是替下人们隐瞒不报，回头受责罚的人就是你！"

"真没有。"周峤抬起头来，连连摆手，"真的是我自己胡闹，没人教唆。"

周太后又反复诈问了几次，都没有问出别的，只得作罢。让嬷嬷领着周峤去偏殿吃杏仁酥酪，然后叫了高宸出来，叹道："哎，应该就是小峤淘气，她这性子啊，是该改改了。回头舞阳不教导她，本宫教导，你也不要吓着她了。"

毕竟是嫡亲的外孙女，又是从小在身边长大的，眼珠似的，哪里能够不护着？况且媳妇人活着没事，只是担心她的肚子，还有里面未来的小孙儿。想起仙蕙，不免对她引诱得儿子不顾性命，有了几分怨气，只是不好发作罢了。

到底忍不住说起家长里短，"皇帝啊，你如今的后宫也太单薄了。再说了，万一要是仙蕙怀孕，就有一年不能够服侍你的，明儿秀女大选，且得仔细地挑几个人了。况且你现在是皇帝，开枝散叶，子嗣多，那才利于江山社稷稳固啊。"

"跟他说这么多做什么？！"太上皇从外面进来，带了几分火气，"原来想着你是一个聪明的人，老大糊涂，但却万万没有想到，你比老大还要更糊涂！为了一个女人，竟然亲自动嘴去吸毒，可不是疯了。"

高宸垂下眼帘，不敢顶撞盛怒的父亲。因为顶撞了，自己不过是挨顿骂，仙蕙就更难讨父母欢心了。因而只做赧然的样子，解释道："儿子认得那蛇，只是寻常的青皮蛇，不会有太大危险的……"

"什么叫不会有太大危险？"太上皇盛怒斥道："你这是，色迷心窍！不就是仙蕙长得比旁人好些，你又没见过女人，自然爱她了。"转头对太后说道："别人选秀，你亲自去给把一把关，挑几个好的给他留下。"

高宸心里大抵是清楚的，父亲未必真有这么热切给自己选妃，而是因为万太妃和高齐的死，一直对自己有怨言，更是对仙蕙有怨言。

今儿逮着机会，自然要大肆发作一通了。

其实自己若是真的死了，父亲固然不会额手称庆，但也不会悲恸欲绝，还有大哥和五弟两个听话的，自然更讨父亲的欢心。说不定，他这个太上皇还做得更加自在，比现在过得舒心惬意多了。

彼此相见，不过是相看两相厌罢了。

因为争夺皇位留下的矛盾，以及孝和的死，万太妃的死，已经将彼此父子关系逼到了

下

绝境边缘，而高齐谋逆而亡，则是压断父亲最后一根弦的稻草！可是高齐他该死，不只是因为他对仙蕙的追杀，还有……，他是当年那场悲剧的诱因。

如果让自己重新来一次，仍然会毫不犹豫，诱使高齐谋反再赐死他！

"好了。"周太后还在试图化解父子之间关系的坚冰，"老子和儿子，不要一见面就吵吵闹闹的。皇帝的冲动，刚才我已经教训过他了。"又道："正巧仙蕙身子不舒服，明儿也没办法主持选秀之事，本宫去一趟罢。"

高宸心中自有应对主意，并不反驳，"是，那就辛苦母后了。"

高宸出了大殿，招手叫来李德庆吩咐道："记得，派人盯紧了小峤，把她的一举一动都汇报给朕。"若不是小峤，仙蕙就不会去树林遇到陆洞，这个巧合里面，一定有什么隐秘关联，还没有被发现。

毕竟不能对外甥女用刑逼供，她不承认，也只能这样盯着不放了。

外甥女之前什么都没说，并不能证明她就是有所隐瞒，如参与阴谋，很可能是在为长辈们遮掩而已。因为对她来说，一切都只是一场意外。

但自己深知，小峤是一个沉不住气的性子，脾气直，且有几分不懂事的义气。所以不管她是替谁遮掩，用不了多久，她就会去见这个人的，然后她还会告诉那人，她守口如瓶什么都没说，已经挡下来了。

自己倒要看看，背后……，到底是何方神圣？！

次日，三月三秀女大选。

皇后因为身体不适，并未出席，这引起了不少有关"妒妇"的猜疑。因为皇帝身边许久都没有后妃，以前勉强有一个，还死了，谁知道内里原委？自然怀疑是仙蕙善妒了。

"善妒？"仙蕙轻笑，"这世上，哪个女子不善妒？谁又愿意把丈夫和别人分享？不过是看命好不好罢了。"命好的，比如自己，有高宸一心一意待自己，才有资格善妒。命不好有如母亲，不但老公纳妾，还弄出一个平妻来呢。

厉嬷嬷却不是太放心，劝道："要奴婢说，皇上有一心一意对娘娘的心，便够了。万一回头太后赐下嫔妃，娘娘……"其实是怕高宸反悔，男人嘛，嘴上一套背地一套的，怕小皇后接受不来，"若真有，你可不能跟皇上置气啊。"

仙蕙却道："嬷嬷，皇上答应我不会册封嫔妃。他说了，秀女会选几个装装样子，走走过场，让我放心的。"毕竟太上皇和太后盯着，天下臣民盯着，有些面子上的事儿还得做。

自己相信高宸，不会是那种朝令夕改的人。

"娘娘。"玉籽进来，不安道："皇上刚下早朝，就亲自去春意殿看秀女了。"

仙蕙"嗯"了一声。

紧接着，李德庆又跑来了，"皇后娘娘，皇上特意让奴才来凤仪宫一趟，说他去春意殿了，但是答应娘娘的事不会改变。"

231

仙蕙的嘴角缓缓绽放笑容，点头道："知道了，辛苦你跑一趟。"

玉籽赶紧拿了红封，"多谢李公公。"

"不敢，不敢。"李德庆知道皇帝对皇后的在意，可不敢跟玉籽拿架子，乐呵呵地收了红包，再三道谢，方才告辞而去。

厉嬷嬷笑道："看来还是娘娘了解皇上，今年是肯定不会册封嫔妃了。"

虽然不能保证一辈子，但有了这三年的时间空缺，皇后娘娘又有身孕，自然是前程一片光明。最好能够生下嫡长子，那将来就算有些花花草草，也妨碍不大了。

不一会儿，有小太监飞快来报。

"一共选了三十名秀女。太上皇宫里送六名，太后宫里送六名，皇上的御书房和皇后娘娘的凤仪宫，两处各送四名。然后是恭亲王、恭亲王妃以及怀思王妃、舞阳长公主，以及五王爷身边，每处各送两名。"

厉嬷嬷思量道："听这意思，皇上完全是按宫女的列来分派啊。"

玉籽却嘟嘴，"到底还是进秀女了。"

很快，送到凤仪宫的四名秀女送来，一个个虽然有几分水秀，但都可以算作相貌平庸之辈，没有任何出挑。属于看着清秀顺眼，丢人堆里根本就找不到的那种。

玉籽顿时笑容满面，等人退下，欢喜道："看来皇上是真没打算……"临幸嫔妃的话咽进了肚子里，悄声嘀咕，"希望送去上书房的宫女，也和这几个差不多罢。"

仙蕙戳了一下她的额头，"想什么呢？皇上要是有那份心，何必折腾？直接送到后宫封了名分便是，何苦弄到上书房，不汤不水的。"

"对哦。"玉籽连连点头，欢喜无比，"果然还是娘娘在皇上心里重要。"再看看她的肚子，回头等皇长子一生下来，妥妥就是太子，自己这一辈子都不用愁了。

"你看我肚子做什么？"仙蕙打量道。

玉籽得了嘱咐，暂时不敢说，且得等几天太医确诊才行呢。因而笑嘻嘻道："我看娘娘这么受皇上宠爱，必定早早就能诞下皇子，到时候……，嘿嘿，奴婢等人就更风光了。"

仙蕙只当她是一句奉承话，没有疑心。但是却忍不住有些小小低落，晚上高宸过来时，叹气道："成亲这么久，我都一直没有怀孕，让你失望了吧。"

"傻。"高宸轻轻捏她的脸，"我们成亲虽然有几年，可是一直聚少离多，你没怀上也不奇怪。"轻轻抚摸着她的肚子，意有所指，"也许，很快就有了呢。"

仙蕙不信，想了想，忍不住羞赧道："要不……，我们多试试。"

"试试？"高宸立马来了兴致，难得她主动，可是刚搂住她又停下，"不急，还是再过几天罢。太医说了，你最近身子虚弱，需要静养。"

仙蕙臊红了脸，"我本来就没有急，是你急。我……"她尴尬解释，"我只是说，以后可以多试试，又不是说现在，你还埋汰我。"

"哈哈。"高宸大笑，眼里闪过一丝狡黠之色。

"有什么大喜事？"仙蕙疑惑着，他可是一向沉稳的性子，今儿略欢快，忍不住小小酸道："是不是看上哪个秀女了？上书房的。"

"看上凤仪宫的，就你。"高宸将她塞进被窝里，斥道："老实睡觉，要不是看你病着，朕早就给你头上敲一个爆栗子了。"

仙蕙喜笑颜开，像小猫一样乖乖地躺好了。

高宸也钻进了被窝里，小夫妻两个，还带了几分少年人的纯真和超脱，在被窝里面唧唧咕咕了几句，然后方才和衣睡下。

30 夫妻恩爱

次日清晨，太极宫那边传来消息。

"娘娘，娘娘！"玉籽一脸想笑不敢笑，又忍不住的表情，压低声音，"太上皇，他老人家昨儿幸了一个秀女。"

"哎？"仙蕙表情尴尬，"太上皇幸了一个秀女？"

不过想想，太上皇才五十出头，也……，也那个啥，不是没有御女的龙马精神，见了新鲜的秀女，尝一口鲜也是难免的。

忽然间，想起了高宸昨天的狡黠笑容。

——恍然大悟。

太上皇一直都对高宸不满，又盯得紧，最近还为高宸给自己吸了蛇毒生气，给他送几个秀女忙活着，正好，省得再盯着自己和高宸。

想到此，忍不住"哧"的一笑。

玉籽也在悄笑，"太上皇还真是……"把"着急"二字隐下，改口道："真是有精神，比皇上还要精神许多呢。"

"好了。"仙蕙训道："别乱嚼舌头。"

等到高宸下了早朝回来，与他说了此事。

高宸"嗯"了一声，没多说。

仙蕙问道："你就不担心，回头你再添几个小兄弟啊。"

"添就添罢。"高宸不以为意，淡淡扫了她的肚子一眼，就算添了又如何？不定还没有自己的儿子大。况且是男是女且不知，养不养得大也两说，即便真的有小兄弟长大，也不过多一块封地的事儿。

总比现在自己整天被父亲盯着，盯几十年要强。父亲现在有了新鲜乐子，自然会减少对自己的关注，再添子嗣，心思更是被转移了。

"皇上。"仙蕙见他扫了一眼自己的肚子，就沉默不语，便自动理解成高宸急着要儿子，对自己有微词，"如今你膝下还没有子嗣，是不是很着急？"

"没有。"高宸上前搂着她，"朕现在也不急，你我都年轻，如今天天在一起，想怀孩子自然容易的。"轻轻抚摸她的肚子，希望这一次能怀上，也希望蛇毒对胎儿没有影响，一切都顺顺当当的罢。

"我们去园子里逛逛罢。"仙蕙不想继续说这空头话，她不知道自己怀孕，只觉得说也无益，真想有孩子，还得晚上多豁出脸面去。难得高宸这会儿有空，去逛逛，彼此说说话，谈谈心，培养一下气氛和感情也不错。

"行。"高宸答应了，"就在凤仪宫的后花园走走。"

一路上，仙蕙觉得他心不在焉的。

这是……，有事？还是担心孩子的问题？仰或是对自己迟迟不孕，感到不满意？这么想着，心情不免有点低落起来。

她失落道："算了，我们回去。"

"傻瓜。"高宸笑着搂了她，劝慰她，"别胡思乱想的。"怕她幽思伤身，更会影响到腹中胎儿，因而打岔道："你今儿精神好一些了？"

"就那样吧。"仙蕙懒懒道："问这个做什么？"

高宸拉了她在怀里，轻轻抚摸，凑在她耳边说道："你要是精神好些，不难受了，咱们就把着急的事办一办，然后就不着急了。"

"呸！"仙蕙红了脸，"说的都是什么……"

"皇上。"李德庆在连廊上喊道："有要紧事回禀。"

高宸略有一点扫兴，不过本来仙蕙就有身孕不可能亲热，只是逗逗她而已。当即让她坐下，出去问道："何事？"

李德庆悄声道："周姑娘去找怀思王妃了。"

"那又如何？"高宸并没有把嫂嫂往坏处想，说完了，才发觉李德庆表情古怪，继而想起是自己让人盯着周峤的。难道说，周峤是受了二嫂怀思王妃的教唆？似乎……，没有什么道理啊。

等等，难道二嫂为了林岫烟的事，迁怒仙蕙？可是林岫烟自毁清白，想要赖上自己，这事儿跟仙蕙有何关系？即便后来林岫烟死了，那也是因为救二嫂，所以才死在湖里的，也和仙蕙没关系。

或者，二嫂是在生自己的气？气自己当初没有纳林岫烟为妾？但若是为了一个远房侄女，就找来陆润，挑拨仙蕙和自己的感情，也未免太离谱了。

高宸沉吟了一阵，"这样……，等下朕会想个法子，让怀思王妃进宫。等她一走，就把她身边的侍女给抓起来，送到慎刑司问话。"

尽管觉得那种想法太荒唐，但哪怕只有一丝可能，也不会放过。

"是。"李德庆领命去了。

"怎么了?"仙蕙不明所以,过来问道:"是不是前面朝堂有难以决断的事?你要是忙就去忙,不用陪我。"

"嗯,有点事。"高宸没有细说,并不想让怀孕的她担心,只道:"朕去去就回。"

仙蕙不明所以,他最近有点心绪不宁的样子。看来因为没有纳秀女,自己又没孩子,高宸承受太多压力了。忍不住摸了摸肚子,希望如他所言,眼下经常在一起就能早点怀上,早点解决这个心头大事。

另外,对了,陆涧的事怎么没下文了?刚才忘了问他。

高宸去了懿慈宫一趟。

他脸色凝重,对周太后说道:"烦请母后传个话儿,就说宫里得了新鲜的贡缎,让大姐和二嫂进宫一趟。"

周太后听了不解,"这是有什么事?拿本宫作筏子。"转头先吩咐人,"本宫这里得了几匹好料子,传舞阳、小峤和两位王妃进宫。"

"是。"宫人赶忙应声去了。

高宸不悦道:"不用传恭亲王妃。"

"你这是气糊涂了。"周太后道:"本宫赏赐,自然是都要赏赐的,哪能单单落下你大嫂不赏,传出去岂不人多心?到底什么事儿,气得你,连这个茬儿都忘了。"

高宸吐了一口气,"等慎刑司的人,问出来了证据再说。"

周太后顿时脸色一变,"慎刑司?"继而沉默了,半晌都没有言语。

约摸半个时辰,一干身份金贵的皇室女眷都到了。

周太后和颜悦色的,说着闲篇,还真的每个人都赏赐了几匹料子。舞阳长公主是一个聪明伶俐的,又跟母亲亲近,自然瞧出今儿进宫这事儿,不是赏料子这般简单。因而笑吟吟问道:"母后,你是不是有什么话要说?"

周太后张了张嘴,"没,就是聚聚……"

"皇上驾到!"

高宸突然从外面进来,扫了恭亲王妃一眼,"大嫂,朕刚得了一方上好的松溪笔墨,正巧你来了,就捎回去给大哥罢。"说着,吩咐李德庆,"陪恭亲王妃去拿墨。"

恭亲王妃闻言一愕。

这是……?要把自己支走?但是情知不能多问,起身笑道:"是,多谢皇上恩赐。"

她一走,高宸就让宫人退了出去,关上了门。然后看向周峤,沉声道:"把你在怀思王府说的话,再说一遍。"

周峤瞪大了眼睛,"说……,说什么?"

"你跟怀思王妃说了什么,就再说一遍什么。"高宸面色冷若冰霜道。

周崤和怀思王妃都变了脸色，不过各自心思不同。

怀思王妃心下惊骇，听皇帝的口气，竟然是已经知道自己和周崤的话？什么意思？难道王府里面有他的眼线？她想不明白。

更不解，为何皇帝已经看见仙蕙和陆涧在一起，私下相会，竟然还是没有动静？难道就没有一丝一毫的吃醋？简直匪夷所思。

另一边，周崤还在犹犹豫豫的。

舞阳长公主已经按捺不住，呵斥道："你又闯了什么祸？赶紧说！"

"罢了。"高宸摆手，"小崤不说也无妨。"叫了李德庆，把怀思王妃身边的两个侍女押了上来，"你们来说，小崤到底对怀思王妃说了什么。"

两人都是脸色惨白，眼神惶恐，明显是被慎刑司的人吓破了胆。

刚跪下，其中一个便连连磕头，"奴婢说，奴婢都说。"竹筒倒豆子似的道："奴婢是伺候王妃娘娘茶水的，平时就在门口候着。今儿周小姐过来找王妃娘娘，说什么西林猎场的事她已经揽下，叫王妃娘娘放心。奴婢在门外，断断续续，只听得这些，究竟是怎么回事就不知道了。"

高宸挥手，让人将两名侍女都带了下去。

周崤还不知道内里，以为皇帝只是为了皇后被蛇咬生气，并不知道陆涧，因而当即大包大揽道："舅舅！你做什么这样大动干戈啊？没错，是我听了二舅母的话，才想起要去捉一只火狐狸的。可是，谁知道四舅母会遇到蛇啊？这事儿，也不能怪二舅母，我不想弄得大家都不愉快，所以才没说的。"

她反倒不满，"为了这个，皇上就抓了二舅母的侍女审问，也太过了吧。"

"大姐。"高宸看向舞阳长公主，"你先带小崤出去。"

"四舅舅，皇上！"周崤还在叫道："你真的要为这个发火啊？又不是二舅母的错，你怎么能脾气这么大……"

"你给我闭嘴！"舞阳长公主上前便是一巴掌，拍在女儿背上，"再不闭上，就让人把你的嘴给缝上！"心里清楚，能让小兄弟动怒到审问二嫂侍女的事，绝非小事，更不会像女儿说的那样简单。

这个笨丫头，只怕给人当了枪使还不知道呢。

舞阳长公主不由分说，生拉活扯，将周崤给骂骂咧咧扯了出去。

"二嫂。"高宸问道："为何？"他目光似电看向嫂嫂，"为何要把陆涧弄到京城？为何要唆使小崤，促成仙蕙去林子里面，和陆涧相会？你这么做，总得有一个理由吧。"

周太后闻言脸色大变，"陆涧？什么京城？什么相会？到底是怎么一回事？"

怀思王妃反倒笑了，"看来皇上是证据确凿啊。呵呵，欺负我一个寡妇，把我身边的人都骗去审讯，你这样……，对得起你死去的哥哥吗？"

"你别扯二哥！"高宸怒道："正是因为你给二哥守寡，高家一直敬你、重你，朕也

下

一直敬着你这个嫂嫂。哪怕林岫烟故意闹事，也没有为难过你，更没有为难过她，这一切都是看在二嫂你的面子上。可你呢？竟然拿小峤当枪使，亏得她还那么信任你，你扪心自问对得起谁？！"

"我对不起谁？皇上说啊。"怀思王妃恨声道："什么二嫂，什么敬重！我是望门寡嫁进你们家的，根本就没有和高曦相处过一天，也没有见过他。就这么，一个人守了十几年的活寡，耗尽青春年华。"

她问："你们知道，我的心里面有多苦吗？"

"不，你们不知道。"怀思王妃呵呵地笑，"你们以为，只要给我吃、给我穿，就是尊重我这个未亡人了。罢了，这些都不说了，谁让我命苦呢？可是，岫烟是无辜的！"目光闪着火苗看向高宸，"你对她始乱终弃，还污蔑她，说她自毁清白缠上你！你毁了她一辈子！你也毁了我唯一的亲人！"

高宸断然道："朕早就说过，没有对林岫烟做过任何不轨之事。"

"也罢。"怀思王妃叹道："你不承认，我也没有办法。退一万步说，便是岫烟真的赖上你了。你看在我这个寡嫂的分上，看在我只有这么一个亲人的分上，让她做个妾，给她一个衣食住所，又能怎样？你不愿意，非得逼着她做在家居士。"

高宸冷笑，"这种无耻淫奔的女子，没打死，已经是给二嫂面子了。"

"你还想让她死？"怀思王妃气得发抖，"没错！"她情绪激动，"若非如此，岫烟怎么会一直跟在我的身边？又怎么会失足落下水？她若是留在你的屋里做妾，只怕早就连孩子都有了。"越说越愤怒，失口道："到时候，我就可以过继一个儿子了啊！"

"这么说……"高宸接话道："当初就是二嫂唆使林岫烟勾引朕了？哪怕朕不答应，也要自毁清白缠上朕，对不对？甚至就连最后被朕拒绝，也要宁愿做个在家居士，死活赖在庆王府不走。"

怀思王妃惊觉失言，脸色微白，一阵复杂目光闪过。

高宸没想到越抹越深，反倒翻出了当年的一番未知内情，越想越是思路清晰，"后来林岫烟是怎么死的？失足落水？朕可记得，那时候正是太上皇要让朕去封地的时候，你故意让林岫烟落水而死，就是为了让父皇想起当年二哥的死，忌讳朕！"

怀思王妃的脸更白了，好似一张纸。

周太后却是越听越怒，斥道："林氏！你好放肆！"

"现如今……"高宸冷笑，"你见朕登了基，林岫烟也死了，你再也没有机会，过继一个你满意的嗣子，所以就来让朕和仙蕙不痛快，对不对？！"

怀思王妃白着脸，惨然道："你们毁了我的一切，我……，我这么做，也是公平的。"她忽然抬头一笑，"高宸，你可别忘了，当年你二哥是怎么死的？若不是为了救你，他又怎么会英年早逝，我又怎么会守了望门寡？"咬牙切齿道："这一切，都是因为你造成的！"

自己的一生，都是被小叔子给毁了的。

"够了!"周太后打断道:"林氏,你这是入了魔怔了!老二他……"说起当年二儿子的死,心里自然也不好受,"他当年落水只是意外,总不能……,对兄弟见死不救!"转头看向怀思王妃,"倒是高家一直待你不薄,对你宽容,你就是这么回报高家的吗?!"

怀思王妃喃喃道:"毁了我的一生,还说不薄……"

"什么叫毁了你的一生?"周太后怒道:"自你嫁进高家,就一直没有亏待过你,只有更加倍弥补你的,难道不是真的?再者,你要是当初不愿意嫁进高家,大可不嫁,谁也没有逼着你嫁。"掷地有声问道:"难道你不嫁了,庆王府就能把你给弄死不成?"

怀思王妃嘲讽不语。

自己的苦,自己的绝望,他们谁都不会懂的。

怀思王妃缓缓起身,笑道:"我一个妇道人家,走不远,你们想怎么样就怎么样,回头来王府告诉我罢。"她轻笑,带了几分快意,"只要皇上不怕被天下人嘲笑,说你容不得一个寡嫂,那就随意处置。"

"林氏!"周太后怒道:"你滚出去。"

怀思王妃头也不回地走了。

周太后气了一阵,然后道:"这件事,你准备要怎么处置?"有些无奈,总不能让人说逼走寡媳,"毕竟她是你二哥的未亡人,有些事又不能说,还得从缓……"

"不必。"高宸扫了怀思王妃一眼,"二嫂身子弱,往后就回庆王府调养好了。"

"你要把她送走?"周太后急道:"这会让别人说闲话的。"

"说好了,又不少一块肉。"高宸不以为意,淡淡道:"留在京城总不放心,往后就让二嫂在庆王府养病,随便给她派几个妥当的丫头,也就是了。"继而声音一冷,"若不是她是朕的嫂嫂,若是不顾念死去的二哥,绝不会如此从轻发落!"

周太后眼神复杂地看了小儿子一眼。

他这是为了仙蕙打算,宁愿自个儿背上容不下嫂嫂的罪名,也要除了祸害啊。

到了下午,仙蕙得知了怀思王妃回江都的圣旨。

她原本就是心思敏捷的女子,想了想,等高宸过来不由问道:"是不是,陆润来京城的事情,和怀思王妃脱不了干系?"

"都已经过去了。"高宸不想让她幽思伤身,劝慰她,"别管了,外面的一切朕都会处理好的,你就安心静养便是。"然后又道:"陆润那边,我跟他说了,不管是留在京城还是回江都都不妥当。所以,朕直接给了他一个差事,去辽州一个县任职县令。往后他就是一县的父母官,数他最大,再也不会被人挟持了。"

仙蕙原本担心的、不安的,现在反倒说不出话来了。

"怎么?"高宸有意解开彼此的心结,打趣道:"舍不得了?要不要再见一面。"

"呸!"仙蕙瞪他一眼,"你最近越发不正经了。"

高宸笑道："你高兴就行。"开开心心的，才能养好身体和孩子。

"难为你了。"仙蕙摩挲他道："外人不知道怀思王妃做的事，你又把她送走，圣旨是你下的，难免会非议你几句了。"若只是单单送怀思王妃走，别人或许还会怀疑自己，可是高宸下了圣旨，过错就都是他的了。

这个笨蛋，最近真是越来越笨了。

——却让自己心里甜蜜。

吃晚饭的时候，仙蕙夹了几筷子菜，有点疑惑，"奇怪，我最近怎么老爱吃醋溜的东西？难道中了蛇毒，口味都变了。"她转头，就看见厉嬷嬷眼里欢喜的神色，不由一头雾水。

厉嬷嬷笑道："不管为着什么，能吃是福，好事啊。"

高宸盼咐人道："把糖醋鱼和醋熘白玉丝，都给皇后端过去。往后再多做几个用醋的菜，天气暖和了，醋拌几个小凉菜也使得。"

仙蕙还不知道自己怀孕，笑道："胭脂萝卜好吃。"

只不过，接下来连着吃了好几天，不免有些猜疑了。

难不成自己盼着怀孕，就怀孕了？算起来，昨儿应该来小日子的呢。

不不不，还是不要抱太大的希望，免得失望更大。

可是这个念头一起，便忍不住，喊了厉嬷嬷，"你去传太医……"刚说一半，就听见外面有些动静，不由问道："什么事？"

"娘娘。"玉籽满目欢喜跑了进来，指着门外，"你看是谁来了？"

仙蕙抬头看去。

逆光中，看到了身穿朝服的母亲，旁边是一个抱着孩子的明媚秀丽的少妇，——那熟悉的轮廓，亲切的感觉，让人忍不住激动喊道："姐姐！"

明蕙把儿子放了下来，行礼道："见过皇后……"

"别别。"仙蕙才不要姐姐行礼，赶紧搀扶，"没外人，不用那些虚礼。"欢喜得什么都顾不得了，拉着母亲和姐姐进了宫，一迭连声问道："几时到的？宋家的人是不是都来了？隽哥儿呢？"

明蕙笑道："宋家的人这次都来了，哥哥忙着盘铺子，要晚几天。"

沈氏也是满面笑容，说道："这下好了，一家子都来京城团团圆圆的。"看了看小女儿，"皇后娘娘最近可还好？听说前几日染了风寒，病了一场。"

仙蕙怕家里人担心，没有说起被蛇咬的事儿，只是笑道："没事，早好了。"

母女几个都是许久不见，自然有许多体己话要说。

半晌说得差不多，方才各自慢些喝茶。

这个时候，明蕙迟疑了下道："有件事，你们还不知道。"整理了下说词，"去年秋冬江都发了时疫，荣氏染了时疫。当时仙灵芝被人哄抢光了，卖得很贵。虽然我手上有一个仙灵芝的枕头，但自是不会搭理她的，由得她折腾了一些银子。"

沈氏一声冷笑，"该！这就是报应。"

"也罢了。"明蕙摇头道："荣氏大钱买了高价药，倒是把时疫给治好了。但是不知道为什么，今年开春忽然又病了。我临走的时候，荣氏派人来宋家送信，让我把消息告诉爹，说让爹回去一趟，万一她死了，也好有个人照看安排景钰。"

凤仪宫内殿一阵悄然无声。

片刻后，明蕙又道："所以我让哥哥晚些天来，看看爹是什么意思。万一，荣氏那边又闹将起来，只怕不得消停。说不定还要扯到分家……"看向母亲，"所以，刚才在国公府的时候，娘留我歇歇，我没歇。想着提前商议一下，再告诉爹。"

沈氏想了想，看向仙蕙，"你觉得呢？"

仙蕙不防母亲让自己做决定，有些意外。继而一想也对，自己现在身份是皇后，不管做什么决定，——只要不是杀人放火，父亲肯定都会答应的。

明蕙也看向了妹妹，等着拿主意。

仙蕙思量了下，抬头问道："娘，我先问你一个问题，你不能撒谎。"继而认真问道："你希望爹留在京城，留在你身边吗？还是希望他回江都去？"

沈氏愕然，目光复杂没有言语。

丈夫停妻另娶，不顾自己和儿女们的生死。到了江都，他不仅处处袒护荣氏母子，又把女儿偷偷送去选秀，这些自己一辈子都忘不了。即便是现在，荣氏被贬为妾，丈夫仍旧嫌弃自己憔悴衰老，——在江都时不时找荣氏同房，来京城又时常出去鬼混。

从来没有碰过自己一下子，更别提任何真心实意。

他贪图的，不过是梁国公的荣封，以及小女儿皇后娘娘的权势罢了。

可是小女儿能做皇后，那是她经历九死一生，用命换来的，不是他邵元亨栽培的！自己为何还要守着一个不堪的丈夫，整天恶心自己？寻常妇人再苦再难，离不得丈夫，那是因为没有办法分开。

自己有机会，自然不会选择委曲求全。

沈氏终于下定了决心，淡声道："往后我就守着你们兄妹几个，过清净日子。"

仙蕙看向姐姐，彼此眼里都闪过一丝解脱，以及淡淡失落。不过最终，都还是支持母亲的这个决定。既然让父亲留下来，并不会让母亲更加快乐，何必自找苦吃呢？因而对姐姐说道："你就照实说罢。"

明蕙点了点头，又迟疑道："其实，荣氏是不是真的病了，也难说。"

仙蕙淡笑，"这不重要，天高皇帝远的，随便她去折腾好了。"握了握母亲的手，"娘你做了决定，我们支持你就行了。"

沈氏勉强笑笑，"挺好的，娘心里并不难受。"

仙蕙是经历过"被丈夫背叛"那种心境的，知道母亲的感受，就算不痛苦，但肯定也不会舒服就是了。于是转移话题道："对了，最近我的胃口变了很多，爱吃酸的，小日子昨

下

儿又没来。刚才你们进门之前，我正想传太医把把脉呢。"

"真的？"沈氏顿时被吸引了注意力，欣喜道："这是有了。"

仙蕙微微羞赧，"不知道，还得让太医瞧了才作准。"

明蕙忙道："那快请太医啊。"满脸欢喜，"要是你有喜，我们也不用等着传消息，马上就能知道，跟着你一起欢喜了。"

"传太医。"仙蕙朝外笑道。

寝阁内，母女几个都是欢喜起来，你一言、我一语，气氛十分温馨。

"皇后娘娘有喜了？！"邵元亨高兴道。

沈氏笑道："是啊，仙蕙还一直不敢相信，等太医诊了脉才踏实了。"

"哎呀，这可真是大喜事啊。"邵元亨喜得直搓手，兴奋道："咱们得准备点什么？吃的、穿的、用的，对了，对了，再打一对足金的金项圈儿。"

"还是省省罢。"沈氏泼了一盆凉水，"仙蕙如今是什么身份？她怀的是龙种，不说要什么有什么，便说宫里的规矩，要送东西也不能随便送的。"

"哦，这倒也是。"邵元亨有点扫兴地坐了下来，"东西是不能随便送，回头啊，你先问皇后娘娘的意思。"不过很快复又欢喜，"你说，要是仙蕙这次能够一举得男，那……，岂不就是稳稳的太子爷？哎呀，没想到我还有这等福气。"

能做未来新君的外祖父，真是……，祖上积了十八辈子的德行都不够啊。

沈氏低头喝茶不语，由得他，让他先欢喜一阵。

邵元亨幻想了好一会儿，扭头间，这才发觉妻子表情不对，担心起来，"你这是什么脸色？难道皇后娘娘的胎象……"

"呸！"沈氏当即呵斥，"别说不吉利的啊。"现如今，有做皇后的女儿撑腰，她说话自然硬气，面色不屑道："是荣姨娘，说是病重得下不了床，让明蕙捎信，请老爷回去看望她一趟，免得她死了，丢下景钰没有人看管。"

邵元亨有些烦躁，正高兴呢，荣氏怎么又不消停起来？不过荣氏可以不管，儿子景钰却不能不管啊。思量了一番，景钰今年秋天就十五岁了，可以订一门亲事娶媳妇了。等他成家立业，再给一个铺子让他管管，也就不用再操心了。

不如先回去一趟，把事情办妥，然后再回京城来享清福。

"既然如此。"邵元亨如今不比从前，对沈氏客气得很，"我就先回江都一趟，顺便把景钰的亲事给定下来，往后就不用管他了。"

沈氏没有异议，淡淡道："行，明儿我让人给老爷准备车马。"

邵元亨笑道："反正仙蕙生产还早着呢，我顶多回去几个月，年前必定赶回来的。顺便啊，再给仙蕙带一点江都特产，她隔得远经年吃不到，必定嘴馋了。"

"有劳老爷。"沈氏笑笑，并不说破不想再看到丈夫回来的话。

241

邵元亨比较急，第二天下午就动身离开了京城。

而怀思王妃则要缓慢一些，因为她这一去，可就是再也不会回京城，大大小小的东西都要带上，自然啰唆繁杂不少。不过都是宫人们在忙活，她仍旧和以前的每天一样，在佛堂里面度过白天日子，轻悄悄的，好似一缕飘荡在世上的幽魂。

天黑时分，她诵完了最后一遍经文，收起佛卷。

"王妃娘娘。"侍女进来道："早点用晚膳，早点歇下罢，明儿一早就要动身了。"

"嗯。"怀思王妃表情淡淡，眼睛里面似乎没有任何情绪。吃了饭，沐浴完毕，还换了一身干干净净的新衣裳，然后撵了侍女们，坐在窗台边独自出神。

撵自己走？圣旨？皇帝还真是一个痴情种子，为了皇后，什么罪名都揽在他的身上。

"可惜啊。"怀思王妃轻声自语，看向凤仪宫的方向，目光仿佛穿透虚空，能够直接看到仙蕙和高宸。她轻轻地笑，"这一次，我是不会让你们如愿的。"

反正活着，孤独无助地被人监视一辈子，和死了也没什么分别。

怀思王妃从袖子里掏出一粒药丸，用茶水送下，然后她和往日一样上床睡觉，面容平和安详，好似没有一丝一毫的烦恼。

这一觉，她再也没有能够醒过来。

次日清晨，凤仪宫便得知了怀思王妃的死讯。

高宸当即变了脸色，目光微寒，露出几分愤怒却无法发泄的光芒。

仙蕙披着衣服，问道："这要怎么办才好？皇上才下了旨意，让怀思王妃回江都养病，结果她就死了，肯定会让人误会的。"

——倒好似逼死了她。

"都是朕对她太宽容了！"高宸怒声喊道："李德庆，赶紧让太医们去一趟，查查怀思王妃是怎么病卒的？赶紧去！"直接给怀思王妃的死，下了定论。

"是！"李德庆面色紧张，当即跑了出去安排。

然而事情却有些出乎意料。

尽管高宸让太医过去做了遮掩，并且对外宣布的是怀思王妃死于旧病，但不知道怎么回事，还是有流言蜚语传开……

说是当年林岫烟被皇帝始乱终弃，皇后不仅不同情，还耿耿于怀，并且对护着林岫烟的怀思王妃，也是暗自怨恨。因而才制造了怀思王妃落水之事，结果害得林岫烟身亡。这件事，怀思王妃过了很久才查出真相，不免和皇后吵了几句，结果惹恼了皇后。皇帝为了息事宁人，便将寡嫂逐出京城，结果皇后还是不肯罢休，竟然对怀思王妃的饮食做了手脚，这才造成暴毙而亡。

这小道消息传得有鼻子有眼的，而且还挺有逻辑。

把高宸气得摔了一个茶盅，然后严令，"不许在皇后面前透露半个字，谁多嘴，敢在皇后面前嚼舌头的，一律通通打死！不必回朕！"

下

林氏简直就是疯了！她肯定是提前安排好了，在她死后，故意制造出这等像模像样的流言。不仅败坏自己和仙蕙的名声，而且仙蕙怀孕，若是因此听了心里不愉快，影响了胎气算是谁的？更可恶的是，偏偏还不能剥夺林氏的封号，否则越发像是和她有仇了。

不，自己忍不下这口气。更不愿意，让哥哥的陵墓里面，安葬一个如此忘恩负义、蛇蝎心肠的毒妇！便是自己背负骂名，也绝不让林氏的卑鄙心思得逞！

次日早朝，高宸下了林氏八大罪状书。

不孝公婆；不亲妯娌；不向夫家；不知恩图报；教唆林岫烟入庆王府为妾；借机害死林岫烟陷害皇后；被遣返江都故意自裁，并且制造流言污蔑圣躬和皇后。因此褫夺其怀思王妃的尊号，贬为庶人，不得入皇陵安葬。

此圣旨一出，顿时朝堂上下一片哗然。

有说林氏恶毒深藏不露的，也有说事情另有蹊跷的，还有说不管真假皇帝行为过激的，总之七嘴八舌，说什么的都有，又在京城掀起一场风波。

恭亲王妃听了，叹气道："皇上也是，俗话说人死灯灭。对着一个死人都如此大做文章，大动干戈，未免也太小家子气了。"睨了丈夫一眼，"谁知道几分真、几分假，怕是皇后如今有了龙种，金珠儿似的，一切都要顺着她的心思来罢。"

"叮当！"高敦将手中的茶杯狠狠一墩，"你给本王闭嘴！"然后劈头盖脸地骂，"皇上是什么人，本王清楚，不是那种颠倒是非黑白的。你少学外头那些长舌妇，整天没完没了地嚼舌头，自己找事儿。"

恭亲王妃脸上一阵红，一阵白，"又不是我编派的。"

难怪她心中有怨言，当初废太子妃一死，她便凭借儿子上了位，从一个夫人，摇身一变做了正室，——原本应该是做太子妃的，结果却成了恭亲王妃。因而现在看着仙蕙的一切，都像是原本自己的东西被人抢走，心里自然不平衡。

若不是小叔子谋逆逼宫做了皇帝，自己的丈夫才是太子，才是皇帝，自己的儿子才是未来的新君！将来做太后娘娘的人是自己啊。

"你还不服气？"高敦见她眼神闪烁，便猜着几分，继妻一定是在做太子妃的美梦，做皇后的美梦，做未来太后的美梦。不由怒声道："蠢货！你不想做恭亲王妃，本王还想做一辈子安稳的恭亲王。"

"我没……"

"你记住！"高敦声音如雷，呵斥道："你若是真的不想做这个王妃了，没有更好的位置等着你，只有一封休书！休了你，本王再立一个听话的王妃。"

"王爷。"恭亲王妃当即慌了，急忙道："妾身没有、没有那样的念头。"心下暗恨，对丈夫是怒其不争，但却不敢得罪，"妾身以后一定谨言慎行，一定！"

高敦不理她，一拂袖，去了另外一个侧妃的居所。

恭亲王妃得知以后，一阵肝疼。

原本对高宸和仙蕙的不满，顿时被有可能要遭丈夫休弃所代替，更担心那个侧妃会得宠生子之类，自是忙乱，再也顾不得外面的流言了。

而仙蕙，根本就一句烦心的话都没听说。

高宸和凤仪宫的人把她保护得很好，丝毫不让她烦心，不仅不知道外面的风波，甚至连怀思王妃的死讯都不知道，只以为是去了江都。

如此风平浪静的安宁日子，一晃而过，转眼就是小半年时光。

眼下快到八月中秋，皇宫内，金桂飘香、银黄点点，四周已经开始装点起来，到处都挂满了大红绸子，弄得花团锦簇的。不过忙碌的都是下等宫人，御书房的几位大宫女则是闲得磨牙，皇帝不在，她们便没有事儿做。

"皇后娘娘怀孕六七个月了吧？"一个模样水秀的宫女问道。

"差不多。"另一个疑惑，"你问这个做什么？"

背后走过来一个圆脸宫女，插嘴笑道："我知道，明香她啊，这是替皇上着急呢。"掩面笑了几下，"你们想想，皇后娘娘怀孕大半年时间，皇上……，嗯，又没有别的妃子，可不就是独守空房吗？"

"哎呀，你们作死。"明香红了脸，啐道："我可没有那样想过。"

"你没有？"圆脸宫女打趣道："昨天是谁在叹气？说皇上辛苦，皇上可怜，皇上身边都没有一个知疼着热的人？哈哈，你这小蹄子的那点心思，谁看不出来啊？"

明香嘟哝道："本来嘛，我说的又不是假话。"

前头疑惑的宫女听了，忙道："我劝你们收敛一点，没听说，皇上为了皇后，连那一位都不肯留……"不敢说名字，指了指怀思王府的方向，"咱们这些人又算什么了。"

"咱们怎么了？"明香不服气道："本朝皇妃和王妃都是良家子出身，谁也不比谁更高贵一些。便是皇后娘娘，当年也不过是江都富甲之女，有钱些罢了。"

"罢哟！你作死，自己作，往后我离你远一点儿。"

"切。"明香扶了扶鬓角绢花，看着远去的同伴撇了撇嘴，然后对圆脸宫女道："你说我的话有没有道理？难道说错了？"

圆脸宫女叹道："这就是命，谁让皇后娘娘长得好、得圣心呢？不然的话，咱们这一届的秀女，怎么着也得出几个妃子贵人的，结果呢，全都成了宫女。"说着，又是一笑，"倒是太上皇身边册了好几个，哎……，当初还不如分去那边呢。"

明香撇嘴，"太上皇那边有什么好的？"

"你们作死！"一个掌事嬷嬷过来，呵斥道："连太上皇你们也敢议论，嫌自己皮松了是不是？"一人拍了一巴掌，"滚滚滚，该干吗干吗去，以后再这么闲磕牙，就把你们送到掖庭去！"

明香和那圆脸宫女都是仓惶逃了。

"嬷嬷可真凶啊。"走远了，圆脸宫女才敢小声抱怨。

明香的心思却已经飘远了。

太上皇虽然听起来尊贵，可实际上，跟某某公、某某侯也差不多，做他的女人有什么意思啊？况且太上皇年迈，不说服侍起来难受，就说他那年纪，指不定哪天就驾崩了。

要服侍，当然还是皇上最好，九五之尊、年轻、英俊，哪个姑娘不想做他的女人啊。

可惜皇后一点都不贤良大度，把皇上看得紧紧的，后宫里面竟然一个妃子都没有，这一届入宫的秀女也是干等着，没有出头的人。哼，她也不过是良家子出身，不比谁高贵，自己本来就没说错嘛。

明香不服气地鼓了鼓腮帮子，一脸愤愤然，甩袖进了屋子。

凤仪宫内，气氛一派祥和宁静。

仙蕙坐在桂花树下，摸着自己滚圆滚圆的肚子，心满意足，闲闲看着宫女们上梯子捋桂花，四周暗香盈动不已。心思一恍惚，不由想起当初在湖州的时候，自己去捋桂花，结果听到高宸的"死讯"，被吓得摔下梯子。

高宸从后面抱着她，神色温柔，问道："在想什么？"

仙蕙眨眼笑道："不告诉你。"

"大胆！"高宸佯作生气，可是眼里的温柔却出卖了他，见吓唬不了仙蕙，自己也忍不住笑了。摸着她的肚子，一本正经说道："听见没？你的娘就是这么淘气。"

"胡说八道。"仙蕙嗔了一句，然后扯了他，在他耳畔悄悄道："那时候，我在湖州听到你的死讯，吓得摔了一跤，磕得不轻，你要怎么补偿我？"

高宸笑道："原来是在琢磨这个。"他原本蹲下身的，起来道："这个好说，朕也上去捋几把桂花，也摔一跤，给你解气。"

"更是胡说了。"仙蕙啐道："我有那么恶毒么？"

"好了。"高宸拍了拍她的肩膀，笑道："我去给你捋几把玩儿，你看着，保证不会掉下来的。"挥手让宫女们退下，自己顺着梯子爬了上去，嘴里道："晚上做桂花饼吃，记得你爱吃这个……"

四周的宫人都看傻了眼，皇帝这是……，竟然亲自给皇后娘娘捋桂花，就为了给皇后娘娘做桂花饼吃？这也、也太纡尊降贵了吧？不过很快众人都高兴起来，皇帝越是宠爱皇后娘娘，凤仪宫的宫人才越好过啊。

"当心点儿。"仙蕙在下面喊道。

李德庆等人早就已经围了过去，紧张兮兮地望着，顺便给皇帝大人接桂花，凤仪宫内气氛温馨和睦，一片柔情蜜意在荡漾。

而江都邵府内，气氛则要凝重古怪一些。

邵元亨冷冷扫了一眼荣氏，"不管你是真病还是假病，由得你！反正景钰已经成了亲，等过完八月十五中秋节，我就回京城去了。"荣氏一直喊着头疼、心口疼，可是大夫来根本就诊断不出什么，分明就是她装的，为了缠着自己留下罢了。

"回京城?"荣氏气得肝疼,"京城才是你的家,江都不是了,对不对?你的眼里,已经没有我和景钰了,是不是?"

"你别胡搅蛮缠!"邵元亨皱眉,"别忘了,你现今只是一个姨娘。况且便是沈氏,做了梁国夫人,也不会像你这样。"心下暗道,这不是废话吗?难道自己情愿在江都做个商贾,不愿意回去做梁国公?谁想留在江都了。

"邵元亨,你没良心……"荣氏哭道:"我为你操劳半辈子……"

"够了!"邵元亨狠狠打断,"嚎什么嚎?你以为你还占着理儿,不想想,你几次三番和皇后娘娘过不去,让你苟延残喘已经是天大的福气了。"

"天大的福气?"荣氏恨恨道:"我好好的嫡妻变成妾,你还说是福气?彤云死了,景钰成了庶出,还是福气?"她上前抓住丈夫,撒泼道:"我不管,我病了,反正你就是不许走,不许回京城!"

"滚!"邵元亨烦不胜烦,一把甩开她。

荣氏吃痛叫道:"啊……!"她揉着磕着的手臂,心下清楚,丈夫这一走,肯定是一辈子都不会回来了。因而愤怒威胁道:"邵元亨,你要是敢走,我……,我就让大家都知道你的忘恩负义!借着荣家起势做了富商,借着我表姐独霸江都的生意,最后却贬我为妾,害死我的女儿,害我的儿子成了庶出。"

她怨恨已经到了极点,咬牙切齿道:"我绝不会让你好过!"

邵元亨脸色阴晴不定,琢磨了下,这还真是荣氏做得出来的事。难道要自己走了以后,任由她在江都闹得沸沸扬扬?惹得皇后娘娘不快,自己能落着什么好处?惹得皇上动怒,往后一辈子都是寸步难行。

他的目光扫过神色憔悴癫狂的荣氏,心思一动,忽然间有了主意。

接下来的几天,邵元亨像是被荣氏的一番话吓住了,再也没提要回京城。荣氏不免有些得意,到底是和他一起生活了十几年,对他的脾气太清楚,自己就知道,他顾及面子不敢一走了之。

邵元亨留在江都过了中秋佳节。

荣氏欢欢喜喜地打扮一新,陪着丈夫和儿子吃月饼,心下得意。唯一不满意的就是,儿媳妇廖氏挑选得太过仓促,不够完美,因而没有什么好脸色。不过总体还是高兴的,吃了不少东西,饮了不少酒,夜里便有些积食胃里难受。

"让你贪杯。"邵元亨不悦道:"请个大夫过来瞧瞧罢。"

"我这不是高兴吗?"荣氏一心缓和闹僵的夫妻关系,撒娇道:"元亨,你过来坐着陪陪我,就不那么难受了。"

她并不知道,自己很快死期将至了。

荣氏的病起先是胃疼,大夫诊脉,说是中秋晚上螃蟹吃多了,又喝了酒,所以有些积了食,入了寒气。这不是什么大的病症,荣氏并没有在意,一心一意沉浸在丈夫妥协的欢喜里面,只让大夫开了几服药吃吃。

哪知道，过了几日不仅不见好转，反而越发恶心反胃，食欲不振，甚至一度以为是不是老蚌生珠害喜了。结果大夫诊脉却不是，只说是胃病加重，接着吃药。如此吃了半个月，荣氏的病情每况愈下，根本不见好转。

"疼、疼！疼死我了。"荣氏连声叫唤。

说来她这病也奇怪，就是不能吃东西，吃了就胃疼。起先是忌油腻食物，辛辣食物，后来渐渐地连粥都不能喝了。

人是铁，饭是钢，一顿不吃饿得慌。

荣氏一天天消瘦憔悴，卧病在床，只剩下一口气吊着了。

这些日子，邵景钰自然每天过来看望母亲，伺候的任务，则落在新媳妇廖氏身上，反倒是邵元亨最清闲。渐渐地，荣氏开始起了疑心。她仔细打量，丈夫每次过来看望都是敷衍了事，而且眼里没有悲伤和难过，只有隐隐不耐烦。

他不耐烦什么？便是自己病了吃几服药，邵家又不是吃不起，至于嘛？忽然间，她的心头掠过一个大胆的猜测！

"老爷……"荣氏已经瘦得脸都凹陷下去，瞪大眼睛，"你、你是不是，在……"说一句都得喘气儿，"在盼着我死？你……，给我下药了？"

邵元亨先是一惊，继而怒道："你胡说八道什么？！"

"我知道了，我知道！"荣氏尖声道："你盼着我死了，就没有……，没有人绊住你，所以你……"她剧烈地呛咳起来，"要害死我！"

"你疯了！"邵元亨急急呵斥，然后故意走上前，低声道："你害了皇后娘娘那么多次，死有余辜，早点上路大家安心，别耽误了我回京。"

"你！咳咳……"荣氏呛咳不已，她想要骂，骂眼前的负心人，却只觉得满口的腥甜滋味儿，说不出话来。她想要抓住丈夫，狠狠地厮打一顿，却只得手在空中晃了晃，什么都抓不住。

下一瞬，"哇"的一声，一口鲜血喷了出来！

邵元亨连连后退避开。

荣氏死不瞑目地瞪着他，一手怒指，然后伏在床上咽了气。

邵景钰夫妇闻讯赶来，入目便见满地的血迹，都是惊骇无比。邵景钰怔了一下，继而便冲上去大喊，"娘！娘你醒醒，醒醒啊……"

邵元亨把荣氏扶了回去，给她擦拭嘴角和下巴的血迹，痛哭了一场。

倒也不全是做戏，毕竟荣氏陪他有十几年风风雨雨，比沈氏在身边时间长多了，又会撒娇，又会体贴，而且还生育了一儿一女。心里对荣氏有再多怨念，此刻人死灯灭，终究还是伤感更多一些。

头七过后，荣氏以姨娘的身份下了葬。

邵元亨的伤心也差不多了。

因而吩咐下人收拾行装，又去买江都各色特产，准备带回去送给皇后女儿，还有未来的外甥小皇帝。心中悲伤渐渐被喜悦替代，言谈举止不免流露出轻快之色，这让邵景钰看在眼里很是猜疑，——母亲死的那天，好像是在愤怒地指着父亲。

难道说，母亲是被父亲给气死的？可是，这些天他们并没有吵架啊。

不对，不对，之前吵架了。

母亲不让父亲回京城，曾经在私下抱怨过好几次，说起父亲的负心薄幸之类。自己还劝了几句，让她改改性子，毕竟今日不同以前情势，挺不起腰杆。只能用柔情打动父亲留在江都，方才是一家人团聚的法子。

而现在，母亲刚死，父亲就急巴巴地要回京城。

也就是说，父亲前段时间留下很可能只是一个幌子。他根本没打算留在江都，而是早就等着回去，甚至……，早就知道母亲要死？这么一想，不免浑身寒凉起来。

父亲，是害死母亲的凶手！

邵景钰气得发抖，找到邵元亨，嚷嚷着，"分家！分家！既然爹都要去京城了，不再回来了，那就干脆把家分了！"

邵元亨听了生气，"什么叫我不回来了？"

邵景钰冷笑，"那爹告诉我，是今年回来？还是明年？猴年马月总得有个日子吧？爹要是说得出日子，就不分家，说不出……"往椅子一坐，"那就分家！"

"反了你了。"邵元亨怒道。

"我反了？"邵景钰指了荣氏坟茔的方向，目光炯炯，看向父亲问道："爹既然说不出回京的日子，又不肯分家，那咱们就让仵作给娘验尸！"

邵元亨顿时脸色一白，言语凝滞。

邵景钰其实也没有十足把握，不过是出其不意一诈，没想到却诈出了效果。看着此刻父亲心虚的眼神，还有什么猜不到的？不用证据了。

父子对峙，空气里的气氛一触即发。

"真是放肆！"邵元亨一甩袖子，出门而去。

但是经过一夜的思考，次日，他最终还是妥协了。

毕竟家早晚都是要分的，他又急着回去京城做国公爷，因此叫上两个儿子去了官府，按照嫡长和庶次的关系，把邵家给一分为二。

然而分家顺利，邵元亨上京的事情却不顺利。

他刚要走，京城里头就传来圣旨。皇帝册封邵元亨为江都盐运使，——这对普通官员来说是一个肥差，可是对于女儿做了皇后娘娘，已经是梁国公的邵元亨来说，可就不是什么好事儿了。

他心里清楚，皇帝这是不想让自己再回京城了。

不，应该是沈氏母女几人的意思。

邵元亨忍不住忿忿然，这群……，这群焐不热的冰疙瘩！狼心狗肺的女人！他却忘了，当初如何停妻另娶，如何逼迫女儿进宫选秀，如何害得女儿几番差点惨死，注定得不到妻儿的原谅。

然而让他郁闷懊恼的事，还不止如此。

现如今，邵家已经分给了两个儿子。邵元亨就是一个空头掌柜，虽说不至于饿着冻着，但再也不像以前花钱自由。做了半辈子的江都第一富商，最后竟然要看儿子们的脸色，从他们手里要银子花，如何能够不气？

邵景烨还罢了，去了京城，并没有平时怄气的机会。

而邵景钰本来就对荣氏的死有疑惑，看穿了父亲的凉薄毒辣，如何会给他好脸色？东院和西院一墙之隔，邵景钰整天骂骂咧咧的不说，还摔东摔西的。然后就是拿着大把大把的银子，出去花天酒地，银子花得跟淌水一样。

把邵元亨给气得，差点没有一口气提不上来，背过气去。

廖氏只是寻常良家子，如何管得住丈夫？不过一两年工夫，邵景钰屋里净添了五个妾室，平时还捧捧这个名角儿，亲香亲香那个头牌。他不会做生意，只会花钱，不过几年工夫就把家业败光了。

邵元亨被儿子气了几年，给气得心痛、肝痛，最终在十年后郁郁寡欢去世了。

而邵景钰在败光自己那份家业之后，迫不得已，只得把妾卖了，把房子卖了，最后连吃住都是问题。只得死皮赖脸地住在东院，靠着邵景烨每月接济二十两银子，勉勉强强混吃等死罢了。

这还是为了仙蕙的皇后美名，才勉强打发他的。

不过这些，都已经是多年后的后话了。

31 花好月圆

眼下只说邵景烨处理完了江都的事，便领着妻儿上京，到了京城，入了皇宫见到妹妹仙蕙的时候，仙蕙的肚子已经滚圆了。

这让她有些不好意思，颇为尴尬。

邵景烨笑道："小姑娘，一转眼就要做娘了。"说着，发觉有宫人看了过来，这才想起妹妹现在是皇后，忙道："看我，一高兴说话就……"

"哥哥。"仙蕙嗔怪道："你还跟我讲礼不成？你要客套，就不是我哥哥了。"

邵景烨笑了，"是是，不跟你客气。"因为妹妹即将临盆，并没有说江都的烦心事儿，

这也是高宸提前嘱咐过的,因而只道:"来的时候,先去前面见了皇上,千叮咛、万嘱咐让别累着你,说是以后在京城里见面机会多,不急于一时。"

仙蕙抿嘴一笑,"他呀,最近变得婆婆妈妈的。"看似抱怨,眼神里的欢喜却是掩都掩不住,神态间,更有一种如鱼得水的丰盈滋润。

邵景烨不由感慨,小妹这是苦尽甘来熬出头,往后都是富贵荣华的好日子了。

晚上高宸过来,安寝前闲话笑问:"见着你哥哥了?撒娇了没?"

"撒娇了。"仙蕙瞪了他一眼,"如何?"

"不敢,不敢。"高宸这一年来和她关系渐好,说话随意,小两口没事就耍个花枪,倒也不失为一种闺阁乐趣。他作了一个揖,"皇后娘娘尽管撒娇,无有不可。"

"行了吧。"仙蕙笑着捶他,"你呀,越来越贫嘴了。"

高宸搂了她,想起这一年来的点点滴滴,好似春雨无声,渐渐缓和了彼此的关系。越是得来不易的感情,才越让人珍惜。因而想到这一年来,那些让自己纳后妃的话,便觉得好似蚊子嗡嗡一般烦人了。

"想什么呢?"仙蕙问道。

"今儿孩子闹你了没有?"高宸不愿意让她烦心,转移了话题。

"没闹,就是觉得肚子好重。"仙蕙嘟哝道:"站着不舒服,坐着也不舒服,就连躺久了都不舒服,哎……,小家伙快点出来罢。"

"朕摸摸。"高宸伸手,不一会儿就感受到胎动,于是笑道:"多半是个小子,这么不消停,经常都能摸到他动来动去。"

仙蕙不满,为孩子辩护,"那是跟你打招呼呢。"

"好,打招呼。"高宸在朝堂上是说一不二,冷面无情,面对妻儿却冷不起来,神色温和地打量着她。今儿穿了一身粉色的褒衣,许是怀孕后滋补得好,上衣显得鼓鼓的,比起早几年多了几分曲线,忍不住摸了上去,"怎么……,感觉好像长肉了。"

"呸!"仙蕙本来还温情脉脉的,此刻挪开他的魔爪,羞赧啐道:"你也不害臊,什么长肉不长肉的。"

"是真的。"高宸认真道:"你刚嫁给我那会儿,我一只手握得住,现在感觉只能握住大半个了。"抓了她的手,"不信,你自己摸摸。"

"我不摸!"仙蕙又是羞涩,又是情意绵绵,过了好一会儿,才红红脸小声道:"这事儿我问过姐姐了,这是怀孕女子都有的现象,是会、会……,大一点点。"娇声嗔道:"别大惊小怪的。"

"是吗?"高宸有点好奇,"那生完以后呢?还是这样?"

"你什么意思啊。"仙蕙水汪汪的大眼睛望着他,转了转,"哦,我明白了,你是嫌我以前小了,巴不得我生完以后还这样,对不对?"

下

"没有，没有。"

"肯定有……"

两人嬉笑拉扯间，倒是把仙蕙的小衣给扯松了。她那乌黑的青丝好似黑缎一般铺撒开来，落在紫菀花的软枕上，越发衬得她的肌肤莹白润泽，好似最最上等的美玉一般细腻光滑，叫人爱不释手。

"哎哎。"仙蕙急了，抓住那只越摸越放肆的手，"非礼勿动。"

高宸笑了笑，低头，封印住了那柔软的唇。

两人彼此唇舌缠绵，潮湿、炽热，气氛渐渐暧昧浓烈。他喘息道："什么非礼？朕对别的女人才是非礼，对你……，那是天经地义的。"

其实仙蕙怀孕期间，高宸倒也不是像外界传言的那么和尚，太医吩咐除了头三个月和最后三个月，中间还是可以适度房事的，只是不能太激烈。不过对于高宸这种二十出头的年纪来说，三个月的时间也挺长了。

毕竟佳人就在眼前，不是在外头行军打仗的男人日子。

眼下越缠绵，越是难舍难分。

"好了。"仙蕙的嘴都被他吸吮红了，抱怨道："少来啊，我可管不了儿子，还要管老子的，你自己去旁边找五姑娘罢。"因为怀孕多有不便，只好委屈皇帝大人偶尔指间解乏，这大半年看得多了，也就没那么不好意思了。

"小没良心的。"高宸给她掖了掖被子，却不经意间，看到那粉色衣衫下面的玲珑曲线，忍不住又是血脉贲张。"哎……"微微叹息，"不光你盼着孩子快点出来，朕也盼着，再这么下去，朕可真要憋出病来了。"

仙蕙"扑哧！"一笑，指着他的脸，"羞羞羞！说话真不知羞。"

"哎。"高宸忽然灵机一动，"你躺着，让朕看看就行。"

"什么看看？"仙蕙还没反应过来，上衣就被他褪了个干净，露出胸前明月山岚一般的美好风光，洁白如玉，嫣红点缀，有着无限诱惑的味道。她这才明白皇帝大人的用意，竟然是要把自己当做活的春宫图，不由又羞又臊，"不！你太坏了。"

"就看看，朕不会动你的。"高宸哄她，趁机把亵衣给扔在了地上。

仙蕙羞窘地环抱住胸前，偏生如今风光饱满遮不住，反倒有一种欲迎还拒、楚楚动人的别样蛊惑，甚至挤压得更有曲线了。

第二天，厉嬷嬷领着宫女进来收拾床铺，发现床单上面有水迹，不由担心道："娘娘，你这可是马上要临盆了，且当心一些。"

"哎呀，不是。"仙蕙羞红了脸，每次弄得自己还要再解释一遍，再羞一回，就忍不住在心里骂高宸一次。她尴尬万分，小声道："皇上没把我怎么着，就是看了看，都是……，都是他自己弄的……"再细致的，实在是说不下去了。

"哦，那就好。"厉嬷嬷放下心来，继而又是感慨，——这说出谁信啊？皇帝宁愿守着怀孕的皇后，自己用五姑娘解决那事儿。咳咳……，没看出来，高家还出了一位痴情种子，还是天子呢。

而仙蕙的尴尬，直到吃了早饭，出去散了一圈儿心才好些。

到了晌午，李德庆亲自过来，"皇上说，前头有事要忙，让娘娘自己先吃午膳。"没办法啊，皇帝专房独宠地宠着皇后，所以跑腿的事也得亲自来，方才显得对皇后恭敬，方才能够顺了皇帝的意。

仙蕙微笑，"行，记得让皇上吃了饭歇一会儿。"又问起今日高宸做了什么。

李德庆正在答话，外头忽然传来一阵嘈杂声，不由疑惑地看了出去。

玉籽脚步飞快进来，说道："娘娘，太上皇今早起来身子抱恙，传了太医。"然后上前附耳低声，"那边传出消息，说是太上皇……，阴阳失调，太医开了药方子让调养。惹得太后娘娘发了脾气，把太上皇身边的几个小美人狠狠骂了一顿。"

啊？阴阳失调？婆婆又骂了公公身边的小美人儿。

仙蕙只觉倍感尴尬，比早起厉嬷嬷问自己和高宸的房事还要尴尬，挥挥手，"行，我知道了。"细想想，倒也不奇怪。这一年时间，太上皇他老人家龙马精神十足，把新添的六名秀女都给临幸了。

就他那已经过了半百的年纪，自然有些乏力，后来听说又吃了什么滋补的药，想来便是滋补房事的药，——估摸精神更好了，但是身体也给掏得更空了。

仙蕙想了想，对李德庆道："你回去罢，顺便问皇上一句，我要不要过去看望母后？你不必再亲自过来，是与不是，派个小太监来传话就是了。"

这么没头没脑的话，李德庆不明所以，但还是应了，"是，奴才领命。"

等他去了上书房，从小太监口中得知太上皇的病，太后的生气，方才明白皇后娘娘的意思。按理说，婆婆生气了是该过去探望，但是婆婆是为公公好色生气的，做儿媳的去不去就得斟酌，实在是太尴尬了啊。

因而进殿，小心翼翼地回了皇帝。

高宸放下御笔，蹙眉道："让皇后好生歇着，她这几日就要临盆，哪里都别去。"父亲也真是的，那些秀女不过是个玩意儿，解解闷也罢了，怎么能如此荒唐行径？他老人家年纪一大把，比自己还要沉迷房事，还闹出病来，真是也不觉得害臊。

不过罢了，随他去吧，自己管不了也不想管。

高宸心头到底有点火气，三口两口，便把茶给喝完了。

明香赶忙上来续茶，因见皇帝脸色不太好，难免有些紧张，结果手一抖，递茶的时候就洒出去了几滴。"啊呀，奴婢不小心。"她赶忙掏出帕子擦拭，嘴里连连告罪，"皇上，都是奴婢不小心，都是……"

高宸由她擦拭，心思飘浮，因为在刚才的一刹那，脑海里竟然划过一个不孝的念头。

下

既然太上皇如此不珍惜身体，又处处和自己为难，或许……，病了也是好事。道理上是这样没有错，但是却违背孝道。

明香瞅着皇帝一直盯着袖子，任由自己动作，心里头不由闪过一丝窃喜。

她试探着，轻轻地握住了皇帝的手，"皇上……"仰面抬眸，乌黑的眼睛里写着一抹娇羞和紧张，然后跪下去，缓缓地把脸给贴了上去。带动着皇帝的手，在自己年轻娇嫩的脸上抚摸，心口犹如小鹿乱跳一般，"怦怦"不停。

高宸忽地发觉手感不对，低头一看，看见一个羞涩万分的面孔。

"皇上。"明香软软糯糯道："奴婢刚才不小心，打翻了茶水，还望皇上勿怪。"她大着胆子望了望他，然后低头，在皇帝的掌心里轻轻吻了一下。然后便是口干舌燥，心口一阵乱跳，剩下的却不知道该怎么继续，只能静静等待了。

时间好似过了一万年，那么长，那么久。

上书房里静谧得好似一潭池水。

"啪！"一声清脆的耳光响声，忽地响起，瞬间打破了上书房里的宁静，那个缠着皇帝的娇柔身影，当即分开了。

"皇、皇上……"明香惊慌失措地软坐在地上，捂着脸，一脸不明白。

皇帝这是怎么了？自己都已经主动送上去了，他……，他竟然拒绝？若不是皇后娘娘成功怀孕，都要怀疑皇帝，是不是对女人没兴趣了。

高宸本来还只是有一点点生气，继而看着她的迷惑，不由更加上火。拂袖站起身来，居高临下冷笑道："你以为，朕没有见过女人？就凭你这点姿色，勾勾手指，朕就得如狼似虎地扑上去才对？简直可笑！"

"来人！"他喊了李德庆进来，然后招手，细细地耳语吩咐了几句。

"皇上？"明香不知道他吩咐了什么，隐隐觉得不安，瞬间惊慌，顾不得皇帝是否有何问题，连连磕头，"奴婢错了，错了。"

高宸继续坐了回去，翻阅折子，好似殿内的明香根本不存在。

而明香不敢走，也不敢出声儿。

李德庆去了小半个时辰，才匆匆回来。后面跟着一个瘦瘦的中年人，背着箱子，看模样像是某样手艺人，只是不知道是做什么的。

"来了？"高宸放下奏折，淡淡问了一句。

李德庆忙道："这是京城里头最有名的刺青手艺人，叫贺三，手艺是家中祖传，有百来年的传承了。"心下不明白，皇帝让找一个做刺青的干啥用？又不敢问，只朝贺三呵斥，"还不赶快跪下？见过皇上。"

贺三哪里见过这种阵仗？哪里想过自己能够面见圣颜啊？又不知是福是祸，吓得"扑通"一跪，"草民见过皇上，皇上万岁、万岁、万万岁……"

"行了。"高宸打断，然后指了明香，"等下你给她脸上刺两个字。"

253

"啊？脸上。"贺三吃惊道。

李德庆也瞪大了一双眼睛，不明所以。

明香更是吓得紧紧捂住了脸，刺字？那……，那自己以后还怎么见人？不不不，她惊慌失措地抬头，想要朝皇帝求情，却被冷冷有如刀锋一般的目光扫过，顿时不寒而栗！

高宸没有耐心细细解释，吩咐李德庆，"等下把人带走，让那个做刺青的给她脸上刺两个字，嗯……，就刺狐媚二字。"

贺三不敢抬头，结巴道："皇上，真的要刺在那位宫女的脸上？刺上狐媚二字？"生怕是自己听错了，"这刺上去是可以，但……，回头就洗不掉了啊。"

高宸冷声道："要是洗得掉，朕就砍了你的脑袋！"

"洗不掉，洗不掉……"贺三赶忙保证，"皇上放心，肯定一辈子洗不掉的！"

"下去罢。"高宸挥手，继续看案头的折子。

李德庆一招手，"走！"

当即有两个小太监上前，去拖明香。吓得她失声大喊，"皇上、皇上，奴婢知道错了，以后再也不敢了。"眼泪簌簌而落，心里更是悔恨滔天，怎么能因为贪慕权势富贵，就一时猪油蒙了心呢。

"别让她鬼哭狼嚎的。"高宸皱眉，等明香的嘴巴被塞住了，才道："朕不仅要让人在你脸上刺字，还要你以后每日在宫里巡游。为的就是要让所有人都看见，以为什么阿猫阿狗都可以爬朕的龙床，是个什么下场！"

此言一出，整个上书房的人都惊呆了。

这、这这……，竟然是明香勾引皇帝不成，反而惹得龙颜大怒，最后被落得脸上刺字这等羞辱。啧啧，往后看谁还敢跟皇帝献殷勤？要勾搭皇帝，就得先想想明香的下场咯。

明香脸色惨白无比，哭着央求，"不，不要……"

"还有。"高宸又追了一句，"你若自裁，朕就灭你九族！"

明香勾引皇帝失败，反而被脸上刺了"狐媚"二字的消息，顿时疯传开来。

玉籽听了，笑得前仰后合的，"该，活该！也不看看自己什么身份，竟然不要脸，还敢主动勾引皇上？"继而朝着仙蕙拍马屁，"娘娘，皇上对娘娘可真一片真情啊。"

仙蕙端着酥酪一口口喝着，心下感慨万分。

直到此刻，自己才明白他当初选了几个秀女，当做宫女放在上书房的用意。当时还以为只是迫于太上皇和太后的压力，不得不选，也曾经偶尔想过，万一他后来把持不住了，要不要跟他计较。

却没想到，他是有意而为之。

因为说一千、道一万，就算高宸把嘴皮子说干了，说他不想纳嫔妃，自己也不能完全相信，就更不用说那些想爬龙床的人了。所以说再多，都不如活生生的例子放在眼前，更能打消宫中其他女子的痴心妄想。

仙蕙心里五味杂陈，直到高宸回来都还没有平复。

"听说明香的事儿了？"高宸笑问。

"嗯。"仙蕙不知道该说什么，只是紧紧缠着他的胳膊，把头依靠上去，——要不是因为大肚子不方便，真想紧紧抱住他呢。

"小傻瓜。"高宸捏了捏她的脸，"你不仅是朕的皇后，还是我的妻子。"

"嗯……"仙蕙鼻子里面有点酸酸的。

以前总听他说，却总是不能尽信。因为他毕竟不是平民百姓，是皇帝啊，哪里那么容易只守着自己一个的？所以母亲劝自己，姐姐劝自己，甚至连自己都在劝自己。

万一高宸真的纳了嫔妃，一定要看得开。

不！没有，他没有欺骗自己。

"好了，这下子信了吧？"高宸看着她那水汪汪的大眼睛，还有小小的泪珠，低头亲了亲，"你怀孕，不许哭鼻子，不听话朕就生气了。"

仙蕙破涕为笑，"好，我不哭。"

高宸如何会不明白她的心思？虽然自己答应过，不纳妃。可是太上皇不满意，太后不满意，文武百官也不满意，甚至连她的母亲和姐姐都劝她，为自己纳妃嫔，这叫她如何能够真的心平气和？恐怕看似相信，都是哄着她自个儿相信的吧。

如今真的成了现实，反倒意外，所以才会这么孩子气地掉眼泪。

有时候，行动比说话来得有力一千倍。

"晚上让人做了你爱喝的莼菜汤，鸡汤打底，别的没有添加乱七八糟的东西。"

"咦，今儿皇后娘娘还有赏赐。"高宸打趣道。

仙蕙忍俊不禁，扑哧一笑，"那是，看你表现好才有得喝呢。"

"行，今晚上朕多喝几碗。"高宸携了她的手，一起去偏厅用膳。心下摇头失笑，自己这个小娇妻，看似随随便便能养，不管她也行。可是真的要让她像花儿一样明媚绽放，就得小心呵护着，娇养着。

此刻的她，幸福像是蜜糖一样从眼里溢出，让人心里暖暖的。

这一夜，仙蕙睡得特别踏实。

后面的日子，也好似风吹散了所有迷雾一般，变得彻底明朗起来。

如此过了六七天，这天夜里，仙蕙睡得迷迷糊糊的，突然被一阵剧烈疼痛惊醒，不由呻吟叫唤起来，"我肚子痛。"转头看向高宸，可怜兮兮，"嗞……，一抽一抽的。"

"别慌。"高宸虽然没有做过父亲，到底是做皇帝的人，镇定喊人，"赶紧的，叫稳婆进来检查一下，看皇后是不是要生了。"

稳婆奶娘都是早准备好的，为求稳妥，一个月前就已经住在凤仪宫了。

因而都是过来得飞快，检查的检查，烧水的烧水，各自忙忙碌碌。整个凤仪宫彻底灯

火通明，亮如白昼，惊动得太后那边都得了消息，亲自赶了过来。

"怎样？"周太后焦急问道。

也难怪她着急，皇帝膝下一直都没有儿子，如何不急？况且仙蕙这一胎肚子尖尖，多半是个男孩儿，若是能够诞下嫡长子，皇储有人，这朝堂局势也就跟着安定下来了。

"母后等着罢。"高宸扶了太后坐下，"稳婆说，仙蕙才刚发作，且得等一会儿，只怕今晚都是睡不成了。"又道："母后喝一盏茶，先回去歇着，等生了马上叫人报信。"

"不用。"周太后摆摆手，"我老婆子，本来就没有什么瞌睡，现如今便是回去也睡不着，不如坐在这儿陪你说说话。"有些心疼儿子，"你别急，别慌，女人生孩子都是受罪，是要煎熬这么一趟的。"

高宸哪里能真的不急？面色镇定，眼睛却不时地往里面瞟。

"走走。"周太后嗔怪道："趁着她还没生，母后陪你进去看一看，省得你在这儿抓耳挠心地难受。"又笑，"母后前前后后生了你们兄妹五个，生孩子这事儿，有经验，进去再跟仙蕙说说。"

一进门，就见厉嬷嬷正在面色为难地劝解，似乎有什么决断不下。

"皇上！母后。"仙蕙过了阵痛的劲儿，这会儿倒是不痛，但却心慌，伸手叫了高宸到身边紧紧抓住，"我害怕，你让我娘和我姐姐进宫来，让她们陪我。"说到最后，声音里面已经带出哭腔。

"怎么回事？"高宸沉下脸问厉嬷嬷，"刚才朕出去的时候，皇后还好好的。"

"奴婢不知。"厉嬷嬷也觉得奇怪，忙道："皇后娘娘问今儿是什么日子，奴婢回了，今天是十月十八，她就忽然慌张起来，非要让梁国夫人和宋大奶奶进宫。"

"十月十八怎么了？"高宸不解，看向仙蕙问道。

"不，不关日子的事。"仙蕙不能解释，也不敢解释，——因为今天这个日子，正是梦里自己自尽的日子！都知道女人生孩子，就是过鬼门关，万一、万一自己过不去呢？不，不要！

她忍不住哭了起来，"我……，我就是害怕，害怕啊。"

"好了，好了，你别哭。"高宸不再问她，当即下令，"李德庆，去接梁国夫人和宋大奶奶进宫，快去！赶紧去！"然后又哄仙蕙，"别怕，你娘和你姐姐一会儿就到。"

"那皇上先别走。"仙蕙哽咽道。

周太后在旁边看着，不免叹气。

这皇后啊，长得好、心地柔善，也孝顺，针线女工又出色，要说没什么可挑剔的。唯一的缺点就是小女儿，养得娇气，只盼她做了娘以后能稳重一点罢。

"啊！"仙蕙又叫，"疼、疼疼，又疼了，比刚才还疼。"

"娘娘。"厉嬷嬷劝道："你要把力气攒下来，等会儿生孩子用。你若是现在就一直喊，等下就没劲儿了。"

仙蕙便咬唇，忍痛不出声儿。

高宸看着她咬得红艳欲滴的嘴唇，不由心疼，哄劝道："没事，疼就小声喊喊，别把嘴唇给咬破了。"

仙蕙摇摇头，皱着眉头忍了一阵，又过了阵痛。

正巧玉籽端了红糖荷包蛋上来，厉嬷嬷接了，递上去喂她，"来，先吃得饱饱的，然后再含一片参片，把力气养足。"

仙蕙二话没说，把荷包蛋连汤带水吃了个干净，参片要了两片。

周太后看得不由笑了，"真是一个虎丫头。"也罢了，总算是一个明事理的。偶尔撒撒娇也没啥，女人嘛，撒娇才讨男人欢心，也难怪皇帝被她迷得神魂颠倒。等了一阵，直到沈氏和明蕙进宫，见了面，方才劝着高宸一起去了外殿。

"仙蕙。"沈氏和明蕙异口同声，围在床边。

"其他人都出去。"仙蕙撵了宫人和稳婆们，刚要说话，又是一阵剧烈疼痛，她想着忍完这阵剧痛再说，结果却觉得身下有点奇怪。摸了摸，床单变得湿湿的，疼痛着迷惑地看向母亲和姐姐，"我……，我不是尿床了？"

沈氏当即掀开被子，看了一眼，便急道："哎呀！这是羊水破了。"

"破了，是不是就要生了？"仙蕙没有经验。

沈氏当即起身，朝外喊道："稳婆，稳婆！快点进来。"

"娘！"仙蕙紧紧抓住她，哭道："别走。"眼泪簌簌而落，哽咽道："我怕，我怕今天会死，我怕再也见不到你们……"

"闭嘴！"沈氏怒斥道："胡说八道什么？好好的，不许说那些不吉利的话。"

明蕙也是焦急地劝，"仙蕙，你别慌，生孩子头一遭是怕的，但是没事。我和娘都在跟前……"指了指门口进来的稳婆，"你看，你看，这有几个经验十足的稳婆，外面还有太医候着。对了，还有皇上和太后娘娘镇场呢。"

她本意是想让妹妹安宁一点儿。

但这话，却猛地提醒了仙蕙，喊道："高宸！高宸你快进来！"自己不要死，也不要再也见不到母亲、姐姐和哥哥，更不要见不到他啊。

沈氏斥道："你这是痛糊涂了，生孩子，哪能让皇上……"

话还没有说完，一个明黄色的高大身影已经闯了进来。

高宸不复平时的冷静镇定，不再泰山崩而不变色，眼里透着慌张，急急问道："仙蕙她怎么了？有没有事？"转头呵斥稳婆，"一定要皇后和孩子都平平安安的！"

稳婆们都是吓得一抖，成了筛糠，"是，是是。"

仙蕙伸手抓住高宸的衣袖，眼泪汪汪地看着他，"你别走，我怕……，怕我死了，就再也见不到你了。"人死灯灭，这一世的爱恨情仇都会灰飞烟灭的。

——不，绝不可以。

高宸也想像沈氏那样大骂她一顿,可是看着那双清澈眼睛,那可怜兮兮的眼神,以及悲痛不已的表情,便什么责备的话都说不出来。反而上前抓紧了她的手,蹲在床前,用从未有过的温柔语气,安慰她,"仙蕙,你不会有事的。"

仙蕙却只是抽抽搭搭地哭,日子太巧,死亡的恐惧对她阴影太大了。

"朕不走。"高宸又道。

这一句,顿时让仙蕙止住了泪水。

她泪眼婆娑地望着他,感受着他沉稳有力的双手,传来温暖的力量,心里一点点地踏实起来,不再害怕。仿佛只要有他在自己身边,就可以不惧一切妖魔鬼怪,不怕一切风浪,泪中带笑道:"你不走,我……,就不怕。"

高宸郑重道:"好,不走。"

产房历来被视为血污不吉利之地,男人避之不及,更别说九五之尊的皇帝了。可是眼下这种情况,谁又敢多说一个字?谁又敢把皇帝和皇后的手分开?就连周太后进来看了一眼,也是无奈摇头,最终还是出去了。

沈氏见状红了眼圈儿。

明蕙年轻,更是忍不住偷偷淌眼抹泪。

——妹妹啊,你可真是嫁对人了。

起先还担心,皇帝和寻常百姓不同,纵使高宸一时爱慕妹妹年轻美貌,也难长久,未必能像宋文庭那样,一直守着嫡妻。却没有想到,皇帝除了身份和宋文庭有天壤之别,在感情专一上头,竟然也是一样的。

甚至今儿这事儿,只怕宋文庭都做不出来。

"仙蕙。"明蕙哽咽着望向她,微笑道:"好好儿的,往后一切都会好好儿的。"

晨曦微明时分,寂静中,响起一声清脆的婴儿啼哭声,"哇……!哇哇……"声音洪亮有力,传遍凤仪宫,很快传遍了整个皇宫。

皇后娘娘诞下一名皇子,也是皇帝的嫡长子,取名为祚。

祚,有赐福的意思,也有皇位的意思。

皇后娘娘是三千宠爱在一身,小皇子又占嫡,又占长,皇帝还取了这么一个名字,意思不言而喻,自然是未来的太子爷了。

"听说了吗?皇后娘娘昨儿生产的时候,皇上亲自去产房了呢。"

"天哪!皇上一点都不忌讳。"

"哎,是啊。"宫女们都是议论纷纷,羡慕嫉妒不已,"这天底下的女人加起来,只怕也没皇后娘娘好命啊。现如今,皇后娘娘又有了小皇子,更是地位稳固,这整个后宫都是皇后娘娘的了。"

另一名宫女笑道:"不然呢?你还有别的打算不成?"指了指缩在墙角的明香,"看见她脸上的狐媚二字没有？那种下场，啧啧……，真是比死还要难受呢。"

"是啊，是啊。"有人附和，"往后可别在皇上面前卖弄风情，打扮得花枝招展，也别笑做狐媚样子，不然有得苦头吃咯。"

"呸！"前头那宫女笑话道："你又不是上书房的宫女，哪有机会？走吧，走吧。"

"是啊，赶紧去凤仪宫讨喜钱要紧。"

几名宫女说说笑笑，渐行渐远。

明香抬手摸了摸脸，摸不出什么，因为刺青并不是疤痕。除了最开始被刺的时候，感觉到痛，现在已经什么感觉都没有了。可是自己心里却清楚，左边一个"狐"，右边一个"媚"，清清晰晰地刺在了自己脸上！

自那天以后，自己再也没有照过镜子了。

——怕看了，就会疯了。

凤仪宫内，仙蕙则是笑得合不拢嘴。

没事！自己没事！自己和孩子都平平安安的，不会离开亲人，不会离开他。

"欢喜了？放心了？"高宸坐在床边含笑打趣她，因为皇长子诞育之喜，已经特旨免了三天早朝，正好可以多陪陪他们母子。

厉嬷嬷在旁边凑趣，夸道："瞧瞧，我们小皇子长得多可人啊。"逗了逗裹在大红襁褓里的小皇子，"你们看，这乌油油的头发，一看就是有福气的主子。哎哟，还有这又白又胖的可人样儿，像极了皇上和皇后娘娘。"

仙蕙望着粉嘟嘟的儿子，不满意道："明明是像我多一些。"

"是。"高宸难得的好脾气，笑道："像你多，你怀胎十月又生孩子，辛苦了，劳苦功高的，像你多一些也是应该的。"

"也像你。"仙蕙孩子气地安慰他，"咱们两个都像。"

厉嬷嬷和玉籽等人都笑了，纷纷奉承。有说鼻子像皇帝的，有说眼睛像仙蕙的，反正不管哪儿像谁，都是好看，屋子里气氛热闹欢喜。

而宫门外，则是几家欢喜几家愁。

恭亲王府里，高敦叹了一口气，"这下好了，皇上有了儿子，有了皇储，就等于有了一根定海神针。"省得那些还不死心的，在自己耳边叨叨，打扰自己的清净日子。因而从书房回去，催促恭亲王妃，"把贺礼准备好，咱们要第一个进宫去道贺。"

"是。"恭亲王妃嘴上应了，心里却是撇嘴。

丈夫这个没本事的，看样子真的是一点皇位的心思都不动了。皇帝生了儿子，他不仅不发愁，反而高兴，真是怒其不争！可是这种念头也只得想想，心里还是清楚，目前的局势便是丈夫想争，也争不了。

那邵仙蕙，可真是命好啊。

回想当初第一次她到庆王府，还是邵彤云领着，现如今邵彤云都化作了灰，邵仙蕙却

是一路平步青云，——做了皇后，三千宠爱在一身，现如今还有了皇子傍身，将来多半是要被册封为太子的，那就是下一任的皇帝啊。

做女人能够做到她这种份儿上，值了，太值了！

32 相守一生

一个月后。

仙蕙望着镜子里的自己，鹅蛋脸儿，气色莹润饱满，身段也比从前更有曲线了。不由转身朝着高宸抱怨，"都怪你们，整天哄着我吃吃喝喝，这都胖了。"

高宸看了她一眼，笑道："朕觉得挺好的。"

"不好。"

"怎么不好了？"高宸放下手中的书，走过来，从后面搂住了她，"女人不能太瘦，就得有点肉才柔软。"说着，手已经放肆地摸到她的胸口，捏了捏，"这样柔柔软软的，朕觉得比以前更爱不释手了。"

"呸！出息。"仙蕙拍开他，嗔道："别缠磨我，走吧。今儿可是祚哥儿的满月酒，大伙儿都在等着，迟了是要闹笑话的。"

"朕知道。"高宸眼中含着笑意，在她耳垂上轻轻咬了一口，低声暧昧道："等晚上，咱们再闹，就没有人笑话了。"

"别做梦了。"仙蕙瞪了他一眼，袅袅娜娜地自己出去了。

留下高宸在后面一阵大笑。

因为考虑到仙蕙才出月子，还是不宜招风，所以满月酒设在凤仪宫内厅。反正高宸身边没有别的嫔妃，不会出现莺莺燕燕的热闹情景。来的是太上皇、太后，舞阳长公主母女和恭亲王夫妇，以及高玺和吕太妃等人。

另外，则是沈氏和明蕙母女。

至于宋文庭，被高宸任命在翰林院做了一个闲职，负责编纂等事。虽然他眼下还没有中进士，但作为皇后娘娘的嫡亲姐夫，任的又不是重要差事，自然不会有人无聊地去指责其中不对。

今天他也来了，因为高宸说人不多，弄成家宴，如今也在凤仪宫内。他性子略微局促，面对满殿的皇室成员微微不适，一直眼观鼻、鼻观心，从进门起就没有敢多说话。偶尔视线余光扫过上面，看到皇后的一点裙摆，——宝石红、簇金线，其上绣了九尾华羽的金凤，象征着她母仪天下的尊贵。

真没想到，当年那个灵动俏皮的小姑娘，居然成了皇后。

偶尔想起她和陆润的一点姻缘，只能微微叹息，终究是各人有各人的道路，不是一路人就走不到一处。不过如今也挺好的，小姨子做了皇后娘娘，诞下皇子，和皇帝恩恩爱爱，陆润去了外省做官，自己和明蕙也是夫妻和睦，大家都有了好的结局。

"小皇子来了。"

随着一声笑语，众人都纷纷围了上去。

"让本宫瞧瞧祚哥儿。"周太后笑容满面，从乳娘手里抱了小孙子，惊讶道："哟，这才隔了几天，又扎手不少。"转头看向高宸，"像你，小时候都是一个胖小子。那时候，我还发愁来着，长太胖，以后大了不好说媳妇儿呢。"

一语逗得大家都笑了起来。

舞阳长公主笑道："所以啊，母后你就别担心祚哥儿了，将来也一准儿找个美貌贤惠的好媳妇儿，和他爹一样。"

众人笑语更甚，就连一向对仙蕙有意见的太上皇，也跟着笑了。

仙蕙更是笑得笑靥如花。

她原本就极为美貌，更兼之肤光如雪、盛装华服，眉宇间一派明媚娇俏，更是有种别样的矜贵妩媚，占尽了女人的荣光。最最荣耀的是，那个身穿明黄色龙袍的俊美男子，身为九五之尊，却一派温柔深情地看着她，和她所生育的儿子，足以让天底下所有女人嫉妒。

舞阳长公主笑着戳了一下仙蕙，微微酸道："你呀，真是太有福气了。"

仙蕙会说话，笑道："那都是因为长姐疼我。"

"瞧瞧这张巧嘴儿。"舞阳长公主与众人说笑，催着问仙蕙是不是吃了蜂蜜，又问沈氏怎么养女儿的，在座一片欢声笑语、喜气盈腮，气氛热闹非凡。

"娘，姐姐。"仙蕙让乳母抱了祚哥儿过来，"你们瞧瞧。"

沈氏和明蕙不能天天进宫，有些日子，没有见着小皇子了。母女两个，都是满目贪恋地围着看了又看，瞅着那乌溜溜的黑眼珠，人参娃娃一样的小脸儿，真是怎么看都看不够，还轮番都抱了一回。

"这孩子，特别爱笑。"

"是吗？"

"哎呀，笑了、笑了，真的笑了。"

如此热闹欢喜的气氛，一直延续到开席。

在座的人不论贵贱高低，都算是小皇子的亲眷。因而不管真心欢喜与否，面子上都是要说说笑笑的，菜要多吃，酒要多喝，这样方才显得真心实意。

太上皇因为之前被太医勒令调养身体，许久不沾酒，今儿不免多喝了几杯。

周太后劝道："别贪杯。"

太上皇仍旧让宫人倒酒，嘴里有了借口，"寡人添了大胖孙子，心里高兴，今儿当然要多喝几杯才是，你别劝了。"

周太后欲言又止，最后还是忍着没有扰了大家兴致。

宴席散时，太上皇起身都轻飘飘的，找了两个有力的太监扶着，总算上了肩舆，然后红光满面、酒气熏天地走了。

仙蕙回去陪了一会儿子，才换衣服，笑道："今儿太上皇是高兴了，母后可急了，回头可千万别再难受，不然母后该埋怨了。"

高宸今天也喝了不少，醉醺醺地歪在流云长榻上面，舌头打卷儿，"没事，今儿大家都高兴难免的，再说了，是父皇自己要喝酒，又不是咱们劝的。行了，别打扮了。"招手让她到自己身边，一把扯入怀中，"让朕抱抱。"

"哎呀。"仙蕙嫌弃地推他，皱眉道："一身酒气。"

"你还敢嫌弃朕？"高宸一翻身，把她给压在了自己身下，"还敢嫌弃，还敢……"摸着那团柔软丰盈，在上面捏了捏，"看朕怎么收拾你。"

话说皇帝大人这边没能真正如愿，太上皇却是开了荤。

因为老人家高兴嘛，因为添了孙子喜悦嘛，大喜的日子就连太后都不敢深劝，别人又怎么敢劝？晚辈们不能劝，宫人们更不能了，太上皇的小嫔妃则肯定不会劝啊。

所以呢，太上皇又开始了倚红抱翠的日子。

但是好日子没过太久，太上皇又病了。这一次，太医不顾被责骂跪下磕头道："还请太上皇保重身体，往后……，房事一月一次即可。且先固本培元养好精神，再、再图以后从长计议……"

太上皇又羞又恼，气得砸了一个茶盅，把太医脑袋砸了一个大大的肉包。

仙蕙知道以后，又是好笑，又是觉得尴尬。

心道，俗话说有其父必有其子，太上皇和高敦还真是一对父子，两人都在女人这上头过不去。不过……，呸！话说高宸做了皇帝以后，也越发下流起来，说话没个顾忌，在床上也是花样百出。

要不是这一年自己怀孕生子，身子不方便，他不定还有更奇怪的花样呢。

不过嘛，他只对自己"下流"，这一点还是很不错的。

整个冬天都在春意融融中过去了。

高宸和仙蕙这边如胶似漆、甜蜜恩爱，再加上才添了小皇子，因而整个凤仪宫的气氛都随之轻松愉悦，平日里，宫人们都是喜气盈腮的。而太上皇那边则是气氛凝重，因为自从年前病倒以后，就一直缠绵病榻不起，汤药不断，更别说御女行房等事儿了。

到了二月里，太上皇渐渐变得医药无治、粒米不进，没能熬到月底就驾崩了。

京城内外，顿时被一片雪白缟素铺满。

高宸因为身为天子，不可能真的守孝三年不办事，那样国家都乱了。所以按照古往今来的皇室规矩，以日代月，为太上皇守了二十七天的孝期，便一切恢复如常。

下

倒是私下去陪母亲周太后，劝道："母后节哀，多保重自己的身子。"

"罢了。"因无外人，周太后并不需要刻意装出悲切，淡淡道："他走得这么快，不能怨别人，也不能怨太医，说到底都是他自个儿找的。"只是不好过多地指责丈夫的荒淫行径，转而叹道："他走了，也好，大家都清净了。"

虽为夫妻，却谈不上深厚的鹣鲽之情。

因为本朝皇妃王妃都是平民女，所以正妃也罢，侧妃也罢，甚至夫人们，说到底都是差不多的家世，没人撑腰的。当年万太妃盛宠的时候，丈夫差一点要废了自己，改把万氏扶正做王妃，——这根刺，自己记了一辈子。

罢了，人死灯灭，不提了。

反正自己现在做了太后，儿子是皇帝，又孝顺，孙子也好几个了，没什么不满足的。倒是有些感慨地看向皇帝，"说起来，仙蕙能得着你是她的福气。不过都是做女人的，本宫也明白女人的心，谁都不愿意跟别人分享丈夫。你们感情好，你不纳妃，母后也不会专门去做那恶婆婆，只不过呢，往后你们要多努力一些，多几个孩子才好。"

"是啊。"高宸对这个话很是赞成，颔首道："儿子记住了。"

于是，这以后每次房事上面折腾，都有了光明正大理由，"母后说了，朕身边只有你一个，得多养几个孩子。"甚至还恐吓仙蕙，"你总不会盼着朕纳妃子，来多生孩子吧？"

仙蕙被他拿住了七寸，没办法，只能由着他恣意放肆。

此后的岁月里，仙蕙果然陆陆续续又添了几个孩子，儿女双全、承欢膝下，再加上和高宸恩爱甜蜜，日子自然过得无比舒心。这女人日子过得好呢，就心态好，人年轻，以至于大公主初成少女时，和皇后看起来宛若一对姐妹。

不过，那些都是后话了。

日子就这么平静甜蜜地过。

一天复一天，时光飞逝如箭，转眼又是一年桃花盛开时。

这天清晨起来，高宸挑了一身明紫色的竹纹刻丝长袍，配玉版腰带，衬得他长身玉立好似一株紫玉竹。特别是那双墨玉般的瞳仁里，熠熠生辉，闪烁着和平时不一样的光芒。他在床边催促仙蕙，笑道："小懒虫，还不快起来？朕今儿陪你去看桃花。"

"又去皇觉寺看桃花啊。"仙蕙打了一个哈欠，翻身起床。因为发觉他今儿打扮得特别鲜亮，不由笑道："你这是做什么？好似要去相亲拜见岳母。"

"伶牙俐嘴。"高宸看着她雾水一般朦胧的眸子，捏了捏她的脸，"快打扮。"

仙蕙去了妆台，梳了一个略简单的牡丹髻，配了一朵绢制金线牡丹，下面插了一圈儿洁白的宝石发箍，配着耳朵上轻轻摇晃的金线蜜蜡耳坠，简简单单，又精美别致。最后在手上戴了一串西瓜碧手串，粉红浅绿，有一种摇曳生姿的流动迷离。

高宸笑她，"你这也是去相亲么？"

263

"呸！"仙蕙嗔道："我给祚哥儿相亲，不行啊？"

帝后二人说说笑笑的，一起出了宫。

马车行驶了一段，到了地儿，下了车，仙蕙才发觉来的不是皇觉寺，不由迷惑，"这是哪儿啊？不是说，咱们去皇觉寺看桃花吗？"

高宸伸出修长如玉的手往前一指，"你看匾额。"

仙蕙抬头一看，念了出来，"桃—源—山—庄。"往旁边看了看，的确是有几枝粉艳艳的桃花伸出墙来，诧异道："这是什么所在？我怎么从来不曾听说？"

"走，进去看。"高宸的眸子特别亮，牵了她，一脸隐隐喜悦走了进去。

仙蕙往里走，绕过影壁，再过了一道二门，刚要让人推开门的时候，却被皇帝大人给蒙住了眼睛，不由好笑，"这是做什么？还让不让人看了。"

"开门。"高宸说着，然后缓缓松开了双手。

仙蕙一睁眼，便被眼前一片花海的景象震撼住了。

蓝天白云之下，全都是粉色、粉色、一簇簇的粉色，粉色桃花的海洋。清风掠过，站在树下边有一阵阵花瓣雨飘下，落英缤纷，让人坠入如梦如幻之境。而梦幻中，站在身边俊美如玉的男子，神色温柔，"仙蕙……，朕把这座桃源山庄送给你，喜欢吗？"

"喜欢……"仙蕙伸手捧住了他的脸，踮起脚尖，轻轻吻了上去，"……你。"

——全文完——